蔡宗齊文學理論研究書系

中國歷代文論評選

第一冊 文學論評選

蔡宗齊 / 著

上海古籍出版社

圖書在版編目(CIP)數據

中國歷代文論評選 / 蔡宗齊著. -- 上海 : 上海古籍出版社, 2025. 5. -- ISBN 978-7-5732-1523-9

Ⅰ. I206.2

中國國家版本館 CIP 數據核字第 2025C92K68 號

中國歷代文論評選

蔡宗齊 著

上海古籍出版社出版發行

(上海市閔行區號景路 159 弄 1-5 號 A 座 5F　郵政編碼 201101)

(1) 網址：www.guji.com.cn

(2) E-mail：guji1@guji.com.cn

(3) 易文網網址：www.ewen.co

常熟市人民印刷有限公司印刷

開本 890×1240　1/32　印張 30.25　插頁 5　字數 604,000

2025 年 5 月第 1 版　2025 年 5 月第 1 次印刷

印數：1—2,100

ISBN 978-7-5732-1523-9

I·3904　定價：148.00 元

如有質量問題,請與承印公司聯繫

總序：中國古代文論的內在體系

　　首先,我衷心感謝上海古籍出版社出版本人文學理論研究書系,其中繁體字版《中國歷代文論評選》與簡體字版《中國歷代文論要略》兩個子系列,共八冊,涵蓋文學論、創作論、理解論、審美論四大類型;首批推出六冊,《審美論評選》和《審美論要略》兩冊正在撰寫中,估計兩三年後能完成付梓;此外中西文論比較研究的兩個子系列《中西文論互鑑錄》《中西文論精要評選》,亦將隨後陸續出版。二十多年來,本人潛心研讀中國古代文論著作,開展全面的、多階段的歸納研究,力圖揭示中國古代文論內在體系。其實,這一宏願在 20 世紀 80 年代初就立下了。我是中山大學七七級英文專業的本科生,入學一年半後考入該系首屆研究生班。雖然英美文學是自己的專業,我不僅堅持旁聽中文系本科和研究生課,而且還成爲古文論專家邱世友教授的私淑弟子,幾乎每隔幾周就會到他家裏聊學術,一方面他談自己最新詞論研究的成果心得,另一方面我向他介紹相關的西方文論著作,其中他最感興趣的是 T. S. 艾略特《聖林》(*Sacred Wood*)和劉若愚《中國文學理論》(*Chinese Theories of Literature*)兩書。他對劉書酣暢的褒貶對我產生了很大的影響,讓我冥冥中感覺到,劉先生未竟的事業將是我終生的學術追求,一種對理想中聖杯的追求。

一、尋求中國文學研究的聖杯

的確,在中國古代文學研究中,若有一種永遠被追尋、永遠難以捉摸、永遠激勵人心的"聖杯",那可能就是重構中國文學理論體系。對這一聖杯的追求始於近五十年前劉若愚《中國文學理論》的出版。這本影響深遠的英文專著在華語世界的影響力遠大於在西方漢學界。此書的出版盡佔天時地利人和,恰逢文革結束的前一年(1975)面世,隨着1980年代初學術研究逐漸恢復,此書迅速贏得了一個巨大的讀者群。中國學者在此書中找到了一個令人振奮的文論研究新方向——將中國文學理論重構爲一個在連貫性、說服力和複雜性上能與西方文學理論相媲美的體系。

然而,不久之後,西方漢學家和中國學者便發現劉氏體系構建中存在嚴重缺陷。由於不滿劉氏運用西方分析框架的演繹方法,中國批評家們自此開始探索重構中國文學理論的替代方法。可是,數十年的努力並未能重構出一個令人信服的中國文學理論體系,90年代甚至還出現了"中國文論失語症"之說。現在看來,文論話語體系的重建,不僅是90年代文論界爭論的熱點,當今仍是中國古代文學理論研究最重要的課題之一。

在我看來,中國批評家們重構文論話語體系的努力在宏觀和微觀層面上都不盡如人意。如果我們把目光投向中國古代文論材料本身,就會發現所謂的"文論失語症"實則源於當代學者被西方話語牽制下的一時迷茫,沒有認識到自己的話語體系就存在於極為富饒的本土材料之中。宏觀上,有些學者熱衷於抽象討論話語重構問題的緊迫性和重要性,却沒有開展多少實際工作;其他人則設計了各種基於個別西方或中國批評概念(如"文""意境"等)的分析框架,但發現這些框架終究無法揭示中國文學理論的內在結構和肌理。也許正因為這些挫折,認識中國文論的內在體系已演變成了一個"聖杯"追求,至今仍與過去幾十年一樣,吸引了衆多熱心追求者。

我個人堅信,中國文學理論的內在體系必須通過長期而艱苦的深度歸納研究,且從其內部發掘出來。在這一信念的指引下,我進行了二十多年的歸納研究,儘管有時斷斷續續,終於取得初步的成果。本人歸納研究使用的具體方法是以基本文論術語為出發點,按時序開展文本和互文的分析,首先在先秦哲學以及早期佛教著作中找到它們所表達的原始概念,接着着手探究漢代至清代文論家以及書畫論家如何改造運用這些概念,要麼持續單獨使用,要麼將數個術語組合成一個文論命題,以表述他們對文藝方方面面的真知灼見。如此抽絲剝繭,繁雜紛呈的術語、概念、命題、論説之間千絲萬縷、貌似"剪不斷理還亂"的關係就揭示出來了。統攝這個龐大關繫網的基本原則,一旦找到,必定是綱舉目張,一個橫穿共時維度、縱貫歷時維度,脈絡清晰可見的文論體系,就自然地呈現在我們的眼前了。我沿着這一思路展開的歸納研究,經歷了以下三個階段:

1. 通讀主要文論著作和哲學論著,選擇約 1 000 條重要文論選段,通過在上下文裏推敲和互文分析,確定選段中關鍵術語、概念、命題的準確意義。

2. 探究歷代批評家如何把種種命題發展成連貫的論説,並根據與文學四要素的關係,從這些具體論説歸納出文學論、創作論、理解論、審美論四大類型,視之爲古代文論的四大結構板塊。

3. 考察這四大文論類型之間的内在聯繫和共鳴,力爭找到統一古代文論結構、肌理、術語三個垂直層次的基本原則,從共時維度揭秘中國文論的内在體系,而同時又開展歷時研究,揭示此文論體系的歷史發展。

本序文是第三階段研究的總結。古代文論内在體系的探秘工作是分四個步驟進行的。第一步是分析四大理論類型的結構關係,進而確定整體思維(holistic thinking)爲統一中國文論的基本原則。第二步將關注重點移到肌理層次,檢驗整體思維原則是否也貫穿四大文論類型之下各種具體論説。第三步從肌理再深入到術語層次,探究整體思維原則如何影響乃至決定文論術語生成模式和演變途徑。走完這三步,文論體系的共時研究大致完成。接下來的第四步從歷時的維度驗證這個文論體系,努力揭示四大文論類型歷史發展的動力與軌迹。

二、共時研究:整體思維原則與文論之結構

現在,讓我們從四大文論類型的結構關係尋找統一中國文論的基本原則。我對中國文論統一原則的探索,始於反思爲何艾布拉姆斯(M. H. Abrams)成功重構了西方文學理論體系,爲何劉若愚套用艾氏理論重構中國文論系統,終是方枘圓鑿、格

格不入,造成諸多謬誤[1]。

在經典著作《鏡與燈》中,艾布拉姆斯提出了批評的四個坐標(宇宙、藝術家、作品、受衆),並將它們排列在一個以"作品"爲中心的三綫圖中。艾氏認爲,這種分析框架適用於所有西方批評理論,因爲"批評家傾向於從這些術語之一中提取主要類別,用於定義、分類和分析藝術作品,以及評判其價值的主要標準"[2]。在將各種批評理論置於這一框架內時,他發現它們可以歸納爲四種主要的理論類型——模仿説、實用説、表現説和客觀説,如下圖所示。

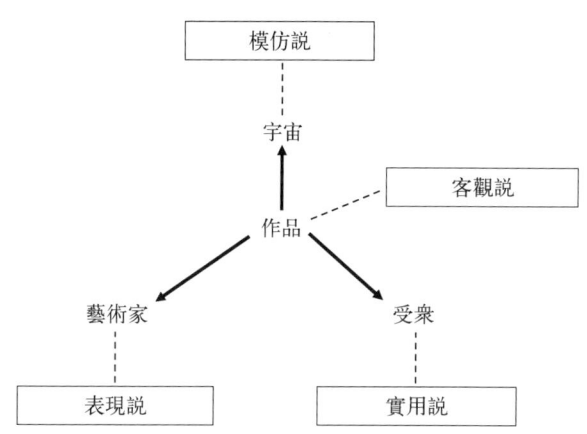

圖一　艾布拉姆斯文學四要素三綫圖表,以及對應的文論類型

---

1 在改編艾布拉姆斯的分析圖時,劉若愚有兩個主要目標。第一個目標是超越傳統的直覺批評方法,引入分析方法來研究中國文論。第二個目標是通過西方讀者熟悉的批評框架,使中國詩學遺産更易被普通西方讀者理解。劉若愚爲實現這兩個目標所做的努力值得我們由衷的敬佩,他的努力一直並將繼續成爲我們的靈感源泉。儘管我們承認劉若愚在中國文論研究方面的卓越成就對我們的重大影響,但我們也必須誠實面對他在改編艾布拉姆斯圖表時存在的缺陷。
2 M. H. Abrams, *The Mirror and the Lamp*: Romantic Theory and the Critical Tradition (London: Oxford University Press, 1953), p.6.

艾布拉姆斯的分析圖表雖然有些過時並受到了部分批評家的挑戰，但依然是我們全面研究西方文學理論最實用的工具。它揭示了西方文學理論批評重點的綫性轉變：從古典和新古典時期的宇宙，到賀拉斯（Horace）、西塞羅（Marcus Tullius Cicero）、菲利普·西德尼爵士（Sir Philip Sidney）和德萊頓（John Dryden）所注重的讀者，再到浪漫主義時期的作者，最後到後浪漫時期的文本[1]。此外，它還揭示了西方文學理論與西方哲學思維之間的内在關係。艾布拉姆斯指出，這四個坐標中的每一個都是"或顯或隱的'世界觀'"的一部分，邀請我們思考更廣泛思想史的發展如何催生出這四種理論類型。真理問題作爲西方哲學的核心議題，從柏拉圖到現代，一直主導着西方文學理論和哲學話語。文學一直被概念化爲一種與特定哲學傳統所定義的終極現實（真理或反真理）相關的真理或非真理的形式。受不斷涌現的終極真理或反真理哲學觀念的影響，西方批評家在不同時期將文學概念化爲模仿真理、表現真理、本體論真理、現象學真理、解構反真理等，不一而足。所有這些文學概念爲"定義、分類和分析藝術作品"提供了不斷變化的標準，並引發了批評重點在四個坐標間的不斷轉移。

受到艾布拉姆斯在重構西方文學理論體系方面輝煌成功的啓發，劉若愚嘗試通過應用艾布拉姆斯的分析圖表來對中國

---

[1] 實用理論關注文學對受衆的實際影響。與其他三種理論不同，它們不基於一套關於文學的廣泛真理主張。從理論上講，它們可以看作是模仿理論中特別強調受衆的一個變體。艾布拉姆斯在其圖表中納入受衆的做法表現出了相當的遠見。隨後興起的讀者反應理論强有力地支持了他將受衆視爲西方詩學主要坐標之一的觀點，儘管這些理論關注的是閱讀過程而非讀者或受衆本身。

文學理論進行同樣的重構。然而,他在將中國文學理論融入艾布拉姆斯的三綫圖表時遇到了困難,他發現有必要將批評的四個坐標重新組織成一個循環形式。爲此重新組織進行解釋時,他寫道:

> 有些中國理論與西方理論相當類似,而且可以同一方式加以分類,可是其他的理論並不容易納入艾布拉姆斯的四類中任何一類。因此,我將這四個要素重新排列如下:[1]

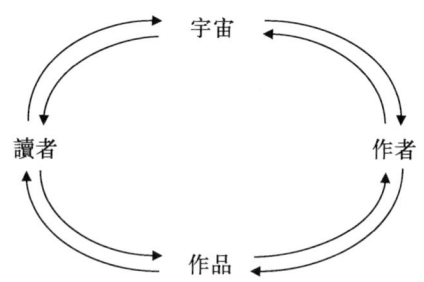

圖二　劉若愚重組文學批評四要素的雙向循環互動圖

在我看來,劉若愚將艾布拉姆斯的三角圖表改編成循環圖表是一個天才之舉。它提煉出中國文學思維的最顯著特徵:將文學看成一種四階段的互動過程。然而,遺憾的是,劉若愚未能意識到他自己發明的循環圖表潛在的範式意義。相反,他一味地追隨艾布拉姆斯的步伐,建立了與四個坐標相關的理論類型。他寫道:

---

[1] 劉若愚著、杜國清譯:《中國文學理論》,南京:江蘇教育出版社,2005年,第13頁。

上述的分析圖表加以應用,且將有關的問題牢記於心,我將中國傳統批評分成六種文學理論,分別稱爲形上論、決定論、表現論、技巧論、審美論和實用論。這些類目並非由演繹建立,而是歸納發現的。[1]

與他最終聲稱的歸納思維相反,劉若愚在這裏的觀點完全不是歸納的。事實上,六種文論類型的命名也證明了他將西方概念演繹性地強加在中國傳統上。在這六種理論類型中,只有"審美論"明確代表了中國文學理論的一種重要方法。其他五種類型明顯都是不合適的外來概念。在中國,沒有"模仿"和"表現"對立的二分法,"表現"是幾乎所有文論學派都在不同程度上認可的價值。"實用"一說舶來的色彩也很濃,讓人聯想到美國哲學中的實用主義。"技巧"是一個用來指代形式主義方法的不當詞彙:難道有關藝術形式的闡述都應該被稱爲"技巧"嗎?與西方文學理論中對超驗真理的追求不同,"形而上"學本身在中國文學理論中從來就不是研究對象。

比這六種理論類型的不恰當命名更有問題的是,劉若愚證明——或更確切地説他未能證明——這些理論類型存在的方式。在討論每個類別時,他只是簡單堆砌了一些不同的引文,僅因其與某個批評議題相關而把它們放在一起。他幾乎沒有努力去説明這些引文作爲一個連貫理論的組成部分,彼此有何相互關聯性。他將不同的批評著作強行分割,塞入不甚合適範

---

[1] 劉若愚:《中國文學理論》,第18頁。

疇的做法受到了廣泛批評。因此,我們應轉向改造他那迄今未被注意到的循環圖。

在北師大珠海校區的一場講演中,青年教師李喆提出,劉氏循環圖表若改畫成立體圖,視覺效果更好。我過後試着畫出一張三棱椎圖,竟然有讓我驚喜不已的發現。除了強化視覺之外,此圖竟然可以展現長年研究中所有的重要發現:

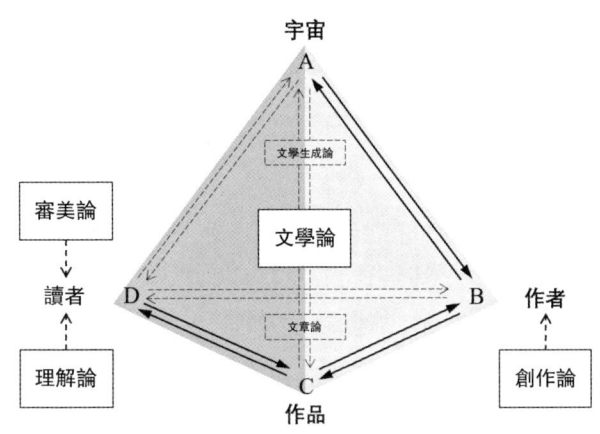

圖三　文論四要素三棱錐圖

在此圖中,我用不同的直綫來連接文學四要素(宇宙、作者、作品、讀者)。實綫用來指中西文論中都有討論的文學關係,虛綫則用來指各種被西方文論所忽略的、但在中國文論中廣爲關注的關係。實綫又再分爲兩種,帶順時針箭頭與帶逆時針箭頭的。前者標示文學創作和接受的不同階段,而後者則標示批評家對四要素逆向互動的關注。下面,我接着對這些綫條所標示關係的特徵,逐一加以評述。

ABCD 實綫:這條順時針的路綫在中西方文論中標示兩種

本質不同的關係。在西方文論中，此綫主要標示文論基本範式的歷史轉變，即對外部世界的模仿、主觀認知和情感的表現、文本內在機制的專研、讀者反應的探究。但對中國文論家而言，這條長綫無涉範式變化，而是直接和感性地標示出文學起源、文學創作、作品生成、作品接受的發展全過程。這四個節點一直是中國文論家關注的重點，相關論述甚豐，自然而然地發展出連貫完整的文學論、創作論、理解論、審美論。正因如此，本人《評選》和《要略》兩個系列都是按照此四分法來組織的，并在上圖中標示出來了。圖中"文學論"的位置較爲特殊，位於"宇宙"和"作品"兩大要素之間。若作更加嚴格的區分，我們現代人可以在"宇宙"的旁邊列出"文學生成論"，而"作品"旁邊可以列出"文章論"。然而，在古代文論家心目中，兩者是緊密相連，難以分割的。例如，劉勰論文學起源，肇始於天地五行，而最後落實到文章的風格。同樣，他《儷辭》一章，又反向地把文章措辭的形式追溯到陰陽交錯的宇宙過程。後來，清代桐城派論古文、阮元等人論駢文也是沿着劉勰《儷辭》的思路展開的。有鑒於此，將文學論放在"世界"和"作品"之間是順理成章的。

　　DCBA 實綫：這條逆時針的路綫標示了文學要素之間的逆向互動。在西方文論中，這種逆向互動基本上是偶然產生的個別現象。例如，DC 段（讀者→作品）的互動，我們能想到的大概只有 20 世紀末興起的讀者反應理論。CB 段（作品→作者）的互動，主要有艾略特論詩歌創作的文章和哈羅·布魯姆（Harold Bloom）的"影響焦慮"（anxiety of Influence）之説。BA 段（作者→宇宙）的逆向互動，偶見於華茲華斯《抒情歌謠集序言》以及帶有唯心哲思的詩作之中。相反,在中國文論中,四個要素之間的逆向互動極爲普遍,批評家們在建立四種文論類型時無不論及與其他要素的關係。更重要的是,他們所論述的逆向互動有時還涉及兩個以上的要素。例如,下文要談劉勰《知音》選段就勾勒了 DCBA 段(讀者→作品、作品→作者、作者→宇宙)的三重逆向互動。

AC、CA 虛綫:這兩條相反的垂直虛綫,所揭示的就是上面談及"文學生成説"和"文章論"之間持續的雙向互動。宇宙和作品兩要素這種雙向直接互動在西方文論是極少見的。結構主義者所用索緒爾語言(langue)與言語(parole)二元範式也許可以放在 AC、CA 虛綫之上:langue 多少具有先驗的本體論涵義,因而從 langue 到 parole,似乎可視爲從形而上宇宙到形而下作品的過程(AC 虛綫),反之亦然(CA 虛綫)。除了這個頗爲勉强的例子,著者再也想不出任何可與這兩條虛綫掛上鈎的西方理論。

BD 虛綫:這條虛綫所標示的作者→讀者關係,在中西文論都不是一個理論議題。不過,這條虛綫在中國文論中依然是存在的。正如以下圖九所示,明末鍾惺(1574—1624)、譚元春(1586—1637)等人所提出的閱讀→創造説實際上涉及了 BD 虛綫,因爲他們所描述的創造活動,肇始於作者進入讀者的角色,通過深入閱讀經典作品,將古代偉大詩人的想象思維攝爲己有,從而創造出可以與古代經典媲美的作品[1]。相比之下,西

---

[1] 參見蔡宗齊、陶冉著:《中國文論特有的"閱讀—創作論"》,載《中國古典學》,第六卷(古代文論專號),北京大學出版社,2024 年,第 115—136 頁。

方十七八世紀興起的新古典主義模仿論更爲保守，只強調最佳的文學模式和規則存在於古代經典之中，完全没有意識到，從被動閱讀模仿可以轉變爲能動創作想象。正是通過抓住這一重大忽略，浪漫主義的表現論纔能摧枯拉朽，一舉蕩滌新古典主義模仿論。

　　DB 虚綫：如果説 AC、CA 垂直虚綫繞過了 B（作者），那麽這條横向虚綫繞過了 C（作品），也就是説，讀者無需經過文本，就可直接進入作者的内心。《毛詩序》作者就是用此方法來理解和闡釋《詩經》三百篇的意義，儼然自己就是詩篇的作者。西方文論中無法找到類似"全知"的説詩人。

　　DA 虚綫：這條順時針虚綫（讀者→宇宙），在理解論和審美論中的指涉有所不同。在理解論的層次上，它主要指讀者經受道德教化，從而對社會和國家政治産生積極的作用。雖然西方文論有些非主流的流派也強調影響和改造社會的作用，但它們往往認爲這種作用是直接的，無需通過對讀者爲時長久的道德教化。與此相反，持儒家立場的中國文論家却特别強調道德教化的功用，而這一傾向貫穿了古代文論史。在審美論的層次，DA 綫主要是指審美經驗升華到超經驗感悟的過程。在西方文論中，雖然康德論審美本質和特徵無不基於超驗認知論的框架，但文學批評家對具體作品審美效果的論述很少提升到形而上的宇宙觀層次，新批評派論詩便明顯具有實用的特徵。與此相反，中國文論家描述審美經驗時尤爲熱衷於褒揚超驗的審美效果，"言外之意""象外之象""景外之景""意境""神韵"這類術語近乎成爲論詩家的口頭禪。

AD 虚綫：這條逆時針虚綫（宇宙→讀者）的重要性大不如與之逆向的 DA 綫。在西方文論中"讀者"自身是四大要素中最不受重視的，而有關宇宙對讀者閱讀影響的論述幾乎絕迹。在中國文論中，這一論題是存在的，但較之審美與感悟宇宙真宰的關係，有關的論述顯然是少得多。但桐城派大師姚鼐（1732—1815）運用陰陽的宇宙原則，將歷來繁冗無比的審美術語歸爲陰柔和陽剛兩大範疇，這大概屬於 AD 虚綫上建樹最大的例子。

以上對三棱椎圖中 12 條關係綫一一作了解釋，並加以扼要的評論，指出其在中西文論中有無、輕重的狀況。爲了凸顯中西文論基本結構的不同，我用虚綫標示西方文論鮮有論及的關係，還用逆時針箭頭的運動來强調中國文論中文學四要素之間突出的雙向互動。綜觀圖中縱横交錯、沿順逆時針而動的綫條，再參照以上對中西文論差異的點評，我們不難看到，中國文論的統一原則即是整體思維原則（the principle of holistic thinking）。在三棱椎圖中，四個文學要素，以及與之密切相關的四大文論類型，無不與其他三個要素有全方位、直接的關聯互動。四個要素輻射出一條條關係綫，極爲形象地展現了整體思維原則在中國文論結構層次的運行。

四、共時研究：整體思維原則與文論之肌理

上述四種文論類型構成了中國文論的主要結構，如果將此結構比作人體的骨骼，那麼四大文論類型之中各種具體的理論

可以被視爲中國文學理論的肌理。爲了驗證整體思維原則在此肌理層次上的運作，我們可以進行一個簡單的實驗：將《毛詩序》之《大序》和劉勰(約465—約520或532)《文心雕龍》放入三棱椎圖中，看看它們是否呈現整體思維原則的運作。在中國文學理論中，這兩篇文本被認爲是奠基之作，因爲兩者分別對詩(《詩經》和一般詩歌)和文(所有的美文寫作)作出了系統的理論闡述。

《大序》是一篇篇幅適中的文章，其24個段落，我已按順序編號，全部可以放入"附錄1"中的循環圖表中。如"附錄1"圖四所示，《大序》的無名作者着重闡述《詩經》的倫理與社會政治意義，但也追溯了整個文學活動的循環周期(參《理解論評選》§008、《文學論評選》§042)。關於第一要素"宇宙"，他詳細描述了社會政治條件與《詩經》創作之間的因果關係。關於第二要素"作者"，他描繪了從内在情感到言語表達的過程，並通過吟誦、歌唱和舞蹈逐步放大。關於第三要素"作品"，他指出了《詩經》中顯著的三種體類和三種表達方式。關於第四要素"讀者"，他明確提到先王和史官對《詩經》的接受，同時分享了他自己的接受過程。這三方對《詩經》的接受旨在尋找兩種不同的意義：對良好的國家治理和個人行爲進行贊美，對不良者進行批評。他們的倫理與社會政治解釋旨在通過推廣這種教化用途，使從君王到普通百姓都能贊美善行，批評惡行。通過尋求倫理與社會政治的改善，《大序》的作者實際上完成了一個完整的文學循環活動，回到了第一個要素"宇宙"。

接下來，讓我們看看中國第一部系統性文論專著《文心雕龍》如何全面涵蓋了文學四要素。如"附錄2"圖五所示,三棱錐圖中四要素完整地容納了這部長達50章的巨著(自傳性質的末章《序志》除外)。歸入第一要素"宇宙"的有頭三章——《原道》《徵聖》和《宗經》。這些章節追溯了聖人如何辨識天地之理,並以越來越複雜的形式創造出人類的規範:從預測的卦象和爻象、人類制度和法規、禮儀、儒家經典、禮貌的舉止和言語,最終到美文(參《文學論評選》§058—060)。第二要素"作者"是書中9章的關注重點,其中4章探討了文學創作中四個重要的作者因素:身體條件、道德品格、個性和才華。其他5章則考察了整個創作過程,從最初的情感反應到想象力,直到最終的創作完成(參《創作論評選》§043、§045、§047、§050、§056—058)。第三要素"作品"涵蓋了最多的章節,共31章。其中的22章致力於考察36種主要文體自遠古以來的演變,其餘9章則考察了成文的全過程,從文體之勢的利用到文本結構與質感的營造,再到短語、典故、韻律和字詞的使用,最後講修辭華飾。第四要素"讀者"涵蓋了6章內容,其中兩章論審美過程,兩章專談情感—語言的互動,將其定爲審美判斷的標準,其餘兩章則依照此審美標準建構文學史(參《理解論評選》§018、《文學論評選》§064)。

圖四和圖五揭示了中國文學思維的最顯著特徵:將文學四要素視爲一體的整體性思維。《大序》的無名作者、劉勰以及其他任何中國批評家都不像西方批評家那樣,將這四個要素視爲相互競爭或對立的概念。相反,他們認爲這四個要素標誌着文學創作和接受的不同階段,並對這些階段之間的互動和共鳴表

現出濃厚的興趣。我們可以發問,西方文論中鴻篇巨製的專著,如亞里士多德《詩學》等,有哪一部像《文心雕龍》那樣全面關注四大要素,並做出極爲深入精闢的論述?同樣,在西方文論的短篇論文中,我們能找到像《大序》那樣兼談四大要素,面面俱到的例子嗎?回答總體上是否定的。華兹華斯的《抒情歌謠集序言》是一個罕見的例外。這些正反對比,進一步凸顯中國文論肌理層次上整體性思維的特徵,以及其鮮明的民族性。

談完了《大序》和《文心雕龍》兩個宏觀例證,現在讓我來分析四個微觀的例證。第一個是陸機(261—303)《文賦》開篇對創作過程的描述。

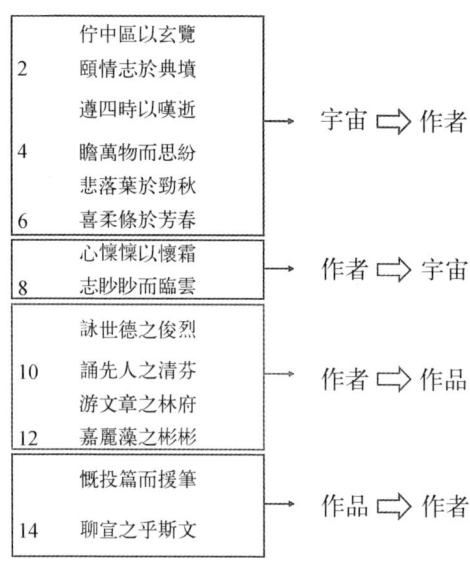

如我的便簽所示,陸機明確地將創作過程概念化爲包含兩種同時進行"互給互取"的運動——首先在"宇宙"(包括宇宙整體

和具體的自然景象)和"作者"(情感)之間,然後在"作者"和"作品"(對古代經典的閱讀)之間。這些互動正如三棱錐圖中雙向箭頭所示。

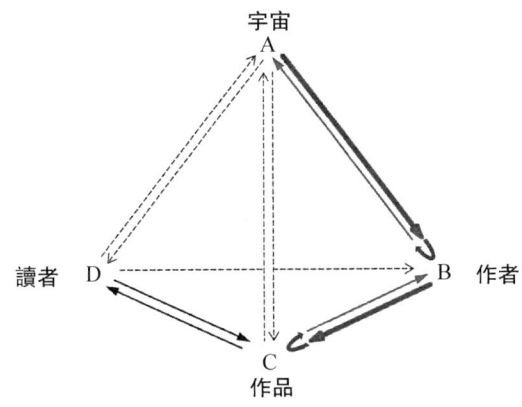

圖六　陸機對文學創作初始過程的描述

第二個微觀例證是劉勰對美學接受過程的描述:

> 夫綴文者情動而辭發,觀文者披文以入情;沿波討源,雖幽必顯。世遠莫見其面,覘文輒見其心。豈成篇之足深,患識照之自淺耳。夫志在山水,琴表其情,況形之筆端,理將焉匿。(《文心雕龍・知音》)

在這裏,劉勰以一種西方讀者不熟悉的方式定義"讀者"的角色。對他來說,一個敏銳的讀者,或"知音",不是被動地從"作品"中接受情感和思想,而是主動超越"作品",追溯作者的整個創作過程,乃至獲知宇宙的隱秘原則。在三棱椎圖中,這種閱讀活動實際上進行了三個階段的逆時針運動:

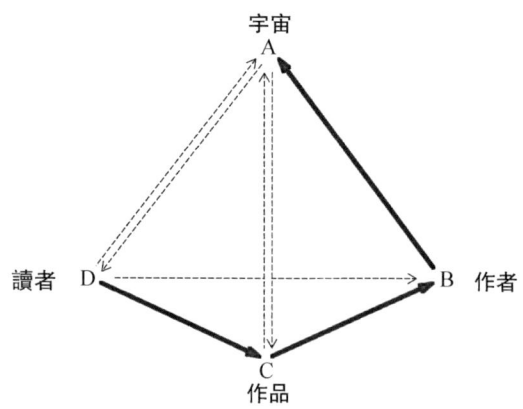

圖七　劉勰對復原理解過程的描述

第三個微觀例證是《大序》作者所操作的跳躍式類比理解。如下圖的虛綫所示，《大序》作者在解釋具體詩篇時，總是繞過第三要素"作品"，直接跳到第二要素"作者"，以全知的角度、近乎自述的口吻來講述作者或詩中説話人與第一要素（現實的歷史事件和人物）的互動。

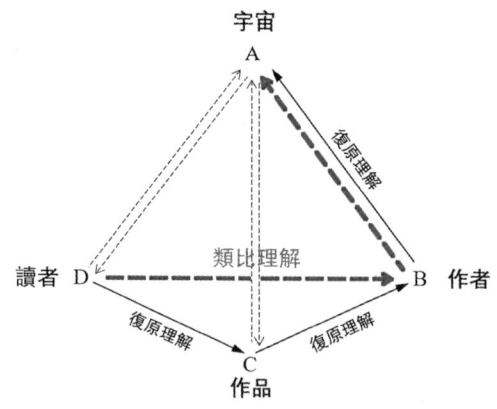

圖八　《毛詩序》跳躍式類比理解過程

第四個微觀例證展示一種比前三例更爲大膽的跨界操作。第一例是陸機所講作者與相鄰兩要素("宇宙"和"作品")的雙向互動;第二例是劉勰所講三階段(讀者→作品→作者→宇宙)逆向復原理解;第三例是《毛詩序》所實際操作的兩階段(讀者→作者→宇宙)跳躍式類比理解。如下圖所示,第四例則是一種奇特的、從閱讀到創作的回形過程(讀者→作品→作者→作品)。這種閱讀和創造過程合二爲一的觀點,在韓愈《調張籍》一詩中已見端倪,而明確地提出和闡述則見於明末鍾惺、譚元春等人的詩論之中(參《理解論評選》§ 142—161)。

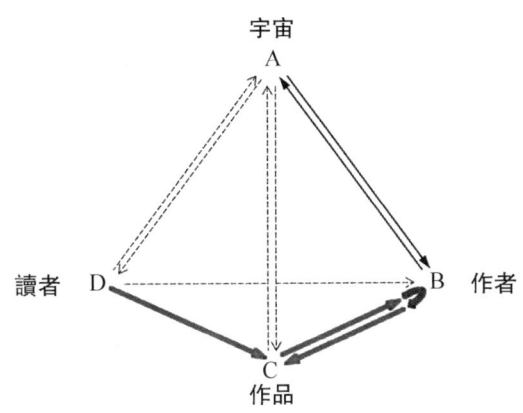

圖九　從閱讀到創作的回形過程

五、整體思維原則與文論之術語脈絡

以人體的生理機制爲比喻,四大文論類型猶如中國文論的骨骼,而四者之中的豐富多樣的具體理論猶如中國文論的肌理,而多不勝數的術語則可比作中國文論的血管脈絡。此脈絡體系猶如一個縱橫交錯、相迭相續的網絡,將文學四大要素的方方面面結合爲一個有機的整體。在我主編的英文專集 *Key Terms of Chinese Literary Theory*(《中國文論關鍵術語》)中[1],我將文論術語依照文學四要素歸爲四大種類,而其中運用最爲廣泛、滲透四大要素方方面面的,主要是源自儒道宇宙論和佛性的術語,如"氣""神""意""自然""意境"等。

鑒於篇幅所限,這裏我就以"意"爲例,説明在中國文論中,像"意"這樣的關鍵術語往往與四大要素都有密切關聯,同時在四大文論類型中大量使用,但其意涵多因應產生變化,而所擔負的作用也迥然相異。首先,"意"與第一要素"宇宙",或更具體地説,與儒道宇宙論密切關聯。在《周易·繫辭》中,"意"用來指代聖人對宇宙之道的直覺領悟,爲其所造的易象、卦辭所本(參《創作論評選》§014)。在詮釋此觀點時,魏晉玄學家王弼(227—249)則提出象不盡意、言不盡象之説,從而建立了"意→象→言"這一宇宙論和認識論的框架。作爲新興哲學框架的核心,"意"很自然地進入第二要素"作者"的領域。陸機和劉勰兩人都巧用了此框架,沿着"意→象→言"的進路來審視整個創作過程。至唐代,王昌齡通過引入佛教唯識宗中"意"的概念,並增加"取境"階段,巧妙地將這個三段範式改造爲"意→境→象→言"四段範式(參《創作論評選》§068—079)。在第三要素"作品"的領域中,"意"這個詞經常用於表示語義、句法

---

[1] 見 Zong-qi Cai, ed. *Key Terms of Chinese Literary Theory* (Durham, North Carolina: Duke University Press, 2021), A special issue of *Journal of Chinese Literature and Culture*.

和結構層次上的語言意義,這一點無需贅述。"意"與第四要素"讀者"的關係同樣緊密。歷代《詩經》的詮釋有兩大陣營,即以毛、鄭爲代表的類比理解派和歐陽修、朱熹爲代表的復原理解派,而這對立的兩大陣營都利用"意"的多義性,對孟子"以意逆志"的命題做出有利於自己的解釋,并奉之爲圭臬,爲自家理解論的發展鳴鑼開道。有關這點下文還有更多的論述。在理解論之外,"意"在審美論中也具有範式意義。"言外之意"講的就是超感官、終極的審美學體驗和理想。"意"如此廣泛的運用,充分展示了整體思維原則如何在術語層次上運作,加強了文學論、創作論、理解論、審美論彼此之間密切的聯繫和共鳴。

六、歷時研究:文學論、創作論、理解論發展的動力與軌迹

以上展示了整體思維原則如何在結構、肌理、術語三個垂直層次上運作,將中國文論形成一個獨特的有機整體,而我對中國文論體系的共時分析大致完成了。接下來讓我們對此體系開展歷時研究。我個人認爲,這一歷時研究的重點應放在找出四大文論類型歷史發展的動力,以及勾勒它們各自歷史發展的軌迹。

現在,我們先來考慮推動文學論發展的動力在哪裏?其實,這個問題的答案並不難找到。比較圖四和圖五,我們就可以發現文學論歷史發展的動力來自功利主義和唯美主義之間巨大的張力。圖四《大序》呈現出幾乎純功利主義的傾向。吸

引我們眼球的是"理解論"下的大板塊，由 14 個段落構成，與"作者"和"作品"之下兩個極小的板塊形成鮮明對比。在這個大板塊中，14 個段落講述了先王、史官以及作者本人如何在多個層面上解釋和闡明《詩經》的倫理—社會政治意義。《大序》的目標受眾顯然是君王和統治者，以及為他們工作的朝廷官員。作者想傳達的信息是，《詩經》過去和現在都為統治者和臣民之間提供了一個最佳的雙向溝通渠道。統治者們在不損害其權威的情況下接受臣民的美刺諷諫，同時他們利用《詩經》灌輸倫理價值觀，糾正臣民間的社會關係和個人行為。鑒於這種對《詩經》倫理—社會政治功能的重視，《大序》忽略了所有不涉及推動倫理—社會政治議程的主題，包括作者的創作過程、文學形式和特徵以及審美體驗。"審美接受"一欄是完全空白的，正好體現了此文對審美毫無興趣，評論《詩經》唯有功利的關注，即其輔助國家政治和道德教化的效果。

　　圖五正好與圖四相反。《大序》極度關注的正是《文心雕龍》完全忽略的內容。《文心雕龍》五十章中沒有一章是討論文學的倫理—社會政治功能的。相反，《大序》忽略的內容正是《文心雕龍》大力探索和闡述的內容。要認識這點，只需一看他對創作過程和審美接受的多層次、深入的理論探討即可，更不用說還有深究文章學方方面面的 31 章。正如關注社會、政治、倫理貫穿並統一了《大序》全文，《文心雕龍》對藝術和審美的持久興趣則貫穿其 49 章的內容。

　　從更廣泛的歷史視野來看，《大序》和《文心雕龍》形成了中國文學論書寫的對立的兩極——功利主義 PK 唯美主義。通讀從先秦到清代的文論著作,我發現了中國文學論演變中一個顯著的波浪綫發展模式,這一模式是由功利主義與純粹美學兩極之間的張力,有時甚至是衝突所推動的。如果説從《大序》到《文心雕龍》的轉變代表了兩個極點的建立,往後我們看到的是,這兩極的張力成爲推動文學潮流和文學論書寫的巨大動力,使之一浪接一浪地往前推進(參《文學論評選》"總述"第 19 頁圖表)。

中國文學創作理論的主要目標是尋找和講述創作最優秀作品的訣竅。鑒於這一純粹的藝術目標,我們不難理解文學創作幾乎是審美導向學派的專屬領域。文論史上第一篇文學批評論文,曹丕(187—226)的《典論·論文》,突出了對創作過程的討論(參《文學論評選》§ 067);第二篇文學批評論文,陸機《文賦》,則完全致力於探索創作過程。陸機和劉勰不僅引入了文學創作的主題,還將玄學話語中的"意→象→言"(構思→形象→文字)範式用於探索創作過程。劉勰以更明確的方式使用這一範式,詳盡地討論了文學創作的五個具體階段,並對除最後成文階段之外所有階段進行了詳盡的論述(參《創作論評選》§ 042—043)。在陸機和劉勰的影響下,後來的批評家主要通過擴展或縮減創作階段,或在陸機和劉勰未能突破的地方取得突破來做出貢獻。例如,在唐代,王昌齡(698?—756?)引入了佛教"境"的概念,以"意→境→象→言"的範式擴展了陸機和劉勰的範式(參《創作論評選》§ 068—079)。在南宋,許多受禪宗啓發的批評家將創作過程縮減爲一個類似禪宗覺悟的瞬間。在明清時期,許多復古主義詩人在陸機和劉勰嘗試但未能實現之處取得了成功:展示創作構思如何推動創作的所有階段,並實現將心中意象轉化爲優秀作品的無痕轉換（參《創作論評選》§ 104—125）。相比之下，功利導向的批評家通常認爲文學創作只是用文字表達情感的簡單過程，如《詩大序》中所示，有時他們甚至會否定對創作過程的關注。

在"讀者"要素之下，我們可以歸類兩種不同的接受理論：理解性接受與審美接受。前者側重於尋找作品的意義，主要偏於概念性和明確性；後者旨在探究美文難以言喻的特質，並闡明我們從中獲得的無窮樂趣。在中國，這兩種理論類型之間似乎有明確的主題劃分。理解論主要圍繞儒家六經之一的《詩經》展開，偶爾會關注一下美文。相比之下，審美論源於文人對美文的持久關注，從劉勰的《文心雕龍》和鍾嶸的《詩品》延伸到唐代的詩格等專論，以及從宋代到清代的詩話。

在撰寫《理解論》兩部書時，我發現孟子有關正確解釋《詩經》的著名四字箴言"以意逆志"，實際上提供了一個廣泛的概念框架，它以最有說服力的方式容納了《理解論評選》論及的 15 種主要理解論（參《理解論評選》§ 004 及該書目錄）。孟子這四字箴言極大的靈活性歸功於其第二和第四個字的多義性和模糊性。孟子語句中的第一個字"以"和第三個字"逆"相當直接，分別意味着"用"（或"以……做某事"）和"追溯到"。最後一個字"志"本身很清楚，意思是"心意"，儘管由於省略了所有格代詞，其所指可能模糊。然而，第二個字"意"却極其多義，因爲它既具有"推測、猜測"的動詞意義，也具有"意思"的名詞意義。事實證明，"意"的多義性包容了《詩經》解釋中的兩大對立陣營。首先，"意"作爲推測性思維的動詞意義（臆），恰當地描述了那些没有文本依據的類比理解方法。這種理解方法起源於所謂的"賦詩"傳統,即春秋時期國家使節之間的一種現場人際交流形式,兩方外交人員通過表演特定的《詩經》詩篇來類比地表達各自國家的意圖。從戰國中期起,《詩經》開始作爲書面文本進行私人閱讀,而不是人際交流。其理解模式似乎從自由的類比轉變爲恢復書面文本的本意。這種復原性的理解模式在《孔子詩論》中得到了明確的證明(參《理解論評選》§ 007)。這部出土的竹簡集合記載了對各種《詩經》詩篇的評論,幾乎没有參引文本以外的材料。鑒於這種新的閱讀實踐以及孟子明確提出不可誤解詞句本意的建議,我們可以認爲孟子著名四字名言中的"意"字至少包括了文本的意義。然而,在漢代,《詩大序》的作者和其他解《詩》家回歸了先秦類比解詩的老路,習慣性地在没有文本依據的情況下,將《詩經》篇什解釋爲對當代或先前政治事件的贊美或批評(參《理解論評選》§ 009、§ 011—013)。直到宋代,基於文本的復原理解纔成爲主流的《詩經》解讀方法,這要歸功於歐陽修(1007—1072)、朱熹(1130—1200)等人對漢唐類比解經的大膽挑戰(參《理解論評選》§ 030—041)。如果說類比和復原理解論分別主導了漢唐時期和宋代,那麽明清時期,這兩大陣營之間的争鬥有所緩和,《詩經》注釋與文學研究之間的互動則富有成效。

　　這裏極爲簡要地勾勒了文學論、創作論、理解論歷史發展的軌跡。有關這三類理論的歷史發展,六部書各自的總述提供了更加詳盡的描述和評論,並附有圖表解釋。讀者如能進一步閱讀書中每個章節的總結以及選文本身,對這三類理論的歷史發展將會有更加清晰而牢固的認識。

結　語

　　以上展示了整體思維原則如何貫穿古代文論主要層次的運作,在共時和歷時的兩個維度上將繁富龐雜的文論術語、概念、命題統合爲一個立體的、縱橫交錯的有機整體,從而彰顯了古人以跨界、全方位視野論述文學四大要素的民族特徵。這一歸納研究的所有發現無不讓我堅信,有堅實的證據來反駁那些被廣泛采用的觀點:即中國文學理論是無系統的,中國批評術語是指義模糊的、不穩定的和混亂的,因而在當今文學研究的國際交流中勢必產生所謂"文論失語症",云云。其實,所謂"文論失語症"病根,不是古人使用術語、概念、命題的方式,而是我們完全被西方文論現成的思維框架所束縛,没有意識到可以用中國自己的整體思維原則來尋找古代文論術語、概念、命題、論説的内在關聯。

　　在撰寫《評選》和《要略》系列之時,與之心靈對話的讀者是超越語言和文化分界的,同時面向漢語世界和英語世界。所謂"中國文論失語症",歸根結底是因無法讓西方讀者讀懂中國文論,無法讓中國文論進入世界文學研究主流而產生的憂鬱症。正因如此,我二十多年前就製定了同時出版中文和英文叢書的目標。值得我欣慰的是,這一目標正一步步地實現。在這兩個系列陸續推出之際,與之相應的四部英文專著和一部英文導讀選集也在準備之中,其中第二卷 *Chinese Theories of*

Literary Creation: A Historical and Critical Introduction(《中國文學創作論:歷史與批判導論》)已由杜克大學出版社出版,其他四部將在五六年內出齊。收官之作應是我一人撰寫的 How to Read Chinese Literary Theory: A Guided Anthology(《如何閱讀中國文學理論:導讀集》),此書將收入我與袁行霈先生爲哥倫比亞大學出版社主編出版的《如何閱讀中國文學》(How to Read Chinese Literature)系列中。在孜孜不倦地筆耕的同時,我清楚地意識到,讓中文文論以嶄新的叙述走向世界絕非是一個人能完成的工作,必須要與中外學界同道共同努力。爲此,我在過去幾年中編輯出版了有關中西文論的兩部英文論文集[1],而由中美二十多名學者合寫、集中研究古代文論術語的論文集 Key Terms of Chinese Literary Theory (《中國文論的關鍵術語》也將在 2025 年上半年問世。

隨着以上提及的中英文書籍陸續出版,相信越來越多的西方讀者會走進中國文論寶庫中淘寶,找到推動世界文論研究發展的靈感。例如,當閱讀到明代主張復古主義批評家對創作過程中創造性想象力的探索,他們也許會反思爲什麽在西方文學理論中,創作的成文階段不被視爲創作過程的一部分。同樣地,西方學者閱讀明清文論家將審美接受轉化爲文學創作行爲的論述時,可能會意識到現象學批評家加斯頓・巴什拉(Gaston

---

[1] 見 Zong-qi Cai, ed. *Theory and Chinese Literary Studies* (Durham, North Carolina: Duke University Press, 2020), a special issue of *Prism: Theory and Modern Chinese Literature*, and Zong-qi Cai and Stephen Roddy, ed., *Critical Theory and Premodern Chinese Literature* (Durham, North Carolina: Duke University Press, 2021), a special issue of *Journal of Chinese Literature and Culture*.

Bachelard,1884—1962)的局限,沒有將讀者對作者意識的被動感受轉變爲對作者創作思維的能動佔有,從而開闢出創作偉大作品的別樣路徑。對術語多義性的利用富有成效,最令人驚嘆的例子可能就是上文所提到的對"意"的巧妙利用。在古代文論中,"意"大概是最爲多義的術語,因此在文學論、創作論、理解論、審美論中都起着顯赫的作用,而其多義性妙用竟能讓"以意逆志"命題成爲各種不同、乃至相互對立的理解論的理論綱領[1]。試問,西方學者能在他們的傳統中找到類似的情況嗎———一個單一批評術語將兩千多年來競相發展的批評理論凝聚到一起?沿着三棱錐圖中標出的虛綫,我們還可以找到許許多多類似的例子。通過這些實例,中外讀者應能體驗到,中國批評術語的模糊、變動和多義不僅不會令讀者沮喪,實際上反而提供了一段饒有趣味,充滿驚喜的探索之旅。

《評選》和《要略》系列以及我與同道合作的研究是否可信地揭示中國文學理論内在系統,是否能夠以一種有説服力的形式呈現中國文學理論的豐富遺産,使中外讀者都能在私人閲讀和課堂學習中理解和欣賞中國文論,進而反思中西批評傳統各自的獨特之處,開啓嚴肅的跨文化對話?這些是有待中外廣大讀者檢驗和回答的問題。如果他們予以我們正面的回答,那麽探索中國古代文學研究聖杯之旅堪稱有了里程碑式的突破,從而可以開啓新的進程。

---

[1] 見 Zong-qi Cai, "The Richness of Ambiguity: A Mencian Statement and Interpretive Theory and Practice in Pre-modern China", *Journal of Chinese Literature and Culture* 1.1-2 (2014): 263-289. 中文版見蔡宗齊著、陳婧譯:《"以意逆志"説與中國古代解釋論》,《嶺南學報》(2015年第1、2輯合刊),第145-167頁。

附錄 1：

階段 4A：理解性接受
1 《關雎》，后妃之德也，風之始也，所以風天下而正夫婦也。
2 故用之鄉人焉，用之邦國焉。
3 風，風也，教也。風以動之，教以化之。
7 故正得失，動天地，感鬼神，莫近于詩。先王以是經夫婦，成孝敬，厚人倫，美教化，移風俗。
9 上以風化下，下以風刺上。
11 言之者無罪，聞之者足以戒，故曰風。
13 國史明乎得失之迹，傷人倫之廢，哀刑政之苛，吟詠情性，以風其上，達于事變，而懷其舊俗者也。
14 故變風發乎情，止乎禮義。發乎情，民之性也；止乎禮義，先王之澤也。
17 雅者，正也，言王政之所由廢興也。
19 頌者，美盛德之形容，以其成功，告於神明者也。
21 然則《關雎》《麟趾》之化，王者之風，故繫之周公。
22 南，言化自北而南也。《鵲巢》《騶虞》之德，諸侯之風也。
23 先王之所以教，故繫之召公。《周南》《召南》，正始之道，王化之基。
24 是以《關雎》樂得淑女以配君子，憂在進賢，不淫其色；哀窈窕，思賢才，而無傷善之心焉。是《關雎》之義也。

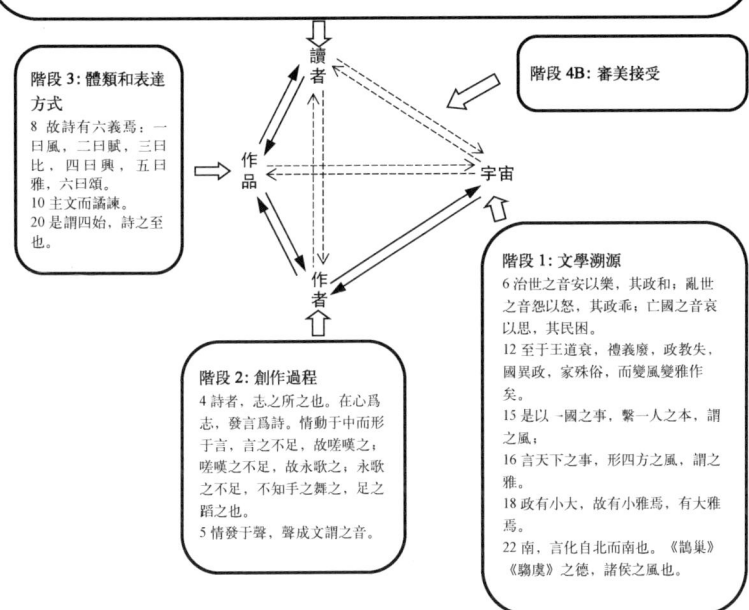

圖四 《詩大序》全文與三棱椎圖之對應

附錄 2：

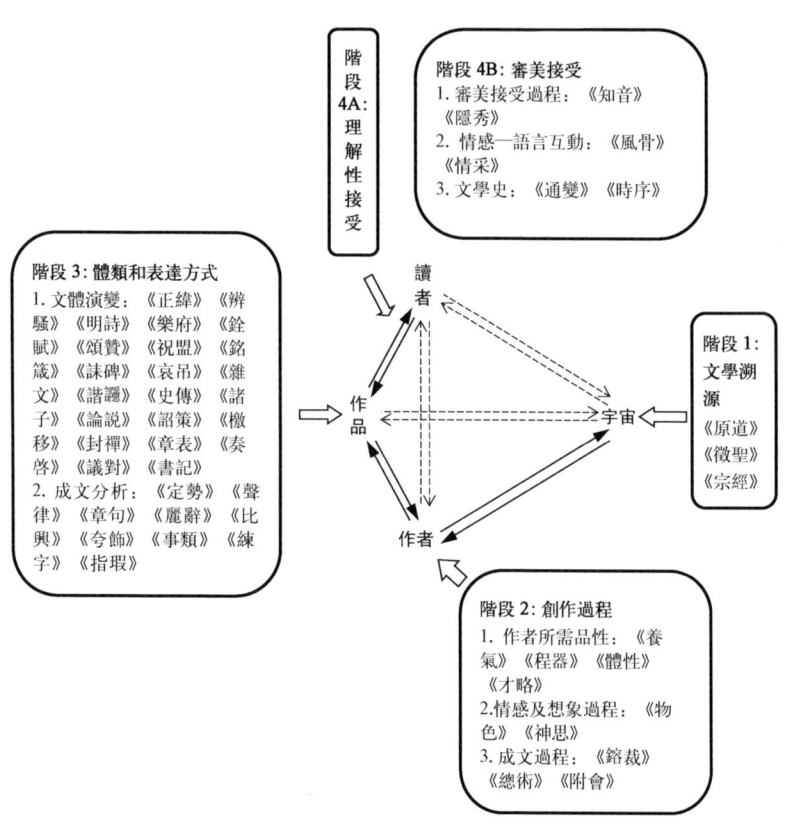

圖五　根據三棱圖重新編排《文心雕龍》的 49 個章名

總　目

總序：中國古代文論的內在體系

第一冊　文學論評選

第二冊　創作論評選

第三冊　理解論評選

《中國歷代文論評選》選錄作者及典籍索引

後記

文學論評選　目錄

總述	1
1　遠古時期的宗教文學論	**23**
1.1　遠古文獻中"詩言志"説與宗教舞蹈音樂的關係	27
1.2　從"詩""志"甲骨文字源探究遠古詩與宗教舞蹈的關係	33
2　春秋時期的人文主義文學論	**41**
2.1　《左傳》和《國語》論詩樂：加強自然和人類和諧的作用	44
2.2　《論語》：學《詩》、學文及追求文質結合	50
2.3　《老子》非文的立場	59
3　戰國時期的文學論	**62**
3.1　墨、法、道三家論文：崇質非文的共同立場	65
3.2　荀子論文：修身、治國、道管、垂文	74
3.3　《繫辭傳》的文字本質説	80

3.4 儒家論音樂：人本質之"情"、情感之"情"與化人 84

4 漢代文學論 95
　　4.1 漢儒論詩：《詩大序》的教諭性文學論 97
　　4.2 漢儒論文：從文質說到文道說 106

5 魏晉南北朝文學論 119
　　5.1 論文學起源：劉勰文道說和蕭統文學進化說 121
　　5.2 論文學本質：劉勰情文說和鍾嶸滋味說 135
　　5.3 論文學功用：文學與作者的生命意義 141

6 隋唐文學論 151
　　6.1 詩人論詩：王通、白居易等破而不立、破中有立的詩史建構 153
　　6.2 古文家論文：韓、柳等人的文道說和文氣說 165
　　6.3 日僧空海論"文"：三教一體的文學觀 176

7 宋代文學論 181
　　7.1 古文家"文以貫道"說：道、聖、文、辭的貫通融合 183
　　7.2 宋儒"文以載道"說：剔除"辭"的道、聖、文之說 187

8 明代文學論 207
　　8.1 復古派至文說：情景融合境界的營造 209
　　8.2 反復古派的至文說：真事、真境、真情的直接書寫 217

9 清代初、中期文學論 233
　　9.1 回歸詩教的至文：陳子龍、黃宗羲、沈德潛、

　　　　常州詞派 ………………………………………… 235

9.2　唯美至文說的理論總結：葉燮《原詩》…………… 246

9.3　桐城派至文說：宇宙之道與文章結構和審美原則
　　　………………………………………………………… 260

9.4　駢文家至文說：宇宙之道與駢體至尊的地位 …… 279

10　晚清文學論 …………………………………………… 289

10.1　龔自珍、魯迅論詩：促進政治改革和造就革命者
　　　之神器 ………………………………………………… 291

10.2　梁啟超等人論小說：開發民智、促進社會進步之
　　　神功 …………………………………………………… 301

文學論評選選錄典籍書目 …………………………………… 313

總　述

　　本書所研究的文學論,不是文學理論的總稱,而是歷代有關文學起源、本質、功用的具體論説。在中國古代文論中,文學論與創作論、理解論、審美論,可謂等量齊觀,共同構成四大板塊,各自在《中國歷代文論評選》和《中國歷代文論要略》系列中獨佔一册。

　　研究中國古代文學論,首先要釐清"文學"一詞在古代中國語境中的獨特含義。文學,作爲一種學科的研究對象,中國和西方學者予以不盡相同的定義。西方學者所研究的文學主要是詩歌、戲劇、小説、散文等以提供審美享受爲主的文體,而中國學者所研究的文學範圍更爲寬泛。這點與中文裏"文"的寬泛富贍的意涵有直接的關聯。在先秦早期的文獻中,"文"既指文化的總體風貌,又指政治體制、典章制度、言行儀表、道德修養、外交辭令等。到了漢代,文字典籍纔逐漸從"文"的邊緣走向中心,成爲其核心意義。到了六朝,與西方文學定義相吻合、以詩賦爲中心的狹義美文,逐漸成爲書籍之文的中心,而整理美文傳統,編撰選集,品評詩人成爲文人趨之若鶩的時尚。美文變爲"文"的核心意義的例證,最顯赫的莫過於劉勰《文心雕龍》和蕭統的《昭明文選》兩部巨著的命名,劉、蕭兩人都幾乎將先秦泛指政治社會、文化想象之"文"改用爲狹義美文的專稱。六朝的美文論説,無疑與西方"文學"的概念有明顯的對應性,但還仍存有界定寬限之別。大概由於六朝美文與先前非唯美之文有著千絲萬縷的聯繫,所以劉勰、蕭統等人所論之文,多少糅入非唯美的成分。例如,劉勰《文心雕龍》第5到25章所深入討論的36種主要文體,除了騷、詩、賦、樂府四種是唯美的,而其他全部是功利性極强的應用文體。把這些類別的文章歸入"文學"範疇之中,對西方批評家近乎是不可思議的。蕭統在編纂美文總集時,選文的標準也是很寬泛的,除了不收後代所説"經"、"史"(史讚除外)、子類作品之外,其他類別的文章,只要"事出於沉思,文出於翰藻",就達到被甄選入集的基本要求。有鑒於這種寬泛的文學界定,無怪乎有的學者視中國文學論爲雜文論。

文的價值,是文學論中最爲核心的議題。不管是先秦思想家關於文質的論辯,抑或漢儒對《詩經》進行經典化的努力,還是六朝、唐宋、明清批評家對美文的臧否,無不圍繞文的起源、本質、功用三個不同方面來闡述文學的意義。

先秦兩漢文學論

先秦儒、墨、道、法各派思想家幾乎都是從功用的角度,通過分析"文"與"質"的關係,來確定文的價值。在他們的著述中,"質"被視爲事物自身的屬性,從而得到普遍的肯定,但被視爲"質"的對立面的"文"所得到的評價,則有天壤之別。決定對"文"評價正面與否,關鍵在於如何看待它與"質"的關係。儒家認爲,"文"與"質"構成相反相成、不可取捨的整體,而孔子拿虎豹的皮毛來比喻"文",講的就是這個道理。儒家以禮樂文教治國,實際上就是儒家文質觀在國家政治層次上的落實。儒家不僅全力肯定和捍衛"文"的價值,而且還孜孜不倦地追求"文"與"質"的完美結合,正如孔子"文質彬彬然後君子"一語所示。墨、法兩家是在國家治理的層次上討論"文"和"質"的。兩家的文質觀呈現明顯的實用主義特徵。墨家認爲,"文"是奢靡的外飾,而儒家那種對禮樂之"文"的追求,必定導致浪費國家寶貴的有限資源,因而對"文"全盤否定,大事鞭撻。對墨家而言,文的對立面"質"代表了勤儉務實、惠及萬民的務實的治國方針。法家也同樣崇質貶文,但他們所説"質"更加具體,就是旨在建立霸業的農戰國策,而所鞭撻的"文"也是儒家的禮樂文教。道家雖然沒有拈出"文""質"二字作爲綱領性的概念來討論,但莊子呐喊"擢亂六律,鑠絕竽瑟""滅文章,散五采"(《莊子·胠篋》),與墨、法家對儒家禮樂文教的聲討如出一轍。同樣,老子"復歸于朴"、莊子"文滅質"的觀點,與墨、法崇質的立場亦無二致,只是老莊所關注的是更高哲學層次上的"質",即人自然的本性。

到了漢代,詩歌開始進入文學論的領域。"詩言志"的命題可以追溯到《尚書·堯典》所記載的上古時代,而在更爲可信的先秦典籍中也屢見不鮮,但《詩》自身的意義始終沒有得以系統的論述。這項重要的工作最終落在漢代整理編纂《詩》閱讀文本的諸位碩儒的身上。現存《毛詩序》無疑是這項偉大文化傳承工程最爲燦爛的結晶。此文遵循了先秦論"文"的路徑,純粹從功用的角度展開論述。《毛詩序》關注強調《詩》的功用,有別於先秦各家論"文"的初衷,不是爲倡導特定的治國路綫方針提供理論根據,而是要解釋《詩》如何促進國君與臣民之間的良性互動,爲建立理想的儒家政治、社會、倫理秩序發揮關鍵的作用。《毛詩序》作者對《詩》中風、雅、頌三種詩體的定義,無不突出這一作用。風的作用定義爲"上以風化下,下以風刺上",尤爲側重"刺"的作用,故特別細緻地描述專事"刺"的變風、變雅產生的原因,言:"至於王道衰,禮義廢,政教失,國異政,家殊俗,而變風、變雅作矣。"對"雅"和"頌"的描述,與對《國風》中《周南》《召南》具體詩篇的解讀一樣,主要突出《詩》"美",即讚頌先王王政美德。詩對民衆施加道德影響。借助風這一道德教化工具,統治者可以向人民例示,何爲善政,何爲惡政,何爲道德行爲,何爲不道德行爲。鑒於《詩》從雙向發力,振王道,興禮義,正政教,《毛詩序》作者對《詩》的價值作出至高無上的判斷:"故正得失,動天地,感鬼神,莫近於詩。"(§042)

魏晉南北朝文學論

魏晉南北朝時期,以美文爲核心的文學論橫空出世,風靡天下,主要批評家無不競相論文、論詩,發表自己獨特的高見。開拓文學起源的研究,是六朝文學論的一個重大突破,而此功勞完屬於劉勰。先秦論《詩》通常會從聲音溯源到"志"的產生,但也是點到爲止而已。如果説早期文獻中對文學起源的討論是相當邊緣的,劉勰則將文學起源作爲《文心雕龍》樞紐之頭三章的核心,將書寫文字看作文學的原質,認爲文字源于自然,爲道之直接呈現,同時又源於人類將内在體驗轉化爲視覺符號的有意識活動。劉勰認爲,人文從占卜卦劃到後世書寫文章的演變過程中,聖人起到了決定性作用,稱"道沿聖以垂文,聖因文而傳道"。在《原道》《徵聖》《宗經》,劉勰追溯了"文"漫長的演變過程,上自《易經》,下迄當代的不同文學類型。首先,他按照從《易經》到《尚書》《詩經》《儀禮》和《春秋》的順序建立了儒家經典大系。其次,他甄别了上述五經在觀察和表達上的不同模式,以及由此形成的體裁風格上的不同特徵。劉勰認爲,五經的不同體裁風格成爲後世不同文體的來源。通過這種方式,劉勰建立了詳盡的文體系統,源於五經,而當代衆多的美文類和非美文類的文章爲其末端。劉勰《文心雕龍》開篇就建立了如此龐大的"文"的譜系,真正目的是借此顯赫的譜系把美文提升到至高無上的地位(§058—059)。

文學屬性,是六朝批評家最爲熱衷討論的議題。文學屬性有外部形態和内在性質的兩部分,所有六朝批評家都會論及這兩方面,但所論有寬窄、深淺之分。這兩方面論述最爲精闢透徹者,也非劉勰《文心雕龍》莫屬,此書題目列出"文心"和"雕龍"的兩大部分,似乎正切合文學内在性質和外部形態兩方面。"雕龍"部分的涵蓋範圍,絶對是前所未見的,不僅追溯36種主要文體的流變,而且還深究作品形式所有方面,從設情定位、結構、章節、字句、直至音律,無一遺漏。"文心"部分有關文學内在性質的論述,不僅呈現出同樣的"體大",而且更顯"思精"的特徵。對持唯美立場的六朝批評家而言,文學所謂的"內在性質"不外是喚發美感勢能之內存。如果說"雕龍"部分對文學形式的討論已涉及審美問題,"文心"部分則深究賦予作品審美內質的創作過程,以及釋放作品審美內質的閱讀接受過程。"文心"和"雕龍"部分相互交錯,完美結合,造就了中外文論中"體"最大、"思"最精的文學論。相比之下,鍾嶸《詩品》的格局就小很多,討論範圍限於五言詩,但此書也是緊扣每一位五言詩人作品的外部形式和內在性質來進行品評。外部形式專談詩人語言運用的特點,而內在性質則聚焦作品的審美感召力,予以直觀感性的形容,並進行風格的比較和溯源。就文學論發展而言,蕭統《昭明文選·序》近乎劉勰文類説的簡約綜合版,而此書的意義主要在於建立文學總集編纂的體例,並依此體例編纂出第一部長篇巨製的詩文總集,上起先秦下至梁初的名作盡收其中(§061)。

　　劉勰對文學屬性研究的最大亮點,無疑是他對文學的宏觀定義和對具體文體和作品的評價。在《情采》篇中,他從先秦以來文質議題切入,將其推演爲情和文的議題,寫道:"故立文之道,其理有三:一曰形文,五色是也;二曰聲文,五音是也;三曰情文,五性是也。"劉勰在此把情作爲文學之質,並稱"五情發而爲辭章"爲"神理之數"(§064)。劉勰對詩、賦、楚辭、哀辭、五言等詩體的總評,都基於對情、文二者是否得到完美平衡的判斷。同理,對於具體作家作品的評價,劉勰也都是從情、文關係的角度進行判斷,例如他稱陸機詩"情繁而辭隱"(《體性》),認爲先秦老子"文質附乎性情"(《情采》),莊子、韓非子"華實過乎淫侈",而范雎、李斯則是"煩情入機,動言中務"(《論説》)。這類例子在《文心雕龍》比比皆是,不勝枚舉。

在評論文學功用方面,六朝文學論也有明顯的轉向。與先秦論文和漢代論詩論文的情況不同,六朝文論家對文學政教功用略而不談,是六朝論文轉向的一個顯著特點。《文心雕龍》洋洋大觀,整整五十章,竟没有一章用來討論文學政治、社會、道德作用。雖然開篇三章《原道》《徵聖》《宗經》著力建構以儒聖爲核心的"文"之譜系,其中也找不到談論文學政教作用的例子,其他的篇章就更不在話下了。翻閱鍾嶸《詩品》、蕭統《昭明文選》,我們同樣難以找到對文學政治、社會、道德作用的真正關注。就文學功用而言,六朝文論家唯一有興趣談論的是美文的審美效果。劉勰在《物色》篇講到作品要讓人體驗到"味飄飄而輕舉,情曄曄而更新"。值得注意的是,鍾嶸《詩品序》稱"動天地,感鬼神,莫近於詩",是因爲詩歌揺蕩性情這種效應,與該説法源出《毛詩序》的政教關懷毫無關係。鍾嶸已將《毛詩序》中"正得失","經夫婦,成孝敬,厚人倫,美教化,移風易俗"這些道德教化的功能都捨去了,他對詩歌功效的判斷完全是從審美的角度出發得來(§069)。鍾嶸《詩品序》還從審美的層面評價五言詩,認爲五言"居文詞之要,是衆作之有滋味者",是"指事造形,窮情寫物,最爲詳切者"(§066)。這種對情文審美功效的論述同樣出現于其後蕭繹(508—555)的《金樓子·立言》:"至如文者,惟須綺縠紛披,宫徵靡曼,唇吻遒會,情靈揺蕩。"(§073)

唐代文學論

　　劉勰將"道"引入文學論,具有極爲深遠的歷史意義。從此之後,文道説便取代先秦文質説,成爲討論文學起源、本質、功用的最重要理論框架。如果説劉勰建立文道説旨在將文學提高到至高無上的地位,六朝以後發展出各種文道説,幾乎都是爲某種新文學功用觀提供理論支撑。隨著文學功用觀不斷翻新,"道"涵義及其與文學的關係亦隨之被重新闡述。總體而言,唐宋時期見證了文學功用觀的重大轉向,入隋之後,風靡六朝文壇的純唯美主義迅速淪落爲朝廷内外群起而攻之的對象,隋王通和李諤、初唐復古運動領袖陳子昂、唐詩選集編纂者元結和殷璠無不無情地鞭撻六朝奢靡浮華的文風,認爲文學必須爲國家社會政治服務(§074—078)。在文學史上,他們的功績總體而言是"破"大於"立",没有從理論的高度來闡述儒家文學功用觀。

　　這一重要的理論建樹還得等到中唐白居易在《與元九書》中來完成。在此文中,白居易鮮明地提出"文章合爲時而著,歌詩合爲事而作"的主張。但是,白居易所强調的"情事",與《毛詩序》大有不同。《毛詩》的情事説實際上基於經學家對《詩經》創作和流傳傳統的想象,雖然我們也能看到古人采風作詩諷諫君王的歷史記載,但並不能從中找到具體某個獨立詩人怎樣用詩歌進行美刺的參照。這種情況至白居易就有了根本的變化,他的詩歌理論和創作都基於作爲諫官的個人經歷,身爲諫官的他理應以諷上爲職責。白居易自述曰:"身是諫官,月請諫紙。啓奏之外,有可以救濟人病,裨補時闕,而難於指言者,輒詠歌之。"將裨補時闕之意詠之於歌,可謂將《毛詩序》中"下以風刺上,主文而譎諫"這種對歷史的想象變爲一種現實的行爲。這可以稱爲白居易在文論史上一個很重要的創舉。可能過去也有人這樣做過,但却沒有誰像白居易那樣做出這種實際明確的闡述,直言"復吾平生之志"。這裏白居易的"平生之志"便與《毛詩序》中的"詩言志"産生理念與現實的呼應。如果我們只從傳統的言志説去理解白居易宣導的"文章合爲時而著,歌詩合爲事而作",再結合他自己所述的平生之志,會很自然地以爲他在用"志"來定義詩歌的作用。但實則不然。《與元九書》中有這樣一段話:

> 夫文,尚矣!三才各有文。天之文三光首之,地之文五材首之,人之文《六經》首之。就《六經》言,《詩》又首之。何者?聖人感人心而天下和平。感人心者,莫先乎情,莫始乎言,莫切乎聲,莫深乎義。(§079)

爲什麽白居易用"情"而不用"志"來定義人文的實質? 這或許與"情""志"兩種概念外延的廣狹有關。如果用"志"來包舉一切詩歌類型,那麽他自己詩歌分類中的閒適等類屬,就不能包括在內。相反的是,"情"可以包含"志",而"志"無法涵蓋"情"。正因如此,白居易選擇用"情"來勾聯天地人文的關係。另外,這種選擇還與"情"的歷史原義有關,情在指涉人的情感的同時,其最原始的意義是天地萬物的本質,所以使用"情"的概念便能將人的情感與萬物之情彼此貫通。

　　這段話在文論史和唐代詩歌發展史的討論中都没引起過足夠的注意,但筆者認爲這段話極爲重要。我們比較《文心雕龍·原道》篇中的表述,就會發現這段話總結出的三才情文説,較劉勰的三才文道説而言,發生了巨大轉變。第一,白居易在此已經把情文提高到不能再高的地位,成爲人文的核心。雖然劉勰花了許多筆墨在《情采》篇專門討論情文,但也只是討論情與文辭的關係,將"雕琢情性"與"組織辭令"並舉。在他眼中,情文與原道毫無關係,他不可能把情文提到這麽高的位置。第二,"感人心者,莫先乎情,莫始乎言,莫切乎聲",這意味著發自情的聲音取代了書寫視覺符號,成爲人文之精髓。此前劉勰《原道》篇將人文的起源歸於《易》象,並鈎沉出"庖犧畫其始,仲尼翼其終",乃至河圖、洛書、八卦等意象的系統。但白居易不認爲這些書寫的符號能代表人文的根本,他主張發自情的聲音纔能承載人文精神。在此基礎上,他將"文章"與"歌詩"對舉,便順勢提高了民間口頭文學的地位。第三,在論述聖人連通三才的作用上,《原道》篇歸之於"幽贊神明",聖人創制一系列文字符號來演繹、貫通天、地、人。而白居易則認爲聖人之所以能通三才,是因爲聖人能感天下人之心,"聖人感人心而天下和平",而"感人心者,莫先乎情",從而再次彰顯情文的重要性,也令這段話成爲有關文學意義的關鍵陳述。

　　與同代人白居易一樣,韓愈和柳宗元等古文家也在自己的作品中針砭時弊、臧否人物,爲推動良政善治而不懈地努力。然而,當在書信中與親友學生討論"文"的意義之時,他們所關注的不是"文"影響政治社會的外向作用,而是"文"陶冶學文者心靈的内向作用。他們所談的"文"既指狹義的"古文",也可視爲廣義之文,涵蓋一切含有審美成分的書寫文章。較之白居易,他們更加明確地將"文"與天地古聖之道聯繫在一起,提出與劉勰文道說頗爲吻合的觀點。和劉勰一樣,他們堅信,當代好的文學作品正如古代的儒家經典,同樣能揭示甚至體現宇宙之道。這種對文學強有力的肯定,在柳宗元《答韋中立論師道書》中得到了雄辯的表達:

> 始吾幼且少,爲文章以辭爲工。及長,乃知文者以明道,是固不苟爲炳炳烺烺,務采色、誇聲音而以爲能也。凡吾所陳,皆自謂近道,而不知道之果近乎遠乎?吾子好道而可吾文,或者其於道不遠矣。(§087)

"文者以明道",文學創作與學道過程相通,就能"於道不遠",從而能做到"羽翼夫道也"。在這種對文學的積極態度的指導下,他們對六朝唯美傳統的批判相對温和,雖然抨擊六朝對精緻格律和華美對仗的追求,却根本無意於抛棄審美的追求。事實上,將文學的藝術形式和高尚的道德目標("明道")結合起來,即所謂"文以貫道",正是他們努力要實現的目標,爲此他們發動了著名的古文運動,努力通過新穎的文辭和強有力的音節頓挫來重振古文寫作。

宋代文學論

到了宋代,韓、柳爲代表的"貫道"派雖然不乏後繼之人,仍有三蘇等古文大家砥柱中流,但他們的古文創作和"文以貫道"説却日益成爲宋代道學家的攻擊對象。宋儒無不致力於重新定義文道關係,但所採取的策略有所不同。第一種策略是重拾先秦時期不包括文字美文的"文"的觀念,把"文"純粹定義爲儒家的道德、社會、政治秩序,譬如,石介(1005—1045)雄心勃勃地想要將文的所有主要方面都整合到儒家的道德、社會、政治的綱目之中:

> 故兩儀,文之體也;三綱,文之象也;五常,文之質也;九疇,文之數也;道德,文之本也;禮樂,文之飾也;孝悌,文之美也;功業,文之容也;教化,文之明也;刑政,文之綱也;號令,文之聲也;聖人,職文者也。(§092)

這個長長的列表看似全面,但明顯地將優美的文辭排除在外,自曹丕(187—226)以來的主要批評著作中,文辭一直被當作文的最重要特質,而石介就將它徹底放逐於"文"之外。

另一種策略則恰恰相反,將文定義爲華麗的文辭,認爲它與儒家的道德、社會、政治秩序無涉。這樣的文不可能傳道貫道,充其量也僅具一種可有可無的輔助功用,正如周敦頤所言:"文所以載道也。輪轅飾而人弗庸,徒飾也。況虛車乎!""文辭,藝也;道德,實也。"(§094)周氏用"載道"一語巧妙地與"貫道"的觀念區別開來。"貫道"之"貫"意思是"溝通並連接"。這樣,"文以貫道"字面上的意思即通過文來貫穿並傳遞道。在這樣的語境中,文肯定不是外在於道的;事實上,當文貫穿道時,它就成了道不可分割的一部分,甚至可以是道的體現。相反,"載道"之"載"的意思只是"裝載",載物之"虛車"與所載之"實"之間自然談不上內在的關聯。因此,"載道"表達的文道關係和"貫道"顯示的截然不同。實際上,通過將文比作一輛"虛車",周敦頤強調文是外在於道的,因此文本身是非本質和無意義的。在這種對文道關係之新思考的指引下,載道論者不遺餘力地貶低文學追求。他們有時借用空車、魚筌、抵岸之筏等源於道書和佛經的比喻,強調文學修辭只是一次性的消耗品;有時又將儒家典籍中的文學特徵解釋爲聖人光輝的自然呈現,而非自覺致力於文學創作的結果。有的載道論者甚至更加激烈,毫不掩飾地詆毀文學修辭,例如程頤竟然說文學修辭是有害道學的輕浮追求,宣稱:"'玩物喪志',爲文亦玩物也。"(§097)

明代文學論

到了明代,文學論關注的重點又產生了變化,似乎又回到美文創作,這又不是簡單地回歸到六朝文學論傳統。六朝文學家喜愛在理論層面上論述文學本質,而明人則更多在詩文評的語境中討論什麼是"至文"。

不過討論"至文"並非明人之首創。明代之前的一些宋人也論及"至文",視之爲反映了文與萬物、與道最佳結合的呈現。如蘇洵云:"物之相使而文出於其間也,故曰:此天下之至文也。"(§090)然而,如果説宋人心目中的"至文"典範是聖賢之文,明人則開始將注意力從儒家道統移至文學傳統之上,沿著嚴羽(南宋末年,生卒年不詳)《滄浪詩話》所勾勒的詩歌史大綱,在盛唐詩中尋找"至文"。前、後七子所代表的明代主流批評家遵循的就是這條進路,標舉盛唐詩爲"至文"的典範,並發展出各種各樣模仿唐詩的寫作方法,爲此而贏得"復古派"之名(§106—108)。

到了明代晚期,"復古派"長期統治文壇的弊端盡出,一味機械模仿、壓抑性靈的詩法,終於成爲群起攻之的對象,並使得反對者匯合成"反復古派"之大軍,包括李贄(1527—1602)、徐渭(1521—1593)、公安三兄弟、湯顯祖(1550—1616)等人。有趣的是,反復古派也是以"至文"爲最高的典範,但他們所推崇的至文是對復古派的至文的徹底否定,認爲"至文"不是存在於某個時代,而存在於今時,存在於自我之中,因此不需學習古人,自我情感的自然抒發,便是至文。因此,至文不僅見於詩文,小説、戲劇等新興的文體也是至文的產生地。

復古派和反復古派文學論競相發展,相互撞擊,在文論史上的意義大概莫大於激發了對"情"的嶄新闡述。和陸機、劉勰等人相似,前後七子所説的"情",指的是經過藝術加工之"情",他們既不討論情產生的歷史背景,也不論情的社會功用,認爲情與景的互動是創作成功的關鍵。然而,他們討論"情"的切入點又不同於六朝人。劉勰《物色》篇和陸機《文賦》主要描述創作啓動時情和物的互動,而明人論述"情"則試圖從情和景互動的角度來破解盛唐詩"玲瓏透徹"境界產生的奧秘。

反復古派則強調,至文之情絕非經過藝術加工之"情",而是自我感情的自然流露。他們提倡的抒情方法與六朝批評家和明復古派所主張的截然不同。如李贄主張情感之自然迸發,認爲將迸發的情感付諸文字便是"至文"。正因如此,李贄無畏地贊同挑戰儒家聖人的權威,而《牡丹亭》作者湯顯祖則讚揚"情不知所起,一往而深,生者可以死,死可以生"。反復古派對自發情感的讚揚在中國文論史上是前所未有的。(§110—115)

清代文學論

入清以後,復古與反復古、模擬與反模擬的論爭慢慢消退了,但是關於"至文"的論辯仍然在延續,許多清代批評家仍然在過去的歷史中尋找"至文"的典範,但他們多已超越明人"文必秦漢、詩必盛唐"的樊籬,轉向更早的《詩經》傳統。在闡發自己對"至文"的見解時,他們都力圖作出更富有理論性的闡述。在清代文學論中,最有原創性的突破,應是運用宇宙運作規則來解釋"至文"的特徵。

在《原詩》中,清初葉燮對文和宇宙之道之間的互動進行了細緻的分析研究,但並不明確地談論道。這一點似乎是葉氏的自覺選擇,其目的可能在於劃清自己和道學之間的界限。確實,在整部《原詩》中,葉氏從未討論任何教化問題,也從未使用任何讓我們聯想起唐宋儒家的文道說。不過,他與劉勰也有不同,並没有爲證實文學的神聖起源而考察宇宙過程。他主要的目標在於探討文學創作的機制,即探究"至文"是怎樣產生於作者與宇宙過程的交往互動。

爲了揭開至文產生的奧秘,葉氏運用了傳統文論中少見的分析方法。他把所有事物的發展分成三個階段:理、事、情。理,決定事物發生的内在原理;事,自然和人世中的實際存在;情,事物外在形式的體現。葉氏認爲,理、事、情三階段的依次發展依賴於宇宙的氣。如果氣充滿並鼓蕩著理、事、情,則三者都將得到充分發展。對葉燮來說,正是這一神奇的自然發展過程產生了天地之"至文"。葉燮認爲,要在文學作品中創造"至文",作者必須在其想象世界中揣摩理、事、情三者的動態關係,能否成功則取決於他如何運用四種内在因素,即才、膽、識、力。如果作者能夠有效地運用才、膽、識、力來呈現外在的理、事、情,他就能創造出和天地之至文相匹敵的文學"至文"來。葉氏所提供的證據則是文學"至文"無與倫比的審美效果:"詩之至處,妙在含蓄無垠,思致微渺,其寄託在可言不可言之間,其指歸在可解不可解之會,言在此而意在彼,泯端倪而離形象,絕議論而窮思維,引人於冥漠恍惚之境,所以爲至也。"(§133)

清代中葉,桐城派古文大師姚鼐建立了一個嶄新的文道說,將文學的起源和審美本質與宇宙之道聯繫在一起。他寫道:"鼐聞天地之道,陰陽剛柔而已。文者,天地之精英,而陰陽剛柔之發也。惟聖人之言,統二氣之會而弗偏,然而《易》《詩》《書》《論語》所載,亦間有可以剛柔分矣。"(§143)姚氏將文追溯到道,想要實現的却是和劉勰、蕭統及葉燮完全不同的目標。如果說劉勰的目的在於證明文的神聖起源,那麼姚鼐則致力於建立以道爲基礎的兩大審美類型。他認爲脫胎於道的文的所有形式,無論是古老的儒家典籍還是後代的純文學作品,都具有陽剛之美和陰柔之美。唐代以來,審美經驗的分類愈來愈瑣碎繁雜,姚氏以簡馭繁,劃分出陽剛美和陰柔美兩大類型,有效地解決了美感分類的問題。文的表現和特質繽紛多彩,但都可以納入這兩個寬泛的審美類型。將兩大分類建立於道的基礎上,姚鼐由此樹立了一套新的美學判斷的重要法則。因爲"一陰一陽之謂道",他推論好的文學作品必然包含著這兩方面的因素。正如陰陽交互影響,一個類型的成分也可以超過另一個,但絕不可能"一有一絶無"。他認爲,如果一部文學作品中剛柔的相互作用幾乎和道中陰陽的互動一樣神奇,那麽該作品就是"通乎神明"的至文。

　　清代中葉,還見證了一種爲恢復駢文往昔顯赫地位而建立的唯美文道論。中唐古文運動興起以降,駢文一直是被批判攻擊的目標,是屬於弱勢的散文流派。雖然駢文寫作從未停止,唐宋時期還發展出獨特的體式和風格,但在文論領域却沒有人大膽地站出來爲駢文鳴冤叫屈,講述它存在的價值和意義,更莫說要打擂臺,與古文爭高低。但到了清代,袁枚(1716—1798)、阮元(1764—1849)等文壇領袖開始爲駢文的復興大聲疾呼,紛紛撰寫專文和駢文集序,大講特講駢文無上榮光的淵源。爲此,他們從劉勰《文心雕龍》找到了兩個極佳的策略,一是以《文心雕龍·宗經》模式,重構駢文的譜系,一直溯源到孔聖編撰的《易傳·文言》,從而破擊所有對駢文思想内容的攻擊;二是模仿《文心雕龍·儷辭》的作法,將駢文結構原則與天地自然現象、宇宙最高原則的"道"掛鉤,從而徹底推翻認爲駢文矯揉造作的觀點,爲駢文的藝術形式正名(§147—151)。

進入晚清以後,文學論的發展出現了重大轉向。文學的政教功用又再次成爲文學論的核心議題。在復古和反復古派有關"至文"的論辯中,文學政教作用的議題被束之高閣了。雖然,清初黄宗羲、沈德潛等人重新提倡"溫柔敦厚"之詩教,但帶有明顯唯美傾向的至文追求仍代表了文壇的主流。自從鴉片戰爭以後,國運急轉直下,內憂外患接踵而來,將中華民族推到災難深淵的邊緣,對民族生存的焦慮猶如無法撥開的愁雲,籠罩在每一位有血氣、憂國憂民的文人心頭。在這種充滿悲情的語境之下,往昔唯美至文的追求自然要退出文壇的中心,而文學的政教功用自然又再次成爲文學論的中心議題。然而,這並不是簡單的歷史輪迴。其間,用於探究文學政教功用的理論框架不斷被革新,先是龔自珍(1792—1841)等人基於儒家今文派經世致用思想的情感論,隨後又有梁啓超(1873—1929)等改良主義者所追求的"政"和"教"。他們的"政教"與儒家所說的政教是截然不同的。在他們心目中,"政"是民主開明的政治社會,而"教"是開發民智,爲此政治社會培養合格的公民。魯迅(1881—1936)崇尚拜倫的唯意志革命論,希冀西方魔羅詩力來擊破所有阻礙中國政治社會進步的絆腳石。

中國文學論發展的獨特軌跡

古今批評家都認爲"一代有一代之文學",而古代文學論的嬗變也是如此。以上對歷代文學論的回顧和總結，展現出一條波浪曲綫型的發展軌跡，如下圖所示：

非唯美文學論

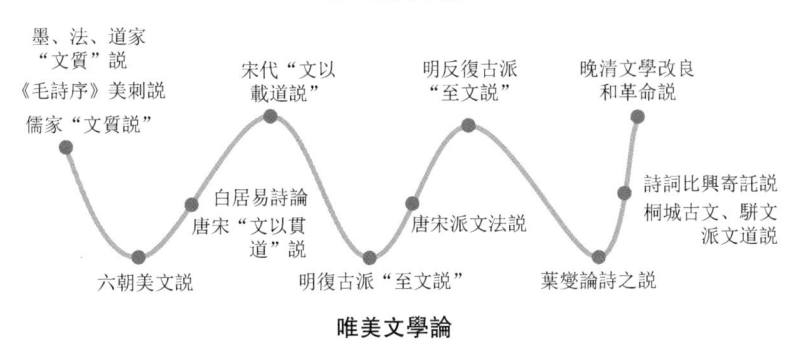

墨、法、道家"文質"說
《毛詩序》美刺說
儒家"文質說"

宋代"文以載道說"

明反復古派"至文說"

晚清文學改良和革命說

白居易詩論
唐宋"文以貫道"說

唐宋派文法說

詩詞比興寄託說
桐城古文、駢文派文道說

六朝美文說

明復古派"至文說"

葉燮論詩之說

唯美文學論

在上圖中，上下兩端分别是非唯美文學論和唯美文學論。中國文學論肇始於先秦非唯美的"文"說。先秦典籍中的"文"主要是對上古政治、社會、文化總體和不同層次形態的描述，而文字典籍在其中處於邊緣的地位，自然没有唯美文學論産生的空間。先秦各哲學流派可分爲崇質貶文和文質兼重兩大陣營。有趣的是，兩者立場可以用"非唯美"一詞的兩讀來區分。此詞作 1+2 讀，"非"作動詞"反對"或"否定"解，極爲精確地點明墨、法、道家抵制譴責所有形式"美文"的立場。此詞若作 2+1 解，"非唯"作連詞解，意思是"不僅是"，正好表達孔子對美文肯定的前提，即它們不僅是帶來愉悦，而且與實用的"質"形成相輔相成的關係。上表"非唯美文學論"的陳述，取"非"的動詞義，即指"反唯美文學論"。因此，儒家文質說定位在曲綫的中端。漢代《毛詩序》專注於詩的美刺作用，對純美的追求也是同樣忽略的，故屬於非唯美文學論之列。六朝文學論無疑是對先秦文學論的反動，主要傾向衝破政教、禮儀、道德的束縛，全面肯定和讚揚美文自身的價值。

接著，唐宋文學論的主流又構成六朝唯美文學論的反動，又重新強調文學的社會政治功用，但又不是先秦非唯美文學論的簡單回歸。白居易獨創具有强烈刺世教諭作用的新樂府，同時又書寫怡情審美爲主的閒適詩。同樣，韓愈、柳宗元等古文家將文學創作與學習聖人的過程等同起來，因而他們"文以貫道"之說兼有非唯美和唯美訴求，故應定位於波浪曲綫的中端。然而，北宋石介和南宋"文以載道"派極力貶低甚至否定美文，其論説自然是屬於非唯美文學論。

到了明代，文學論關注的重點又產生了變化。文學論的中心似乎又回到美文創作，這又不是簡單地回歸到六朝文學論傳統。六朝文學家喜愛在理論層面上論述文學本質，而明復古派則更多在詩文評的語境中討論什麽是"至文"。如果説劉勰"情文説"主要用於評價作品中情與文辭結合的狀況，徐禎卿、謝榛等人則獨闢蹊徑，致力從創作過程的角度來探究盛唐詩人創造"至文"的奧秘，將他們實現情景完美結合的絶法呈現於世。毋容置疑，反復古派所倡導的是非唯美文學論。

到了清代中期，清初葉燮雖然以批判復古説爲己任，但仍步復古派的後塵，將情景結合作爲寫詩和評詩的圭臬，而且把客觀的"景"三分爲理、事、情（物之情貌），主觀的"情"四分爲才、膽、識、力，並深入地分析了這七大要素如何縱橫交錯，彼此作用，創造出無與倫比的"至文"。毫無疑問，葉燮的詩論代表明代以來唯美"至文"説的巔峰。物極必反，葉燮之後，在詩歌的領域,"至文"說又開始了對儒家詩教傳統的回歸。沈德潛的格調說、常州詞派認爲,《詩經》簡樸的比興寄託,而並非唐人自鑄的偉詞,纔是情景融合的最高境界,纔是真正的至文。有鑒於此,這些詩學、詞學中的詩教派被定位在上圖曲綫的中端。

歷代文學論發展曲綫圖的終點,是以梁啓超和魯迅爲代表的晚清非唯美文學論。説來有趣,梁、魯兩人對傳統小説、詩歌的鞭撻,與曲綫圖起端法家對"文"的譴責,似乎並無二致,都是因爲他們將所批判的對象視爲毒害心靈的精神鴉片。法家認爲,"文"會使人拋棄農戰強國的大業,誤入追逐個人名利的歧途。梁啓超對傳統小説的判決幾乎相同,認爲它大肆宣揚帝王將相、才子佳人的價值觀,從根本上破壞培養現代國民意識、建立新中國的偉業。魯迅對傳統詩歌詩學的抨擊就更加尖刻不留情,認爲其兩千多年來一直宣揚"攖寧"理想,造成中國人喪失了進行政治和社會革命的願望和勇氣。但與法家對"文"一概否定的作法不同,梁、魯兩人是破此文(中國傳統小説、詩歌)而立彼文,即西方政治小説和以英國浪漫主義詩人拜倫爲代表的魔羅詩學。

中國文學論波浪曲綫型的發展軌跡,與西方文學論乃至整個文論傳統直綫發展的軌跡迥然相異。艾布拉姆斯(M. H. Abrams)教授的名著《鏡與燈:浪漫主義文論及批評傳統》(*The Mirror and the Lamp: Romantic Theory and the Critical Tradition*)勾勒了西方文學理論發展的綫性軌跡,從古典和新古典時期盛行"模仿論"和"實用論",到風靡浪漫主義時期的"表現論",再到後浪漫主義時期的"客觀論"。如果説"模仿論"和"實用論"明顯帶有政治、社會等非唯美的成分,"表現論"和"實用論"則近乎純唯美的,社會、倫理、功利的因素全被排除在外。浪漫主義唯美文學論的產生,既是 18 世紀德意志美學影響的結果,同時又大大鞏固了以排除功利因素爲前提的康德美學的統治地位。從那時直到 20 世紀末,非唯美的文學思想始終沒有進入西方文論的主流。

　　顯然,中國文學論和西方文學論遵循了兩條截然不同的發展綫路:一條是始終由非唯美和唯美之間強烈張力所推進的波浪曲綫,另一條是一物取代一物演變的直綫。

1 遠古時期的宗教文學論

先秦兩漢文獻對上古的描述中所呈現的世界觀,是以超自然的鬼神爲中心的。與西方許多超自然的存在相似,這些鬼神是有意識的宇宙主宰。與西方不同的是,這些鬼神與自然和人世的發展過程密不可分。其中一些是部落祖先神,他們已經離開了人世,但仍繼續對社會和政治發展過程產生決定性影響;另一些是自然神,是自然力量和過程的内在主宰。

鬼神與發展中的自然、人類相融合的過程,充分反映在各種文獻對"鬼""神"的解釋中。鄭玄(127—200)把"天神"簡單定義爲"五帝與日月星辰"的結合[1]。在解釋司馬遷(前145或前135—?)《史記·五帝本紀》中的"鬼神"時,張守節寫道:"鬼之靈者曰神也。鬼神謂山川之神也。能興雲致雨,潤養萬物也。"[2]在另一段中,他用同樣的方式解釋這兩個字:"天神曰神,人神曰鬼。又云聖人之精氣謂之神,賢人之精氣謂之鬼。"[3]

有意識的神與自然和人類社會的融合,預示著一種宗教世

---

[1]《周禮注疏》卷二十二,《十三經注疏》第1册,第788頁。"五帝",上古傳說中的五位帝王,具體說法不一;或指古代所謂蒼、赤、黄、白、黑五方天帝。
[2] 參看[漢]司馬遷《史記》卷一,第1册,第12頁,北京:中華書局,1982年。
[3] 參看[漢]司馬遷《史記》卷一,第1册,第14頁。

界觀的出現,其特徵是在超驗世界和現象世界、自然和人世之間沒有絕對界限。在它的引導下,初民敬奉控制所有自然過程和人類活動的鬼神,圍繞著奉獻給鬼神的各種獻祭儀式來安排他們生活的方方面面。這種強烈的宗教追求也反映在上古時對占卜的普遍使用上。孔穎達(574—648)《禮記正義》記載了遠古初民是怎樣在蓍莖和龜殼的幫助下爲所有大小的人類行爲請求神諭的:

> 昔三代明王皆事天地之神明,無非卜筮之用,不敢以其私褻事上帝。是故不犯日月,不違卜筮。卜筮不相襲也。大事有時日,小事無時日,有筮。外事用剛日,內事用柔日。不違龜筮。[1] (LJZY, juan 55, p.1644)

我們在《五帝本紀》中也可以清楚地看到,宗教儀式在初民的生活中居於核心地位。我們讀到的幾乎全是對五帝如何通過舉行祭祀鬼神的儀式來將自然和人類的所有過程帶入和諧狀態的描寫。"三禮"是其描寫的宗教儀式之一,馬融(79—166)解釋爲"天神、地祇、人鬼之禮"[2]。既然這種三位一體的鬼神既是自然的過程,又是有意識的存在,對儀式的表演者來說,用兩種相應的方式與之溝通和互動是很自然的。他們將鬼神視爲有意識的存在,與之單獨溝通並直接交談,向它們報告人類的種

---

[1] 《禮記正義》卷五十五,《十三經注疏》第2冊,第1644頁。
[2] 參看[漢]司馬遷《史記》卷一,第1冊,第12頁。

種行爲,並熱切地祈求其福佑[1]。同時,鬼神作爲自然過程,這些表演者又可通過各種肢體運動來尋求與之互動,並在儀式或圖騰的舞蹈中達到高潮。這種對於肢體運動強度的追求,一般被認爲是宗教表演的顯著特徵,旨在控制自然和人事中隨處可感受的神秘力量。這種宗教舞蹈和神秘的自然過程之間相互關聯的古老信仰,在《繫辭傳》中留有明顯的痕跡:

鼓之舞之以盡神。[2]

在這段文字中,因鼓、舞而充分發生作用的神已經不再是《堯典》中被祈求的神靈,而是"道"的神秘力量。與之相似的是,鼓和舞本身不再是實際的獻祭舞蹈及舞蹈的主要樂器,而是一種借喻,意思是竭盡全力讓道的神秘力量全部發揮出來。儘管如此,這裏所說的"鼓""舞""神"仍讓我們想起《堯典》用"鼓""舞"來感動鬼神的情形。上古先民如此使用鼓和舞,說明他們篤信強烈的表演節奏可以通神,即與作爲自然過程之鬼神進行互動,使之造福於人類。根據一些學者的研究,巫覡的舞蹈在原始宗教儀式裏的中心地位甚至深植於字源中:舞和巫這兩個漢字讀音近同,而"巫"就是通過舞蹈、音樂和頌歌來和神

---

1 《文心雕龍》中,劉勰用第十章《祝盟》前半部分來考察祝文發展爲一種文學類型的過程。他給出的最早祝文的例子是舜和其他傳說時代的君王祈禱豐收的簡略文字。根據劉勰的考察,直到周代頌詞纔被加入到祝文中去。的確,我們能在《詩經·周頌》中發現甚多的頌詞。
2 《繫辭傳》指《易傳·繫辭傳》,在《周易》經文之外闡述全書原理。"繫",孔穎達疏爲"繫屬"之義。

靈溝通的巫師。從很早的時候開始,這兩個字已經被認爲是相互緊密聯繫的,如果不是完全同源的話[1]。其中的一個往往被另一個定義。例如,在《説文解字》中,許慎(約58—約147)解釋小篆的"巫"字如下:"巫,祝也。女能事無形,以舞降神者也。象人兩褎舞形。"(SWJZZ,P.357)許慎所分析的"巫"是小篆,這是一種秦代纔出現的字體,因此他對"巫"的解釋對現代學者來説肯定有商榷的餘地。但是,現代學者徐中舒把注意力轉向現存最古老的文字形式——甲骨文,發現甲骨文的"舞"字正好爲許氏提供了圖證:,即一個正在通過舞蹈來祈雨的巫師的體形[2]。

許慎和徐中舒的釋字可能帶有某種程度的推測,但似乎驗證了許多著名學者的看法:在早期的原始傳統中,舞蹈具有巫術和宗教的功效,而詩只是其附庸而已。在《楚辭·九歌序》中,王逸(約89—158)寫道:"昔楚國南郢之邑,沅湘之間,其俗信鬼而好祠。其祠,必作歌舞以樂諸神。"[3] 後來,阮元(1764—1849)在解釋"頌"——它可能是《詩經》裏最古老的部分——的含義時寫道:"頌者,容也","三頌各章皆是舞容,故稱爲頌。若元以後戲曲,歌者舞者與樂器全動作也。"[4] 由此阮元試圖強調,在遠古的宗教頌詩中,詩和舞是完全融合的,或者可以説,詩只是整個樂舞表演中的構成部分。近兩百年來,許多學者都接受並進一步發展了阮元對頌和舞關係的見解。

---

1 巫覡,音 wū xí,男女巫師的合稱,女巫師稱作"巫",男巫師稱爲"覡"。
2 徐中舒著:《甲骨文字典》,成都:四川辭書出版社,1990年,第630—631頁。
3 [漢]王逸注:《楚辭補注》,《四部備要》版,卷二,第1—2頁。
4 [清]阮元著:《釋頌》,《揅經室一集》,《四部叢刊》版,卷二,第13頁。

對上古舞蹈的巫術和宗教作用的記載，《堯典》一章是現存最早的文獻之一。其中"詩言志"段落描述的詩歌吟誦、音樂演奏和舞蹈實際上是在舜的指令下表演的"三禮"的一部分[1]。在評論這一獻祭表演時，舜和夔都沒提到過有韻的禱詞，而是專注於吟誦詩歌的行爲是如何引出強有力的舞蹈，從而使神和人達到和諧一致。他們對表演行爲強度的強調揭示出一個敏銳的認知，即作爲自然過程的鬼神，對宗教儀式表演中強有力的節奏最爲敏感。換句話說，他們似乎相信，在吟詩、奏樂和舞蹈中不斷增強的肢體力量能對天神、地神和人鬼產生神奇的影響。考慮到舞蹈能夠觸動神靈這一無上的力量，他們很自然地將它看作是儀式表演的高潮。由此可見，"詩言志"段落顯然明確地表達了一種深植於以鬼神爲中心的世界觀的宗教文學論。

1.1 遠古文獻中"詩言志"說與宗教舞蹈音樂的關係

"詩言志"是現在已知的有關文學的最早命題。按照傳統的說法，它是傳說時代的帝王虞舜在與其樂官夔談話時提出的，記錄於《尚書·堯典》。儘管很少有人相信這一論述真的出於傳說中的舜帝之口，但絕大多數學者都認爲它傳達了最早的文學觀念。

根據文獻和甲骨文的證據以及"詩言志"提出的上下文，我

---

[1] 三禮，指祭天之天禮、祭地之地禮及祭祀宗廟之人禮。

們可以認爲《尚書》"詩言志"說的確代表了一種獨特的宗教文學論。在這種文學論中,詩處於樂和舞的從屬地位,在喚醒神靈時起到輔助作用;而它最關注的是神人以和。儘管以舞蹈爲中心的宗教表演後來喪失了其重要性,"詩言志"說却保留下來,成爲朱自清(1898—1948)所說的中國文學批評的"開山綱領"[1],對傳統中國文學批評的發展產生了深遠影響。究其原因,乃是因爲"詩言志"說提出了文學是過程這一核心思想,即文學源於內心對外部世界的感應,之後以不同的藝術形式呈現這一過程,轉而使天、地、人三界的各種過程達到和諧。這一核心思想爲幾千年來人們理解文學提供了基本的觀念模式。

§001　《尚書·堯典》:"詩言志"命題與遠古社會的詩、樂、舞

【典籍簡介】《尚書》,十三經之一,上古時代歷史和事跡著作的彙編,分爲《虞書》《夏書》《商書》《周書》。西漢初存二十八篇,傳爲學者伏生口述,用漢代隸書抄寫的《尚書》,爲《今文尚書》,西漢時,在孔子故宅牆壁中發現了另一部《尚書》,爲《古文尚書》。《堯典》爲《尚書》其中一篇,記敘堯、舜事蹟。《今文尚書》中,《堯典》與《舜典》不分,皆入《堯典》,而《古文尚書》有《堯典》和《舜典》之分。

帝曰:夔①,命汝典樂,教胄子②:直而温,寬而栗③,剛而無虐,簡而無傲。詩言志,歌永④言,聲⑤依永,律⑥和聲,八音⑦克⑧諧,無相奪倫⑨,神人以和。

夔曰:於!予擊石拊⑩石,百獸率舞。(SSZY, juan 3, p.131)

①樂官名。　②"胄子",古代用以稱帝王及貴族長子;清代王引之認爲此處"教胄子"乃"教育子"之誤寫,"育子"指年幼子弟,並不特指長

1　朱自清:《詩言志辨》,北京:古籍出版社,1956年,第4頁。

子。 ③莊栗,嚴肅。 ④"永"即"詠",長言、長歌。 ⑤謂五聲,宮商角徵羽。 ⑥樂音高低審定系統,古稱六律六呂。 ⑦八種不同材質的樂器:金石絲竹匏土革木。 ⑧能。 ⑨"倫",猶"理"。 ⑩"拊"謂輕擊,力度輕於"擊"的敲打。

這段話雖然簡略,却涵蓋了文學活動的全過程:它起源於人類心靈,形於言語,伴以詠誦和舞蹈,從而影響外部世界。這裏所描述的是宗教意味濃厚的表演,而詩則是其筆始。表演者通過言詩、詠詩、唱詩、奏樂和舞蹈來傳達"志",即心靈的活動,希望取得内心的平衡。這種表演被認爲有益於王族青年的道德教化。通過參與或觀看這種表演過程,年輕一代能够獲得穩定、平和的品質。而表演更重要的目的在於實現人與神的和諧。更具體地説,表演者不斷加快其活動節奏,直至在"百獸率舞"的舞動中達到高潮,從而取悦神靈,實現"神人以和"。一般認爲,夔所指揮的"百獸率舞"是人類身著獸皮表演的一種圖騰舞蹈[1]。但是,孔穎達等人寧願將"百獸率舞"視爲真實的描寫。動物也有所感動而共同舞蹈,可見神人相和有著不可思議的影響力。他説:"人神易感,鳥獸難感。百獸相率而舞,則神人和可知也。"[2] 這種舞蹈,無論是否爲圖騰舞蹈,都是整個表演的中心,是實現"神人以和"的關鍵。

§002 * 鄭玄(127—200)《詩譜序》:詩歌的起源(*號標示本節以外時期的相關論述)

【作者簡介】鄭玄(127—200),字康成。北海郡高密縣(今山東省高密市)人。東漢末年儒家學者、經學大師。鄭玄曾入太學攻京氏《易》及公羊《春秋》,又從張恭祖學《古文尚書》《周禮》和《左傳》等,最後從馬融學古文經。鄭玄治學以古文經學爲主,兼採今文經學,爲漢代經學的集大成者。

詩之興也,諒①不於上皇②之世。大庭軒轅逮於高辛③,其

---

1 [清]孫星衍注:《尚書今古文注疏》(十三經清人注疏本),第71頁,北京:中華書局,1986年。
2 [唐]孔穎達注見於《尚書正義》,《十三經注疏》第1册,第132頁。

時有亡④,載籍亦蔑⑤云焉。《虞書》曰:"詩言志,歌永言,聲依永,律和聲。"然則《詩》之道放於此乎?(MSZY, p.262)

①推測,料想。　②傳説中太古最早的帝皇。　③皆爲傳説中古帝王名。　④"亡",同"無",没有。　⑤"蔑",無,没有,是説典籍中没有提及。

按照《毛詩正義》所言,鄭玄此處所説的《虞書》即後世所言的《堯典》。由此可見,早在漢代,人們已經將《堯典》中"詩言志"那段話視爲詩歌起源的最早記載,並推斷詩歌産生於堯舜時代。

§003　＊孔穎達(574—648)《詩譜序正義》:詩和樂産生先後之爭

【作者簡介】孔穎達(574—648),字沖遠,又字仲達,冀州衡水(今河北省衡水市)人。唐初經學家。隋朝末年舉明經,選爲進士,入唐朝,歷任國子司業、國子祭酒、東宫侍講。唐太宗時,奉命編纂《五經正義》,集魏晉南北朝以來經學之大成。

原夫樂之所起,發於人之性情,性情之生,斯乃自然而有,故嬰兒孩子則懷嬉戲抃①躍之心,玄鶴蒼鸞亦合歌舞節奏之應,豈由有詩而乃成樂,樂作而必由詩?然則上古之時,徒有謳歌吟呼,縱令土鼓、葦籥②,必無文字雅頌之聲。故伏犧作瑟,女媧笙簧,及蕢桴、土鼓③,必不因詩詠。如此則時雖有樂,容④或無詩。鄭疑大庭有詩者,正據後世漸文,故疑有爾,未必以土鼓、葦籥遂爲有詩。若然,《詩序》云情動於中而形於言,言之不足,乃永歌嗟歎。聲成文謂之音。是由詩乃爲樂者,此據後代之詩,因詩爲樂,其上古之樂必不如此。(MSZY, p.262)

①音 biàn,拍手。　②"籥"音 yuè,"葦籥",指古代用蘆葦製成的樂器。　③"瑟""笙簧""蕢桴"(音 kuài fú)、"土鼓",皆爲古樂器。　④或許,與"或"同義。

這段列出了關於詩歌起源的第一種觀點,即認爲樂產生於詩之前。人之音與自然、動物、嬰孩等音節奏均一致,因此必先有音樂再有詩歌。這一觀點當今較不常見。

鄭説既疑大庭有詩,則書契⑤之前已有詩矣。而《六藝論·論詩》⑥云:"詩者,弦歌諷喻之聲也。自書契之興,樸略尚質,面稱不爲諂,目諫不爲謗,君臣之接如朋友然,在於懇誠而已。斯道稍衰,姦僞⑦以生,上下相犯。及其制禮,尊君卑臣,君道剛嚴,臣道柔順,於是箴諫者希,情志不通,故作詩者以誦其美而譏其過。"彼書契之興,既未有詩,制禮之後始有詩者,《藝論》所云今詩所用誦美譏過,故以制禮爲限。此言有詩之漸⑧,述情歌詠,未有箴諫⑨,故疑大庭以還,由主意有異,故所稱不同。禮之初與天地並矣,而《藝論·論禮》云:"禮其初起,蓋與詩同時。"亦謂今時所用之禮,不言禮起之初也。(MSZY, p.262)

⑤ 意指文字。　⑥ 鄭玄作,已散佚,今存後人輯本。　⑦ 虛假詭詐。
⑧ 指有詩以來,"漸",逐漸形成。　⑨ 規勸進諫。

這段描述關於詩歌起源的第二種觀點,即認爲詩歌是諷喻之聲,若無諷喻的政治需要便無詩歌。據這一觀點,古人談話較為質樸,"君臣之接如朋友然,在於懇誠而已",不需用詩歌;後來上下"情志不通",所以只能用詩歌"誦其美而譏其過",這時詩歌纔應運而生。將詩歌起源歸結爲諷諭需要,無疑是漢人解詩道德化的產物。當今學者很少提及這種觀點。

彼《舜典》⑩命樂,已道歌詩,經典言詩,無先此者,故言詩之道也。"放於此乎"⑪,猶言適於此也。言放於此者,謂今誦美譏過之詩,其道始於此,非初作謳歌始於此也。(MSZY, p.262)

⑩《舜典》與《堯典》本爲一篇,合於《堯典》中。孔穎達作《尚書正義》從《僞古文尚書》,從《堯典》中分出《舜典》,單獨作一篇。　⑪"放",至、到意。"放於此乎",隱二年《公羊傳》文。

这段描述了关於詩歌起源的第三種觀點，即認爲詩歌在堯舜之前就已出現，而只是到了堯舜時期纔有以詩諷喻的"詩道"。此觀點顯然是對第二種觀點的反駁。

§ 004 ＊ 阮元(1764—1849)《釋頌》：《頌》與舞蹈

【作者簡介】阮元(1764—1849)，字伯元，號芸臺(又作雲臺)，江蘇儀徵人。清中葉經學家、訓詁學家。乾隆五十四年(1789)進士，曾在禮部、兵部、户部、工部任職，並出任山東、浙江學政，浙江、江西、河南巡撫，湖廣、兩廣、雲貴總督等。晚年任體仁閣大學士，後加官至太傅，諡文達。阮元倡樸學，羅致學者編書，主編《經籍纂詁》，校刻《十三經注疏》，著有《揅經室集》《十三經注疏校勘記》等。

《詩》分"風""雅""頌"，"頌"之訓爲美盛德者餘義也。"頌"之訓爲"形容"者，本義也，且"頌"字即"容"字也。故《説文》："頌，皃也。從頁，公聲。籀文作額。"是"容"即"頌"。《漢書·儒林傳》魯徐生善爲頌，即善爲容也。"容""養""羕"一聲之轉，古籍每多通借。今世俗傳之"樣"字始于《唐韻》，即"容"字轉聲所借之"羕"字，不知何時再加"扌"旁以別之，而後人遂絕不知從"頌""容""羕"轉變而來。豈知所謂"商頌""周頌""魯頌"者，若曰"商之樣子""周之樣子""魯之樣子"而已，無深義也。何以三頌有樣而風、雅無樣也？風、雅但弦歌笙間，賓主及歌者皆不必因此而爲舞容，惟三頌各章皆是舞容，故稱爲"頌"。若元以後戲曲，歌者舞者與樂器全動作也，風、雅則但若南宋人之歌詞彈詞而已，不必鼓舞以應鏗鏘之節也。《仲尼·燕居》："子曰：大饗①有四②焉……下管③象、武④，夏、籥⑤序興⑥。"象、武，武舞用干戚⑦也。夏、籥，文舞用羽籥⑧也。所謂

"夏"者,即"九夏"⑨之義。《説文》:"夏,从夊、从頁、从臼。臼,兩手。夊,兩足。"與"頌"字義同,周曰"頌",古曰"夏"而已。故"九夏"皆有鐘鼓等器,以爲容節。九夏即在"頌"中,明乎人身手足頭兒之義,而古人名《詩》爲"夏"爲"頌"之義顯矣。《樂記》賓牟賈⑩問答全是舞頌,即"頌"即"容"之實據。《周禮·大司樂》凡曰"奏"皆金⑪也,曰"歌"皆人聲也,曰"舞"皆頌也。"夏"也,人身之動容也。武舞曰"萬"舞者,萬,厲⑫也,蹈厲,武舞也。爾詩有"頌"者,此必有舞容在後。禮:君子趨行、賓出入、尸⑬出入,皆奏"夏"。"夏"即人容,以金奏爲之節也。《周禮·鐘師》于二南之詩亦稱奏者,彼以弓矢爲舞容,故有金奏,非舞不稱奏也。鐘、磬分笙鐘、笙磬、頌鐘、頌磬者,笙在東方,專應風、雅之歌,頌在西方,專應夏、頌之舞也。此乃古人未發之義,因釋之如此。(YJSQJ, pp.12 – 14)

① 指天子宴飲諸侯來朝的禮儀。　② 四種音樂動作。　③ 堂下吹管。　④ 武舞名。　⑤ 文舞名。　⑥ "序"意謂更,再次;"序興",即再次奏起。　⑦ 斧與盾,武舞所持之器。　⑧ "羽",指雉羽;"籥",一種編組管樂器。"羽籥",指文舞所持之器。　⑨ 古樂名,九章,以鐘鼓演奏。鄭玄(《周禮注疏》)認爲與"頌"同類。　⑩《樂記》中記載的人名,問樂於孔子。　⑪ "金"指代樂器,尤金屬所製。　⑫ 形容振奮有力。　⑬ 代表死者受祭的人。

阮元將"頌"訓爲"容"、"舞容",認爲詩和舞是完全融合的,或者可以説,詩是從屬於舞的。近兩百年來,許多學者都接受並進一步發展了阮元對頌和舞關係的見解。

1.2　從"詩""志"甲骨文字源探究遠古詩與宗教舞蹈的關係

爲了確認遠古"詩言志"説的意義,聞一多、陳世驤、周策縱先後超越現有的歷史和禮儀文獻的範圍,轉而利用20世紀初纔被發現的甲骨文。他們對甲骨文字元㞢、屮以及這後來合成的㞢,各自作了不同的、但都極爲原創的推論。如果説聞氏看到了遠古詩歌記誦的作用,陳、周兩人則發現了宗教舞蹈的蛛絲馬跡。當然,對甲骨文的讀解帶有一定程度的猜測性,因此人們大概總可找出理由來反駁這些學者的觀點。不過,他們認爲宗教舞蹈在早期詩歌中佔有首要地位,這個基本論點還是相當有説服力的。

§ 005　＊聞一多(1899—1946)《歌與詩》:"詩言志"古字與遠古詩的記誦作用

【作者簡介】聞一多(1899—1946),本名聞家驊,字友三,1899年生於湖北浠水縣巴河鎮,中國現代詩人及學者。1912年,考入北京清華學校,1922年去美國留學,1923年出版詩集《紅燭》。1932年,任清華大學國文系教授。1938年,到昆明西南聯合大學任教授。1946年7月15日,在悼念李公樸的大會上演講,同日被國民黨特務暗殺。

　　至於"詩"字最初在古人的觀念中,却離現在的意義太遠了。漢朝人每訓詩爲志:"詩之爲言志也。"(《詩譜序》疏引《春秋説題辭》。)"詩之言志也。"(《洪範・五行傳》鄭《注》。)"詩志也。"(《吕氏春秋・慎大覽》高《注》,《楚辭・悲回風》王《注》,《説文》。)從下文種種方面,我們可以證明志與詩原來是一個字。志有三個意義:一記憶,二記録,三懷抱,這三個意義正代表詩的發展途徑上三個主要階段。志字从㞢。卜辭㞢作屮,从㞢下一,象人足停止在地上,所以止本訓停止。卜辭"其雨庚㞢"猶言"將雨,至庚日而止"。志从㞢从心,本義是停止在心上。停在心上亦可說是藏在心裏,故《荀子・解蔽篇》曰"志也者臧(藏)也",《注》曰"在心爲志",正謂藏在心,《詩序》疏曰"蘊藏在心謂之爲志",最爲確詁。藏在心即記憶,故志又訓記。《禮記・哀公問篇》"子志之心也",猶言記在心上,《國語・楚語》上"聞一二之言,必誦志而納之,以訓導我",謂背誦之記憶之以納於我也。《楚語》以"誦志"二字連言尤可注意,因爲詩字訓志最初正指記誦而言。詩之產生本在有文字以前,當時專憑記憶以口耳相傳。詩之有韻及整齊的句法,不都是爲著便於記誦嗎?所以詩有時又稱誦。這樣說來,最古的詩實相當於後世的歌訣,如《百家姓》《四言雜字》之類。就《三百篇》論,《七月》(一篇韻語的《夏小正》①或《月令》)大致還可以代表這階段,雖則它的產生決不能早到一個太遼遠的時期。(*WYDQJ*, pp.184-185)

① 一般認爲成書於春秋或之前的曆書,已佚,今存宋人輯本。

聞一多將漢字"志"中的㞢追溯到㞢("止"),並視心爲心,即人所有內部活動的寓所。以㞢和心這種結合爲基礎,他主張詩歌所表達的"志"或心意就是"停止在心上",或更確切地說,是"記憶""記錄""懷抱"之物。

§ 006 ＊陳世驤(1912—1971)《中國詩字之原始觀念論》:
甲骨文"詩"字中所窺見的原始舞蹈

【作者簡介】陳世驤(1912—1971),字子龍,號石湘,生於河北灤縣,美籍華裔中國文學評論家。1932年畢業於北京大學,主修英國文學,並於1936年起分別執教於北京大學、湖南大學,1941年赴哥倫比亞大學,專攻中西文學理論,自1945年起執教加州大學柏克萊分校東方語文學系,精研中國古典文學和中西比較文學,參與籌建該校比較文學系,1971年5月23日因心臟病逝於柏克萊。陳氏率先提出中國文學的"抒情傳統"論,該理論成爲中國文學最重要的研究範式之一。

感謝中國字體的保存性，㞢字原爲㞢，象足着地的意象，是明明可見的。這足着地的意象，也有人特別指出，用以釋"志"字，但只謂㞢爲停止，而説志是"本義停止在心上"。但我們覺得這太有點是片面的解釋了。㞢象足着地，足着於地就必是"停止"麽？而且㞢字又有㞢形，那麽不着地便是甚麽呢？加之於"志"，"志"字的意思只是靜止在心上的觀念麽？不也有"向往"之意麽？而且㞢作爲字根又是"止"又是"之"呢？在這裏我們覺得從章太炎先生的古字相反爲義説，而又進一步發現中西字源之例，更見有字根含相反之意而又相成，以昇騰出高級觀念範疇的字，復帶相反相成多而機動之意，這發現作爲一個"擬定原理"是有用的。

章太炎古字相反爲義説以及中西字源之例，乃是陳世驤㞢字原始舞蹈説的立論根據。

用之釋"志"字，則可見㞢的"止""之"二意俱在，因而"志"爲意念之停蓄又爲向往。再同理以釋"詩"字，我們看出㞢的原始意象實在更爲明瞭。㞢的象足，不但是足之停，而又是足之往，之動。足之動又停，停又動，正是原始構成節奏之最自然的行爲。所以先秦人存留的遠古傳説，"昔葛天氏之樂，三人操牛尾投足以歌八闋"，猶特言"投足"，自明是"蹈之"以擊節。節奏爲一切藝術的，尤其明顯的爲原始舞蹈、歌唱、詩章的基本原素。我們曾推原到詩的獨立得名以前那一長期的舞蹈、歌唱、詩章的綜合藝術的極古階段。㞢爲足之動與停，在此爲這一綜合藝術基本因素的節奏之原始意象，當可無疑。後來的演進，詩和舞蹈的觀念自較易分爲兩事兩説，再進一步便是詩中的辭義與歌唱的音樂，也別爲獨立的觀念，像在我們所舉《詩經》的三首《雅》內"詩"字重在言語之特定的用意漸爲形成。這一段發展路程是從舞蹈、歌詠、詩辭之混合，漸到詩爲言辭之獨立觀念。(CSXWC, pp.58‑59)

陳世驤比聞一多再進一步，將包含在漢字"詩"中的字元 ↰ 同時追溯到 ∀("行"之足)和 ∀("止"之足)，認爲"詩"字不僅如聞一多所釋，是"停止在心上"的記誦，它還指向具體的"行止"，即伴隨著內心活動的有節奏的舞步。

§007　＊周策縱(1916—2007)《詩字古義考》：甲骨文"詩"字中所見舞蹈的宗教意義

【作者簡介】周策縱(1916—2007)，祖籍湖南祁陽，美籍華人，國際著名紅學家和歷史學家。1942年於重慶中央政治大學行政系畢業，先後主編《新認識月刊》《市政月刊》《新批評》等，並供職於重慶政府。1945年，任職於國民政府主席侍從室，執筆蔣介石就臺灣"二二八"事件發表的《告臺灣同胞書》。後於1948年辭職赴美留學，深研中國五四運動，著成 The May Fourth Movement: Intellectual Revolution in Modern China（《五四運動史》），於安娜堡密歇根大學完成碩士及博士學位，分任哈佛大學東亞研究所研究員，繼而執教於威斯康辛大學，並任東亞系主任至退休，獲美國威斯康辛大學東方語言系和歷史系終身教授。

作爲一個暫時的結論，我們也許可以提出，漢字"詩"是從基本符號 ∀ 發展到 ↰ 再發展到 ㄓ(寺)，ㄓ 有祭祀中伴著某種動作、音樂、歌詩和舞蹈的一種特定行爲的意義。後來，當強調音樂、歌詩和字詞等方面時，就造出了"時"，而後者終於變成了"詩"。

詩歌也許起源於人類發自本能的感情抒發。原始人強烈的感情和願望通過巫術活動和祭祀儀式得到了表達。當它們圍繞篝火,跳起奇形怪樣的有韻律的舞蹈,用高度喊叫和低聲咕噥打著節拍,他們就是在念符咒,希望他們的禱告,他們模仿動物的動作或模仿自然的聲音以及姿勢,會給他們以戰勝野獸或自然的力量,從而實現他們的願望。這一種巫術話動或模仿狩獵的行爲在許多現代作家看來就是藝術,例如音樂、詩歌、繪畫和戲劇等的起源。因此,中國古代人採用一個與祭祀或宗教儀式上的一種行動有關的詞來代表"詩歌",這是非常順理成章的。(GDWXYJb, pp.328－329)

　　周策縱進一步研究了ψ和相關字元,認爲"詩"的字源確實包含宗教舞蹈的意味。

§008　＊周策縱《文道探原：中國古代對於文、道及其關係的看法》：從"文"的字形考察古代的文道觀

　　根據"文"的原形,它的早期含義大約既是自然界基本現象的象徵又是人們瞭解自然的關鍵。因此古代中國人認爲"文"可以使人"得到"天下。構成"文"的概念的基礎可能主要是"象""數"。雖然"文學"可以包括在"文"的含義之中,"文"却往往被用來表達"教化""文化"之類較廣泛的含義,而不表示文學。當"道德"被用來表示物質力量(軍事、農業力量)時,"文"(文化)就被看作加強這種力量的手段。而另一方面,從公元前十二世紀起,"文"作爲自然物體外部形貌的象徵,往往被用來與"理""質""實"之類詞語形成對照。公元前十二世紀到前九

世紀之間,當"道"的含義逐漸由"引導""主導"發展爲"主要原則"以後,它開始和"文"聯繫起來,同時。文也被賦予了"文飾"的內容。大約從前六世紀開始,文道關係成爲中國思想家與作家主要關心的問題,與此同時,"文"生出了"著作"的含義,大約在前五世紀,至遲在前四世紀,"文"就被用來表達"美文"或"文學"的含義,十分接近於今天"文學"一詞的內容。這個演變過程似乎說明了:"文"的概念範圍是被逐步縮小而最終集中在"文學"的焦點上的。(*GDWXJa*,pp.260‑261)

【第 1.1—1.2 部分參考書目】

聞一多著:《歌與詩》,載《聞一多全集》,北京:三聯書店,1988 年,第 8—15 頁。

朱光潛著:《詩論》,上海:上海古籍出版社,2005 年,第一章《詩的起源》,第 1—18 頁。

赤塚忠著:《古代に於ける歌舞の詩の系譜》,原載於《日本中國學會報》第三集,1951 年 3 月,見《赤塚忠著作集》第五卷《詩經研究》,東京:研文社,1986 年。

Chen, Shih-hsiang(陳世驤). "Early Chinese Concepts of Poetry." *Transactions of the International Conference of Orientalists in Japan* 11 (1966): 63‑68.

Chow, Tse-tsung(周策縱). "The Early History of the Chinese Word Shih (Poetry)." In *Wen-lin: Studies in the Chinese Humanities*, vol.1, edidted by Chow Tse-tsung, 151‑210. Madison, Wisconsin: the University of Wisconsin Press, 1968. 中譯本:周策縱撰,程章燦譯:《詩字古義考》,收於南京大學古典文獻研究所編:《古典文獻研究:1991—1992》,南京:南京大學出版社,1994 年,第 293—

356頁。

Chow, Tse-tsung. "Ancient Chinese Views on Literature, the Tao, and Their Relationship." *Chinese Literature: Essays, Articles, and Reviews* 1.1（1979）: 3–29. 中譯本：周策縱撰,錢南秀譯:《文道探源（中國古代對於文、道及其關係的看法）》,《古典文獻研究：1988》,南京：南京大學出版社,1989年,第233—271頁。

Granet, Marcel（葛蘭言）. *Fêtes et chansons anciennes de la Chine*（古代中國的祭日與歌謠）. Paris: Albin Miche, 2016.

Schaberg, David（史嘉柏）. "Song and the Historical Imagination in Early China."（歌與早期中國的歷史想象）*Harvard Journal of Asiatic Studies* 59.2（1999）: 305–361.

2　春秋時期的人文主義文學論

《禮記》準確扼要地描述了從商代尊鬼神到周代崇尚禮節人文的重大轉變：

> 殷人尊神,率民以事神,先鬼而後禮,先罰而後賞,尊而不親……周人尊禮尚施_{意謂周人遵循禮法},崇尚恩惠,事鬼敬神而遠之,近人而忠焉。其賞罰用爵列"用爵列",以尊卑等級爲區分,親而不尊。[1]

這段話告訴我們,該歷史轉變並不意味著以鬼神爲中心的一套價值、信仰和實踐,陡然被另一套以人禮爲中心的價值、信仰和實踐所取代。"尊神率民以事神,先鬼而後禮",表明商代的人雖然癡迷於鬼神,但這並不妨礙他們發展和遵守掌管人事的禮儀。"周人尊禮尚施,事鬼敬神而遠之",說明儘管周人投身於人事,但顯然繼續虔敬鬼神。由此可見,從商到周世界觀的轉變是兩種共存的價值、信仰和實踐彼消此長的演變結果。

---

[1]《禮記正義》,卷五十四,《十三經注疏》第 2 冊,第 1642 頁。

文學論也經歷了一個相應的"世俗化"過程。鬼和神不再是注意的中心。即使"神"字仍然被提到，也往往代表著自然的權威，而不是直接掌控所有自然和人類過程的有意識的生命實體。以鬼神爲中心的儀式表演不再是討論詩樂的語境。隨著鬼神的引退，巫術宗教舞蹈也喪失了原有的統治地位，乃至變得無關緊要，最終從詩和樂的討論中消失了。隨著關注的重心轉向對世俗人際關係和自然過程的規範，樂的地位得以提升，並佔據了朝廷典禮的中心位置，而詩則成爲其有用的輔助。

值得注意的是，《左傳》《國語》《論語》等春秋時期典籍中所論及的詩，通常是反映周代世俗社會各階層生活的《詩經》或是《詩》。這些典籍對《詩》不同使用的記載和論述，加上關於"文"的討論，共同形成了一種嶄新的人文主義文學論。

《左傳》《國語》《論語》記載了當時用《詩》的兩種不同的方法。第一種是類比使用。首先是賦詩，即把《詩經》作爲類比的材料，當時國與國的政治關係則是類比的對象。各國的使者通過挑選《詩經》的篇章，付諸音樂表演，得以委婉地表達對國與國關係的看法和訴求。《左傳》對這種賦詩活動有較爲詳細的記載。另外是引詩，即說話人摘取《詩經》具體的詩句，比喻自己想說明的道德觀念或行爲原則。《論語》中就有不少這樣引詩的例子。賦詩和引詩使用同樣的材料，然而類比的對象却不一樣，一是國與國的政治，一是人與人的道德倫理和行爲原則。

第二種可稱爲等同使用，即觀察者把詩樂的表演跟外部現實等同起來，不作出明顯的類比努力。比如，季札從《詩》不同作品的演奏聽出各個國家的政治狀況。他的聽樂不是類比活動,而是直觀的洞察(§010)。《國語》則更關注詩樂表演與自然過程和力量的互通,強調中正的詩樂必定會帶來人與自然的最佳和諧(§011、§012)。

在這兩種用《詩》方法中,類比法使用更爲廣泛,影響也更爲深遠。《論語》對之作了較爲深入的論述。孔子明確地指出當時賦詩傳統的重要性,稱"誦《詩》三百,授之以政,不達;使於四方,不能專對",又稱"不學《詩》無以言"(§014)。"不能專對""無以言"者,就是說不懂得靈活恰當地使用類比來表達國家和自己之志。孔子還從賦詩的實踐中總結出興觀群怨這四種觀念:"詩,可以興,可以觀,可以群,可以怨;邇之事父,遠之事君;多識於鳥獸草木之名。"(§014)這四種觀念都和賦詩類比的方法有著密切的關係,"興"即連類引譬,感發志意;"觀"是通過類比來觀察政治形勢和社會現象,賦詩本身也就是觀詩的過程(鄭玄注"觀":"觀風俗之盛衰";朱熹(1130—1200)注:"考見得失");"怨"是要通過含蓄委婉的類比來批評君主,即後來《毛詩序》所說的"主文而譎諫",以求"言之者無罪,聞之者足以戒"的效果。"群"和類比也有一定關係,但關聯程度沒有興、觀、怨那麼緊密。隨後的"邇之事父,遠之事君"一句中,"遠之事君"可以看作是對風人賦詩目的之闡述,而"邇之事父"似乎是孔子的嶄新闡發,即如何通過《詩》來調劑人倫關係。由此可見,對孔子來說,《詩》已經不僅是公衆場合中應對交流的手段了,亦是個人道德修養的必要工具,正如以下《論語》引詩選例所示。

關於"文"的討論主要見於《論語》。《論語》中的"文"主要指典章制度和整個文化之風貌,儘管辭令使用之"言"也是其中的一部分。嚴格地說,《論語》中所說的"文"和"文學"並非現在所說的文學。但是,其中闡發的思想,比如"文"與"質"、"文"與"辭"的關係等,都是後世文學論重要的觀點來源。的確,後代評論家往往借用孔子關於"文"的觀點來討論後來所說的以美文爲主的"文學"。除了廣義的"文",孔子還對狹義的"文"(即"言"和"辭")的功用作了精闢的論述。

不同於孔子的觀念,《老子》所代表的道家思想傳統則對所有人爲的藻飾、規範,或是感官性的刺激享受,做出絕對化的否定,以至於語言的美感與内容的真實性被認爲不可並存,種種外在聲色都會妨害真心,而當時統治者所建立的一套仁義禮法規範,在道家看來更具有拘束人心,泯滅天性的危害。在這種觀念背景下,老子對藝術化加工的美文都持以批判的態度。

2.1 《左傳》和《國語》論詩樂:加強自然和人類和諧的作用

"詩言志"一語多次出現於關於春秋時期的兩部最重要的歷史文獻——《左傳》和《國語》。不過,兩書的"詩言志"說所表達的却是與《堯典》截然不同的文學論。首先,有關"志"的陳述很少提到舞蹈,重心放在探索志的性質上。"志"的主要表現形式是什麽呢?對《左傳》和《國語》的作者來說,它是包含歌和詩的樂。在以下的選段中,音樂取代了舞蹈,成爲宫廷外交儀式的中心。如朱自清所言,當時的人"樂以言志,歌以言志,詩以言志……以樂歌相語,該是初民的生活方式之一"[1]。考慮到樂的這種支配地位,"樂語"會成爲最主要的教育科目就不足爲奇了。對《周禮》中提到的六種類型的樂語(興、道、諷、誦、言、語)[2],朱自清解釋道:"興、道(導)似乎是合奏,諷、誦似乎是獨奏,言、語是將歌辭應用在日常生活裏。"[3]

§ 009 《左傳·襄公二十五年》:"言志"的新義

【典籍簡介】《左傳》,十三經之一,相傳爲左丘明所著,古代中國的編年體史書,先秦散文著作的代表之一。《左傳》又稱《春秋左氏傳》《左氏春秋》《春秋左氏》《春秋內傳》《左氏》。《左傳》是爲《春秋》做注解的史書,起自魯隱公元年(前722),迄於魯哀公二十七年(前468)。《左傳》與《公羊傳》《穀梁傳》合稱"春秋三傳"。

仲尼曰:"志①有之:'言以足志,文以足言。'不言,誰知其志? 言之無文,行而不遠。"(CQZZZY, juan 36, p.1985)

① 此處之"志"意指文字記載,或紀事之書,不同於下句中表示情意之"志"。

《左傳·文公十三年》:鄭穆公宴魯文公時子家和季文子賦詩事

冬,公如晉,朝,且尋盟。衛侯會公于沓,請平于晉。公還,鄭伯會公于棐,亦請平于晉。公皆成之。鄭伯②與公③宴于棐,子家④賦《鴻雁》,季文子曰:"寡君未免於此⑤。"文子賦《四月》,

---

1 朱自清《詩言志辨》,北京:古籍出版社,1956年,第8頁。
2 《周禮注疏》,《十三經注疏》第1册,第787頁。
3 朱自清《詩言志辨》,第6頁。

子家賦《載馳》之四章,文子賦《采薇》之四章,鄭伯拜,公答拜。(CQZZZY, juan 19, p.1853)

② 鄭穆公。　③ 魯文公。　④ 鄭國大夫,鄭公子歸生。　⑤ 同樣有這樣的憂慮。

以上是《左傳》所記載的著名賦詩活動之一。所賦之詩來自《詩經》,由諸侯王或地方官員在外交場合即席選出,或配樂演出,藉以表達他們自己及所屬諸侯國之志。文公十三年即公元前614年。

§ 010　《左傳·襄公二十九年》:季札觀樂

請觀於周樂。使工爲之歌《周南》《召南》。曰:"美哉!始基之矣,猶未①也,然勤②而不怨③矣。"……爲之歌《鄭》,曰:"美哉!其細④已甚,民弗堪也。是其先亡乎!"……爲之歌《小雅》,曰:"美哉!思而不貳⑤,怨而不言,其周德之衰乎?猶有先王之遺民焉。"爲之歌《大雅》,曰:"廣哉,熙熙⑥乎!曲而有直體,其文王之德乎!"爲之歌《頌》,曰:"至矣哉!直而不倨,曲而不屈,邇而不偪⑦,遠而不攜⑧,遷而不淫⑨,復而不厭⑩,哀而不愁,樂而不荒,用而不匱⑪,廣而不宣,施而不費⑫,取而不貪,處而不底⑬,行而不流⑭。"(CQZZZY, juan 39, pp.2006–2007)

① 未能盡善。　② 殷勤懇切。　③ 怨怒。　④ 瑣碎。　⑤ 有二心。　⑥ 和樂廣大。　⑦ 近而不逼迫。　⑧ 遠而不離散。　⑨ 變動而不淫佚。　⑩ 反復而不厭倦。　⑪ 用而不竭。　⑫ 施與而不損費。　⑬ 止息而不壅滯。　⑭ 常行而不流蕩。

季札將《詩經》中不同地域音樂的審美品質與當地的政象及民風聯繫起來。對季札而言,詩樂之淫濫,就像《鄭風》"其細已甚",標識著道德淪喪和社會政治失序;相反,詩樂如具有中庸的特徵,則表明民淳俗厚,統治者治國有方。即使是美好的德行也不過度,總是恰到好處:"憂而不困"

"思而不懼""直而不倨"等等,這是中庸的最佳體現。他認爲《周頌》體現了中庸原則所能達到的理想狀態,讚美這些頌詩恰當地體現了十三種制中的美德。他還注意到樂("五聲")和道德及社會政治現實("八風")之間的内在聯繫。在他看來,正是有了這些内在聯繫,樂和詩纔能起到揭示各諸侯國民風和統治狀況的作用。襄公二十九年即公元前544年。

§011 《國語·晉語八》：音樂和人與自然的和諧

【典籍簡介】《國語》,相傳爲左丘明所著,是中國國别體史書之祖,分爲《周語》《魯語》《齊語》《晉語》《鄭語》《楚語》《吳語》《越語》,紀錄周室和魯、齊、晉、鄭、楚、吳、越國的歷史。《國語》上起自周穆王西征犬戎(約前947年),下至三家滅智(前453年)。

平公説新聲,師曠曰:"公室其將卑乎！君之萌兆衰矣。夫樂以開①山川之風,以耀德於廣遠也。風德以廣之,風山川以遠之,風物以聽之②,修詩以詠之,修禮以節之。夫德廣遠而有時節,是以遠服而邇不遷③。"(GYJJ, pp.426–427)

① 打開,溝通。　② 以上三句中,"風"可解作風化、感化、教化。③ 遠方的人歸服而近處的人不遷移。

對春秋時人而言,人與自然過程及自然力之間的和諧對人類的生存和福祉起決定性影響,而詩樂具有創造這種和諧的神秘力量。

§012 《國語·周語下》：音樂和人與自然的和諧

夫政象樂,樂從和,和從平。聲以和樂,律以平聲……於是乎氣無滯陰①,亦無散陽②。陰陽序次,風雨時至,嘉生繁祉,人民歆③利④。物備而樂成,上下不罷⑤,故曰樂正……於是乎道之以中德,詠之以中音,德音不愆,以合神人,神是以寧,民是以聽。(GYJJ, pp.111–112)

① 陰氣凝滯。　② 陽氣外散。　③ 音 hé。　④ 穌利,和樂安利。⑤ 音 pí,同"疲",疲勞。

這段話是藝人州鳩所論,對樂、歌、詩如何實現人與自然的和諧作出了精當解釋。爲了打消景王(544—520 年間在位)逾制製造樂器的念頭,他闡述了音樂和自然過程的内在聯繫。他一開始提出和諧與和平的原則,再次肯定了一國之政和音樂之間的聯繫:"夫政象樂,樂從和,和從平。"爲了證實音樂和自然過程之間的關聯,他描述了和諧的音樂是怎樣調控"八風"(即自然過程和力量),從而使得"陰陽序次,風雨時至,嘉生繁祉,人民穌利"。他還相信,通過和諧之樂,人不但能實現與自然過程的和諧,而且能實現與神靈的和諧。

§ 013　《國語·晉語六》:遠古獻詩的傳說

趙文子冠……見范文子,文子曰:"而今可以戒矣。夫賢者寵至而益戒,不足者①爲寵驕②。故興王③賞諫臣,逸王④罰之。吾聞古之言王者,政德既成,又聽於民。於是乎使工⑤誦諫於朝,在列者⑥獻詩,使勿兆⑦,風⑧聽臚言⑨於市,辨祅祥於謠,考百事於朝,問謗譽於路,有邪而正之,盡戒之術也。先王疾是驕也。"(*GYJJ*, pp.387 – 388)

① 智慧德行不够的人。　② 得寵而驕。　③ 興建王業的君主。④ 驕奢放縱的君主。　⑤ 古時指樂官或樂人,"工師""工瞽",一般是盲人。　⑥ 指在位者。　⑦ 同"兜",癡蔽意。　⑧ 采集。　⑨ 傳言,"臚",傳佈。

這裏所描述的可能是一個與賦詩相平行的詩歌接受傳統。賦詩之詩是主事外交的卿相大夫從《詩經》選擇出來的詩篇,而獻詩之詩則是朝廷官員剛從民間採集來的歌謡。賦詩者同時又是觀詩人,而獻詩傳統中的觀詩人是力圖觀察政情的君王。賦詩活動有大量史料記載和描述,而獻詩只見於有關遠古的傳說。至於君王使用什麽方法來觀詩,我們不得而知,但想必多半使用與賦詩相似的率意類比法。

【第 2.1 部分參考書目】

朱自清著:《詩言志辨》,北京:古籍出版社,1956 年,第 1—48 頁。

錢鍾書著:《管錐編》第 1 册,北京:中華書局,1979 年,《毛詩正義》六〇則,第 57—62 頁。

劉麗文著:《春秋時期賦詩言志的禮學淵源及形成的機制原理》,《文學遺産》2004 年第 1 期,第 33—43 頁。

劉茜著:《先秦禮樂文化與〈詩大序〉"詩言志"再闡釋》,《文藝研究》2021 年第 11 期,第 44—53 頁。

DeWoskin, Kenneth J. *A Song for One or Two: Music and the Concept of Art in Early China*. Ann Arbor: Center for Chinese Studies, University of Michigan, 1982.

Haun, Saussy(蘇源熙). "'Ritual Separates, Music Unites': Why Musical Hermeneutics Matters." In *Recarving the Dragon: Understanding Chinese Poetics*, edited by Olga Lomová, 9–26. Prague: Charles University in Prague, Karolinum Press, 2003. 中譯本:《"禮"異"樂"同——爲什麽對"樂"的闡釋如此重要》,《中國學術》2003 年第 4 輯(總第 16 輯)。

Holzman, Donald(侯思孟). "Confucius and Ancient Chinese Literary Criticism." In *Chinese Approaches to Literature from Confucius to Liang ch'i-chao*, edited by Adele Austin Rickett, 221–41. Princeton: Princeton University Press, 1978, pp.22–23 & 28–29.

Owen, Stephen, ed. *Readings in Chinese Literary Thought*. Chapter 1&2. Cambridge: Harvard University Press, 1992, Chapters 1 and 2 "Texts from the Early Period" and "The 'Great Preface'," pp.19–56.

2.2 《論語》:學《詩》、學文及追求文質結合

孔子(前551—前479)在《論語》中曾十九次提到《詩經》,其中十七次是詩、樂分開討論的,只有兩次例外[1]。他不但認識到詩相對於樂具有獨立性,並從詩自身的角度來論詩,而且賦予詩與樂同等重要的地位。他宣稱:"興於《詩》,立於禮,成於樂。"(§014)孔子將注意力集中在人和人的關係上,這種轉變還是相當顯著的。他專門探究《詩經》的道德、社會和政治功能,隻字不提它對自然力的影響。例如,在有關《詩經》的總結中,孔子解釋了《詩經》是如何通過中庸之道來說明規範人與人之間的關係,提供朋友、父子、君臣之間相互交流的規範的。他稱:"小子何莫學夫詩?詩可以興,可以觀,可以群,可以怨;邇之事父,遠之事君;多識於鳥獸草木之名。"(§014)

除了討論《詩經》的段落以外,《論語》中對"文"的討論也體現出孔子的文學論。在《論語》中,"文"的內涵很豐富,從言辭使用、典籍的學習、道德和文化修養,直至整個時代的文化風貌,無不包含其中。孔子對文與質關係的論述,對後代產生極為深遠的影響,首先是引發了戰國時期墨、法、道、儒四家有關"文"的論辯,隨後又為六朝唐宋各種文學論的發展提供了理論支撐,其中包括劉勰的原道說、唐宋古文家的"文以貫道"說、宋

---

[1] 參看董治安著:《先秦文獻與先秦文學》,濟南:齊魯書社,1994年,第64—65頁的相關表格。

代理學家的"文以載道"說等等。

§ 014　《論語》:《詩》的特質和功用

【作者簡介】孔丘(前 551—前 479),字仲尼,魯國陬邑(今山東省曲阜市)人,祖籍宋國栗邑(今河南省夏邑縣),中國古代思想家、教育家、儒家創始人。孔子不僅參與當時的政治活動,還舉辦私學,收有弟子三千,其中賢人七十二,曾帶領部分弟子周遊列國十四年,晚年致力於修訂《詩》《書》《禮》《樂》《易》《春秋》。孔子及其弟子的言行和思想後來被記錄下來,編成《論語》一書。孔子的思想對中國、東亞和世界文化都具有深遠的影響。

子曰:"《詩》三百,一言以蔽之,曰:'思無邪。'"(《論語·爲政》。LYYZ, 2.2, p.11)

子曰:"誦《詩》三百,授之以政,不達①;使於四方,不能專對②;雖多,亦奚以爲?"(《論語·子路》。LYYZ, 13.5, p.135)

① 通達。　② 獨自應對。

子曰:"小子何莫學夫《詩》?《詩》可以興,可以觀,可以群,可以怨;邇③之事父,遠之事君;多識於鳥獸草木之名。"(《論語·陽貨》。LYYZ, 17.9, p.185)

③ 音 ěr,近。

孔子認爲《詩》是有助於年輕人培養内在和外在和諧的工具,好詩能教年輕人調節其内在情感,讓年輕人和他人保持和諧的關係。這段話論述了詩的三個功用,最後一個"多識於鳥獸草木之名"是最不重要的。另外兩個在討論中都指向增强内在的和外在的和諧:孔子不但闡明了詩對規範父子、君臣關係所起到的作用,而且還提出了詩有效鞏固人際關係的四種重要方式:興、觀、群、怨。儘管没人能説他知道這四個概念的確切含義,但其基本意義還是清楚的。而兩千年來注家和評論家提供了無數注解和評論。在對其中有影響力的注解和評論予以考察後,我們發現興、觀、群、怨無一不和實現内在和外在的和諧相關。

興，漢代孔安國釋爲"興，引譬連類"，朱熹注爲"感發志意"[1]。這兩種注釋説的是詩對讀者産生的兩種有利影響：激發讀者的道德志意，幫助讀者利用詩的隱喻來正確表達自我。值得注意的是，在孔子看來，詩在讀者身上激發的與其説是自然的情感，不如説是道德志意。舉例説來，當子夏把婦女的美貌和禮的興起聯繫起來時，孔子稱讚了他從倫理角度作詮釋的嘗試，並把他看作是可與之論詩的弟子。顯然，孔子重視對道德志意的啓蒙，因爲他相信這個過程能將個人情感納入道德情操的軌道，從而達到内在情感和思想的和諧。

觀，鄭玄(127—200)注爲"觀風俗之盛衰"[2]，朱熹注爲"考見(政績)得失"[3]。皇侃(488—545)在疏鄭玄注時指出："《詩》有諸國之風俗盛衰，可以觀覽而知之也。"[4] 按照鄭玄和朱熹的注解，一般認爲孔子將《詩經》作爲一面鏡子，讀者從中能看到善政之邦社會的和諧，以及惡政之邦政治的混亂。正如王夫之所指出的，孔子相信，通過觀察詩中對善政和惡政的描述，個人可以學會運用褒揚和譏諷來設定區分正誤的準則，即"褒刺以立義"[5]。

群，孔安國注爲"群居相切磋"[6]，朱熹注爲"和而不流"[7]。毫無疑問，諸家在注解"群"的含義時，都想到了孔子的這段話："群居終日，言不及義，好行小慧，難矣哉。"[8] 注家認爲，對孔子來説，"群"不但意味著拒絶與

---

[1] [宋]朱熹：《論語集注》卷九，《四書章句集注》，北京：中華書局，1983 年，第 178 頁。
[2] [南朝] 皇侃義疏，[三國魏] 何晏集解：《論語集解義疏》，北京：中華書局，1985 年，第 245 頁。
[3] [宋]朱熹：《論語集注》卷九，《四書章句集注》，北京：中華書局，1983 年，第 178 頁。
[4] [南朝] 皇侃義疏，[三國魏] 何晏集解：《論語集解義疏》，北京：中華書局，1985 年，第 246 頁。
[5] [清] 王夫之：《四書訓義》卷二十一，《船山全書》第七册，長沙：岳麓書社，1996 年，第 915 頁。
[6] [南朝] 皇侃義疏，[三國魏] 何晏集解：《論語集解義疏》，北京：中華書局，1985 年，第 245 頁。
[7] [宋]朱熹：《論語集注》卷九，《四書章句集注》，北京：中華書局，1983 年，第 178 頁。
[8] *LYYZ*, 13.5, p.165.

壞人爲友,而且還意味著通過詩中例示的道德正義來與好人爲朋。

怨,孔安國注爲"怨刺上政",朱熹注爲"怨而不怒"。從字面上看,這個詞僅有"抱怨"之意,並且這種字面的解釋會讓人誤以爲孔子鼓勵大家通過詩歌來發洩怨恨。顯然,這和孔子對禮儀和情感節制的主張相違背[1]。爲了不陷入這種誤解,孔安國、朱熹等注家認爲應該把"怨"解釋爲在詩中爲了向統治者表達怨恨而採用的委婉的方式。例如,張居正認爲詩"發舒悲怨於責望之下,猶存乎忠厚之情,學之則可以處怨"[2]。

通過前人對興、觀、群、怨的注解,可見孔子鼓勵學《詩》,因其總體上有助於道德和諧的培養。孔子把學《詩》看作是培養道德和諧的初始階段。孔子説:"興於《詩》,立於禮,成於樂。"[3]按照包咸(前6—65)的解釋,"興於詩"是指道德培養始於讀詩,"立於禮"是指在堅實的道德基礎上樹立自我。"成於樂",劉寶楠(1791—1855)解釋爲通過樂來升華並完善道德品質[4]。總而言之,孔子強調在禮的輔助下道德教育的重要性,在他看來,詩只是培養道德、陶冶情操的一種手段。

> 子謂伯魚曰:"女爲《周南》《召南》矣乎?人而不爲《周南》《召南》,其猶正牆面而立也與?"(《論語·陽貨》。*LYYZ*, 17.10, p.185)

> 子曰:"興於詩,立於禮,成於樂。"(《論語·泰伯》。*LYYZ*, 8.8, p.81)

> 陳亢問於伯魚曰:"子亦有異聞乎?"對曰:"未也。嘗獨立④,鯉趨而過庭。曰:'學詩乎?'對曰:'未也。''不學詩,無以言。'鯉退而學詩。他日又獨立,鯉趨而過庭。曰:'學禮乎?'對

---

1 孔子提醒大家不要怨天尤人,也不要抱怨家人或朋友。參看《論語》:"子曰:不怨天,不尤人;下學而上達。知我者其天乎。" *LYYZ*, 14.35, p.156。
2 [明]張居正:《四書直解》第7册,卷十二,日本京都龍谷大學藏明天啓元年刊本。
3 *LYYZ*, 8.8, p.81。
4 參看[清]劉寶楠撰,高流水點校:《論語正義》,北京:中華書局,1990年,第298頁。

曰：'未也。''不學禮，無以立。'鯉退而學禮。聞斯二者。"陳亢退而喜曰："問一得三，聞詩，聞禮，又聞君子之遠⑤其子也。"（《論語・季氏》。LYYZ, 16.13, p.178）

④ 意思是孔子獨自站立。　⑤ 疏遠。

以上三段中《詩》已經不光是公衆場合中應對交流的工具了，而是個人道德修養的必要條件。如第一段沒有考慮"授之以政"的功用，而是以《詩》來強調一般人的道德修養。第二段"興於詩，立於禮，成於樂"已然闡述了孔子對《詩》與教育之關係的討論。而最後一段講的是當有人問孔子之子伯魚是否孔子對他有教育上的特別關照時，伯魚講到了孔子兩次問他的經歷，一次問他是否學詩，一次問他是否學禮，除此之外便沒有其他特別關照，將詩與禮並置，明顯體現出孔子認爲《詩經》和純粹道德情操培養之間的關係。

§ 015　《論語》：引詩三例

子貢曰："貧而無諂，富而無驕，何如？"子曰："可也。未若貧而樂¹，富而好禮者也。"子貢曰："《詩》云：'如切如磋，如琢如磨。'其斯之謂與？"子曰："賜也，始可與言詩已矣，告諸①往而知來者②。"（《論語・學而》。LYYZ, 1.15）

① 之，指子貢。　② 意謂孔子往告子貢，而子貢善於引類來作答。

"唐棣之華，偏其反而③。豈不爾思？室是遠而。"子曰："未之思也，夫何遠之有？"（《論語・子罕》。LYYZ, 9.31, p.96）

③ 唐棣花反而後合。

子夏問曰："'巧笑倩兮，美目盼兮，素以爲絢兮'，何謂也？"子曰："繪事後素。"曰："禮後乎？"子曰："起④予者商也！始⑤可

1　黃侃本有"道"字，作"未若貧而樂道"。

與言《詩》已矣。"(《論語・八佾》。LYYZ, 3.8, p.25)

④ 啓發。　⑤ 方才。

§016　《論語》：論時代風貌之"文"

子曰："周監①於二代②，郁郁③乎文哉！吾從周。"(《論語・八佾》。LYYZ, 3.14, p.28)

① 看待。　② 指夏、商。　③ 文采豐厚。

子曰："大哉堯之爲君也！巍巍乎！唯天爲大，唯堯則④之。蕩蕩⑤乎！民無能名焉。巍巍乎其有成功也，煥⑥乎其有文章！"(《論語・泰伯》。LYYZ, 8.19, p.83)

④ 法則、遵循。　⑤ 廣大遙遠。　⑥ 燦然。

以上兩段可以看作是孔子對整個文化傳統的視覺想象。這兩段均體現出孔子對過去時代風貌的想象，而這一想象則帶出了孔子對"文"的美感評價，即"煥乎其有文章"。"文章"在這裏指代的不是後來所說的文章，而是絢麗的時代風貌。

§017　《論語》：論學"文"

子曰："弟子入則孝，出則悌，謹而信，汎愛衆而親仁①。行有餘力，則以學文。"(《論語・學而》。LYYZ, 1.6, pp.4-5)

① 親近有仁德之人。

子曰："君子博學於文，約之以禮，亦可以弗畔②矣夫！"(《論語・雍也》。LYYZ, 6.27, pp.63-64)

② "畔"，違背道德。

子以四教：文，行，忠，信。(《論語・述而》。LYYZ, 7.25, p.73)

顏淵喟然曰:"仰之彌高,鑽之彌堅。瞻之在前,忽焉在後。夫子循循然善誘人,博我以文,約我以禮,欲罷不能。既竭吾才,如有所立卓爾。雖欲從之,末由也已。"(《論語·子罕》。*LYYZ*, 9.11, p.90)

以上四段體現出孔子將"文"作爲教育和學習的內容,然而此處"文"的具體所指較爲模糊,我們只能將"文"與《論語》中所並舉的其他內容放在一起加以比較分析。"文"與"行""忠""信"都不同,後三者包含明顯的道德倫理內容和實踐,"博學於文,約之以禮"則表明"文"並非"禮"。因此,"文"既非"禮"也非"德"。第一段中則列舉了孝、悌、信、仁,並認爲若"行有餘力,則以學文",因此用排除的方法我們可以得出"文"和道德教育並没有明顯關係。但是"文"同時又是文化的重要部分,因此有些學者認爲"文"指代的是廣泛意義上的歷史文獻。

§ 018 《論語》:文質並重觀

子曰:"質勝文則野①,文勝質則史②。文質彬彬③,然後君子。"(《論語·雍也》。*LYYZ*, 6.18, p.61)

① 粗野。 ② "史",本爲古代官職,執掌文書,此處引申指文采突出。 ③ 相配得當。

此段討論了文化修養之"文"與自身道德情性之"質"的關係:"質勝文則野,文勝質則史。"孔子認爲,文與質兩者要達到恰如其分的平衡,纔能成爲"文質彬彬"的君子。據《禮記·表記》,孔子還用其文質觀來描述夏周兩代文化之差異:"子曰:'虞夏之質,殷周之文,至矣。虞夏之文不勝其質;殷周之質不勝其文。'"

棘子成曰:"君子質而已矣,何以文爲?"子貢曰:"惜乎夫子④之説君子也。駟不及舌⑤。文猶質也,質猶文也。虎豹之鞟猶犬羊之鞟⑥。"(《論語·顏淵》。*LYYZ*, 12.8, p.126)

④ 指棘子成。 ⑤ 猶如"君子一言,駟馬難追"之意。 ⑥ "鞹",音"kuò",去毛的獸皮。

此段進一步討論了文與質的融合互通。這裏以"鞹"作比,"文猶質也,質猶文也",即文的變化也會導致質的變化,反之亦然。若没有其文,"虎豹之鞹"也不過成了"犬羊之鞹"。由此可見,"文""質"兩者缺一不可,互相依存。這句話雖然出自子貢之口,但依然反映出孔子的思想。

§ 019 《論語》:論"言"

子路曰:"衛君待子而爲政,子將奚先?"子曰:"必也正名乎!"子路曰:"有是哉,子之迂也!奚其正?"子曰:"野哉,由也!君子於其所不知,蓋闕如也。名不正,則言不順;言不順,則事不成;事不成,則禮樂不興;禮樂不興,則刑罰不中;刑罰不中,則民無所錯手足。故君子名之必可言也,言之必可行也。君子於其言,無所苟而已矣。"(《論語·子路》。LYYZ, 13.3, pp.133–134)

子曰:"爲命①,裨諶②草創之,世叔③討論之,行人④子羽⑤修飾之,東里⑥子產潤色之。"(《論語·憲問》。LYYZ, 14.8, p.147)

① 政令、教令。 ② 鄭國大夫名。 ③ 鄭國大夫游吉。 ④ 職官名,掌朝覲聘問。 ⑤ 鄭國大夫名。 ⑥ 鄭國城中地名。

子曰:"予欲無言。"子貢曰:"子如不言,則小子⑦何述⑧焉?"子曰:"天何言哉?四時行焉,百物生焉。天何言哉?"(《論語·陽貨》。LYYZ, 17.19, pp.187–188)

⑦ 謂弟子。 ⑧ 傳述。

子曰:"有德者必有言,有言者不必有德。仁者必有勇,勇

者不必有仁。"(《論語·憲問》)。LYYZ, 14.4, p.146)

子曰:"辭達而已矣。"(《論語·衛靈公》)。LYYZ, 15.41, p.170)

子曰:"巧言令色,鮮矣仁。"(《論語·陽貨》)。LYYZ, 17.17, p.187)

以上幾段是孔子對"言"的討論。"言"到了漢代成爲"文"的核心內容,因此孔子關於"言"的討論也應放在"文"的框架中加以考慮。孔子對言的討論有兩個方面:一是强調言的重要性,如上面所引的《論語·憲問》一段,説的是一國擬定政令之時,需要有人起草、斟酌、修飾以及潤色。因此修辭,亦即"文",對文字的功效有極爲重大的影響,如《左傳·襄公二十五年》也記載了孔子的觀點:"言之無文,行而不遠。"

然而,更多的情況下,言是德的表現,《論語·陽貨》這段則認爲純粹的言與道德不可分開,孔子對脱離了道德的純粹之言持批判態度,指出德和言並非平行對等:"有德者必有言,有言者不必有德。"另外一個場合中,孔子告誡大家不能追求純粹的"言",因"言以足志,文以足言",所以没有"志"的"言"容易成爲"巧言令色","巧言令色"是缺少道德意義的,因此"鮮矣仁"。又由於強調不能單純追求"言",所以"辭"做到達意即可,即"辭達而已"。另外,言與外在現實緊密相連,語言並非單獨存在,因"名不正,則言不順;言不順,則事不成"。《論語》中的這些段落出自不同語境,都是孔子與弟子在不同情況下討論時出現的種種論斷。總而言之,孔子在"言"的方面,更爲擔憂的是對辭藻華麗的追求會造成道德意義的喪失。

【第 2.2 部分參考書目】

朱自清著:《詩言志辨》,北京:古籍出版社,1956 年,第 20—29 頁。
郭紹虞著:《中國文學批評史》,天津:百花文藝出版社,1999 年,第二篇《周秦》,第 14—222 頁。
董治安著:《先秦文獻與先秦文學》,濟南:齊魯書社,1994 年。

Huang, Siu-chi(黃秀璣). "Musical Art in Early Confucian Philosophy." *Philosophy East & West* 13 (1963): 49–60.

Shih, Vincent Y. C (施友忠). "Literature and Art in the *Analects*." *Renditions* 8 (1977): 5–38.

Holzman, Donald（侯思孟）. "Confucius and Ancient Chinese Literary Criticism." In *Chinese Approaches to Literature from Confucius to Liang ch'i-chao*, edited by Adele Austin Rickett, 221–241. Princeton: Princeton University Press, 1978. 中譯版:《孔子與中國古代文學批評》,劉法公編譯,王守元、黃清源編《海外學者評中國古典文學》,濟南:濟南出版社,1991 年,第 10—14 頁。

Chen, Shih-hsiang（陳世驤）. "The Cultural Essence of Chinese Literature." In *Interrelations of Culture: Their Contributions to International Understanding*, 43–85, Paris: UNESCO, 1953.

2.3 《老子》非文的立場

　　與儒家文質並重的文學觀相區別的是,老子的道家思想對文的價值抱以明確的否定。一方面,他從辯證的角度將事物的外在形色(即文)與內在本質進行對立,所謂"信言不美,美言不信。善者不辯,辯者不善",這意味著凡屬於真實、純善等具有正面意義的內涵,其外在表現絕不會與外表藻飾有牽連。因爲在老子看來,"美言""辯言"意味著對言語的華飾加工,無法避免與樸質原義產生隔膜,乃至出現僞飾或誇張。就這一層面而言,老子的去僞存真主張,必然會對文學性的美言、美文做出否定和批判。另一方面,在直尋本質,反對藻飾的思想下,一切引發感官慾望的外在物質和人類社會價值建構也一併被放在

"道"的對立面,其中既包括五色、五音、五味等外在聲色,也包括儒家社會樹立、推廣的道德仁義,後者因爲已近於分化階層的繁文縟節,與發自本心的道德相去甚遠,故而同樣被老子所摒棄。

§020 《老子》：對美言、美文的批判

【典籍簡介】《老子》爲道家學派以至道教的重要經典,亦是道教尊奉的經典。《老子》凡五千言,分上下篇,帛書本上篇《德》、下篇《道》,而通行本爲上篇《道》、下篇《德》。現有馬王堆帛書甲乙本、郭店楚簡本。通行的注解本,有漢河上公注及王弼《老子道德經注》等。《老子》以"道"與"德"爲重點,提倡無爲,討論哲學、政治、文學等範疇,具有深刻的影響。

章八十一：信言不美,美言不信。善者不辯,辯者不善。(*LZYZ*, p.307)

"信言不美"即真實可信之言與美的形式辭藻無關。反之,華美藻飾之語也不可能具有真實性,不能顯現真理。"信"即"真",其對立面是"僞",如此一來,"美言"也就近同於"僞言"。同理,巧辯便也近同於不善。

章十二：五色令人目盲；五音令人耳聾；五味令人口爽①；馳騁畋獵,令人心發狂；難得之貨,令人行妨②。是以聖人之治也,爲腹不爲目,故去彼取此。(*LZYZ*, p.46)

① "爽",喪失。　② 妨礙、傷害。

章三十八：故失道而後德,失德而後仁,失仁而後義,失義而後禮。夫禮者,忠信之薄,而亂之首；前識者,道之華,而愚之始。是以大丈夫處其厚,不居其薄；處其實,不居其華。故去彼取此。(*LZYZ*, pp.90-91)

這兩章中,五色、五音、五味等等屬於社會的物質生活條件,馳騁畋獵與難得之貨,都能觸發多種感官享樂。而道德、仁義則屬於社會的精神價值建構,對社會各層的行爲處世產生規範。老子對物質與精神層面的這兩種條件都予以批判,並直指聲色享樂對人心的妨害,而所謂的仁義道德及其所形成的禮儀規範,實爲統治者設定的框條縛節,只會拘束人心。

【第2.3部分參考書目】

陳鼓應著:《老子注譯及評介》,北京:中華書局,1984年,第106—108、212—217、361—364頁。

劉笑敢著:《老子古今:五種對勘與析評引論(上、下)》,北京:中國社會科學出版社,2006年,第十二章、第三十八章、第八十一章。

馮友蘭著:《中國哲學簡史》,北京:新世界出版社,2004年,第87—90頁。

李貴生著:《"文質"的系譜:一個文學批評觀念的誕生》,《中國文學學報》第八期(2017年12月),第203—238頁。

Yip, Wai-lim(葉維廉). "The Daoist Theory of Knowledge." In *Poetics East and West*, edited by Milena Doleželová-Velingerová, 55–92. Toronto: Toronto Semiotic Circle, Victoria College in the University of Toronto, 1989. 中譯版:《言無言:道家知識論》,《中國詩學》,北京:三聯書店,1992年,第37—64頁。

3　戰國時期的文學論

在戰國時期,與文學論相關的文獻比春秋時期更多。春秋時期,與後世文學論相關的材料多爲關於"詩"的討論。在現存戰國時期的典籍中,有關"詩"的討論較少,二十一世紀初發現的《孔子詩論》可能是一個例外。此書一般被認爲是戰國早期或是戰國中期的作品,而其中有關"詩"的定義以及評論,與後世的文學論似乎有一定的關係。然而,關於"文"的文獻則甚多,記載了儒、墨、法、道四家圍繞"文"展開的論辯。

四家論文之說可以放在文質關係的框架中加以比較分析。所謂"質",主要是指自然而然的、沒有經過人工改造的狀態;而"文"的內涵恰恰與"質"相反,指的是通過人爲的、自我能動的改進而產生的結果。儒、墨、法、道四家對"質"都加以肯定,沒有太多異議,只不過儒家認爲"質"仍需要改進。但論"文"則有截然不同的兩大派:墨、法、道三家對"文"群起而攻之。儒家對"文"持鮮明的肯定態度,儘管對過度文飾也有所批評。

墨、法、道三家聲討"文"有一個共同特徵,即視之爲顛覆"質"的罪魁禍首。對墨家而言,"質"意味著實實在在,而非浮而無用。墨家的核心追求是"爲民""利民",所做之事要有實際的功效。如果説農耕和工匠活是最有實際意義和功效的事情，那麽以禮樂爲中心的"文"雖能够給人帶來愉悦，但却會造成社會財富的巨大浪費，最終會使得國家與百姓走向貧困。正因如此，墨家堅定不移地反對"文"。法家也是從實用效果的角度來對"文"進行批判。法家的治國方針是發展農業和軍事，以求征服列國，一統天下。他們認爲如果人們都追求浮華的"文"，必定没有人去征戰，去犧牲自我，有志之士所求的獎賞也並非軍功爵位，而是與音樂、文學等有關的浮名虚職，這必然導致國家的衰亡，所以法家視"文"爲國蠹。

以莊子（約前369—約前286）爲代表的道家則多從更高的哲學層次來鞭撻"文"，認爲人真正的本質是自然，所有人爲的東西都會影響人真正的自我，所有倫理道德都偏離了人的本性。只有當人類墮落到一定程度纔會出現道德倫理，道德倫理會再進一步墮落淪陷，從道德的角度判斷"文"的有害之處，就是"文滅質"。

儒家的文質觀是由孔子本人建立的。孔子認爲"文"和"質"是相輔相成、互相依賴的："質勝文則野，文勝質則史。""質"是與生俱來，没有經過改造的特質；"質勝文則野"是指人没有任何文化熏陶與修養就會顯得魯莽；"文勝質則史"是説人爲的自我修養過度則會顯得虚僞，失去了淳樸自然的本質，所以説文質彬彬，即達到文質的最佳平衡，纔是君子。另外，孔子還舉例"虎豹之鞟，猶犬羊之鞟"來説明"文"與"質"的關係，"文"并不是純粹的修飾，"文"和"質"是一種互相依賴的關係，兩者無法獨立存在。孔子關於"文"的論述在當時並没有受到挑戰,老子《道德經》第十九章云:"絶聖棄智,民利百倍;絶仁棄義,民復孝慈;絶巧棄利,盜賊無有。此三者以爲文不足,故令有所屬。"其中"文"的意義是中性的,"文不足"是指制度不全。但到了戰國,儒家的"文"觀就成爲墨、法、道三家共同攻擊的對象。因此,荀子不得不展開對"文"的捍衛戰。

爲了駁斥文浮華無用、類同"駢拇枝指"之説,荀子(前313—前238)使用嚴密的論證方式,全面系統地論述"文"的實質作用,從個人修養到治國施政,乃至宇宙觀無不涉及。荀子對"文"實質化的努力還見於他《正名》篇中對語言本質和作用的解釋。不過,《繫辭傳》對"文"本質化的傾向則愈加明顯,儒聖所創造的卦畫和文字被視爲天道、地道、人道的直接呈現。另外,音樂是儒家文治的核心內容,因而也成爲備受墨、法、道三家攻擊的靶子。《荀子·樂論》正是爲批駁《墨子·非樂》而寫的專論,而新近出土的郭店楚簡《性自命出》和傳世的《禮記·樂記》則從正面闡述音樂的起源、本質及作用。這三部專論都聚焦音樂與人本質之"情"、喜怒哀樂之"情"的關係以及音樂的作用,但作出了具有實質差異的論述,分別成爲後世幾種不同文學論的重要源頭。

戰國時期有關文的論辯對後世文學論的發展產生了極爲深遠的影響。相對而言,墨、法、道家的"以文害道""文滅質"等論述對後世的影響範圍有限,主要見於唐人對齊梁浮華綺靡文風的聲討,以及南宋理學家對唐宋古文家文學思想的批判。相反,儒家《繫辭傳》《性自命出》《荀子·樂論》《禮記·樂記》四篇專論,無論就形式還是內容而言,在文論史中具有承上啓下之功,爲漢魏六朝文學理論的興起開闢道路。《禮記・樂記》和《荀子・樂論》對以《毛詩序》爲代表的儒家教諭式文學論産生巨大影響,相較之下,《性自命出》中非儒家正統的情性説則似乎揭示了六朝"緣情"論的一個源頭,而且這一點尚未被前人意識到。同樣,《繫辭傳》是揭示天地宇宙秘密的宏篇大論,其中有關道、聖、文的討論也很富有系統性,實爲劉勰"原道"論以及唐宋"文以貫道"説所本。

另外,這四篇專論對後世文論寫作方式的影響也很大,如漢代的《詩大序》就同樣採用了論説文的形式,不單單對《詩經》的使用加以描述,而且分析了《詩經》産生的原因和必然性,以及其影響深遠的政治和社會功用。隨後,魏晉南北朝的主要文論著作,如曹丕《典論・論文》、陸機《文賦》、劉勰《文心雕龍》,無一不是以論説文的形式寫成的。

3.1　墨、法、道三家論文: 崇質非文的共同立場

墨子(前 476—前 381)出生於孔子逝后第三年,他所創立的墨家是當時儒家學派的主要競爭者。墨子對"文"的分析純粹從百姓的利弊角度出發,他承認"樂"可帶來感官的愉悦,但不符合萬民實在的需要,而且有害於國家發展。相較而言,墨家對文的批判没有法家那麽嚴厲,只是認爲覽其文而忘有用是主次顛倒的行爲,而君王如若追求文,定會將國計民生拋到九霄雲外。法家商鞅(約前 390—前 338)認爲,追求文學會令百姓拋棄農戰,因此提倡通過獎賞與重罰令人民追求農耕。韓非

子(約前280—前233)的觀點與商鞅沒有很大差異,但吸收融合了墨、道二家的觀點。他讚同墨家,認爲以文治國是本末顛倒,並且用買櫝還珠的例子説明喧賓奪主的危害。《韓非子·解老》則表示對道家反文立場的認同。道家認爲"禮"對"情"(性)而言只是外貌,"文"對"質"也只是裝飾,因而主張取情而去貌,好質而惡飾。相較於墨家和法家,道家則從哲學角度批判儒家崇文的立場。莊子認爲,人的本質是自然,追求倫理道德就意味著離開了人自身的本質,當人墮落到一定程度纔會出現道德倫理,再進一步纔會出現禮樂,因此得出了"以文害道"的結論。

§ 021　墨翟(前476—前381)《墨子·非樂》: 音樂文章非聖王之事、非萬民之利

【作者簡介】墨翟(約前476—前381),名翟,宋國人,另一説爲魯國人。戰國初期思想家、軍事家,墨家學派的創始人。墨家在先秦時期有相當大的影響,與儒家並稱爲"顯學"。墨子門人根據墨子生平事蹟及筆記,編成了《墨子》七十一篇,現存五十三篇,其中提出了墨子十論(兼愛、非攻、尚賢、尚同、天志、明鬼、非命、非樂、節葬、節用)。

　　是故子墨子之所以非樂者,非以大鍾、鳴鼓、琴瑟、竽笙之聲,以爲不樂也;非以刻鏤華文章之色,以爲不美也;非以犓豢①煎炙之味,以爲不甘也;非以高臺厚榭邃野之居,以爲不安也。雖身知其安也,口知其甘也,目知其美也,耳知其樂也,然上考之,不中聖王之事,下度之,不中萬民之利。是故子墨子曰:"爲樂非也。"(MZXG, p.160)

　　① 音 chú huàn,指飼養的牲畜。

這段話中,墨子首先承認了音樂、文章、美味、華殿所帶來的感官享受,但是在墨家政治觀念中,這些充滿美感的感官享受並非聖王所應推重之事,也不會為百姓謀得實際福利,故而理應"非之"。

§022 《商君書·外內》:文學私名爲淫道

【典籍簡介】《商君書》,又稱《商君》《商子》《商君子》,《商君書》的作者頗有爭議,有說是商鞅,有說是僞書,有說是商鞅遺著與其他法家遺著的合編。在《漢書》中錄有二十九篇,但現存二十六篇,另有兩篇只存目而沒有內容。《商君書》是戰國時代法家學派的代表作品,書中有商鞅和法家的思想論說,談及治國之道、刑賞原則、作戰策略、管理方針等等。

民之外事,莫難於戰,故輕法不可以使之。奚謂輕法?其賞少而威薄,淫道不塞之謂也。奚謂淫道?爲辯知者①貴,游宦者任,文學私名②顯之謂也。三者不塞,則民不戰而事失矣。故其賞少,則聽者無利也;威薄,則犯者無害也。故開淫道以誘之。而以輕法戰之,是謂設鼠而餌以狸也,亦不幾乎!故欲戰其民③者,必以重法;賞則必多,威則必嚴;淫道必塞;爲辯知者不貴,游宦者不任,文學私名不顯。賞多威嚴,民見戰賞之多則忘死,見不戰之辱則苦生。賞使之忘死,而威使之苦生,而淫道又塞,以此遇敵,是以百石之弩射飄葉也,何不陷之有哉?(SJS, p.37)

① 長於論辯的人。　② 私人、私客。　③ 使動句,使其民戰。

該段將善於遊說論辯的文學私客與從軍征戰者分立爲二,並將前者貶低爲淫逸之道,主張對其輕賞薄祿,削弱權限,減少對萬民的吸引力。而對於征戰的軍事力量,法家將其視爲國家對外政策的重中之重,爲了能驅使、調動萬民從軍參戰,便更須輕賞"淫道",重賞從軍者。

§023 《商君書・君臣》：非詩書主農耕

臣聞道①民之門,在上所先②。故民可令農戰,可令游宦,可令學問,在上所與③。上以功勞與則民戰；上以詩書與則民學問。民之於利也,若水於下也,四旁無擇④也。民徒可以得利而爲之者,上與之也。瞑目扼腕而語勇者得⑤,垂衣裳而談說者得,遲日曠久、積勞私門者得,尊向⑥三者,無功而皆可以得。民去農戰而爲之,或談議而索之,或事便辟⑦而請之,或以勇爭之。故農戰之民日寡,而游食者愈衆,則國亂而地削,兵弱而主卑。此其所以然者,釋⑧法制而任名譽也。(SJS, pp.38－39)

① 同"導",指引。　② 尊崇、重視。　③ 給與。　④ 四處流散而無定擇。　⑤ 得利。　⑥ 尊崇、尊尚。　⑦ 迎合諂媚。　⑧ 解除、捨棄。

農與戰分別是法家政治理念中的對內、對外的兩大核心。這段文字再次強調了作爲一國君主,在選擇治國政策時,如果令其國民講習詩書、四處遊宦,便會滋長其博求虛名、好逸惡勞等惡習,國之農耕與征戰則會缺乏人力,最終令國力衰敗。

§024 韓非(約前280—前233)《韓非子・問辯》：儒家和名家之文爲妄發之說

【作者簡介】韓非(約前280—前233),又稱爲韓非子,戰國末期韓國新鄭(今屬河南) 人。法家學派的集大成者,集合商鞅的"法"、申不害的"術"和慎到的"勢"爲一體。韓非子曾與李斯跟從荀子學習,却因李斯等人讒害,死於獄中。韓非著有《孤憤》及《五蠹》等文章,後人收集整理編纂成《韓非子》一書傳世。

今聽言觀行,不以功用爲之的彀①,言雖至察,行雖至堅,則妄發之說也。是以亂世之聽言也,以難知爲察,以博文爲辯；其觀行也,以離群爲賢,以犯上爲抗。人主者說②辯察之言,尊賢抗之行,故夫作法術之人,立取舍之行,別辭爭之論,而莫爲之正。是以儒服帶劍者衆,而耕戰之士寡;堅白無厚③之詞章,而憲令之法息。故曰:"上不明,則辯生焉。"(HFZXJZ, pp.950-951)

① 音 gòu。"的彀",目標。　② 同"悦"。　③ 代指戰國時期名家公孫龍、惠施的學説。

這裏批判當時的儒家和名家之士,言論雖明察,行爲雖剛正,然而只是長於博文擅辯,其言行實爲無實際功用的犯上妄言。人主却以此才能者爲賢德之人,如此一來只會催生更多詭辯胡言,以下犯上之輩,非但不能產生實用,還會擾亂法令。

§025　《韓非子·説林上》:墨家對"以文害用"的批判

楚王謂田鳩曰:"墨子者,顯學也。其身體①則可,其言多而不辯,何也?"曰:"昔秦伯嫁其女於晉公子,令晉爲之飾裝,從衣文之媵②七十人。至晉,晉人愛其妾而賤公女。此可謂善嫁妾而未可謂善嫁女也。楚人有賣其珠於鄭者,爲木蘭之櫃,薰以桂椒,綴以珠玉,飾以玫瑰,輯③以翡翠。鄭人買其櫝而還其珠,此可謂善賣櫝矣,未可謂善鬻珠也。今世之談也,皆道辯説文辭之言,人主覽其文而忘有用。墨子之説,傳先王之道,論聖人之言以宣告人。若辯其辭,則恐人懷其文忘其直,以文害用也。此與楚人鬻珠、秦伯嫁女同類,故其言多不辯。"(HFZXJZ, p.668)

① 實踐。　② 音 yìng,隨嫁的婢女。　③ 通"緝",連綴。

這段文字舉出買櫝還珠的寓言,再次批評當世的辯説文辭炫人耳目而無實用,並對同樣持此看法的墨家表示認同。

§026 《韓非子·五蠹》：儒以文亂法

儒以文亂法，俠以武犯禁，而人主兼禮之，此所以亂也。夫離①法者罪，而諸先生以文學取；犯禁者誅，而群俠以私劍②養。故法之所非，君之所取；吏之所誅，上之所養也。法趣上下③，四相反也，而無所定，雖有十黃帝不能治也。故行仁義者非所譽，譽之則害功；文學者非所用，用之則亂法。……然則爲匹夫計者，莫如脩行義而習文學。行義④脩則見信，見信則受事；文學習則爲明師，爲明師則顯榮；此匹夫之美也。然則無功而受事，無爵而顯榮，爲有政如此，則國必亂，主必危矣。（HFZXJZ, pp.1104－1105）

① 違背、背離。　② 效勞私人的刺客。　③ 指上述四種情況，法之所非與君之所取，下吏之所誅與上層權貴所養。　④ 力行仁義。

這裏再次指出當時儒者以文章學問擾亂法紀，反而受君主重用，遊俠武士違反禁令，却能得到貴族重視而被豢養，這兩類人明明違背吏法，非但不受懲罰，反而都被統治者看重，由此吸引更多國民從事文章學術之事，如此便會令法紀威嚴受損，乃至危害國家與君主。

§027 《韓非子·解老》：從老子道之華實説到文質對立説

禮爲情貌者也，文爲質飾者也。夫君子取情而去貌，好質而惡飾。夫恃貌而論情者，其情惡也；須飾而論質者，其質衰也。何以論之？和氏之璧，不飾以五采，隋侯之珠，不飾以銀黃，其質至美，物不足以飾之。夫物之待飾而後行者，其質不美也。是以父子之間，其禮樸而不明①，故曰："禮薄也。"凡物不並盛，陰陽是也。理相奪予②，威德是也。實厚者貌薄，父子之禮是也。由是觀之，禮繁者實心衰也。然則爲禮者，事通人之樸心者也。衆人之爲禮也，人應則輕歡，不應則責怨。今爲禮者事通人之樸心，而資③之以相責之分④，能毋爭乎？有爭則亂，故曰："夫禮者，忠信之薄也，而亂之首乎。"（HFZXJZ, pp.379－380）

① 不明顯。　② 剝奪和賜予。　③ 供給、取用。　④ 相互責備的藉口。

道家認爲"禮"對"情"而言只是外貌，"文"對"質"也只是裝飾，因而主張"取情而去貌，好質而惡飾"。韓非子對此表示認同，並進一步認爲對繁縟之禮非但不會助於社會秩序與人際關係的維護，反而易引發人事紛爭，早已違背行禮原本的樸實初心。

§028　莊周（約前369—約前286）《莊子·繕性》：文滅質說

【作者簡介】莊周（約前369—約前286），戰國時期宋國蒙（今河南商丘東北）人。道家學派的代表人物，與老子並稱"老莊"。莊子與梁惠王、齊宣王同時，擔任過宋國漆園吏，後厭倦政治而終身不仕。莊周及門人的著作收錄於《莊子》一書，其中有《逍遙遊》《齊物論》《養生主》等著名篇章。《莊子》一書又稱爲《南華真經》，今本爲三十三篇。

　　古之人，在混芒①之中，與一世而得澹漠②焉。當是時也，陰陽和靜，鬼神不擾，四時得節，萬物不傷，群生不夭，人雖有知，无所用之，此之謂至一。當是時也，莫之爲而常自然。逮德下衰，及燧人伏羲始爲天下，是故順③而不一④。德又下衰，及神農黃帝始爲天下，是故安而不順。德又下衰，及唐虞始爲天下，興治化之流，㴃淳散朴，離道以爲，險⑤德以行，然後去性而從於心。心與心識知，而不足以定天下，然後附之以文，益⑥之以博。文滅質，博溺心，然後民始惑亂，无以反其性情而復其初。（ZZJZJY, pp.404－405）

① 混沌未分。　② 恬淡無爲。　③ 順從。　④ 混同合一。　⑤ 一

説作"儉",危阻。　⑥增益。

這段話描繪了上古早期社會意識形態從自然和靜到德化漸衰的演進趨勢,至春秋戰國時更附以浮華文飾和所謂的各家學說,最終湮滅原初的質樸本心,令百姓迷惑紛亂。

§029　莊周《莊子·駢拇》：文如駢拇

是故駢①於明者,亂五色,淫文章,青黃黼黻②之煌煌③非乎？而離朱④是已。多於聰者,亂五聲,淫六律,金石絲竹黃鐘大呂之聲非乎？而師曠⑤是已。枝⑥於仁者,擢⑦德塞性以收名聲,使天下簧鼓以奉不及之法非乎？而曾史⑧是已。駢於辯者,纍瓦結繩竄⑨句棰⑩辭,遊心於堅白同異之間,而敝⑪跬⑫譽⑬無用之言非乎？而楊墨⑭是已。故此皆多駢旁枝之道,非天下之至正也。(ZZJZJY, pp.231-232)

①音pián,兩物相連或並列,這裏意指多餘、過度。　②音fǔ fú,黑白青黃相間的花紋。　③亮眼炫目。　④即離婁,上古傳說人物,百步察秋毫。　⑤春秋時晉國樂師,善於審音。　⑥分支、多餘。　⑦拔高。　⑧曾參及衛靈公臣史魚。　⑨穿鑿。　⑩敲打,意指推敲字詞。　⑪疲敝,此處用作動詞,爲某事而疲敝。　⑫音kuǐ,半步。　⑬指一時的聲譽。　⑭楊朱、墨翟。

多餘或過度的視力、聽力,乃至仁德、辯才,不僅不會有所助益,反而會炫人耳目,流於浮名,陷於詭辯,由此推導,《莊子》認爲,"文"之於社會,也如這些駢拇旁枝一樣,是超出本體、溢出本性的多餘之物,不可能合乎天下正道。

§030　莊周《莊子·胠篋》：對文的全面宣戰

故絕聖棄知,大盜乃止；擿①玉毀珠,小盜不起；焚符破璽,而民朴鄙;掊②斗折衡③,而民不爭;殫④殘天下之聖法,而民始可與論議。擢⑤亂六律,鑠⑥絕竽瑟,塞師曠之耳,而天下始人含其聰矣;滅文章,散五采,膠⑦離朱之目,而天下始人含其明矣;毀絕鈎繩而棄規矩,攦⑧工倕⑨之指,而天下始人含其巧矣。削曾史之行,鉗⑩楊墨之口,攘棄仁義,而天下之德始玄同矣。彼人含其明,則天下不鑠⑪矣;人含其聰,則天下不累⑫矣;人含其知,則天下不惑矣;人含其德,則天下不僻⑬矣。彼曾、史、楊、墨、師曠、工倕、離朱,皆外立其德而以爚⑭亂⑮天下者也,法之所无用也。(ZZJZJY, pp.259‑260)

① 音 tī,剔除、挑出。　② 音 pǒu,擊碎、打破。　③ "斗""衡",指度量物秤。　④ 竭盡。　⑤ 音 zhuó,拔。　⑥ 熔化、銷毀。　⑦ 粘合。　⑧ 音 lì,折斷。　⑨ 人名,相傳爲堯時的巧匠。　⑩ 鎖住,使閉口。　⑪ 消散。　⑫ 縲紲、繫累。　⑬ 邪僻。　⑭ 音 yuè。　⑮ 迷眩擾亂。

這段言論可謂將對智巧的反對推向極致,乃至於要將所謂的"聖法"、"智慧"、所有耳目聲色之娛、統治者建立的社會禮法道德規範都統統打破擯棄,這樣纔能實現道家所尊崇的原初本性。而同樣被認爲會迷亂世衆、虛偽粉飾的"文",也在被反對的對象裏。

【第 3.1 部分參考書目】

馮友蘭著:《中國哲學簡史》,北京:新世界出版社,2004 年,第 47—48、130—132、140—141 頁。

錢穆著:《國學概論》,北京:九州出版社,2011 年,第 41—61 頁。

錢穆著:《墨子 惠施公孫龍》,北京:九州出版社,2011 年,第 29—32 頁。

張少康著:《先秦諸子的文藝觀》,第 1 版,上海:上海文藝出版社,1981 年。参"四 墨子從狹隘功利觀點出發的反文藝思想",第

58—71 頁;"六 崇尚自然、神化的莊子文藝思想",第 93—127 頁;"八 韓非子'以功用爲之的穀'的文藝思想",第 151—167 頁。

Denecke, Wiebke(魏樸和). *The Dynamics of Masters Literature: Early Chinese Thought from Confucius to Han Feizi.* Cambridge, Mass.: Harvard University Asia Center for the Harvard-Yenching Institute, 2010.

Goldin, Paul R., ed. *Dao Companion to the Philosophy of Han Fei.* Dordrecht, Netherlands: Springer, 2013.

Graham, A. C., trans. *Chuang-tzu: The Inner Chapters.* London: Mandala, 1991.

Pines, Yuri. *Envisioning the Eternal Empire: Chinese Political Thought of Warring States Era.* Honolulu: University of Hawai'i Press, 2009.

3.2 荀子論文:修身、治國、道管、垂文

在戰國儒家思想家中,"文"的最堅定捍衛者非荀子莫屬。他將禮義、典籍、音樂視爲"文"的核心内容,並在個人修身、國家治理、天下之道三個層次闡述"文"至高無上的價值和作用。他認爲,"被文學,服禮義"是培養"天下列士"的唯一途徑,而經過"文"陶冶的人必定是温良恭儉讓的君子,可望成爲天下之"至文"。就治國而言,"不美不飾之不足以一民",也就是説,國君若不將"文"推至天下生民,國家就不可能走向富强。古聖以文治天下,故爲"道之管",即道之樞紐,同時道又通過傳達古聖之志、記載古聖言行的五經垂文天下。

荀子如此打通天下之道、聖人、五經,係爲漢代王充(27—

約97)討論文道關係張本,更爲梁劉勰(約465—約520或532)《文心雕龍》的原道論提供了"道—聖—文"架構的雛形。另外,將五經與天下之道視爲一體,這觀點無疑是《荀子・正名》所闡述的言語實有論之迴響。

§031　荀況(約前313—約前238)《荀子・大略》:文學與修身

【作者簡介】荀子(約前313—約前238),名況,又尊稱爲荀卿,趙國人。戰國末期思想家,儒家學派的代表人物。荀子曾三次擔任齊國稷下學宫的祭酒。後因被讒,去齊國赴楚國,兩次被春申君任命爲蘭陵令。晚年居於蘭陵,著書立說。荀子主張崇禮、正名與性惡論,弟子有韓非、李斯等,著有《荀子》。

人之於文學也,猶玉之於琢磨也。《詩》曰:"如切如磋,如琢如磨。"謂學問也。和之璧①,井里之厥②也,玉人琢之,爲天子寶。子贛、季路③,故鄙人也,被文學,服禮義,爲天下列士④。(XZJJ, juan 19, p.508)

①即和氏璧。　②"厥",石塊。　③即子貢、子路,孔子弟子。　④有聲望的人。

荀子在此用琢磨寶玉類比於文學對人的助益,子貢等孔門弟子,原爲鄉野鄙人,但在文學禮義的薰養教化下,蛻變爲有聲望的國士,由此可見其對文學價值的推重。

§032　荀況《荀子・不苟》:君子修身之"至文"

君子寬而不僈①,廉而不劌②,辯而不爭,察而不激③,寡立而不勝④,堅彊而不暴⑤,柔從而不流⑥,恭敬謹慎而容。夫是之謂至文。《詩》曰:"溫溫恭人,惟德之基。"此之謂矣。(XZJJ, juan 2, pp.40－41)

① 怠慢輕視。　② 刺傷人。　③ 明察而不激烈。　④ 盛氣凌人。
⑤ 同"暴"。　⑥ 柔和而不隨波逐流。

對於儒家修身楷模的"君子"，荀子描繪出其具體品格特質，而這些"恭敬謹慎而容"的中庸德行，被稱爲"至文"，可見"文"在荀子這裏已不僅是一種外在的修飾，更是内在品性的綜合體現。

§033　荀況《荀子·富國》：美飾之文對治國的重要性

故先王聖人爲之不然。知夫爲人主上者不美不飾之不足以一民也，不富不厚之不足以管下也，不威不強之不足以禁暴勝悍也。故必將撞大鐘、擊鳴鼓、吹笙竽、彈琴瑟以塞其耳，必將錭琢、刻鏤、黼黻、文章以塞其目，必將芻豢①稻粱、五味芬芳以塞其口。然後衆②人徒、備官職、漸③慶賞、嚴刑罰以戒其心。使天下生民之屬皆知己之所願欲之舉在是于也，故其賞行；皆知己之所畏恐之舉在是于也，故其罰威。賞行罰威，則賢者可得而進也，不肖者可得而退也，能不能④可得而官也。若是，則萬物得宜，事變得應，上得天時，下得地利，中得人和，則財貨渾渾如泉源，汸汸如河海，暴暴⑤如丘山，不時焚燒，無所臧之，夫天下何患乎不足也？故儒術誠行，則天下大而富，使而功，撞鐘擊鼓而和。《詩》曰："鐘鼓喤喤，管磬瑲瑲，降福穰穰，降福簡簡，威儀反反。既醉既飽，福禄來反。"此之謂也。故墨術誠行則天下尚儉而彌貧，非鬭而日爭，勞苦頓萃而愈無功，愀然憂戚非樂而日不和。《詩》曰："天方薦瘥⑥，喪亂弘多，民言無嘉，憯莫⑦懲嗟⑧。"此之謂也。(XZJJ, juan 6, pp.186－188)

① 音 chú huàn，指牛羊等牲畜。　② 集中。　③ 漸浸、熏染。

④ 能與不能者。　⑤ 強大。　⑥ 重複降下災害。　⑦ "憯",音 cǎn。憯莫,不曾。　⑧ 懲戒會改。

　　針對墨家的尚簡觀念及其對儒家禮義文飾的批判,荀子堅持強調外在物質聲色等美飾對國家統治的重要性,並逐一舉出音樂、藻飾、美味等條件的優渥能激發百姓的嚮往進取之心,從而促使天下皆富。這也説明荀子眼中"文"的作用不限於對個人修養的完善,其正面效應還可推及整個社會。

§034　荀況《荀子·儒效》:聖人與道的關係

　　道者,非天之道,非地之道,人之所以道①也,君子之所道也。(*XZJJ*, p.122)

　　① 取道,遵循。

　　聖人也者,道之管②也。天下之道管是矣,百王之道一是矣,故《詩》《書》《禮》《樂》之歸是矣。《詩》言是,其志也;《書》言是,其事也;《禮》言是,其行也;《樂》言是,其和也;《春秋》言是,其微也。故《風》之所以爲不逐③者,取是以節之也;《小雅》之所以爲《小雅》者,取是而文之也;《大雅》之所以爲《大雅》者,取是而光之也;《頌》之所以爲至者,取是而通之也:天下之道畢是矣。鄉④是者臧,倍⑤是者亡。鄉是如不臧,倍是如不亡者,自古及今,未嘗有也。(*XZJJ*, juan 4, pp.133-134)

　　② "管",鑰匙,樞紐。　③ 追隨。　④ 同"向"。　⑤ 同"背"。

　　這兩段可看作是劉勰原道思想之濫觴,這裏有幾個方面值得注意:第一,荀子強調的是"人道",而非"天道"或"地道",《文心雕龍》則將三者加以結合考慮,並認爲"人道"勝於"天道"和"地道"。第二,荀子認爲五經是聖人所作,因此認爲"聖人也者,道之管也"。第三,荀子這裏對《詩經》的評語值得注意。他認爲"《風》之所以爲不逐者,取是以節之也",有的解釋認爲《風》本身有節奏控制,也有人解釋爲《風》可以有助於節制性情,達到引導性情表達,是性情表達的楷模之意。因此這裏的"節之"從内容上説,可以解爲"樂而不淫,哀而不傷"之意,從藝術表現上也可以解釋爲其有助於節奏的藝術表現。這兩種解釋似乎都可。首先,後面荀子認爲"《大雅》之所以爲《大雅》者,取是而光之也",主要是從内容上評價《大雅》可以廣大道德,可見荀子對《詩經》的評價不出"樂而不淫哀而不傷"。而從語言和表達形式上解釋也可,因爲荀子對《小雅》的評價則是"《小雅》之所以爲小者,取是而文之也",主要著眼於語言表達、文采修飾,因此也可理解爲荀子主要認爲,《詩經》的特殊性和其主要的藝術手法有密切關係,由此可以推言帶有文學性的作品也可成爲天下之道的表達。這樣理解,可以爲後代劉勰《文心雕龍》提供思想資源。

§035 荀況《荀子·正名》:語言實有論

名無固宜①,約之以命②。約定俗成謂之宜,異於約則謂之不宜。名無固實,約之以命實,約定俗成謂之實名。名有固善,徑易③而不拂④,謂之善名。(XZJJ, juan 16, p.420)

①固有、合宜的標準。 ②指派、命名。 ③直接易曉。④"拂",違背。

名聞而實喻⑤,名之用也。累而成文,名之麗也。用、麗俱得,謂之知名。名也者,所以期累⑥實也。辭也者,兼⑦異實之名⑧以論一意也。辨説也者,不異實名⑨以喻動靜之道也。期命⑩也者,辨説之用也。辨説也者,心之象道⑪也。心也者,道之工宰⑫也。道也者,治之經理也。心合於道,説合於心,辭合於説,正名而期,質請而喻⑬。辨異而不過⑭,推類而不悖⑮,聽則合文⑯,辨則盡故⑰。以正道而辨姦,猶引繩以持曲直。(XZJJ, juan 16, pp.422-423)

⑤"喻",被指明,使人知道。 ⑥連綴。 ⑦聯繫、連接。 ⑧不

同實質的名稱。 ⑨ 意即名實一致。 ⑩ "期",會和;"命",命名。"期命",綜合事務而據以命名。 ⑪ 心思所效法的原理法則。 ⑫ 主宰。 ⑬ "質",根據、本於;"請",猶"情",一曰實(王先謙《集解》引王念孫)。本於情實而使其通曉。 ⑭ 超出、流蕩。 ⑮ 違背。 ⑯ 合乎文理。 ⑰ 窮盡事物的原理。

荀子在這裏從名與實的約定俗成關係入手,當名有了實有的指向,所稱之實就能得以彰顯,名稱連綴一體便能形成文章。以語言為媒介的名稱、言語,乃至辯說,足以勾聯各類事物,闡明各種實有概念,並且使名實對應有序而不相亂,由此一來,正名即可辨明曲直奸邪。

【第 3.2 部分參考書目】

楊筠如著:《荀子研究》,上海:商務印書館,1933 年,第 62—71 頁。

季鎮淮著:《來之文錄》,第 1 版,北京:北京大學出版社,1992 年,《"文"義探源》,第 19—36 頁。

胡適著:《先秦名學史》,第四編《進化和邏輯》,《胡適文集》第 6 冊,北京:北京大學出版社,1998 年,第 129—136 頁。

郭紹虞著:《中國文學批評史》,第 1 版,北京:中華書局,1999 年,第 26—28 頁。

王運熙、顧易生主編:《中國文學批評通史·先秦兩漢卷》,上海:上海古籍出版社,2011 年,122—151 頁。

Fung, Yu-lan. *A History of Chinese Philosophy*. Vol. 1, The Period of the Philosophers. Translated by Derk Bodde. Princeton, NJ: Princeton University Press, 1952.

Graham, Angus C. *Disputers of the Tao: Philosophical Argument in Ancient China*. La Salle, IL: Open Court, 1989.

Knoblock, John. *Xunzi: A Translation and Study of the Complete Works*. 3 vols. Stanford, CA: Stanford University Press, 1988, 1990, and 1994.

Schwartz, Benjamin I. *The World of Thought in Ancient China*. Cambridge, MA: Harvard University Press, 1985.

3.3 《繫辭傳》的文字本質説

語言之文——儒家關於"文"的討論是十分全面且較爲深入的。與文學論有關且最值得注意的内容,是關於語言文字的討論。反對"文"的墨、法、道家對文字自然是没有詳盡的論述。所以,儒家關於文字、語言的討論難得的詳盡全面。其中最值得關注的是《荀子·正名篇》的論述和《繫辭傳》關於文學起源的討論。正如上節所示,荀子的討論是從語言詞彙應用的角度來分析,文字依賴於約定俗成的語言習慣,一旦這種約定俗成的語言使用習慣形成,語言就有了準確反映事物的能力,最終,語言能夠擁有準確論辯乃至揭示事物發展内在規律的能力。《繫辭傳》在討論《周易》的意義時,講述了聖人如何創造八卦,以及聖人創造八卦時和宇宙的關係。這種揭示宇宙秘密的《易經》,可以在語言文字中揭示出"道"。

《繫辭傳》的文學意義則在於提供更加明晰的"道—聖—文"的理論框架。此篇巧妙地運用河圖洛書、伏羲造八卦等傳説,對書寫符號加以神秘化和本質化,從而把早期儒家所持的名實相通的觀點提升爲文字本質論。它稱道:"《易》之爲書也,廣大悉備。有天道焉,有人道焉,有地道焉。"(§036)毋庸置疑,《繫辭傳》的文字本質論是劉勰原道論、唐宋"文以貫道"論以及各種相關書論、畫論賴以立論的理論根據。

§ 036　《周易·繫辭》：天道、地道、人道

【典籍簡介】《周易·繫辭傳》，又稱《繫辭》，相傳爲孔子所作。現當代學者對此傳說多持懷疑態度，認爲這篇注釋大概出於戰國期間無名氏學者之手。《繫辭傳》爲《易傳·十翼》中最重要的兩篇，分爲上下，概述《周易》的義理，其中糅合了許多儒家和道家觀點[1]。《十翼》另外八篇是《彖傳》（上下兩篇）、《象傳》（上下兩篇）、《說卦傳》《序卦傳》《雜卦傳》及《文言傳》。

《易》與天地準①，故能彌綸天地之道。仰以觀於天文，俯以察於地理，是故知幽明②之故；原始反終，故知死生之說；精氣爲物，遊魂爲變，是故知鬼神之情狀。與天地相似，故不違；知③周④乎萬物而道濟天下，故不過；旁行而不流，樂天知命，故不憂；安土敦⑤乎仁，故能愛。範圍⑥天地之化而不過，曲成⑦萬物而不遺，通乎晝夜之道而知，故神無方而《易》無體。（ZYZY, juan 7, p.77）

①準，爲準，根據、按照。　②隱蔽與明白的，看得見與看不見的現象。　③同"智"。　④周全。　⑤崇尚勉勵。　⑥界限、效法。　⑦委婉成全。

這段認爲《易》是比擬天地之道而創作出來的，《易》之無體即比擬天地間神之無方。

是故《易》有太極，是生兩儀。兩儀生四象。四象生八卦。八卦定吉凶，吉凶生大業。是故法象莫大乎天地；變通莫大乎

1　關於對《繫辭傳》特性的爭論，見陳鼓應：《易傳與道家思想》，北京：三聯書店，1996年，第232—276頁。陳鼓應希望通過文本校勘證實《繫辭傳》的道家特徵。將注釋的標準文本和現存的馬王堆帛書對比，發現在後一版本中缺少詳述儒家思想的幾篇注釋，因此認爲這些篇目其實是後來對原本的道家文本的竄改。爲了證明這一注釋的道家源頭，陳還將《繫辭傳》裏面的關鍵哲學概念追溯到道家文本的廣闊範圍，並以圖表格式展現了他的文本校勘的成果（第225—231頁）。

四時;縣象⑧著明莫大乎日月;崇高莫大乎富貴;備物致用,立成器⑨以爲天下利,莫大乎聖人。探賾⑩索隱⑪,鉤深致遠⑫,以定天下之吉凶,成天下之亹亹⑬者,莫大乎蓍龜。(ZYZY, *juan* 7, p.82)

⑧ 也作"懸象",天象。　⑨ 可用的器物。　⑩ 音 zé,幽深玄妙的道理。　⑪ 闡發隱微。　⑫ 鉤取深處與招致遠方。　⑬ 音 wěi,連續行進。

這裏認爲《易》是天地之道的直接呈現,因此《易》中有太極,可生兩儀、四象、八卦。而這段也描繪了聖人制《易》的過程,強調《易》之所以爲神物,是因爲來自於天地之道。上段認爲《易》等同於天地之道,這裏解釋了《易》等同於天地之道的幾個方面:《易》來自產生於自然的河圖、洛書,而聖人根據這些自然符號,創製出《易》這樣的人文符號,由於產生於自然,因此《易》能表現出天地之道。

是故,天生神物,聖人則⑭之;天地變化,聖人效之;天垂象,見吉凶,聖人象⑮之;河出圖,洛出書,聖人則之。《易》有四象,所以示也。繫辭焉,所以告也;定之以吉凶,所以斷⑯也。(ZYZY, *juan* 7, p.82)

⑭ 效法。　⑮ 模擬、闡說。　⑯ 判定。

由於長期以來很少人相信圖形符號和語言是傳道的工具,《繫辭傳》的作者必須提供有說服力的論證來支持其觀點,即《易》直接呈現出天道、地道和人道。在論證過程中,他們巧妙利用了有關《易》的起源的傳說。通過重新講述八卦(《易》最古老的層次)起源的傳說,他們確認了自然是《易》的最初起源。八卦由半人半獸的伏羲所創造,這個故事是以天賜河圖、洛書之說爲基礎的[1]。於是,通過重複文王和周公制作八卦和卦爻辭的故事,作者證實了《易》的次要的人類起源[2]。通過強調《易》的雙重起源,作者試圖讓我們相信,《易》的存在超越了自然界和人類世界之間的界

---

[1] 《繫辭傳》,《周易正義》,《十三經注疏》第1册,第82頁。
[2] 《繫辭傳》,《周易正義》,《十三經注疏》第1册,第90頁。

限。就這點而言,它不是天道、地道和人道的模仿再現,而是三者的直接呈現。因此,他們尊崇《易》爲"神物"[1],並宣稱"易,無思也,無爲也"[2]。《易》將自然法則和人類創造結合起來,並因此成爲了某種"第二自然",擁有規範天地和決定人類世界道德、社會、政治秩序的最高權力。

　　古者包犠氏之王[17]天下也,仰則觀象於天,俯則觀法於地,觀鳥獸之文與地之宜,近取諸[18]身,遠取諸物,於是始作八卦。(ZYZY, juan 8, p.86)

　　[17] 統治。　[18] "之於"的合音。

　　這段與上段類似,常被後人引用。説的也是古人制八卦的方法,除了依照河圖、洛書而成以外,聖人也觀察自然而作八卦。

　　《易》之爲書也,廣大悉備。有天道焉,有人道焉,有地道焉。兼三才[19]而兩之,故六。六者非它也,三才之道也。道有變動,故曰爻[20];爻有等,故曰物;物相雜,故曰文;文不當,故吉凶生焉。(ZYZY, juan 8, p.90)

　　[19] 天地人。　[20] 組成卦的符號,交錯變動而成。

　　《繫辭傳》作者稱圖形符號和語言文字中有天道、地道和人道,顯然背離傳統道家和儒家有關符號、語言、宇宙論的觀點。老子、莊子等道家思想家再三强調語言文字不可能傳達最終的現實,更不用説呈現它。儘管孔子對語言持一種相對積極的態度,但在《論語》中,他也遠没有將人類歷史的道等同於圖形符號和甲骨卜辭之文。孔子對道之文最具體的探討是他對周代的評論:"周監於二代,郁郁乎文哉。"[3] "文王既没,文不在兹乎!"[4] 毫無疑問,道之文是孔子内心珍視的崇高的抽象理念,而非占卜符號和文辭之文。

1　《繫辭傳》,《周易正義》,《十三經注疏》第 1 册,第 82 頁。
2　《繫辭傳》,《周易正義》,《十三經注疏》第 1 册,第 81 頁。
3　《論語譯注》,第 28 頁。
4　《論語譯注》,第 88 頁。

【第 3.3 部分參考書目】

陳鼓應著:《易傳與道家思想》,北京:三聯書店,1996 年。

陳良運著,張岱年編:《周易與中國文學》,第 1 版,南昌:百花洲文藝出版社,1999 年。參第五章《"六爻發揮,旁通情也"——〈周易〉的文學思維》,第 96—119 頁。

Legge, James, and Clae. Waltham. *I Ching: The Chinese Book of Changes*. New York: Ace Pub., 1969.

Lynn, Richard John. *The Classic of Changes: A New Translation of the I Ching as Interpreted by Wang Bi*. New York: Columbia University Press, 2004.

Peterson, Willard J.. "Making Connections: 'Commentary on the Attached Verbalizations" of the *Book of Changes*," *Harvard Journal of Asiatic Studies* 42.1 (1982): 77–79.

3.4 儒家論音樂:人本質之"情"、情感之"情"與化人

在戰國時期,討論音樂的形式已從先前典籍的零碎記載演變爲專論,其中最爲重要的是郭店楚簡《性自命出》《荀子·樂論》《禮記·樂記》。

《性自命出》是一篇哲學專論,於 1993 年被發現,後被考古學家確定大約寫成於公元前 300 年左右。它的內容也見於上博簡中,似乎證明它在當時已有頗大的影響力。從時間上來看,《性自命出》篇應在荀子(約前 313—約前 238)之前,大約與孟子(在世則早於荀子約六十年左右)同時。大體來說,《性自命

出》不像另外三部典籍那樣縝密而全面,行文的風格亦較爲樸素,論證時基本不用排比、駢對的形式。《性自命出》篇主要探討性與物、情與性、情與志這幾對重要概念的關係,同時也涉及禮、樂的論題。不過,該篇對這些概念的闡述與《荀子·樂論》《禮記·樂記》的觀點往往大相徑庭,其中對人的本質之情與喜怒哀悲(即情感之情)之關係的論述尤其如此。可以説,它對喜怒哀悲之情是全面的、毫無保留的肯定,不僅讚許了樂和悲的審美的價值,將其與本質之情相聯繫,甚至稱"喜怒哀悲之氣,性也"。這幾乎是説,音樂中表達的情感與人本質之情、性是相同的。

　　較之《性自命出》,荀子《樂論》對情感之情的態度更爲保守。雖然他用音訓將音樂定義爲樂(lè),但强調他所肯定的"樂"是經過先王《雅》《頌》雅樂引導淨化的。對於平民的好惡之情,他是極爲警惕的,擔憂它們誘發"姦聲感人而逆氣應之,逆氣成象而亂生焉"(§039)。正因如此,他在整篇文章之中反復陳述雅樂如何在征誅揖讓、軍旅祭祀等場合引導淨化情感,帶來文治武功之偉績,從而證明墨子非樂之謬誤。

　　《樂記》與《樂論》,成書孰先孰後,誰影響了誰,歷來爭議不休。但從對情感態度變化而言,我們可以看到從《性自命出》近乎全盤肯定,到《樂論》局部否定,再到《樂記》全部否定的軌跡,而《樂記》這種對情感的全盤否定與董仲舒(前179—前104)等漢儒對情的定義是相吻合的。值得注意的是,《樂記》反復將雅樂以外的音樂所表達的情感等同於人慾,並把它從本質之情、性、志徹底分割出來,視之爲"人化物也者,滅天理而窮人欲者也"(§040)。

§ 037 《性自命出》："情生於性"

凡人雖有性,心無定志,待物而後作,待悅而後行,待習而後定。喜怒哀悲之氣,性也。及其見於外,則物取之也。性自命出,命自天降。道始於情,情生於性。始者近情,終者近義。知情①出之,知義者能入之。好惡,性也。所好所惡,物也。善不②。所善所不善,勢也。(*GDCJJDJ*, p.136)

① 此處補字"者能"。　② 此處補字"善,性也"。

《性自命出》論談"情"的地方很多,常常把它與"性"放在一起討論。此條便認爲"道始於情,情生於性。始者近情,終者近義",認爲"情"來自於"性",這一觀點與《禮記・樂記》中的觀點便大爲不同(§040)。

§ 038 《性自命出》：情的道德和審美意義

君子美其情,貴[其義]①,善其節,好其容,樂其道,悅其教,是以敬焉。(*GDCJJDJ*, p.137)

① 裘錫圭注補。

郭店楚簡《性自命出》對"情"或質美的肯定,也可由"情"與其他美德的列舉中得見。這裏"情"和其他美德——如"義""節"等在一起平行列舉。

忠,信之方②也。信,情之方也,情出於性。(*GDCJJDJ*, p.138)

② 方法。

這裏再次重申了"情生於性",並且認爲"信"來源於"情","忠"又是來源於"信"。因此這裏對情的肯定,是把它當作忠信這類美德的源頭。

未言而信,有美情者也。未教而民恒,性善者也。未賞而民勸③,貪富者也。未刑而民畏,有心畏者也。賤而民貴之,有德者也。(*GDCJJDJ*, pp.138–139)

③ 勸務,勤勉努力。

這裏再次對"情"與其它特質加以平行列舉,再次排列了一系列的美德,並將"情"與之並列,和前面第八條類似,將"情"的地位加以提高。

凡至樂必悲,哭亦悲,皆至其情也。哀、樂,其性相近也,是故其心不遠。哭之動心也,浸殺④**,其烈**⑤**戀戀如也,感然以終。樂之動心也,濬深鬱陶**⑥**,其烈則流如**⑦**也以悲,悠然以思。**
(*GDCJJDJ*, p.137)

④ 李零校讀作"浸殺",漸趨衰落意。 ⑤ "烈",字形作"剌",李零校讀作"夬",盡,結束意。 ⑥ 深沉鬱積。 ⑦ "流如",李零《校讀》:"含義待考",或指變化貌。

這一段則列舉了一系列不同的聲音和情感。第十一條中,我們看到"情"的審美感召力,"凡至樂必悲,哭亦悲,皆至其情也",因爲有"情","哭"與"樂"纔會具有強大的審美感召力和感染力。

凡聲其出於情也信,然後其入撥人之心也夠。聞笑聲,則鮮如⑧**也斯喜。聞歌謠,則陶如**⑨**也斯奮。聽琴瑟之聲,則悸如**⑩**也斯歎。觀《賚》《武》**⑪**,則齊如**⑫**也斯作。觀《韶》《夏》,則勉如也斯斂。詠思而動心,嘗**⑬**如也,其居次也久,其反善復始也慎,其出入也順,始其德也。鄭衛之樂,則非其聲而從之也。**
(*GDCJJDJ*, p.137)

⑧ 李零《校讀》:"鮮如",猶"粲然","鮮"與"粲"讀音相近。 ⑨ 舒暢怡然。 ⑩ 心動。 ⑪ 周武王滅商的武樂。 ⑫ "齊",音義同"齋"。 ⑬ 劉昕嵐注認爲意義同"匯",茂盛貌。

楚簡《性自命出》對"情"的探討可以和後代對"情"的討論進行參照。如六朝談"情"時主要討論了"情"本身的審美意義,郭店楚簡則主要討論"情"的感人力量。當《禮記‧樂記》對"性之欲"加以批判時,自然無法發現"情"的感人力量。這裏我們可以看到"凡聲其出於情也信",即只有生於真情實感的聲音纔會對聽者有感召力。(補充參考：李零：《郭店楚簡校讀記》，北京：中國人民大學出版社，2007年；劉昕嵐：《郭店楚簡〈性自命出〉篇箋釋》，收入《郭店楚簡國際學術研討會論文集》，武漢：湖北人民出版社，2000年，第330—354頁。)

§039　荀況(約前313—約前238)《荀子·樂論》：樂成文以治萬變

　　夫樂者，樂也，人情之所必不免也，故人不能無樂。樂則必發於聲音，形於動靜，而人之道，聲音、動靜、性術之變盡是矣。故人不能不樂，樂則不能無形，形而不爲道，則不能無亂。先王惡其亂也，故制《雅》《頌》之聲以道①之，使其聲足以樂而不流②，使其文足以辨③而不諰④，使其曲直、繁省、廉肉⑤、節奏足以感動人之善心，使夫邪汙之氣無由得接⑥焉。是先王立樂之方也，而墨子非之，奈何！

　　①引導。　②流蕩無節制。　③判別、區分。　④音shāi，語有所失。　⑤指樂聲的激越高亢與圓潤婉轉。　⑥交接、迎合。

　　故樂在宗廟之中，君臣上下同聽之，則莫不和敬；閨門之內，父子兄弟同聽之，則莫不和親；鄉里族長之中，長少同聽之，則莫不和順。故樂者，審一以定和者也，比物以飾節者也，合奏以成文者也，足以率一道，足以治萬變。是先王立樂之術也，而墨子非之，奈何！故聽其《雅》《頌》之聲，而志意得廣焉；執其干戚，習其俯仰屈伸，而容貌得莊焉；行其綴兆⑦，要其節奏，而行列得正焉，進退得齊焉。故樂者，出所以征誅⑧也，入所以揖讓⑨也。征誅揖讓，其義一也。出所以征誅，則莫不聽從；入所以揖讓，則莫不從服。故樂者，天下之大齊⑩也，中和之紀⑪也，人情之所必不免也。是先王立樂之術也,而墨子非之,奈何!

⑦ 指樂舞的行列位置安排。　⑧ 征伐。　⑨ 指賓主相見。　⑩ 大同,齊同。　⑪ 綱紀,要領。

且樂者,先王之所以飾⑫喜也;軍旅鈇鉞者,先王之所以飾怒也。先王喜怒皆得其齊⑬焉。是故喜而天下和之,怒而暴亂畏之。先王之道,禮樂正其盛者也,而墨子非之。

⑫ 修飾、整飭。　⑬ 平正整齊。

樂者,聖人之所樂也,而可以善民心,其感人深,其移風易俗,故先王導之以禮樂而民和睦。夫民有好惡之情而無喜怒之應則亂。先王惡其亂也,故脩其行,正其樂,而天下順焉。故齊衰⑭之服,哭泣之聲,使人之心悲;帶甲嬰軸,歌於行伍,使人之心傷;姚冶之容,鄭、衛之音,使人之心淫;紳⑮端⑯章甫⑰,舞《韶》歌《武》,使人之心莊。故君子耳不聽淫聲,目不視女色,口不出惡言。此三者,君子慎之。

⑭ 喪服名,五服之一。　⑮ 腰帶。　⑯ 周代禮服。　⑰ 禮帽。

凡姦聲感人而逆氣應之,逆氣成象而亂生焉;正聲感人而順氣應之,順氣成象而治生焉。唱和有應,善惡相象,故君子慎其所去就也。君子以鐘鼓道⑱志,以琴瑟樂心,動以干戚,飾以羽旄,從⑲以磬管。故其清明象天,其廣大象地,其俯仰周旋有似於四時。故樂行而志清,禮脩而行成,耳目聰明,血氣和平,移風易俗,天下皆寧,美善相樂。故曰:樂者,樂也。君子樂得其道,小人樂得其欲。以道制欲,則樂而不亂;以欲忘道,則惑而不樂。故樂者,所以道⑳樂也。金石絲竹,所以道㉑德也。樂行而民鄉㉒方矣。故樂者,治人之盛者也,而墨子非之。(XZJJ, juan 14, pp.379－382)

⑱同"導"。　⑲跟從,依從。　⑳同"導"。　㉑同"導"。　㉒同"向",趨向。

這幾段文字可謂從多個場域綜合論定樂的功用價值,並以之層層反駁墨子非樂的主張。樂在宗廟、閨門、鄉里、行伍等等皆可由聲音的動靜調理而致諧和,使民心向善、移風易俗,乃至統一人事各種標準和原則,以治萬變。文論著作和文論史對荀子思想的關注比不上對孟子等人的關注。但就歷史影響而言,孟子的"以意逆志"説要到宋代之後纔産生巨大影響,而在漢唐批評傳統中,荀子對漢儒的影響其實更大。

§ 040　《禮記·樂記》：感物之情爲樂的起源；反情以和其志

【典籍簡介】《禮記》,十三經之一,與《周禮》和《儀禮》合稱三禮,爲儒家的經典作品。《禮記》是儒家闡説禮學的文獻,內容包括各樣禮節、祭禮、孔子之言、儒門論説等。《禮記》的通行本是《小戴禮記》,爲西漢禮學家戴聖對秦漢以前漢族禮儀著作編輯而成,凡49篇。南宋時,理學家朱熹將《禮記》中的《大學》《中庸》兩篇,與《論語》《孟子》合稱爲"四書"。《樂記》有十一篇,收於《禮記》和《史記》中。

凡音之起,由人心生也。人心之動,物使之然也。感於物而動,故形於聲。聲相應,故生變,變成方①謂之音。比音②而樂之,及干戚羽旄,謂之樂。樂者,音之所由生也,其本在人心之感於物也。是故其哀心感者,其聲噍③以殺；其樂心感者,其聲嘽④以緩；其喜心感者,其聲發⑤以散；其怒心感者,其聲粗以厲；其敬心感者,其聲直⑥以廉⑦；其愛心感者,其聲和以柔。六者非性也,感於物而后動。是故先王慎所以感之者。故禮以道其志,樂以和其聲,政以一⑧其行,刑以防其姦。禮樂刑政其極一也；所以同民心而出治道也。(LJZY, juan 37, p.2527)

① 方,意猶"文章",應答次序。　②"比",排比,編排音樂。　③ 音 jiào,急促。　④ 音 chǎn,安閑和緩。　⑤ 發散、上揚。　⑥ 直而不曲。　⑦ 正直、方正。　⑧ 統一,使一致。

《禮記·樂記》中"人心之動,物使之然也",讀起來和《性自命出》第一條中"待物而後作"類似,然而《禮記·樂記》隨後描述了"感於物而動"產生的六種聲音:"哀心""樂心""喜心""怒心""敬心""愛心",這六種聲音就是六種"情"的不同反映。因此"感於物"之後,心爲之所動,便能發出不同的聲音。然而"六者,非性也",認爲雖然這六種聲音是心感於物動而生,但是並非"本性",因此"先王慎所以感之者。故禮以道其志,樂以和其聲,政以一其行,刑以防其奸"。

> 人生而靜,天之性也。感於物而動,性之欲也。物至知⑨知⑩,然後好惡形⑪焉。好惡無節於内,知誘於外,不能反躬,天理滅矣。夫物之感人無窮,而人之好惡無節,則是物至而人化物⑫也。人化物也者,滅天理而窮人欲者也。於是有悖逆詐僞之心,有淫泆作亂之事。是故強者脅弱,衆者暴寡,知者詐愚,勇者苦怯,疾病不養,老幼孤獨不得其所,此大亂之道也。(LJZY, juan 37, p.1529)

⑨ 意同"智"。　⑩ 動詞,意識到,知道。　⑪ 顯示在外。　⑫ "化",改變,此處意爲"人化於物",人被物改變。

"感於物而動,性之欲也",即不認爲"感於物而動"是"性"本身,而只是"性之欲也"。這種"性之欲也"與"天理"聯繫在一起,"天理"若爲"性之欲"所迷惑,則會"滅矣",後來朱熹等宋儒所說的"存天理,滅人欲"即源於此。

從以上分析可以看出《禮記·樂記》認爲"情"是不可避免的,"情"是"性"的一部分;但是"欲"若不加以控制,則會令"天理"喪失;而"性"與"天理"關係密切。與之比較,郭店楚簡《性自命出》則認爲"性自命出,命自天降",而且"情"是生於"性"的。因此,楚簡中"情"和"性"的聯繫恰恰與《禮記·樂記》中對"情""性"關係的討論相反。

凡姦聲感人,而逆氣應之,逆氣成象⑬,而淫樂興焉。正聲感人,而順氣應之;順氣成象,而和樂興焉。倡和有應,回邪曲直,各歸其分;而萬物之理,各以其類相動也。是故君子反⑭情以和其志,比類⑮以成其行。姦聲亂色,不留聰明;淫樂慝禮,不接心術。惰慢邪辟之氣,不設於身體,使耳目鼻口心知百體,皆由順正,以行其義……故曰:樂者樂也⑯。君子樂得其道,小人樂得其欲。以道制欲,則樂而不亂;以欲忘道,則惑而不樂。是故君子反情以和其志,廣⑰樂以成其教,樂行而民鄉方⑱,可以觀德矣。德者,性之端⑲也。樂者,德之華也。金石絲竹,樂之器也。詩,言其志也;歌,詠其聲也;舞,動其容也。三者本於心,然後樂器從之。是故情深而文明,氣盛而化神⑳。和順積中,而英華發外,唯樂不可以爲偽。(LJZY, juan 38, p.1536)

⑬ 徵象,象表。 ⑭ 反省、反躬。 ⑮ 比擬賢人善類。 ⑯ 所謂樂,是人之所樂。 ⑰ 擴大。 ⑱ "方",端正有道。 ⑲ "端",端正(或開始?一端?)。 ⑳ "化神",意謂感化之功不可思議。

這裏強調"君子反情以和其志",即通過對情的改造和過濾,君子即能够"和其志",而"詩,言其志也;歌,詠其聲也;舞,動其容也。三者本於心,然後樂器從之"一句則强調詩歌所言的"志"是已經"反情"後的"志",即體現政治意願的"志",如此纔可以達到"情深而文明"的地步。

§041 《禮記·樂記》:音與政通

凡音者,生人心者也。情動於中,故形於聲。聲成文,謂之音。是故治世之音,安以樂,其政和。亂世之音,怨以怒,其政乖。亡國之音,哀以思①,其民困②。聲音之道,與政通矣。宮爲君,商爲臣,角爲民,徵爲事,羽爲物。五者不亂,則無怗懘③之音矣。宮亂則荒,其君驕。商亂則陂④,其官壞。角亂則憂,其民怨。徵亂則哀,其事勤⑤。羽亂則危,其財匱。五者皆亂,迭⑥相陵⑦,謂之慢⑧。如此,則國之滅亡無日矣。鄭衛之音,亂世之音也,比於慢矣。桑間濮上之音,亡國之音也,其政散⑨,其民流,誣上行私而不可止也。(*LJZY*, *juan* 37, pp.1527–1528)

① 哀思。　② 困苦艱難。　③ 音 tiē chì,不和諧。　④ 音 bēi,不平。　⑤ 徭役不止,民事勤勞。　⑥ 互相。　⑦ 陵越。　⑧ 輕慢無畏懼之心。　⑨ 沒有約束,紛亂鬆散。

這段將音樂的生成機制細分爲發乎人心,形之於外的幾個層次:在情的推動下出爲聲,聲情連綴而成有美感之音。接著,《樂記》將音的生成直接與社會政治秩序的好壞掛鈎,並將五音比類於君臣民事物,由此建立一套政治功用化的樂論體系。

【第 3.4 部分參考書目】

丁四新著:《郭店楚墓竹簡思想研究》,北京:東方出版社,2000 年,第四章《〈性自命出〉的心性論與學派歸屬》,第一節《〈性自命出〉的思想脈絡》,第 173—189 頁。

蔡仲德著:《〈樂記〉音樂思想述評》,載人民音樂出版社編輯部編:《〈樂記〉論辯》,第 1 版,北京:人民音樂出版社,1983 年,第 265—293 頁。

李天虹著:《郭店竹簡〈性自命出〉研究》,武漢:湖北教育出版社,2003 年,第 82—106 頁。

李學勤著:《郭店簡與〈樂記〉》,《中國哲學的詮釋與發展:張岱年先生九十壽慶紀念文集》,北京:北京大學出版社,1999年,第23—28頁。

李美燕著:《〈荀子・樂論〉與〈禮記・樂記〉中"情"說之辨析——兼與郭店竹簡〈性自命出〉樂論之"情"說作比較》,《諸子學刊》第二輯(2009),第307—317頁。

李零著:《郭店楚簡校讀記》,北京:中國人民大學出版社,2007年。

劉昕嵐著:《郭店楚簡〈性自命出〉篇箋釋》,收入《郭店楚簡國際學術研討會論文集》,武漢:湖北人民出版社,2000年,第330—354頁。

Cook, Scott Bradley. "*Unity and Diversity in the Musical Thought of Warring States China.*" Doctoral Thesis, University of Michigan, 1995, pp.372–456.

Scott Cook. "'Yue Ji' 樂記 — Record of Music: Introduction, Translation, Notes, and Commentary." *Asian Music* 26, no. 2 (1995): 1–96.

Perkins, Franklin. "Music and Affect: The Influence of the Xing Zi Ming Chu on the *Xunzi* and *Yueji*." *Dao: A Journal of Comparative Philosophy* 16, no. 3 (2017): 325–340.

Puett, Michael. "The Ethics of Responding Properly: The Notion of Qing in Early Chinese Thought." In *Love and Emotions in Traditional Chinese Literature*, edited by Halvor Eifring, 37–68. Leiden; Boston: Brill, 2004.

4　漢代文學論

　　現存漢代文籍中涉及文學論的材料不算多,論詩的有《毛詩序》、鄭玄《詩譜序》,而有關文的論述主要散見於董仲舒(前179—前104)、揚雄(前53—18)、王充(27—約97)等人的哲學著作之中。在中國文論史上,《毛詩序》具有更爲深遠的意義,對後世儒家的文學論和理解論產生了無可比擬的影響。漢人論文的主要意義在於爲劉勰創立原道説打下扎實的理論基礎。

　　《毛詩序》分爲大序和小序兩個部分,《大序》即整部《詩經》的序言,介紹了《詩》"風""雅""頌"三大詩類的起源、地域、內容、風格諸方面;《小序》是對三百零五首詩分別加以簡單的評述。《大序》和《小序》在寫作形式上都有所創新。《大序》雖短,却是有史以來第一篇深入討論詩歌的專文,打破了先秦文獻中僅記載賦詩引詩具體活動和隻言片語談詩的局限,開創了以選集序言討論文學的先例,使得序言很快成爲中國文學批評的重要形式。在傳統文獻中,《小序》亦是另闢蹊徑,把注意力轉向尋找每一詩篇自身的意義,與春秋戰國時期賦詩言己志、引詩喻義的做法截然不同。然而,楚簡《孔子詩論》的發現讓我們意識到,《小序》其實繼承了《孔子詩論》所反映的從前讀詩評詩的傳統。《大序》與《孔子詩論》的格式一樣，先舉篇名，再定詩義。但就評詩的內容而言，兩者有很大的不同。《孔子詩論》嚴格根據文本確定詩義，即尋找詩本意，而《大序》所給出的多是與文本無關的比喻意義，表達了評詩者對詩篇的道德詮釋。

《大序》這篇短文就《詩》的起源、本質、功用都發表了精闢的見解，認爲詩源於對社會和政治現實的反應，並把《詩》中國風、大小雅、頌與不同的道德、社會和政治現實相聯繫。同時，《大序》雖沒有正面論及詩的本質，却顛覆了先秦文獻中詩、樂、舞的附屬關係。《大序》特別強調"詩言志"中"言"的核心地位，以之爲顯現内心之"志"的主要媒介。相較於《堯典》《左傳》《周語》《樂記》等僅把詩看作歌樂舞引子的做法，《大序》已將詩之"言"改造爲高於樂、舞的立論基礎。只有當"言之不足"時，吟誦、詠歌和舞蹈纔會依次出現。《大序》將言的重要性置於舞、樂、歌之上，在中國批評史上尚屬首次。《大序》還全面論述了《詩》的四大和諧功用，即可使人的内、外部生活和諧一致，可促進一國民衆的和睦，可和睦君臣關係，可對民衆施加道德影響。

《大序》全面探討了《詩》的起源、本質、功用，從而將"詩言志"這一古老命題發展成内蘊豐富的教諭性文學論。這種文學論的興起不但與漢代的社會和政治變化有關，也同樣與論《詩》背景之變化有關。《左傳》和《國語》對《詩》的論述，多是王侯及他國使者在宫廷活動的場合提出的，言者和聽者面對著面，誰也不會採取一種居高臨下的説教立場。因此，他們對詩的討論是描述性的而非規範性的。他們通常嘗試通過類比推理來説明樂和詩對社會、政治及自然過程的影響。相形之下，《大序》作者則充當文章中不露面的説話人,從君王到平民,所有人都是他説教的對象。"高高在上"的作者身份使他超越了宮廷禮儀場合論詩的局限,從而將《詩》重新構想爲以言語交流爲中心的話語形式。不僅如此,隱藏在文本後的作者身份還允許他站在儒家道德的高度,教導君王及其臣民如何運用《詩》。既然這種説教風格貫穿於《大序》之中,將其文學論定性爲教諭性文學論是恰如其分的。

漢人從語言或文字的不同角度展開了對"文"的不同論述。這些論述似乎有一個共同的傾向,那就是對"文"加以本質化。董仲舒在其神學的框架裏面解釋語言的最終來源,認爲"名"即有意志的天之"鳴"或"命",而"號"則是天之號令,均通過聖人之口發出。揚雄將文辭與《繫辭傳》本質化或神化的《易》卦劃上等號。王充則致力於重構文質關係,把孔子所講的道德品質與修養的關係一改爲作者秉性與文章的關係,強調文質爲一。所有這些本質主義的"文"説都爲劉勰原道論和唐宋"文以貫道"論的建構打下了基礎。

4.1 漢儒論詩:《詩大序》的教諭性文學論

《詩大序》就《詩》的起源、本質、功用發表了精闢的見解。詩的起源在先秦文獻中很少論及,但在《大序》中得以探討。《大序》作者認爲,詩起源於對社會和政治現實的反應,治世有"治世之音",亂世有"亂世之音"。他還把《詩》風、大小雅、頌與不同的道德、社會和政治現實相聯繫,認爲"風"是個人對國情的回應,"是以一國之事,繫一人之本,謂之風";"雅"則"言天下之事,形四方之風";"頌"源于對統治者"盛德"的讚美,"以其成功告於神明者也"。另外,著者還提到"變風""變雅",視之爲淪喪的道德和混亂的社會政治秩序的產物。

《大序》雖然沒有正面展開有關詩之本質的討論,但它顛覆了先秦文獻中詩與音樂舞蹈的附屬關係。在闡述"詩言志"之古老命題時,《大序》特別強調"言"的核心作用:"詩者,志之所之也。在心爲志,發言爲詩。"(§042)他認爲内心的"志"主要通過詩的語言形式得以明示。在《堯典》中,詩被置於吟誦、詠歌、演奏和舞蹈等活動之前,給人一種錯覺,好像詩是最爲重要的。但仔細想想,不難發現,詩只不過是歌、樂、舞表演的引子,只是一種原始材料,將相繼轉化爲吟誦、詠歌、演奏和舞蹈。《左傳》《周語》《樂記》涉及舞蹈不多,却採用了類似的價值標準,將樂的演奏置於語言表達之上,把詩的吟誦僅視爲樂的一部分。與這些典籍相反,《大序》將詩置於中心位置,而音樂等活動只是對詩的語言表現的補充。爲了證明"言"的核心作用,《大序》引用了《樂記》的一段話:"情動于中而形於言,言之不足,故嗟歎之,嗟歎之不足,故永歌之,永歌之不足,不知手之舞之、足之蹈之也。"(§042)這段話在《樂記》中只是個無關緊要的補充説明,但《大序》却把它改造爲詩之"言"高於樂、舞的立論基礎。只有當"言"不足以充分表達情感時,吟誦、詠歌和舞蹈纔會依次出現。

樂和舞的邊緣化在《大序》中是顯而易見的,舞僅在上述《樂記》引文中提到,樂也未曾被予以專門探討。事實上,即便作者從《樂記》中引述有關聲、音的其它段落,似乎也只是要討論言的聲調是如何表達情感的:"情發于聲,聲成文謂之音。治世之音安以樂,其政和;亂世之音怨以怒,其政乖;亡國之音哀以思,其民困。"(§042)從上下文來看,作者心目中的"聲"和"音"是言的調式,而非樂聲、樂音。《大序》將言的重要性置於舞、樂、歌之上,這在中國批評史上尚屬首次。

  《大序》全面論述了詩的四大和諧功用。首先,詩可使人的內、外部生活和諧一致。著者認爲,將情感形諸語言,可以既恢復內在的心靈平靜,又維持外在的道德禮儀,故稱詩"發乎情,止乎禮儀"。第二,詩可促進一國民衆的和睦。個人的情感表達與國人產生共鳴,反映出一國的民"風"。第三,詩可和睦君臣關係。"風"是君臣之間尤爲需要的一種交流方式,原因在於風"主文而譎諫"。借助富於暗示性的風詩,使得"言之者無罪,聞之者足以戒"。這種微妙的溝通方式在不破壞社會等級的前提下改進了君臣關係。第四,詩可對民衆施加道德影響。借助風這一道德教化工具,統治者可以向人民例示何爲善政,何爲惡政,何爲道德行爲,何爲不道德行爲。《大序》作者堅信,詩既然具備這四大功能,就不但能調整道德和社會政治進程,而且能實現神人以和。故曰:"動天地,感鬼神,莫近於詩。"(§042)

§042 《詩大序》(全文):教諭性文學論

  【典籍簡介】《詩大序》,即《毛詩大序》。漢代《詩經》傳有魯、齊、韓、毛四家,《毛詩》爲魯人毛亨和趙人毛萇輯注,其中三百五篇首篇均有小序,而第一篇《周南·關雎》小序後附一段長文,即《毛詩序》或《詩大序》。

《詩大序》作者至今存疑,有子夏、衛宏等説法。《詩大序》綜論詩歌的性質、體類、藝術表現、社會功用等,在繼承先秦儒家詩論基礎上,關注詩歌與政治、時代的關係,强調了詩歌的"美刺""諷諫"功能,形成一套體系分明的教諭性文學論。

《關雎》,后妃之德也。風之始也,所以風①天下而正夫婦也。故用之鄉人②焉,用之邦國焉。風,風也,教也,風以動之,教以化之。

① 風教,教化。　② 鄉民。

《毛詩序》分爲《詩大序》和《詩小序》兩個部分,《詩大序》即整個《詩經》選集的序言,介紹了《詩經》的起源和地域,主要的種類以及"詩六義"中的"風""雅""頌";小序是對每首詩意思的簡單評述。這裏收入的是《大序》的全文,不過它其實是《大序》和《小序》的混合體。最開頭的"《關雎》,后妃之德也"以及結尾的"是以《關雎》樂得淑女以配君子……是《關雎》之義也"兩句屬於《詩小序》,而中間的部分則是《大序》。

"風"爲全文的樞紐。開頭部分("所以風天下而正夫婦也"至"教以化之")講的是"風"的動詞意義,這裏的"風"是由上而下的"風";隨後的部分則解釋了"風"的巨大力量。

詩者,志之所之也。在心爲志,發言爲詩。情動於中而形於言,言之不足,故嗟歎之;嗟歎之不足,故永③歌之;永歌之不足,不知手之舞之、足之蹈之也。

③ 同"詠",長歌。

"詩者,志之所之也,在心爲志,發言爲詩"是對"詩言志"觀點的重述,在《尚書》等典籍提及"詩言志"的材料中,對"志"爲何產生的論述不多,而這裏則引用了《樂記》的觀點來解釋"志"的起源:"情動於中而形於言,言之不足,故嗟歎之,嗟歎之不足,故永歌之,永歌之不足,不知手之舞之、足之蹈之也。"

情發於聲,聲成文謂之音。治世之音安以樂,其政和;亂世之音怨以怒,其政乖;亡國之音哀以思,其民困。故正得失,動天地,感鬼神,莫近於詩。先王以是經夫婦,成孝敬,厚人倫,美教化,移風俗。

這一段("情發於聲"至"其民困")則是引入了音樂與政象相通的觀點(參1.1的討論)。詩首先是情感的自然表現,而這種情感又和社會政治現實有直接關係。由於這種關係的存在,因此詩可以"動天地,感鬼神"。以上論述成功地揭示了詩為何可以"風",詩為何可以"移風俗"。

"動天地,感鬼神"一語繼承遠古較早的對詩和樂作用的論述,如《尚書》中"八音克諧,無相奪倫,神人以和……擊石拊石,百獸率舞"(§001)即持這種觀點。《尚書》的論述是將個人情感和社會政治等同,所以也將詩歌和社會政治現實相通,因此詩可以"動天地,感鬼神"。後來,鍾嶸(約468—約518)《詩品》引用"動天地,感鬼神"來形容《詩》無與倫比的審美效果,寫道:"氣之動物,物之感人,故搖蕩性情,形諸舞詠。照燭三才,暉麗萬有,靈祇待之以致饗,幽微藉之以昭告。動天地,感鬼神,莫近於詩。"

故詩有六義焉:一曰風,二曰賦,三曰比,四曰興,五曰雅,六曰頌。上以風化下,下以風刺上。

這段以對詩六義的討論開始,"六義"的觀點在春秋戰國時經常出現,但這裏只談"風雅頌"三義,並且其中著重討論"風"。這裏所說的"風"和上段所說的"風"又不一樣。"上以風化下,下以風刺上"一句起了承上啓下的作用,"上以風化下"總結了上段所說的"風"的力量,"風"為何可以"化下"?是因為詩本身的力量。"下以風刺上"則開啓了下面的討論。因詩歌"主文而譎諫",故詩歌本身的含蓄,可以使得"下"對"上"進行比較委婉的勸諫,即"言之者無罪,聞之者足以戒,故曰風"。這裏的"風"是名詞意義上的風。

主文而譎諫④,言之者無罪,聞之者足以戒,故曰風。至于王道衰,禮義廢,政教失,國異政,家殊俗,而變風變雅作矣。國史明乎得失之迹,傷人倫之廢,哀刑政之苛,吟詠情性,以風其上,達於事變,而懷其舊俗者也。

④ 委婉曲折的勸諫。

這段則説到了前人很少談及的"變風變雅",所謂"變風變雅"是相對於"正風正雅"的作品,爲何如此? 其實這段的論述前後有明顯的邏輯關係,因《詩大序》認爲用以勸諫的"風"和《詩經》中的國風、王風不同,由於"王道衰,禮義廢,政教失,國異政,家殊俗"等現象出現,所以現在需要"以風其上,達於事變而懷其舊俗也"。這段其實也是介紹了"下以風刺上"的"風"爲何產生。

故變風發乎情,止乎禮義。發乎情,民之性也;止乎禮義,先王之澤也。是以一國之事,繫一人之本,謂之風;言天下之事,形四方之風,謂之雅。雅者,正也,言王政之所由廢興也。政有小大,故有小雅焉,有大雅焉。頌者,美盛德之形容,以其成功,告於神明者也。是謂四始,詩之至也。

這一段則描述了這種"風"的意義,即"止乎禮義,先王之澤也"。"是以一國之事,繫一人之本"有兩種解讀方法,第一種解法是説,每首詩雖講個人之事,但個人之事反映了國家的狀況;另一種解法亦很恰當,即每首詩所反映的國家之事都和某個具體的君主有關:"繫一人之本"。而《毛詩序》作者也認爲國風裏面的詩和當政人有密切關係。比如"《關雎》《麟趾》之化,王者之風,故繫之周公"就恰恰證實了這一點,爲如何解釋"繫一人之本"提供了内在證據。基於此,上述兩種解讀方法都可以共同使用。

而對於"雅",《詩大序》並沒有做出什麼明確的定義("言天下之事,形四方之風,謂之雅"),也沒有區分"雅"來自於哪個特定的邦國。然而這裏所説的"雅"在意義上也較爲符合小雅的形式和内容。"雅者,正也,言王政之所由廢興也。"進一步揭示了"正雅"描繪了王政之興,而其他"變雅"的部分,則反映了王政之廢。其後的"政有大小,故有小雅焉,有大雅焉"分"大雅"和"小雅",嚴格地説"雅"可以分爲"正雅"和"變雅",而"小雅"中很大一部分和"變雅"的内容形式較相似,有一部分又和國風的形式内容沒有區别。最後,對於"頌",作者則是簡單直接地對字義加以解釋,即"頌"指的是"美盛德之形容,以其成功告於神明"。

然則《關雎》《麟趾》之化,王者之風,故繫之周公。南,言化自北而南也。《鵲巢》《騶虞》之德,諸侯之風也。先王之所以教,故繫之召公。《周南》《召南》,正始⑤之道,王化之基。

⑤ 正王道之始。

"然則"開頭到"正始之道,王化之基"的這一部分則是對"風以上化下"的補充説明,講的是《周南》《召南》是以王者之風、諸侯之風來"化下"。

是以《關雎》樂得淑女以配君子,憂在進賢,不淫其色,哀窈窕,思賢才,而無傷善之心焉。是《關雎》之義也。(MSZY, juan 1, pp.269-273)

§ 043 司馬遷(前145—前86)《太史公自序》:《詩》與聖人之志

【作者簡介】司馬遷(前145—前86),字子長,夏陽(今陝西韓城市)人,西漢史學家、文學家。太史令司馬談之子,早年受學於孔安國、董仲舒,元封三年(前108)繼承父業任太史令,因爲李陵敗降之事辯護而受宮刑,出獄後任中書令,發奮完成《史記》。司馬遷以"究天人之際,通古今之變,成一家之言"的理念寫作了中國第一部紀傳體通史《史記》,爲"二十四史"之首,且被魯迅譽爲"史家之絕唱,無韻之《離騷》"。

夫《詩》《書》隱約者,欲遂①其志之思也。昔西伯拘羑里,演《周易》;孔子戹②陳、蔡,作《春秋》;屈原放逐,著《離騷》;左丘失明,厥③有《國語》;孫子臏脚④,而論《兵法》;不韋遷蜀,世傳《吕覽》;韓非囚秦,《説難》《孤憤》;《詩》三百篇,大抵賢聖發憤之所爲作也。此人皆意有所鬱結,不得通其道也,故述往事,思來者。(SJ, p.3300)

① 實現。　② 音è,被困。　③ 音jué,於是。　④ 古代酷刑,削去

膝蓋骨。

這裏提出了文學創作史中的經典命題"發憤著書"説,同時也揭示出《詩》三百的産生情境,是上古聖賢身處逆境,志意鬱結而難遣,從而藉由文字形之於外,因而《詩》中所載皆爲聖人之志。

§044 匡衡(漢元帝時人)《上疏戒妃匹勸經學威儀之則》:《詩》的政教意義

【作者簡介】匡衡(漢元帝時人),字稚圭,漢東海承(今山東棗莊)人,西漢經學家。熟習經義,尤善説《詩經》,儒生曰:"無説詩,匡鼎來;匡説詩,解人頤。"宣帝時,學者多次上書,薦匡衡爲平原文學。元帝時,累官爲太子少傅,爲丞相,封樂安侯。朝廷有政議,匡衡動輒引經以對。成帝時坐事免爲庶人。

臣又聞之師曰:"妃匹①之際,生民之始,萬福之原。"婚姻之禮正,然後品物遂而天命全。孔子論《詩》以《關雎》爲始,言太上者民之父母,后夫人之行不侔②乎天地,則無以奉神靈之統而理萬物之宜。故《詩》曰:"窈窕淑女,君子好仇。"言能致其貞淑,不貳其操,情欲之感無介③乎容儀,宴私之意不形乎動靜,夫然後可以配至尊而爲宗廟主。此綱紀之首,王教之端也,自上世已來,三代興廢,未有不由此者也。願陛下詳覽得失盛衰之效以定大基,采有德,戒聲色,近嚴敬,遠技能。(HS, p.3342)

① 配偶。 ② 音 móu,齊等。 ③ 介入、影響。

匡衡此處上疏勸誡後宫妃匹之事,專取《關雎》爲法,將章句描寫與貞操容儀一一對應,並以詩中所言爲綱紀之首、王教之端,關乎興廢,這已是典型的教諭性文學論。

§045 班固(32—92)《漢書·藝文志》:從賦《詩》、學《詩》到詩賦創作的演變

【作者簡介】班固(32—92),字孟堅,扶風安陵(今陝西咸陽東北)人,

東漢史學家、文學家，與司馬遷並稱"班馬"。班固九歲能文，誦詩賦。十六歲入太學。漢章帝集合群儒於白虎觀討論五經異同，由班固撰成《白虎通義》。永元元年(89)，班固跟從大將軍竇憲擊匈奴，爲中護軍。因受累於竇憲擅權謀反，死於獄中。班固修撰斷代史《漢書》，爲"前四史"之一；又善辭賦，著有《兩都賦》《答賓戲》《幽通賦》等。

傳曰："不歌而誦謂之賦，登高能賦，可以爲大夫。"言感物造耑①，材知深美。可與圖事，故可以列爲大夫也。古者諸侯卿大夫交接鄰國，以微言相感，當揖讓之時，必稱《詩》以諭其志，蓋以別賢不肖而觀盛衰焉。故孔子曰"不學詩，無以言"也。春秋之後，周道寖②壞，聘問③歌詠不行於列國，學詩之士，逸④在布衣，而賢人失志之賦作矣。大儒孫卿及楚臣屈原，離讒憂國，皆作賦以風，咸有惻隱⑤古詩之義。其後宋玉、唐勒，漢興枚乘、司馬相如，下及揚子雲，競爲侈麗閎衍之詞，没其風諭之義，是以揚子悔之，曰："詩人之賦麗以則⑥，辭人之賦麗以淫⑦。如孔氏之門人用賦也，則賈誼登堂，相如入室矣，如其不用何！"自孝武立樂府而採歌謠，於是有代趙⑧之謳。秦楚之風，皆感於哀樂，緣事而發，亦可以觀風俗，知薄厚云。序詩賦爲五種。(*HSYWZZSHB*, pp.183–184)

① 同"端"，事物的開始。　② 音 jìn，漸漸。　③ 諸侯之間遣使訪問。　④ 散失。　⑤ 悲痛哀傷。　⑥ 有規矩限制。　⑦ 過度無節制。　⑧ "代""趙"，地名，今河北一帶。

這段文字直接勾勒出上古諸侯卿大夫外交聘問的賦詩言志，在春秋之後漸寖的趨勢，取而代之的是布衣賢人藉作詩來言志的風氣。同時，段末還提及肇自上古的採詩觀風傳統，並將其與當世的漢樂府相聯結，以求觀風俗、知薄厚。

【第 4.1 部分參考書目】

汪耀明著:《西漢文學思想》,第 1 版,北京:北京大學出版社,1994 年,第十章《西漢文學的重要思想》,第一節 《〈詩大序〉的影響》,第 172—177 頁。

鄭振鐸著:《讀毛詩序》,《古史辨》第 3 冊,第 382—401 頁。

汪春泓著:《史漢研究》,上海:上海古籍出版社,2014 年,第 187—208 頁。

Chow, Tse-tsung. "Ancient Chinese Views on Literature, the Tao, and Their Relationship." *Chinese Literature: Essays, Articles, and Reviews* 1.1 (1979): 3–29.

Xing, Wen. "Between the Excavated and Transmitted Hermeneutics Traditions: Interpretations of 'The Cry of the Osprey' (Guanju) and Related Methodological Issues." *Contemporary Chinese Thought* 39.4 (Summer 2008): 78–93.

Xing Wen. "The 'Feng,' 'Ya,' and 'Song' in Pre-Qin Poetry (Shih) Studie." *Contemporary Chinese Thought* 39.4 (Summer 2008): 61–69.

4.2 漢儒論文:從文質說到文道說

在論文的議題上,漢儒主要圍繞"文質論"進行了不同層面的闡論和延伸。首先,漢人對"文"與"質"的討論已從先秦時期的個人道德層面拓展至更廣的歷史政治維度。例如董仲舒便站在維繫政治一統秩序的立場,主張"《春秋》之序道也,先質而後文,右志而左物",而其推重的"質",也指向承載其志的禮法規範(見§047)。而《禮記・表記》、劉向(前 77—前 6)《説苑・

脩文》、《史記·孔子世家》等文獻,已顯示出時人將三統正朔、三代之禮的損益與文質的循環相救關聯,文、質的二元關係論已超越春秋戰國時個人道德修養的討論範疇,被納爲宏大的政治歷史循環論話語,乃至進入宇宙天地變化的觀照層面(見§048)。

其次,漢儒也在不同維度充實、深化了文質論的要義内涵。例如劉安(前179—前122)《淮南子·繆稱訓》將文質説延伸爲一種文情説,而他提出的"文情理通"則是對"文質彬彬"的細化演繹(見§046)。揚雄(前53年—18年)則在《法言·先知》中直言各種物質條件作爲聖人之文的外在呈現,實不可或缺(見§050)。揚雄還在《解難》中將《繫辭傳》中聖人觀天地之像而製八卦的傳說引申至文學創作,將八卦創製與文字言辭的起源相聯(見§051)。這種觀念與理路同樣在許慎《説文解字》中得到系統化呈現,其序文已通過鉤沉原始卦畫到書契的演變脈絡,強化對文辭價值的認同(見§056)。

漢儒在闡發文質論要義的過程中,還常採用各種具象化的譬喻。如劉向《説苑·雜言》以内外兼美的玉石象徵君子文質之德(見§049),揚雄《法言·吾子》則以虎斑、豹紋、貍貓皮毛的特點與差異,來寓託聖人、君子、辯人的文質之別(見§052),王充在《論衡》中多次取用動物、植物乃至瑞應符命、靈禽神獸來說明文質的來源及彼此關係,由此將文質論的觀照視野擴展到自然萬物的層面(見§054、§055)。這些譬喻式的論述,既將文與質的互動關係演繹得形象化,同時也拓寬了文質論的討論與參照範圍。

最後要説明的是，漢人對文與質的態度，並非全然爲文質並重，尤其在對"文"的態度上，時人未必皆持肯定姿態。例如王充《論衡·齊世篇》中批評黄老道家貶低文的發展意義（見§053），已在側面反映出，漢人在文、質關係及二者重要性的議題上，並非取向統一，而實存在不同的看法。

§046 劉安(前179—前122)《淮南子·繆稱訓》：文質説演變爲文情説

【作者簡介】劉安(前179年—前122年)，沛郡豐縣(今江蘇省豐縣)人，西漢文學家、思想家，漢高祖劉邦之孫，淮南厲王劉長之子，劉安襲封淮南王。劉安好鼓琴，招賓客方術之士數千人，編寫《鴻烈》(即《淮南子》)，內容廣博，《漢書》列於雜家。劉安又曾奉武帝之命著作《離騷傳》，後因謀反事發而自殺。

申喜聞乞之歌而悲，出而視之，其母也。艾陵之戰也，夫差曰："夷聲陽①，句吴其庶乎②！"同是聲，而取信焉異，有諸情也。故心哀而歌不樂，心樂而哭不哀。夫子曰："絃則是也，其聲非也。"文者，所以接物也；情，繫於中而欲發外者也。以文滅情則失情；以情滅文則失文。文情理通，則鳳麟極矣，言至德之懷遠也。(*HNHLJJ*, p.329)

① 吴軍的聲音高昂。　② 表示推測吴可以贏的語氣。

這段話可視爲對《毛詩序》"情動於中而形于言"的一種具體闡釋，"心哀而歌不樂，心樂而哭不哀"，說明內外表裏在情理上應具有一致性。對此，引文進一步將其與傳統的文質論聯繫起來，這裏的"文"仍可指涉歌吟、禮儀等一系列外在的行爲表現，而"質"則已替換爲指義更精確的"情"，即內在情感、情理。如果只講究外在表現而無真摯之情，則會淪入虛僞空洞，反之則會有失文雅，而"文情理通"則是對文質彬彬的細化演繹。

§047　董仲舒(前179—前104)《春秋繁露·玉杯》：先質後文、先志後物

【作者簡介】董仲舒(前179—前104)，廣川(河北棗强東)人，西漢哲學家、今文經學家。漢景帝時爲博士，專講《春秋公羊傳》。漢武帝時以賢良對策，董仲舒舉"罷黜百家，獨尊儒術"的主張，打下儒家思想成爲正統的基礎。董仲舒任江都王和膠西王相，後辭職回家，著書立説，著有《春秋繁露》八十二篇。

禮之所重者在其志。志敬而節具①，則君子予之知禮。志和而音雅，則君子予之知樂。志哀而居約，則君子予之知喪。故曰：非虚加之，重志之謂也。志爲質，物爲文。文著於質，質不居文，文安施質？質文兩備，然後其禮成。文質偏行，不得有我爾之名。俱不能備而偏行之，寧有質而無文。雖弗予能禮，尚少善之，介葛盧②來是也。有文無質，非直③不子④，乃少惡之，謂州公⑤寔來⑥是也。然則《春秋》之序道也，先質而後文，右志而左物。故曰："禮云禮云，玉帛云乎哉？"推而前之，亦宜曰：朝云朝云，辭令云乎哉？"樂云樂云，鐘鼓云乎哉？"引而後之，亦宜曰：喪云喪云，衣服云乎哉？是故孔子立新王之道，明其貴志以反和⑦，見其好誠以滅僞。(CQFLYZ, pp.27-30)

① 操守完備。　② "葛盧"，人名，介國人。《春秋》以其來見魯僖公，是尚稍知禮。　③ 只，僅僅。　④ 把他當普通人對待。　⑤ 人名，《春秋》有所貶抑。　⑥ "寔"，同"實"，意爲來了、來過。　⑦ 一説"和"當作"利"。

這段是董仲舒對"志"的重新詮釋，將"志"解爲"禮"之内在内容，是對"志"較爲狹義的定義。

§ 048　劉向(前77—前6)《説苑·脩文》：文質互動與天地和歷史變化

【作者簡介】劉向(前77—前6)，原名更生，字子政，沛郡豐邑(今江蘇省徐州市)人。漢皇族宗室大臣、文學家，楚元王劉交四世孫，經學家劉歆之父。漢宣帝時，曾授散騎諫大夫、給事中。漢元帝時，授散騎宗正。多次反對宦官，被誣下獄，免爲庶人。漢成帝即位，改名劉向，任光祿大夫，曾奉命整理五經秘書，官終中壘校尉，世稱劉中壘。撰有《新序》《説苑》，作品收錄於《劉子政集》《劉中壘集》。

商者，常也。常者，質。質主天。夏者，大也。大者，文也。文主地。故王者一商一夏，再而復者也。正色，三而復者也。味尚甘，聲尚宮，一而復者。故三王術如循環。故夏后氏教以忠，而君子忠矣，小人之失野。救野莫如敬，故殷人教以敬，而君子敬矣，小人之失鬼。救鬼莫如文，故周人教以文，而君子文矣，小人之失薄①。救薄莫如忠。故聖人之與聖也，如矩之三雜，規之三雜。周則又始，窮則反本也。《詩》曰："彫琢其章，金玉其相。"言文質美也。(SYJZ, pp.476–478)

① 輕薄。不莊重。

這段顯示出漢儒已將文質論與當時頗受關注的政治歷史循環論相聯結。文與質的二元互動由此參與到"忠—敬—文"的三教循環相救模式，因而超越春秋戰國時個人道德修養的討論範疇，進入社會政治乃至宇宙天地變化的層面。

§ 049　劉向《説苑·雜言》：玉美象徵文質美

玉有六美，君子貴之。望之溫潤，近之栗理①，聲近徐而聞遠，折而不撓，闕而不荏②，廉而不劌③，有瑕必示之於外，是以貴之。望之溫潤者，君子比德焉；近之栗理者，君子比智焉；聲近徐而聞遠者,君子比義焉;折而不撓,闕而不荏者,君子比勇焉;廉而不劌者,君子比仁焉;有瑕必見之於外者,君子比情焉。(SYJZ, p.437)

① 堅實而有紋理。　② "荏",軟弱。此句意為空而不柔弱。③ 有棱角而不傷害到人。

玉所具有的六種物理感官性質的美,皆被君子比類於特定的內在德性,這一處理無疑是對孔子文質論的具象化呈現。

§050　揚雄(前53—18)《法言·先知》：聖人之文

【作者簡介】揚雄(前53—18),字子雲,蜀郡成都(今四川成都)人。西漢文學家、思想家。少年好學,博覽群書,精於辭賦,作《甘泉》《羽獵》《長楊》《河東》等賦,與司馬相如並稱"揚馬"。揚雄遊歷長安,成帝時任給事黃門侍郎,王莽時,任校書於天祿閣。著有《法言》《太玄》等,後人輯有《揚侍郎集》。

聖人,文質者也。車服以彰之,藻色以明之,聲音以揚之,詩、書以光之。籩豆①不陳,玉帛不分,琴瑟不鏗②,鐘鼓不抎③,則吾無以見聖人矣。(FYYS, p.291)

① 祭祀及宴會用的禮器。　② "鏗",形容琴瑟的聲音。　③ 音yǔn,發聲。

此段從正面直言文的外在表現對於內質而言必不可缺,聖人必須是文質兼備的,若無車服、藻色、聲音、詩書等條件的加持及外現,世人也無法從眾庶中分辨出聖人的存在。

§051　揚雄《解難》：從卦畫到言辭的演變

揚子曰:"俞。若夫閎言崇議①,幽微之塗,蓋難與覽者同也。昔人有觀象於天,視度於地,察法於人者,天麗且彌,地普②

而深,昔人之辭,乃玉乃金。彼豈好爲艱難哉？勢不得已也。獨不見夫翠虬③絳螭④之將登虖⑤天,必聳身於倉梧之淵；不階浮雲,翼疾風,虚舉而上升,則不能撠⑥膠葛,騰九閎⑦。日月之經不千里,則不能燭六合⑧,燿八紘⑨；泰山之高不嶕嶢,則不能浡⑩滃⑪雲⑫而散歊⑬烝。是以宓犧氏之作《易》也,緜絡天地,經以八卦,文王附六爻,孔子錯其象而象⑭其辭,然後發天地之臧,定萬物之基。（YXJJZ, p.201）

① 宏大高遠的議論。　② 廣大、全面。　③ 傳說中的無角龍。④ 傳說中無角似龍的動物。　⑤ 同"乎"。　⑥ 音 jǐ,抓住。　⑦ 九天之門,即天庭的大門。　⑧ 天地四方,泛指宇宙。　⑨ "紘",維。"八紘",泛指極遠之地。　⑩ 音 bó。　⑪ 音 wěng。　⑫ "浡滃雲",指雲氣充盛紛紜。　⑬ 音 xiāo,氣向上升騰狀。　⑭ 音 tuàn,意爲作解釋卦義的文字。

這段將《繫辭傳》中聖人觀天象、觀地法、觀自然以製八卦（§036）的觀點套在文學創作之上。《繫辭傳》僅僅認爲通過觀天象、地象等可作八卦,然而揚雄此處提到"昔人之辭,乃玉乃金",因此他認爲聖人可以通過觀天象等作言辭,將八卦的起源轉移到文字起源之上,後來劉勰有同樣的觀點,這裏可以看到早在劉勰之前揚雄就已經提出了這種觀點。

§ 052　揚雄《法言·吾子》：以虎豹貍皮毛之別比喻聖人君子　　　辯人文質之別

或曰："有人焉,自云姓孔,而字仲尼。入其門,升其堂,伏其几,襲其裳,則可謂仲尼乎？"曰："其文是也,其質非也。""敢問質。"曰："羊質而虎皮,見草而說,見豺而戰①,忘其皮之虎矣。"聖人虎別,其文炳②也。君子豹別,其文蔚③也。辯人貍別,其文萃④也。貍變則豹,豹變則虎。好書而不要諸仲尼,書肆也。好說而不要諸仲尼,說鈴⑤也。君子言也無擇,聽也無淫。擇則亂,淫則辟。述正道而稍邪哆⑥者有矣,未有述邪哆而稍正也。孔子之道,其較且易也!（FYYS, pp.71－76）

① 害怕、發抖。 ② 顯著、明亮。 ③ 華麗有文采。 ④ 茂盛。
⑤ 不合於聖道的瑣屑言論。 ⑥ "哆",音 duō。"邪哆",放蕩不正。

這段話以虎豹貍的皮毛斑紋來比擬聖人君子的內外文質差異,聖人君子的身份並非由外在裝扮決定,而是決定於內而外的內涵氣質,否則便如外披虎皮的羊。至於聖人君子的外露文氣,則因內在境界的差異而有層級,聖人之文如虎斑一樣鮮明,君子文采則如豹紋一樣華麗,擅辯者的則如貍貓皮毛一樣茂盛,故而應當就正道而精進,令文采由貍變爲豹,由豹紋晉爲虎紋。

§053　王充（27—約97）《論衡·齊世篇》：批駁道家的文質觀

【作者簡介】王充（27—約97）,字仲任,會稽上虞（今屬浙江）人。東漢思想家、文學批評家。出身細族孤門,後離鄉到京師洛陽,就讀於太學,師事班彪。歷任郡功曹、治中等官,後罷官歸家,專事著述。晚年時,漢章帝下詔派遣公車徵召,因病不就,卒於家中。王充哲學以"氣"爲核心,代表著作爲《論衡》。

語稱上世之人,質樸易化;下世之人,文薄難治。故《易》曰:"上古之時,結繩以治,後世易之以書契。"先結繩,易化之故;後書契,難治之驗也。故夫宓犧之前,人民至質樸,臥者居居①,坐者于于②,群居聚處,知其母不識其父。至宓犧時,人民頗文,知欲詐愚,勇欲恐怯,彊③欲凌弱,衆欲暴寡,故宓犧作八卦以治之。至周之時,人民文薄,八卦難復因襲,故文王衍爲六十四首,極其變,使民不倦。至周之時,人民久薄,故孔子作《春秋》,采毫毛之善,貶纖介④之惡,稱曰:"周監於二代,郁郁乎文哉!吾從周。"孔子知世浸弊,文薄難治,故加密致之罔⑤,設纖微之禁,檢押守持,備具悉極。此言妄也。上世之人,所懷五常⑥也;下世之人,亦所懷五常也。俱懷五常之道,共禀一氣而生,上世何以質朴?下世何以文薄?(*LHJS*, pp.806–808)

① 安靜貌。　② 自得的樣子。　③ 同"强"。　④ 細微、非常微小。
⑤ 同"網",比喻約束人的禮法。　⑥ 五種倫理道德,孔穎達認爲是五種人之常行,父義、母慈、兄友、弟恭、子孝(《尚書注疏·泰誓下》)。

　　這裏討論的是文從簡單到複雜的過程,是對文之源流發展的陳述。六朝時期如蕭統《文選序》和劉勰《宗經》篇等均認爲文的發展是從簡單到複雜,並對此加以正面評價,然而這裏舉出漢朝時人持有的另一種觀點,這種觀點認爲文的産生是社會倒退造成的,從前上古時期並不需要"文",隨著社會的發展,當人們"知欲詐愚,勇欲恐怯,彊欲淩弱,衆欲暴寡"之時,便出現了八卦、六十四卦、《春秋》等等,這種觀點其實是借用了老子對儒家倫理制度的批判,並將其移植到對文章的討論上來批判文之發展。這反映出不少漢人當時以黄老思想來批判文學。然而王充認爲不然,並認爲這不過是妄言而已。

§054　王充《論衡·超奇篇》:文德爲文質之文;文質關係的動植物比喻

　　文由胸中而出,心以文爲表。觀見其文,奇偉俶儻,可謂得論也。由此言之,繁文之人,人之傑也。有根株於下,有榮葉於上;有實核於內,有皮殼於外。文墨辭説,士之榮葉、皮殼也。實誠在胸臆,文墨著竹帛,外内表裏,自相副稱。意奮而筆縱,故文見而實露也。人之有文也,猶禽之有毛也。毛有五色,皆生於體。苟有文無實,是則五色之禽,毛安生也。選士以射,心平體正,執弓矢審固,然後射中。論説之出,猶弓矢之發也。論之應理,猶矢之中的。夫射以矢中效巧,論以文墨驗奇。奇巧俱發於心,其實一也。文有深指①巨略,君臣治術,身不得行,口不能紲②,表著情心,以明己之必能爲之也。(*LHJS*, p.609)

① 同"旨",意義、目的。　② 音 xiè,拘繋。

這段是對孔子文質觀的進一步發揮。孔子談"文"與"質"基本上説的是文化修養與人之秉性的關係,然而這裏王充談及"文"與"質",説的是文學創造和人之内在本質的關係,"文"這裏已經指代"文墨",即文書辭章。"人之有文也,猶禽之有毛也",文已經成爲質的外在表現,作文則反映出人的内在品質。

§055　王充《論衡・書解篇》：聖賢之文質爲一的動植物比喻；聖賢之文源於自然

或曰:"士之論高,何必以文?"答曰:"夫人有文質乃成。物有華而不實,有實而不華者。《易》曰:"聖人之情見乎辭。"出口爲言,集札爲文,文辭施設,實情敷烈①。夫文德,世服也。空書爲文,實行爲德,著之於衣爲服。故曰:德彌盛者文彌縟,德彌彰者人彌明。大人德擴其文炳,小人德熾其文斑②,官尊而文繁,德高而文積。華而晥③者,大夫之簀④,曾子寢疾,命元⑤起易⑥。由此言之,衣服以品賢,賢以文爲差,愚傑不别,須文以立折。非唯於人,物亦咸然。龍鱗有文,於蛇爲神;鳳羽五色,於鳥爲君;虎猛,毛蚡蜦;龜知,背負文。四者體不質,於物爲聖賢。且夫山無林,則爲土山;地無毛,則爲瀉土⑦;人無文,則爲僕人。土山無麋鹿,瀉土無五穀,人無文德,不爲聖賢。上天多文而后土多理,二氣協和,聖賢禀受,法象本類,故多文彩。瑞應符命,莫非文者。晉唐叔虞、魯成季友、惠公夫人號曰仲子,生而怪奇,文在其手⑧。張良當貴,出與神會,老父授書,卒封留侯。河神,故出圖;洛靈,故出書。竹帛所記怪奇之物,不出潢洿⑨。物以文爲表,人以文爲基。"(*LHJS*, pp.1149‐1150)

① "敷烈",布列,宣告、顯示。 ② 燦爛多彩。 ③ 音 huán,明亮。 ④ 音 zé,竹席。 ⑤ 曾元,曾子的兒子。 ⑥《禮記·檀弓》所載的故事,曾子以自己睡的竹席不合禮法,在病危前要求曾元改換。 ⑦ 不能生長草木的土壤。 ⑧《左傳》中記載上述幾人手上有奇異的紋路。 ⑨ 音 huáng wū,池塘。

王充指出,"文"之於"質",正如鱗之於龍,五彩之於鳳凰,或斑爛之於猛虎一樣不可或缺。王充在解釋"文"與"質"的相互依存性時不僅僅用《論語·顏淵》提到的虎、豹、犬、羊四種動物來表現,還將範圍擴大,包括了神話中的靈禽異獸,傳説中的河圖洛書,林木山川,以至各種天文地理。尤爲重要的是,王充還試圖從宇宙論的角度來解釋上述種種"文"的形成。王充認爲,所有這些"文"都生於天地二氣的互動,是完全自然的。基於對文的根源這種宇宙論的解釋,王充宣稱表現爲文章之"文"一樣也是生於自然,等同於人之"質"。對他而言,"文"是"質"自然的、直接的表現;"文""質"二事實質上是一體不二的。基於這個理論,王充大膽地宣稱"物以文爲表,人以文爲基"。

§056 許慎(約58—148)《説文解字序》:從卦畫到書契的演變

【作者簡介】許慎(約58—148),字叔重,汝南召陵(今河南漯河市召陵區)人,東漢經學家、文字學家。少年時博學經籍,曾仕郡功曹,舉孝廉,歷任汶長、太尉南閣祭酒。師事賈逵,爲馬融所看重,時人稱爲"五經無雙許叔重"。和帝永元十二年(100)至安帝建光元年(121)間,作《説文解字》并敍目,一共十五篇,開拓中國文字學的最早專著。許慎創立按部首列字之體例,爲古文經學訓詁之集大成者,被尊稱爲"字聖"。

古者庖犧氏之王天下也，仰則觀象於天，俯則觀法於地，視鳥獸之文與地之宜，近取諸身，遠取諸物，於是始作《易》八卦，以垂①憲象②。及神農氏，結繩爲治而統其事。庶業③其④緐，飾僞萌生。黃帝之史倉頡，見鳥獸蹏迒⑤迹，知分理之可相別異也，初造書契。百工以乂⑥，萬品以察，蓋取諸夬⑦。"夬，揚于王庭。"言文者宣教明化於王者朝廷，君子所以施祿及下，居德則忌也。(SWJZZ, juan 15, p.1306)

① 顯示。　② 法象。　③ 一般的生存事業。　④ 音 qí，極，很，表程度。　⑤ 音 háng，鳥獸的腳印。　⑥ 音 yì，本義割，此處意爲分割區別。　⑦ 音 guài，六十四卦之一，有決斷義。

從原始卦畫到書契的演變脈絡，從庖犧、神農到倉頡，文的表現形式在不斷更新且豐富化，而其承載的文明教化也由此持續流傳，爲朝廷和君子所用。這種對文字發展歷程的梳理也顯示出時人對"文"的看重，對文質並重論的進一步深化。

【第 4.2 部分參考書目】

李慶甲著：《揚雄文學思想述評》，上海人民出版社編：《古典文學論叢》，上海：上海人民出版社，1980 年，第 69—81 頁。

蔣祖怡著：《王充的文學理論》，第 1 版，北京：中華書局，1962 年。

劉豐著：《早期儒家的歷史思想與歷史哲學：以戰國時期的文質論爲中心》，《安徽師範大學學報》2022 年第 2 期，第 1—9 頁。

Denecke, Wiebke. *The Dynamics of Masters Literature: Early Chinese Thought from Confucius to Han Feizi*. Cambridge, Mass: Published by the Harvard University Asia Center for the Harvard-Yenching Institute, 2010. See especially chapter 8 "The Self-Regulating State, Paranoia, and Rhetoric in Han Feizi," pp.279–325.

Liu, James J. Y. *Chinese Theories of Literature*. Chicago: University of Chicago Press, 1975.

Owen, Stephen, ed. *Readings in Chinese Literary Thought*. Chapter 1&2. Cambridge: Harvard University Press, 1992.

Riegel, Jeffrey. "Shih-ching Poetry and Didacticism in Ancient Chinese Literature." In *The Columbia History of Chinese Literature*, edited by Victor H. Mair, chapter 5, 97–109. New York: Columbia University Press, 2001.

Van Zoeren, Steven, trans. "The Great Preface." In *The Columbia Anthology of Traditional Chinese Literature*, edited by Victor H Mair, 121–123. New York: Columbia University Press, 1994.

Wong, Siu-kit, ed. & trans. *Early Chinese Literary Criticism*. Chapter 1. Hong Kong: Joint Publishing Company, 1983.

5 魏晉南北朝文學論

魏晉南北朝是文學走向自覺的時代,也是文學批評正式誕生的時代。嚴格説來,在曹丕《典論·論文》問世之前,沒有人將文學作爲一種獨立的現象,來進行認真的研究。在《典論·論文》之後,專門研究文學的專著和唯美文學選集接踵問世,包括陸機《文賦》、劉勰《文心雕龍》、鍾嶸《詩品》、蕭統《文選》這些文論史上最重要的文籍。這些文論專著和選集序言深入地探索了文學的方方面面,發展出成熟的文學論、創作論、理解論、審美論,從而建立起全面而龐大的文學理論體系。

魏晉南北朝文學論的重大創新首先體現在當時文人對"詩"和"文"兩個最基本概念的革新。先秦兩漢所説的"詩"主要指《詩經》或和《詩經》類似的明顯反映社會現實的詩篇。而魏晉南北朝文論所説的"詩"主要是署名文人所創造的藝術作品。關注重點也從政教道德意義轉移到藝術的審美效果。徐陵《玉臺新詠》、蕭統《文選》等詩集的編纂原則和體例,鍾嶸《詩品》對詩人、詩作的品級,無不體現出"詩"的内涵的質變。

"文"在春秋戰國時期主要指的是文物、禮儀、典章制度、辭令以及包括這一切的文化總貌。在"文"的概念中,辭令大概是最不重要,最邊緣的意義,但與文學的關係最爲密切。辭令主要是説話言詞的修飾,與典籍文章關係不大。然而,入漢以降,典籍文章不僅進入"文"的範疇之中,而且逐漸成爲"文"的中心意涵。六朝文論中所講的"文"通常專指富有文學性的文章作品。"文"意涵的這一演變,通過比較孔子和蕭統兩人所説的"斯文",便一目了然。孔子云:"天之將喪斯文也,後死者不得與于斯文也。"(《論語·子罕》)指的是"這個文化",然而,蕭統《文選序》説"世質民淳,斯文未作",指的却是書寫出來的文章。

魏晉南北朝所説的"文"與春秋戰國時期的"文"不同,也不完全同於當今所説的"文學"。它不僅指詩賦這些通常稱爲美文(belles lettres)的純文學,而且還包括各種應用性很強的"雜文"類。在深受西方批評傳統影響的現當代文論著作中,"雜文"類往往不放入文學範疇,但是六朝人認爲美文雜文同屬於"文""文章"。不過,魏晉南北朝人較爲重視前者,即美文。漢劉歆《七略》已列出"詩賦略",但仍然將其列在"六藝略"和"諸子略"之後,然而,曹丕《典論·論文》先談詩賦再談章表書記等,而摯虞《文章流别論》也是先列詩賦,蕭統《文選序》先用一半以上的篇幅討論詩賦,然後再談各種各樣的雜文。

在論詩論文的過程中,魏晉南北朝文論家對文學的起源、性質、功用做出全面的闡述。下面讓我們集中分析他們對這三方面理論闡述的獨創之處。

5.1 論文學起源：劉勰文道說和蕭統文學進化說

文學起源在先秦兩漢的文獻中雖有涉及，但並沒有真正地展開討論。然而，在劉勰《文心雕龍》中，"文"的起源成了全書樞紐之前三章的核心論題。這三篇對文學淵源的分析極爲詳盡，從聖人創造書寫符號開始，到春秋時的禮樂文化，再到五經的藝術風格，最後談到文體和風格上文學和經典的關係。首篇《原道》引用遠古聖人根據河圖洛書創造八卦、六十四卦的傳說，將書寫符號之"文"和宇宙自然之道聯繫，力圖說明主張人文和天文、地理共同起源於"道"，並勾勒出"道沿聖以垂文，聖因文以明道"的過程。次篇《徵聖》則討論"文"和聖人之間的關係，並列舉孔子時代"政化貴文""事蹟貴文""修身貴文"的歷史事實，說明聖人以文傳道的明道方式。隨後的《宗經》篇分析五經各自不同的觀察和表達模式，以及由此形成的不同的文體和風格。劉勰認爲，五經的不同體裁風格乃是後世不同文體的來源。通過如此精心的上掛下聯，劉勰建立出一個極爲龐大的"文"的譜系，源於《易》卦，成於五經，而六朝紛呈繁複的美文和非美文類的文體則爲其末端。

其他齊梁時代的批評家也對文學起源的論題表現出相當的興趣，儘管他們沒有像劉勰那樣撰寫專文來加以論證。例如，蕭統《文選序》也把文學與《易》挂鈎，藉以提高文學的地位，稱"伏羲氏之王天下也，始畫八卦，造書契，以代結繩之政，由是文籍生焉"（見§061）。又如蕭綱《昭明太子集序》（見§062）也

是通過談文的歷史淵源來提高文的地位。又如《顏氏家訓·文章第九》亦有同樣的觀點："夫文章者,原出五經。"(見§063)

§057 任昉(460—508)《文章緣起》：文章源於儒家典籍

【作者簡介】任昉(460—508),字彥昇,樂安博昌(今山東壽光)人。南期梁文學家、藏書家,竟陵八友之一。劉宋時任太學博士。齊永明年間,被丹陽尹王儉引爲主簿,後任竟陵王蕭子良記室參軍,官至義興太守、新安太守、御史中丞,政聲著名。因知秘閣四部篇卷紛雜,於是親自校讎,訂定篇目。撰有《雜傳》《地記》等,明人輯有《任中丞集》。

六經素有歌詩誄箴銘①之類,《尚書》帝庸作歌,《毛詩》三百篇,《左傳》叔向詒②子產書,魯哀公《孔子誄》,孔悝《鼎銘》《虞人箴》,此等自秦漢以來,聖君賢士沿著爲文章名之始。故因暇錄之,凡八十四題,聊以新事者之目云爾。(*WJNBCWLX*, pp.311‐312)

① 指從經典中衍生出的五種文體,"誄"是用來敘述死者生平的哀祭文、"箴"指主要用來規勸的韻文,"銘"指通常刻寫在石碑上的頌文。
② 音 yí,贈與。

任昉將文章緣起直接歸結於《尚書》《毛詩》《左傳》等儒家六經篇目,已體現出明顯的宗經取向,並且具有一定的文體區分意識。

§058 劉勰(約465—約520或532)《文心雕龍·原道》：從文質説到原道説

【作者簡介】劉勰(約465—約520或532),字彥和,東莞莒縣(今山東莒縣)人。南朝梁文學理論家。少時早孤,篤志好學,投靠沙門僧祐,研習佛學經典。劉勰撰寫《文心雕龍》五十篇,得沈約讚賞,授奉朝請,任臨川王蕭宏記室、東宮通事舍人,爲昭明太子蕭統所重,於定林寺整理佛經,事畢,請求出家,燔鬚自誓明志,法名慧地。

文之爲德也大矣,與天地並生者何哉？夫玄黄色雜,方圓體分,日月疊璧①,以垂麗天②之象;山川焕綺,以鋪理地之形:此蓋道之文也。仰觀吐曜③,俯察含章④,高卑定位,故兩儀既生矣。惟人參之,性靈所鍾⑤,是謂三才;爲五行之秀,實天地之心。心生而言立,言立而文明,自然之道也。

① 日月如疊璧。　② 附著在天上。　③ 發散光輝。　④ 含有文采。　⑤ 集聚。

《文心雕龍》的頭三章主要闡述文章的本質、起源和傳承譜系。漢人已經普遍視文章爲求取功名有價值的手段。《漢書》中出現《藝文志》、《後漢書》中設《文苑列傳》,即可視爲"文章"獲取這種新地位的明證。不過,那種視"文"爲可以忽略的藻飾而非"質"的想法仍然在影響時人對文章的看法。所以,儘管連《論語》都在強調"文"與"質"二者相互依賴,缺一不可,這種貶低"文"的態度仍然相當流行。由於這類觀點的依據幾乎無一例外地強調"文"的修飾或配角的作用,因此,對於劉勰這些爲"文章"辯護的人,首要任務就是重新解釋"文"的本質,將"文"定義爲"質"乃至終極宇宙規則"道"的直接體現。

劉勰並非是第一個爲提高文章地位而試圖重新定義"文"的人,漢代王充早就有所嘗試。在《論衡·書解》中,王氏羅列了種種自然現象和神話傳說,試圖說明"文"實際上並不異於"質"(見§055)。《文心雕龍》在開篇對天地之文的描述較《論衡·書解》更爲抽象,二氣變成了"道",禽獸草木變成了天地、方圓、日月和河山等一系列象徵著二元相待的現象,而文質一體變成了道文一體的論斷。換言之,王劉二人理論的區別在於,王充主要從"文"與"質"的關係上重新定義"文",而劉勰則從"文"與"道"這一萬物法則的關係上理解"文"。

傍及萬品,動植皆文:龍鳳以藻繪呈瑞,虎豹以炳蔚⑥凝姿;雲霞雕色,有逾畫工之妙;草木賁華⑦,無待錦匠之奇:夫豈外飾?蓋自然耳。至於林籟結響,調如竽瑟;泉石激韻,和若球鍠⑧;故形立則章成矣,聲發則文生矣。夫以無識之物,鬱然有彩,有心之器,其無文歟?

⑥ 文采光明顯著。　⑦ 開出光彩華美的花。　⑧ 磬和鍾,廟堂樂器。

劉勰接著列舉動植物象來說明"文"絕非外飾,而是自然的直接呈現。"夫以無識之物,鬱然有采,有心之器,其無文歟?"這句設問足以表明,劉勰認爲人文是優於天地之文的。

人文之元,肇自太極,幽贊⑨神明,易象惟先。庖犠畫其始,仲尼翼⑩其終。而乾坤兩位,獨制文言。言之文也,天地之心哉!若迺河圖孕乎八卦,洛書韞⑪乎九疇⑫,玉版金鏤之實,丹文綠牒⑬之華,誰其尸⑭之,亦神理而已。

⑨ 使幽深隱微者顯明。　⑩ 輔助。　⑪ 音 yùn,包藏、蘊含。
⑫ 傳説天帝賜予禹治理天下的九種法則。　⑬ 綠色的書版。　⑭ 執掌。

劉勰稱人文和天地之文一致,意味著人文之形成和天地之文一樣是自然而無意識的;而且因有了人的參與,人文比天地之文更精妙,這明顯預設了人文的形成並非無意識。爲解決這一矛盾,劉勰巧妙地利用了有關文字起源的傳統神話。通過引述這些神話,劉勰指出了文字的雙重起源:一是由神龍和神龜帶給人們的河圖洛書上的標記,二是古聖先哲發明和闡釋的卦象(八卦和六十四卦)。在劉勰看來,由古代聖賢所完成的《易》勝於河圖洛書,因爲後者僅勾勒出宇宙力量的輪廓,而前者揭示出道的内在奥妙,確立了宇宙的經緯,並完善了人世的法則。通過描述書寫符號的雙重來源,劉勰力圖説明人文源于自然而又勝於天地之文的道理。

……爰自風姓,暨⑮於孔氏,玄聖⑯創典,素王⑰述訓,莫不原道心以敷章,研神理而設教,取象乎河洛,問數乎蓍龜,觀天文以極變,察人文以成化;然後能經緯⑱區宇,彌綸⑲彝憲⑳,發輝事業,彪炳㉑辭義。故知道沿㉒聖以垂文,聖因文而明道,旁通而無滯,日用而不匱。易曰:鼓天下之動者存乎辭。辭之所以能鼓天下者,迺道之文也。

⑮ 到,至於。 ⑯ 神明的聖王。 ⑰ 指無位的聖王,孔子。 ⑱ 治理。 ⑲ 彌縫牽引。 ⑳ 不變的法則。 ㉑ 文采焕發。 ㉒ 因循。

贊曰:道心惟微,神理設教。光采玄聖,炳燿仁孝。龍圖獻體,龜書呈貌。天文斯觀,民胥㉓以傚。(WXDLZ, juan 1, pp.1 – 3)

㉓ 全、都。

《繫辭傳》作者用兩則傳説來説明《易》的神聖來源。第一則涉及《易》最原始層面的八卦,即半神半人的伏羲依據自然贈予人類的河圖、洛書造八卦的傳説,揭示《易》創作的終極源頭在於天,而不在人。第二則講文王與周公推演六十四卦並制卦辭,從而顯示人文僅次於天,是《易》的第二個源頭。引用這兩則傳説的目的顯然是爲了把《易》提高到神聖的地位。由於《易》融會了自然的運作與人類的創造活動,從而成爲"第二自然",《繫辭傳》作者奉之爲"神物",稱"有天道焉,有地道焉,有人道焉"(見§ 036)。也就是説,《易》不是天、地、人道的再現,而是天、地、人道的直接呈現。由於這個原因,《易》纔會擁有那種至高無上的力量,上則調配天地,下則決定道德倫理以及社會政治秩序。

劉勰緊步《繫辭傳》作者的後塵,在《原道》中對《易》卦這種原始的書寫符號加以神化,使之成爲一種具有本體意義的神聖存在,而且還再進一步,以《易》卦爲源頭,下接先秦典籍,乃至漢魏六朝的文學,建立出一個崇高而龐大的"文"的譜系。在審視"文"的歷史沿革過程中,劉勰對古代聖人所起的作用給予高度的重視:"故知道沿聖以垂文,聖因文而明道。"劉勰認爲,古代聖人既是神秘的自然之道垂示人類的途徑或使者,又是主動自覺地用"文"向世人明道的哲人。

§059　劉勰《文心雕龍·徵聖》(全文)：政化、事跡、修身、典籍貴文之徵

夫作者曰聖，述者曰明，陶鑄性情，功在上哲①，夫子文章，可得而聞，則聖人之情，見乎文辭矣。先王聖化，布在方册②；夫子風采，溢於格言。是以遠稱唐世，則煥乎爲盛；近褒周代，則郁哉可從：<u>此政化貴文之徵也</u>。鄭伯入陳，以文辭爲功；宋置折俎③，以多文舉禮：<u>此事蹟貴文之徵也</u>。褒美子産，則云言以足志，文以足言④；泛論君子，則云情欲信，辭欲巧：<u>此修身貴文之徵也</u>。

①上智，指聖人。　②布列於方牘簡策。　③殺牲體解置於俎上，諸侯宴會的禮儀。　④以上爲《左傳》所載孔子誇讚子産之言。

從歷史的角度來看，上述三種"貴文之徵"中，第一種政化之文最爲重要，涵蓋了所有的禮樂、文物、典章制度。相比較而言，事跡之文與修身之"文"所涵蓋的範圍狹窄，主要指典雅的文辭表述。在漢代之前的典籍之中，言辭的使用並非"文"的核心内容。然而，劉勰却把言辭文章視爲先秦"文"的核心。劉勰有意顛倒時序，將兩漢前"文"的主要含義重新界定爲"文章言辭"。劉勰在《文心雕龍》中使用"文章"二字共達二十次之多，但極少用它來表達"禮樂制度"一類兩漢之前公認的涵義。劉勰在使用"文章"上的時序錯誤，最明顯的表現無過於下面這句不準確的斷言："聖賢辭書，總稱文章。"（《文心雕龍·情采》）

然則志足而言文，情信而辭巧，迺含章之玉牒，秉文之金科矣。夫鑒周日月⑤，妙極機神；文成規矩，思合符契⑥；或簡言以達旨，或博文以該⑦情，或明理以立體，或隱義以藏用。故春秋一字以褒貶，喪服舉輕以包重，此簡言以達旨也。邠詩⑧聯章以積句，儒行⑨縟説以繁辭，此博文以該情也。書契斷決以象夬⑩，文章昭晰以象離⑪，此明理以立體也。四象⑫精義以曲隱，五

例⑬微辭以婉晦,此隱義以藏用也。故知繁略殊形,隱顯異術,抑引隨時,變通會適,徵之周孔,則文有師矣。

⑤識鑒周遍日月。　⑥符節。　⑦同"賅",完備。　⑧指《詩經·豳風·七月》篇。　⑨《禮記·儒行》。　⑩音 guài,決斷,六十四卦之一。　⑪離卦,明亮之象。　⑫"四象"源出《易經》,注家解釋不一,有說爲天地日月,有說爲金木水火等。　⑬指《春秋》爲文的五種體例,見杜預《春秋左傳序》。

此段列舉《春秋》《詩》《禮》《易》使用文辭的特點,可謂具體關注到文辭本身的差別特性。

是以子政⑭論文,必徵於聖;稚圭⑮勸學,必宗於經⑯。易稱辨物⑰正言,斷辭⑱則備;書云辭尚體要,弗惟好異。故知正言所以立辯,體要⑲所以成辭;辭成無好異之尤⑳,辯立有斷辭之義。雖精義曲隱,無傷其正言;微辭婉晦,不害其體要。體要與微辭偕通,正言共精義並用;聖人之文章,亦可見也。顏闔以爲仲尼飾羽而畫㉑,徒事華辭。雖欲訾㉒聖,弗可得已。然則聖文之雅麗,固銜華而佩實者也。天道難聞,猶或鑽仰,文章可見,胡寧勿思?若徵聖立言,則文其庶㉓矣。

⑭西漢時人劉向。　⑮西漢時人匡衡。　⑯《漢書》有載匡衡論經學文字。　⑰辨別物類。　⑱斷明吉凶的言辭。　⑲切實簡要。　⑳過失。　㉑事見《莊子·列禦寇》。　㉒音 zǐ,詆毀。　㉓庶幾,差不多。

這裏再舉《周易》《尚書》爲典範,強調正言體要的重要性,正言可立辯,體要能成辭,如此纔能成聖人文章。

贊曰:妙極生知,睿哲惟宰㉔。精理爲文,秀氣成采。鑒懸日月,辭富山海。百齡影徂㉕,千載心在。(WXDLZ, juan 1, pp.15‐17)

㉔主宰。　㉕往,消逝。

聖人文章是言辭風格和內容完美結合的典範,故為文者必須徵於聖、宗於經。

§060 劉勰《文心雕龍·宗經》：五經含文的六種體式

故論說辭序①,則易統其首;詔策章奏②,則書發其源;賦頌歌讚③,則詩立其本;銘誄箴祝④,則禮總其端;紀傳銘檄⑤,則春秋為根:並窮高以樹表⑥,極遠以啓疆⑦,所以百家騰躍,終入環內者也。若稟經以製式,酌雅⑧以富言,是仰山而鑄銅,煮海而為鹽也。故文能宗經,體有六義:一則情深而不詭,二則風清而不雜,三則事信而不誕,四則義直而不回,五則體約而不蕪,六則文麗而不淫:揚子比雕玉以作器⑨,謂五經之含文也。(WXDLZ, juan 1, pp.22-23)

① 論理類文體。　② 議論政事類文章。　③ 韻文抒情類。　④ 用於禮儀場合之文。　⑤ 紀事之文。　⑥ 樹立體式。　⑦ 開拓後學疆宇。⑧ 指《爾雅》。　⑨ 語見揚雄《法言》。

此段首先列舉五經分別統領的各種主要文體,然後指出所有這些文體是因"五經之含文"(即其文章風格)而宗經。這裏所說的六義是指五經所展示的六種理想的文章風格。

§061 蕭統(501—531)《文選序》(全文):文章進化說及選文準則

【作者簡介】蕭統(501—531),字德施,南蘭陵(今江蘇常州武進)人。南朝梁文學家,梁武帝蕭衍長子,梁簡文帝蕭綱及梁元帝蕭繹長兄。天監三年(504)冊立為太子,諡號昭明,史稱"昭明太子"。蕭統聰穎,尤愛好文學和佛法,招聚文學之士編撰歷代詩文總集《文選》三十卷,史稱《昭明文選》。

式觀元始,眇①覿②玄風。冬穴夏巢之時,茹毛飲血③之世,世質民淳,斯文未作。逮乎伏羲氏之王天下也,始畫八卦,造書契,以代結繩之政,由是文籍生焉。《易》曰:"觀乎天文,以察時變;觀乎人文,以化成天下。"文之時義遠矣哉!若夫椎輪④爲大輅⑤之始,大輅寧有椎輪之質;增冰⑥爲積水所成,積水曾微增冰之凜。何哉?蓋踵⑦其事而增華,變其本而加厲;物既有之,文亦宜然。隨時變改,難可詳悉。

① 遙遠。　② 音 dí,看見。　③ 連毛帶血生吃。　④ 沒有車輻的原始車輪。　⑤ "輅"音 lù,君王乘坐的車。　⑥ 層冰。　⑦ 追隨、繼承。

在《文選序》中,劉勰原道說的迴響甚爲清晰。蕭統也同樣開宗明義,論述文學的最終起源及其本質。劉勰原道說將文學的起源上推到上古聖人之道,又再追溯至宇宙之道。他以道論文,無疑提供了一個比"詩言志"說寬泛得多的概念模式。誠然,後世批評家會一再重複"詩言志"以說明詩歌創作的直接動因,並援用與之相關的悠久的說教傳統。不過,在考察文學或廣義之文的本質和起源時,他們幾乎總會採用劉勰的文道模式。當然,採用該模式並不意味著中國文學論從此就僅有一種了。恰恰相反,後世評論家將新的觀念注入"道"和"文"之中,文道關係也相應得以重新定義,由此產生了諸多新的文學論。

嘗試論之曰:《詩序》云:"詩有六義焉:一曰風,二曰賦,三曰比,四曰興,五曰雅,六曰頌。"至於今之作者,異乎古昔,古詩之體,今則全取賦名。荀⑧宋⑨表之於前,賈馬⑩繼之於末。自茲以降,源流寔繁。述邑居則有"憑虛""亡是"之作。戒畋遊則有《長楊》《羽獵》之製。若其紀一事,詠一物,風雲草木之興,魚蟲禽獸之流,推而廣之,不可勝載矣!又楚人屈原,含忠履潔,君匪從流⑪,臣進逆耳,深思遠慮,遂放湘南。耿介之意既傷,壹鬱之懷靡愬⑫。臨淵有懷沙之志,吟澤有憔悴之容。騷人之文,自茲而作。

⑧ 荀卿。　⑨ 宋玉。　⑩ 賈誼、司馬相如。　⑪ 從善如流。⑫ 音 sù,傾訴。

這段話已跳出儒家詩六義所規範的詩論傳統,指出漢晉以後賦體的興盛,側重於其紀事、詠物等純文學性的特點,其間特舉屈原騷賦的傳統,已格外關注到騷人怨情的文學傳統。

詩者,蓋志之所之也,情動於中而形於言。《關雎》《麟趾》,正始之道著;桑間濮上,亡國之音表。故《風》《雅》之道,粲然可觀。自炎漢中葉,厥塗漸異。退傅有"在鄒"之作⑬,降將著"河梁"之篇⑭;四言五言,區以別矣。又少則三字,多則九言,各體互興,分鑣並驅。頌者,所以游揚德業,褒讚成功。吉甫有"穆若"之談⑮,季子有"至矣"之歎⑯。舒布為詩,既言如彼;總成為頌,又亦若此。次則箴興於補闕⑰,戒出於弼匡⑱。論則析理精微,銘則序事清潤。美終⑲則誄發,圖像則讚興。又詔誥教令之流,表奏牋記之列,書誓符檄之品,弔祭悲哀之作,答客指事之制,三言八字之文,篇辭引序,碑碣誌狀,衆制鋒起,源流間出。譬陶匏⑳異器,並為入耳之娛;黼黻不同,俱為悅目之玩。作者之致,蓋云備矣!

⑬ 西漢初人韋孟辭官遷家至鄒城,有詩詠其事,見《漢書》。　⑭ 指後世所傳的"蘇李贈答詩",降將指李陵。　⑮《詩經》中載吉甫讚美周宣王的頌歌。　⑯《左傳》所載季札聽樂的感歎。　⑰ 彌補過失。　⑱ 輔助匡正。　⑲ 死亡,壽終。　⑳ 指古代兩種樂器。

這段話在認同《詩經》的言志傳統後,歷數兩漢以降詩體的演變及其內在情理動因,同時對由此分化出的四言五言、箴頌論銘等體的語言風格及寫作規範都進行概要的歸納。

余監撫㉑餘閑,居多暇日,歷觀文囿,泛覽辭林,未嘗不心遊目想,移晷忘倦。自姬漢㉒以來,眇焉悠邈,時更七代,數逾千祀。詞人才子,則名溢於縹囊㉓;飛文染翰,則卷盈乎緗帙㉔。自非略其蕪穢,集其清英,蓋欲兼功,太半難矣!若夫姬公之籍,孔父之書,與日月俱懸,鬼神爭奧,孝敬之准式,人倫之師友,豈可重以芟夷㉕,加之剪截?

㉑ 監察安撫。　㉒ 周、漢。　㉓ 淡青色的書囊。　㉔ 淺黃色書套。
㉕ 音 shān yí,刪除。

和劉勰一樣,蕭統將文籍的起源一直追溯到八卦,並斷言這些原始符號和天文是平行同源的。但他並不認爲儒家經典對這些原始符號發展成當代唯美文學具有決定性。劉勰將儒家經典尊爲純文學的典範,而蕭統不但在討論文籍的歷史演變時將經典置之不理,而且在其選本中也將其一並排除在外。對此他給出的方便藉口是,聖賢之作不允許爲錄入選本而進行必須的剪截。他稱:"若夫姬公之籍,孔父之書,與日月俱懸,鬼神爭奧,孝敬之准式,人倫之師友,豈可重以芟夷,加之剪截?"在解釋爲何不收錄非儒家的哲學著作時,他的回答更誠實和直率:"老莊之作,管孟之流,蓋以立意爲宗,不以能文爲本,今之所撰,又以略諸。""不以能文爲本"道出了他不選儒家經典的真實原因。在序言末尾討論史傳的"贊論"和"序述"時,他點出了唯美文學的兩個突出特點:"事出於沉思,義歸於翰藻。"顯然,無論儒家經典還是非儒家哲學著作都不具備這兩個特點,因此被排除在其選本之外。

老莊之作,管孟之流,蓋以立意爲宗,不以能文爲本,今之所撰,又以略諸㉖。若賢人之美辭,忠臣之抗直,謀夫之話,辨士之端,冰釋泉涌,金相玉振。所謂坐狙丘,議稷下㉗,仲連之却秦軍㉘,食其之下齊國㉙,留侯之發八難㉚,曲逆之吐六奇㉛,蓋乃事美一時,語流千載。概見墳籍,旁出子史,若斯之流,又亦繁博,雖傳之簡牘,而事異篇章,今之所集,亦所不取。

㉖略去不收它們。　㉗戰國時齊王辯士田巴議於狙丘、稷下。㉘魯仲連退秦,事見《戰國策·趙策》。　㉙酈食其遊説齊王,使其降漢,見《史記·酈生陸賈列傳》。　㉚張良以"八事"説漢高祖,見《史記·留侯世家》。　㉛陳平六出奇計,見《史記·陳丞相世家》。

這段話交代了編纂《文選》捨去老莊諸子乃至賢人辯士之美辭,皆因其旁出子史,雖內容繁博,却終究不是以文藝美文爲中心的作品。

至於記事之史,繫年之書,所以褒貶是非,紀別異同,方之篇翰,亦已不同。若其讚論之綜緝辭采,序述之錯比文華,事出於沈思,義歸乎翰藻,故與夫篇什,雜而集之。遠自周室,迄于聖代,都爲三十卷,名曰《文選》云耳。

凡次㉜文之體,各以彙聚。詩賦體既不一,又以類分;類分之中,各以時代相次。(WX, pp.1–3)

㉜編次。

"事出於深思,義歸乎翰藻"總結出當時人以及蕭統自己如何選取文學作品的準則。"事出於深思"即對某個事件加以文學想象或思考,"義歸乎翰藻"指的是《文選》中所選作品不僅是就事論事,而且語言表達上也給人以美學感受。正因如此,《文選》中也收入了不少非美文的作品,因爲時人心目中的文章包括非美文和美文兩大類別。

§062　蕭綱(503—551)《昭明太子集序》: 文章"體天經而總文緯"的意義

【作者簡介】蕭綱(503—551),字世贊(另説世纘),小字六通,南蘭陵(今江蘇常州武進)人,南北朝時期南梁第二位皇帝,梁武帝蕭衍第三子,昭明太子蕭統同母弟。初封晉安王,歷任荆州刺史、江州刺史、徐州刺史、雍州刺史、揚州刺史。昭明太子去世後,繼立爲皇太子。侯景之亂時,建康失陷,梁武帝蕭衍餓死,蕭綱即位稱帝,天正元年,蕭綱被侯景殺死。廟號太宗,諡號簡文皇帝。蕭綱的創作風格輕綺柔靡,號爲"宮體詩"流派。

竊以文之爲義,大哉遠矣。故孔稱性道,堯曰欽明①,武有來商②之功,虞有格苗③之德。故《易》曰:"觀乎天文,以察時變;觀乎人文,以化成天下。"是以含精吐景,六衛九光之度;方珠喻龍,南樞北陵之采。此之謂天文。文籍生,書契作,詠歌起,賦頌興。成孝敬於人倫,移風俗於王政,道綿乎八極,理浹④乎九垓⑤。贊動神明,雍⑥熙⑦鍾石。此之謂人文。若夫體天經而總文緯,揭日月而諧律呂者,其在茲乎?(WJNBCWLX, p.356)

① 威儀明察。　② 周武王滅商事。　③ 使邊民臣服,文見《尚書·大禹謨》。　④ 音 jiā,盡頭,通達。　⑤ 中央至八極,指全國。　⑥ 和諧。　⑦ 興起。

這段話毫無保留地稱讚"文"的彪炳天地的宏大價值,並將天文與人文對舉,將宇宙萬物升降與書契歌詠、人倫風俗皆納於"文"的經緯中。

§063　顏之推(531—約597)《顏氏家訓·文章第九》：文章宗經說用於批評兩種對立的文學實踐

【作者簡介】顏之推(531—約597),字介,琅邪臨沂(今山東臨沂)人,北齊文學家。初仕南朝梁,任散騎常侍;後西魏破梁,奔北齊,官至黃門侍郎、平原太守,北齊亡,入北周,任御史上士。隋開皇年間,召爲學士,因病去世。顏之推尚傳統儒家思想,著有《顏氏家訓》二十篇和《冤魂志》。

夫文章者,原出五經:詔命策檄,生於《書》者也;序述論議,生於《易》者也;歌詠賦頌,生於《詩》者也;祭祀哀誄,生於《禮》者也;書奏箴銘,生於《春秋》者也。朝廷憲章,軍旅誓誥,敷顯仁義,發明功德,牧民建國,施用多途。至於陶冶性靈,從容諷諫,入其滋味,亦樂事也。行有餘力,則可習之。……有盛名而免過患者,時復聞之,但其損敗居多耳。每嘗思之,原其所積,文章之體,標舉興會,發引性靈,使人矜伐,故忽於持操,果於進取。今世文士,此患彌切,一事愜當,一句清巧,神屬九霄,志淩千載,自吟自賞,不覺更有傍人。加以砂礫所傷,慘於矛戟,諷刺之禍,速乎風塵,深宜防慮,以保元吉。……或問揚雄曰:"吾子少而好賦?"雄曰:"然。童子雕蟲篆刻①,壯夫不爲也。"余竊非之曰:虞舜歌《南風》之詩,周公作《鴟鴞》之詠②,吉甫③、史克④《雅》《頌》之美者,未聞皆在幼年累德也。孔子曰:"不學《詩》,無以言。""自衛返魯,樂正,《雅》《頌》各得其所。"大明孝道,引《詩》證之⑤。揚雄安敢忽之也?若論"詩人之賦麗以則,辭人之賦麗以淫"⑥,但知變之而已,又未知雄自爲壯夫何如也?(YSJXJJ, pp.237-259)

① 雕寫蟲書,篆寫刻符,西漢學童所修的小技。 ② 指《詩經·豳風·鴟鴞》篇,古代注家認爲是周公所作。 ③ 尹吉甫,周宣王大臣。 ④ 魯國史官。 ⑤《孝經》每篇章末,引詩以爲證。 ⑥ 出自揚雄《法言·吾子篇》。

　　顏之推此論標榜文章宗經的要旨,從而對各體皆原其本、明其義,並以此批評當時一味慕尚雕琢的風氣,同時對以言辭中傷諷刺他人的行爲加以批判,由此進一步強化其對文章內外表裏兼備的重視。

【第5.1部分參考書目】

黃侃著:《文心雕龍札記》,上海:上海古籍出版社,2000年,第5—17頁。

牟世金著:《文心雕龍研究》,北京:人民文學出版社,1995年,第145—183頁。

張少康著:《劉勰及其〈文心雕龍〉研究》,北京:北京大學出版社,

2010 年,第 59—72 頁。

傅剛著:《昭明文選研究》,北京:中國社會科學出版社,2000 年,第 17—40、52—92 頁。

Cai, Zong-qi. "Wen and the Construction of a Critical System in *Wenxin Diaolong*." *CLEAR* 22 (2000): 1–29.

Tian, Xiaofei. "Cao Pi, 'A Discourse on Literature'." In *Hawai'i Reader in Traditional Chinese Culture*, edited by Victor H. Mair, Nancy S. Steinhardt and Paul R. Goldin, 231–233. Honolulu: University of Hawai'i Press, 2005.

5.2　論文學本質:劉勰情文說和鍾嶸滋味說

　　魏晉南北朝批評家對文學本質的重新認識也同樣令人耳目一新。曹丕《典論·論文》這篇劃時代的文章是圍繞文學本質這個論題展開的。曹丕認爲,文學作品的本質就是作者個人生命之"氣",稱"文以氣爲主,氣之清濁有體,不可力强而致。譬諸音樂,曲度雖均,節奏同檢,至於引氣不齊,巧拙有素",並且"雖在父兄,不能以移子弟"。因此,他認爲建安七子因個人資質不同而呈現不同的風格,並都以一兩句話點評他們作品的獨特風格。在他看來,作品的風格由詩人獨特的氣所決定,而詩人的氣又是在詩人生活世界的風氣之中生成的。他稱"徐幹時有齊氣",指明徐幹的作品中"氣"和齊國社會風俗的内在關係。值得注意的是,曹丕討論作品與外部世界的關係是從美學層次,而不是從社會政治思想層次展開的。這點若與《毛詩序》的"風"說做一比較就極爲清楚了。"風"和"氣"都是社會自然現象，都由宇宙萬物運動中的基本元素交往碰撞而生。《詩經》的"風"涉及政治方面，説的是個人和社會在政治層面的互動，而"氣"説的是外界生活環境與個人內在品性的內在關係，是抽象意義上的概念。曹丕熱衷於以作者個人爲中心來評詩，顯然與當時盛行的人物品藻風氣不無關係。

　　進入六朝之後，陸機、劉勰、鍾嶸等人又以"情"爲中心對文學本質進行了重新定義。漢代《詩大序》和其他典籍中雖然也經常提及"情"，但是始終没有深入分析"情"的構成與作用。六朝時期，"情"的概念産生了本質上的變化。六朝人所説的"情"往往並非是直接對外在政治狀況的直接反應，而是經過藝術加工的，可以使得作者、讀者産生美感的"情"，可以陶冶性靈之情。這時討論的"情"往往和"性"聯繫在一起，"性情"或"情性"主要指的是作者本人的感受或讀者的審美感受能力，而並非是對外在的政治現實的判斷。陸機《文賦》説"詩緣情而綺靡"，即指"情"用來表現美感，有"情"則出現"綺靡"的美學特質。鍾嶸《詩品序》稱五言詩可"搖蕩性情"，稱之"指事造形，窮情寫物，最爲詳切者耶？"（§066）又如劉勰説"五情發而爲辭章"（§064），無疑把"情文"定義爲文章的本質。又如顔之推云"陶冶性靈，從容諷諫，入其滋味，亦樂事也"（§063），認爲文學創作本身是藝術上對情感的改造，在此過程中，文學可以陶冶人之性靈，而這個過程亦是"樂事"。同時，顔之推注意到美文之情會産生負面作用："文章之體，標舉興會，發引性靈，使人矜伐。"（§063）此前裴子野（469—530）對美文的批評更爲尖鋭，稱時人已"罔不擯落六藝，吟詠情性"（§070），這一批判亦從反面證實了六朝文論家已經把"情"作爲文學的本質。

§064　劉勰(約465—約520或532)《文心雕龍·情采》：文章爲情文

聖賢書辭,總稱文章,非采而何？夫水性虛而淪漪結,木體實而花萼振,文附質也。虎豹無文,則鞹①同犬羊,犀兕有皮,而色資丹漆,質待文也。若乃綜述性靈,敷寫器象,鏤心鳥跡之中,織辭魚網之上,其爲彪炳,縟采②名③矣。故立文之道,其理有三：一曰形文,五色是也；二曰聲文,五音是也；三曰情文,五性是也。五色雜而成黼黻④,五音比而成韶夏⑤,五情發而爲辭章,神理之數也。

①音kuò,没有毛的皮革。　②豐富多彩。　③同"明",使分明；一説"名"爲"多"字之誤。　④音fǔ fú,華美花紋。　⑤舜和禹的音樂,泛指典正的古樂。

如果説劉勰認爲非美文類的文章作用在明理,那麼詩賦等美文類的特徵則在於抒情。在劉勰之前,陸機已用"詩緣情而綺靡"一語説明情在美文體的中心地位。摯虞(250—300)也表達過類似的觀點,稱"古詩之賦,以情義爲主,以事類爲佐"。劉勰則用"情文"一詞來描述美文類的特徵,與五色的形文和五音的聲文相對應。在對三十一種非唯美文類的概述中,劉勰特別關注"理"與"文"的關係；但是在談到詩賦等美文類文章時,他却頻繁地使用"情"字,深入檢討"情"與"文"的關係。在第四至二十五章中,"情"字共出現三十一次,除兩處(《諸子》《論説》)外,都是用於描述美文類。

……昔詩人什篇,爲情而造文；辭人賦頌,爲文而造情。何以明其然？蓋風雅之興,志思蓄憤,而吟詠情性,以諷其上,此爲情而造文也；諸子之徒,心非鬱陶,苟馳夸飾,鬻聲釣世⑥,此爲文而造情也：故爲情者要約而寫真，爲文者淫麗而煩濫。而後之作者，採濫⑦忽真，遠棄風雅，近師辭賦，故體情之製日疏，逐文之篇愈盛。故有志深軒冕⑧，而汎詠皋壤；心纏幾務⑨，而虛述人外⑩：真宰⑪弗存，翩其反矣。夫桃李不言而成蹊，有實存也；男子樹蘭而不芳⑫，無其情也。夫以草木之微，依情待實；況乎文章，述志爲本，言與志反，文豈足徵！（WXDLZ, juan 7, pp.537–538）

⑥ 引誘騙取聲名。　⑦ 採取誇大不實的文辭。　⑧ 代指官位爵祿。⑨ 機要政務。　⑩ 世外。　⑪ 見《莊子·齊物論》，真心、真情。　⑫ 事見《淮南子·繆稱訓》。

　　劉勰認爲，在一種理想的"情文"關係中，"文"應當樸實真摯並能够傳達真情實意，"故爲情者要約而寫真"。同時，劉勰批評了那種爲追求華麗辭藻而犧牲真情實感的作法，稱"爲文者淫麗而煩濫"。劉勰還對處理"情、文"的正反兩種不同態度加以褒貶："昔詩人什篇，爲情而造文；辭人賦頌，爲文而造情"。爲了鼓勵後人效仿昔日詩人，劉勰在《風骨》中詳細介紹了古人處理"情文"的完美手法，他以"風"來描述古人自然任真的情感，以"骨"來指代他們樸素但是精當的語言。"風、骨"並舉則代表了"情、文"結合所能達到的道德審美的最高境界。

§065　沈約(441—513)《答陸厥書》：文字與音律交錯之文

【作者簡介】沈約(441—513)，字休文，吳興武康(今浙江省德清康)人。南朝梁文學家。少時流寓孤貧，篤志好學。南齊時，與蕭衍、謝朓、王融、蕭琛、范雲、任昉、陸倕號稱竟陵八友。梁時，官至尚書令。沈約學問廣博，與周顒等人創立四聲八病說，以平、上、去、入四聲應用於詩文制韻，避免八病。沈約爲"永明體"之領袖，著有《晉書》《宋書》《齊紀》等史書，其中《宋書》入二十四史。

　　宮商之聲有五，文字之別累萬①。以累萬之繁，配五聲之約,高下低昂,非思力所舉;又非止若斯而已也。十字之文,顛倒相配,字不過十,巧歷②已不能盡,何況復過於此者乎。靈均以來,未經用之於懷抱,固無從得其髣髴矣。若斯之妙,而聖人不尚,何邪?此蓋曲折聲韻之巧,無當於訓義③,非聖哲立言之所急也。是以子雲譬之雕蟲篆刻,云"壯夫不爲"。自古辭人,豈不知宮羽之殊,商徵之別?雖知五音之異,而其中參差變動,所昧實多。故鄙意所謂此祕未覩者也。(WJNBCWLX, p.298)

① 形容數量巨多。　② 典出《莊子·齊物論》,意指精明計算的人。③ 訓讀文意。

探討古聖不知曉詩歌文字韻律奧祕的原因,在於其間機要皆在於聲韻曲折之巧妙,並非聖哲立言所關注的義理。但是,沈約也由此批評了時人受此觀念影響,而未識見文字本身的宮商音韻變化之美。

§066　鍾嶸(468—518)《詩品序》:賦比興的藝術性解讀

【作者簡介】鍾嶸(468—518),字仲偉,南朝梁文學批評家。潁川長社(今河南長葛)人,齊代官至司徒行參軍。入梁歷任中軍臨川王行參軍、西中郎將晉安王記室,世稱鍾記室。鍾嶸代表作爲詩歌評論著作《詩品》。品評兩漢至南朝梁詩人百多人,分爲上、中、下三品,故名爲《詩品》。書名原爲《詩評》,這是因爲鍾嶸就作品評論其優劣。後以《詩品》定名,以定詩人品第。

夫四言,文約意廣,取效《風》《騷》,便可多得。每苦文繁而意少,故世罕習焉。五言居文詞之要,是眾作之有滋味者也,故云會於流俗。豈不以指事造形,窮情寫物,最爲詳切者耶!故詩有三義焉:一曰興,二曰比,三曰賦。文已盡而意有餘,興也;因物喻志,比也;直書其事,寓言寫物,賦也。宏斯三義,酌而用之,幹①之以風力,潤之以丹采,使味之者無極,聞之者動心,是詩之至也。若專用比興,患在意深,意深則辭躓②。若但用賦體,患在意浮,意浮則文散,嬉成③流移,文無止泊,有蕪漫之累矣。若乃春風春鳥,秋月秋蟬,夏雲暑雨,冬月祁寒,斯四候之感諸詩者也。(*SPZ*, p.2)

① 支撐、主幹。　② 音 zhì,晦澀不通暢。　③ 任意發揮。

賦比興三種形式在五言詩中酌情使用,即可將物象和情感轉化為"滋味"無窮的審美經驗。這裏對賦、比、興的內涵與特性解讀,并未同漢儒解《詩》一樣,將各種風俗教化、政治功用與之掛鉤,而是純然著眼於三者的藝術表現特色。

【第 5.2 部分參考書目】

蔡宗齊著《〈文心雕龍〉中"文"的多重含義及劉勰文學理論體系的建立》,金濤譯,《人文中國學報》第 14 輯(2008 年),第 139—172 頁。

布魯克斯(Brooks, E. B.,白牧之)著:《〈詩品〉解析》,張伯偉譯,莫礪鋒編:《神女之探尋——英美學者論中國古典詩歌》,上海:上海古籍出版社,1994 年,第 240—270 頁。

張健著:《〈文心雕龍〉的組合式文體理論》,《北京大學學報》2017 年第 3 期,第 31—41 頁。

葛曉音著:《八代詩史》,西安:陝西人民出版社,1989 年,第 183—278 頁。

Cai, Zong-qi(蔡宗齊), ed. *Chinese Aesthetics: the Ordering of Literature, the Arts, and the Universe in the Six Dynasties*. Honolulu: University of Hawai'i Press, 2004.

Cai, Zong-qi, ed. *A Chinese Literary Mind: Culture, Creativity, and Rhetoric in Wenxin Diaolong*. Stanford: Stanford University Press, 2001.

Ch'en, Shih-hsiang(陳世驤). *Literature as Light against Darkness: Being a*

Study of Lu Chi's "Essay on Literature," in Relation to His Life, His Period in Medieval Chinese History, and Some Modern Critical Idea. National Peking University Semi-centennial Papers, No.11, College of Arts. Peiping: National Peking University Press, 1948.

Chang, Kang-i Sun（孫康宜）."Chinese Lyric Criticism in the Six Dynasties." In *Theories of the arts in China*, edited by Susan Bush and Christian Murck, 215 – 224. Princeton: Princeton University Press, 1983.

Hightower, James R. *Topics in Chinese Literature: Outlines and Bibliographies*. Chapter 6 "Six Dynasties Literary Criticism." Cambridge: Harvard University Press, 1962.

Kozen, Horishi. "Views of Literature in Medieval China: From the Six Dynasties to the T'ang." *Acta Asiatica: Bulletin of the Institute of Eastern Culture* 70（1996）: 1 – 19.

Miao, Ronald C. "Literary Criticism at the End of the Eastern Han." *Literature East and West* 26.3（1972）: 1013 – 1034.

5.3　論文學功用：文學與作者的生命意義

　　魏晉南北朝人對文學功用的關注呈現出從政治道德世界到個人世界的轉移。文學功用的討論是先秦兩漢文學論中最爲重要的部分，從《堯典》《左傳》《論語》到《毛詩序》無不如此。然而，在六朝文論中它却成了最不重要的部分。《典論・論文》開篇言："蓋文章，經國之大業，不朽之盛事。"（見§067）曹丕稱文章是"經國之大業"，大概是因爲治理國家需要有效地使用辭令，就如春秋時期的賦詩專對和後來的册令文書的撰寫。然而,曹丕對文學"經國"功用毫無興趣,整篇文章根本不予以討論。他真正關心的只是"不朽之盛事",即文章可幫助作者個人立言而不朽的功用。也許,曹丕列舉"經國之大業"只是爲了與"不朽之盛事"駢對而已。

　　劉勰對文學之於國家政治的功用也是興趣索然。《文心雕龍》有五十章之多,文學理論的重要方面都有專章論述,但却没有一章專論文學的功用。不同于《大序》作者,劉勰没有闡述文學如何能且應該用於調節人際關係、加強道德和社會政治秩序、以及使人與神保持一致。相反,他僅僅承認"順美匡惡,其來久矣"(《明詩第六》),以及在若干章節中敷衍地提到文學的兩種教化職能。理論上劉勰認爲文學作爲自覺的創作過程,其價值的判定不是看它如何協調外部過程給人類帶來福祉,而是看它如何以文或美好的形式來體道,以及由此得以"經緯區宇,彌綸彝憲"(《原道》)。在道德經驗的層面,他將道德規勸和教誨降至邊緣地位,即便他承認作者的道德品質和文學創造有所關聯。

　　鍾嶸《詩品》對文學的政教功用也採取避而不談的態度。最能說明這一點的是他對"詩六義"的處理。《詩大序》作者六義中只論"風""雅""頌",一味強調三者的政教功用。鍾嶸則反其道而行之,撇開"風""雅""頌"不談,而專論"賦""比""興"的審美效應,僅在談"比"時提及其美刺的作用(§066)。蕭統《文選序》説:"若夫姬公之籍,孔父之書,與日月俱懸,鬼神爭奧,孝敬之准式,人倫之師友,豈可重以芟夷,加之剪截?"(§061)因此儒家經典不能被收入《文選》。蕭綱和蕭繹也對儒家經典採取了相似的保留態度。蕭綱《誡當陽公大心書》言："所以孔丘言：'吾嘗終日不食，終夜不寢，以思，無益，不如學也。'若使牆面而立，沐猴而冠，吾所不取。"（§072）

對多數的魏晉南北朝文論家而言，文學功用不在培養道德情操，而在於給讀者帶來審美的愉悅，給作者以美文立身的機會。曹丕《典論·論文》云："是以古之作者，寄身於翰墨，見意於篇籍，不假良史之辭，不托飛馳之勢，而聲名自傳於後。"這段的意思是，作品的創造可以延伸個人存在的價值，作品本身就是個人與宇宙互動的產品，而文學創作可以延伸個人存在的價值，解決個人存在的最大焦慮，即漢代普遍存在的人生無常的意識。又云："夫然，則古人賤尺璧而重寸陰，懼乎時之過已。而人多不強力，貧賤則懾於飢寒，富貴則流於逸樂，遂營目前之務，而遺千載之功。日月逝於上，體貌衰於下，忽然與萬物遷化，斯志士之大痛也！"（§067）曹丕借用《左傳》的"三不朽"，認爲"立言"可以解決人生存在的生命無常，但這裏的"言"是純文學的作品，不是從前所說的聖賢之言。因此，曹丕強調"一家之言"的珍貴價值，因爲"年壽有時而盡，榮樂止乎其身，二者必至之常期，未若文章之無窮"（§067），而"一家之言"的作品可以借助于金石、竹帛、文字得以保存。

關於文學對個人生命的作用，也有人持完全相反的意見。比如曹植步揚雄的後塵，在《與楊德祖書》稱"豈徒以翰墨爲勳績，辭賦爲君子哉？"（§068）但這種貶低文學的觀點在當時引來強烈的批駁。顏之推對揚雄"童子雕蟲篆刻，壯夫不爲也"的觀點提出質疑，而蕭綱聲稱要對持此觀點的人問罪，稱"不爲壯志,揚雄實小言破道;非謂君子,曹植亦小辯破言。論之科刑,罪在不赦"(§071)。不管文章是"不朽之盛事"還是"壯夫不爲",在宮廷專業以寫作爲生的文人,已形成爲六朝的一個新的重要社會群體。蕭繹《金樓子·立言》列出當時以寫作"文"和"筆"爲生的作者,並且把他們與儒者區分開來,甚至予以更高的地位(§073)。

§067　曹丕(187—226)《典論·論文》:寄身於翰墨

【作者簡介】曹丕(187—226),魏文帝,字子桓,沛國譙縣(今安徽亳州)人。三國時期文學家、曹魏開國君主、魏武帝曹操次子。建安二十二年(217),曹丕立爲魏國太子。建安二十五年(220),成爲魏王,結束漢朝,建立魏國。曹丕在位期間,推行九品中正制,曹丕愛好文學,工詩文,與曹操和曹植合稱"三曹",有輯本《魏文帝集》。曹丕著有《典論》一書,内容大多散佚,其中《論文》是中國文學批評史上較早的專論。

蓋文章經國之大業,不朽之盛事。年壽有時而盡,榮樂止乎其身。二者必至之常期,未若文章之無窮。是以古之作者,寄身於翰墨,見意於篇籍,不假良史之辭,不託飛馳之勢,而聲名自傳於後。故西伯幽而演《易》①,周旦顯而制《禮》②,不以隱約而弗務,不以康樂而加思。夫然,則古人賤尺璧而重寸陰,懼乎時之過已。而人多不强力,貧賤則懾③於飢寒,富貴則流於逸樂,遂營目前之務,而遺千載之功。日月逝於上,體貌衰於下,忽然與萬物遷化,斯志士之大痛也!(WX, pp.2271-2272)

①傳周文王幽囚羑里而作《周易》。　②傳周公旦在平叛亂、營成周之後,製禮作樂。　③害怕、恐懼。

作爲一代君主,曹丕雖亦提及文學"經國大業"的功用,却並未多加著墨，反而更看重文章對個體生命價值、才學聲名的延續。他指出當世的貧賤富貴皆有窮盡終結之日，唯有文章翰墨方能流傳不朽。

§068　曹植(192—232)《與楊德祖書》：壯夫不爲文章

【作者簡介】曹植(192—232)，字子建，沛國譙縣(今安徽亳州)人，曹操第三子，生前封爲陳王，去世後謚號思，故又稱陳思王。三國時期文學家，建安文學之傑，與曹操、曹丕合稱爲"三曹"，代表作有《贈白馬王彪》《白馬篇》《洛神賦》等。曹植原留有集，已佚，今存《曹子建集》爲宋人所輯。鍾嶸將曹植列爲上品並曰："骨氣奇高，詞彩華茂，情兼雅怨，體被文質，粲溢今古，卓爾不群。"

辭賦小道，固未足以揄揚大義，彰示來世也。昔揚子雲先朝執戟之臣①耳，猶稱壯夫不爲也。吾雖德薄，位爲蕃侯，猶庶幾戮力上國，流惠下民，建永世之業，留金石之功②，豈徒以翰墨爲勳績，辭賦爲君子哉！(*WX*, pp.1903 - 1904)

①宮廷侍衛官。　②比喻不朽的功業。

曹植作爲建安文才之傑，却反而推崇建立政治功業，對文章翰墨的價值不以爲然，反視之爲壯夫不爲的小技，這種觀念與曹丕《典論·論文》形成鮮明對比。

§069　鍾嶸(468—518)《詩品序》：言情的終極功用

【作者簡介】見§066。

氣之動物，物之感人，故搖蕩性情，行諸舞詠。照燭三才，輝麗萬有；靈祇待之以致饗，幽微藉之以昭告；動天地，感鬼神，莫近于詩。(*SPZ*, p.1)

《詩品》是一部專録漢代到齊梁時期五言詩的詩歌選本。在序文的開篇，鍾嶸把詩的最初源頭追溯到宇宙的"氣"，並揭示出詩對三才(天、地、人)的燭照之功。這讓我們聯想起劉勰的原道和感物之説。在《詩品》序中,鍾嶸既不重複"詩言志"説,也没有喋喋不休地闡述"志"的概念。他引述了孔子"(詩)可以群,可以怨"之語以及《大序》中的幾個短語,但《詩》的教化傳統不過順帶提及而已。相反,他的興趣集中在情的審美内涵上,探究四季的變换如何激發詩人的情感,使他們長歌而"騁其情"。

§070　裴子野(469—530)《雕蟲論》:對當代唯美詩風的批判

【作者簡介】裴子野(469—530),字幾原,河東聞喜(今山西聞喜)人。南朝梁史學家及文學家,與裴松之、裴駰並稱"史學三裴"。初仕南齊,入梁後,官至鴻臚卿、步兵校尉,沈約所撰《宋書》既行,裴子野删撰爲《宋略》二十卷,已佚,現存《宋略總論》《雕蟲論》等詩文。

宋明帝聰博好文史,才思朗捷,省讀書奏,號七行俱下。每國有禎祥及行幸讌集,輒陳詩展義,且以命朝臣。其戎士武夫,則託請不暇,困於課限①,或買以應詔焉。於是天下向風,人自藻飾,雕蟲之藝盛於時矣。梁鴻臚卿裴子野論曰:古者四始六義,總而爲詩,既形四方之風,且彰君子之志,勸善懲惡,王化本焉。而後之作者思存枝葉,繁華藴藻,用以自通。若夫悱惻芳芬,楚《騷》爲之祖;靡漫容與,相如扣其音。由是隨聲逐響之儔,棄指歸②而無執。賦歌詩頌,百袟五車,蔡邕等之俳優③,揚雄悔爲童子。聖人不作,雅鄭誰分?其五言爲詩家,則蘇李④自出,曹劉⑤偉⑥其風力,潘陸⑦固其枝柯。爰及江左,稱彼顔謝⑧;箴繡鞶帨⑨,無取廟堂。宋初迄于元嘉,多爲經史。大明⑩之代,實好斯文。高才逸韻,頗謝前哲;波流同尚,滋有篤焉。自是閭閻⑪少年,貴游⑫總角⑬,罔不⑭擯落六藝,吟詠情性。學者以博依爲急務,謂章句爲專魯⑮,淫文詖典,斐爾⑯爲功。無被於管絃,非止乎禮義;深心主卉木,遠致極風雲。其興浮,其志弱,巧而不要,隱而不深。討其宗途,亦有宋之遺風也,若季子聆音⑰,則非興國;鯉也趨室⑱,必有不敦。荀卿有言:"亂代之徵,文章匿⑲而綵。"而斯豈近之乎?(*WJNBCWLX*, p.325)

① 指定期限。 ② 主旨。 ③ 將之與俳優等同。 ④ 蘇武、李陵。 ⑤ 曹植、劉楨。 ⑥ 壯大。 ⑦ 潘岳、陸機。 ⑧ 顏延之、謝靈運。 ⑨ 音 pán shuì,比喻辭采雕琢華麗。 ⑩ 南朝劉宋孝武帝劉駿年號。 ⑪ 里巷內外的門,泛指民間。 ⑫ 王公貴族。 ⑬ 指束髮的小童。 ⑭ 無不。 ⑮ 固執遲鈍。 ⑯ 斐然,有文采。 ⑰ 典出《左傳》,指季札觀樂事。 ⑱ 典出《論語》。 ⑲ 同"慝",音 tè,不端正。

這段話從宋明帝好文史辭賦起,揭示劉宋以降從君主到臣民對唯美詩風的好尚。裴子野將這一風氣源頭推至屈原、司馬相如等人的騷賦創作,並以其藻飾過分而掩蓋其旨,故而認爲這種一味追求辭藻繁華的風氣實爲雕蟲小技,並順勢歷數相關代表人物。但是,這種從反面批評唯美詩風的言論,反而具體梳理出當時具有該文學觀念的群體分佈及其流衍趨勢。

§ 071 蕭綱(503—551)《答張纘謝示集書》:強烈譴責揚雄、曹植對唯美文章的攻擊

綱少好文章,於今二十五載矣。竊嘗論之,日月參辰,火龍黼黻,尚且著於玄象①,章乎人事,而況文辭可止,詠歌可輟乎?不爲壯夫,揚雄實小言②破道;非謂君子,曹植亦小辯③破言④。論之科刑,罪在不赦!(*WJNBCWLX*, p.353)

① 天象。 ② 不合大道的言論。 ③ 瑣碎的巧言。 ④ 破壞正當言論。

君主與上層貴族的喜好對南朝唯美文學風氣的興起具有主導作用。蕭綱在此不僅將文辭詠歌的人文之美與日月星辰等天文之美相等同,還直斥揚雄、曹植等貶低文學價值之論爲有罪之論。

§072 蕭綱《誡當陽公大心書》:立身與文章之道的區別

汝年時尚幼,所闕者學。可久可大,其唯學歟?所以孔丘言:"吾嘗終日不食,終夜不寢,以思,無益,不如學也。"若使牆面而立①,沐猴而冠,吾所不取。立身之道,與文章異;立身先須謹重,文章且須放蕩。(*WJNBCWLX*, p.354)

① 語出《論語・陽貨》,面對牆壁,一無所見,比喻不學無術。

蕭綱意識到立身與文章之道不同,指出立身處世當謹慎持重,文章創作則須縱橫跳脱,不受束縛,這意味著時人已將文學的價值從對社會功用論的限定中解放開,賦予其獨立的審美創造價值,唯有"放蕩"才性,文章纔能富有藝術表現力,帶來審美愉悅。

§073 蕭繹(508—555)《金樓子・立言》:唯美文章作者("文")的定位

【作者簡介】梁元帝蕭繹(508—555),字世誠,小字七符,號金樓子,南蘭陵(今江蘇常州武進)人。南梁武帝蕭衍第七子。初封湘東王,後爲荆州刺史。大寶三年(552),侯景之亂平定,蕭繹在江陵即位,改元承聖。承聖三年,西魏兵攻入江陵,蕭繹被殺,追尊爲孝元皇帝。原有集,已佚,明人輯有《梁元帝集》。

然而古人之學者有二,今人之學者有四。夫子門徒,轉相師受,通聖人之經者謂之儒。屈原、宋玉、枚乘、長卿之徒,止於辭賦,則謂之文。今之儒,博窮子史,但能識其事,不能通其理者,謂之學。至如不便爲詩如閻纂①,善爲章奏如伯松②,若此之流,汎謂之筆。吟詠風謠,流連哀思者,謂之文。而學者率多不便屬辭,守其章句,遲於通變,質③於心用。學者不能定禮樂之是非,辯經教之宗旨,徒能揚榷④前言,抵掌⑤多識,然而挹⑥源知流,亦足可貴。筆退則非謂成篇,進則不云取義,神其巧惠,筆端而已。至如文者,惟須綺縠⑦紛披,宮徵⑧靡曼⑨,脣吻遒會,情靈搖蕩,而古之文筆,今之文筆,其源又異。至如《彖》⑩《繫》⑪《風》《雅》,名墨農刑,虎炳豹鬱,彬彬君子。卜⑫談四始⑬,劉言《七略》,源流已詳,今亦置而弗辨。潘安仁清綺若是,而評者止稱情切,故知爲文之難也。曹子建、陸士衡,皆文士也。觀其辭致側密,事語堅明,意匠有序,遺言無失,雖不以儒者命家,此亦悉通其義也。(JLZSZJZ, juan 4 p.770)

① 西晉惠帝時有太傅舍人名閻纂。　② 東漢張竦,字柏松,作頌讚揚王莽。　③ 阻礙,不順。　④ 扼要論述、商討。　⑤ 本義爲擊掌,此處引申爲商討談論。　⑥ 牽引出。　⑦ 各種美麗的絲織品。　⑧ 代指聲音。　⑨ 曼妙。　⑩《易經》中解釋卦義的文字。　⑪ 繫辭,總論《易經》大義。　⑫ 子夏,姓卜名商。　⑬《詩經》"四始",説法不一。

蕭繹認爲,古之學者分儒、文兩類,而今之學者有四類,但文中只列出了學、筆、文三類。從上下文來判斷,學和筆是古之儒者的細分,而對兩者的評價都不如文[士]。曹子建、陸士衡等文士非但善於詩文,而且還通曉儒家經典的大義。

【第 5.3 部分參考書目】

劉師培著:《中國中古文學史講義》,南京:鳳凰出版社,2011 年。
劉躍進著:《中古文學文獻學》,南京:江蘇古籍出版社,1997 年,第 120—284 頁。

曹旭、朱立新著:《宫體詩的定義與裴子野的審美》,《文學評論》2010年第 1 期,第 33—39 頁。

Cai, Zong-qi. "Elevation of Belles Lettres." In *Hawai'i Reader in Traditional Chinese Culture*, edited by Victor H. Mair, Nancy S. Steinhardt and Paul R. Goldin, 231–233. Honolulu: University of Hawai'i Press, 2005.

Chen, Jack W. "Pei Ziye's 'Discourse on Insect Carving'." In *Early Medieval China: A Sourcebook*, edited by Wendy Swartz, Robert Ford Campany, Yang Lu, and Jessey J. C. Choo. New York: Columbia University Press, 2014.

Tian, Xiaofei (田曉菲). "Book Collecting and Cataloging in the Age of Manuscript Culture: Xiao Yi's Master of the Golden Tower and Ruan Xiaoxu's Preface to Seven Records." In *Early Medieval China: A Sourcebook*, edited by Wendy Swartz, Robert Ford Campany, Yang Lu, and Jessey J. C. Choo. New York: Columbia University Press, 2014.

Wu, Fusheng. *The Poetics of Decadence: Chinese Poetry of the Southern Dynasties and Late Tang Periods*, 30–33. Albany: State University of New York Press, 1998.

6　隋唐文學論

　　文論的體式到了唐代又發生了很大的變化。六朝批評家主要以專論和序言的形式評議文學，《典論·論文》《文賦》《文心雕龍》是不朽的專論，而《詩品序》和《文選序》則是名垂千古的序言。這些專論序言多對美文抱有正面肯定的態度，為剛剛走向自覺的文學創作搖旗吶喊，不遺餘力地提高文學及文人的地位。當然，對當時唯美主義傾向的批評亦不絕於耳，但是這種批評大多限於私人書信，如曹植《與楊德祖書》在與朋友的書信中針砭當時文風（§068），後來的《顏氏家訓》亦如此（§063），不過《顏氏家訓》期望的讀者主要是家人。

　　到了唐代，"論"這一形式似乎銷聲匿跡，至少傳世文獻中已無有關文學的專論。日人空海（774—835）《文鏡秘府論》選輯初盛唐時期詩式、詩格這類作詩指南的核心部分，很難稱得上是理論專著。序言的形式仍舊被使用，但其理論深度和影響力已大不如以往，如殷璠（生卒不詳）《河岳英靈集》（§078）、元結（719—772）《篋中集序》（§077）等，主要是為了推動新的詩風而作，並非致力於深入探討文學的本質。當時關於文學最重要的討論主要見於往來書札，有寫給君主的策書，如李諤（生卒不詳)《上隋高祖革文華書》,更多的是文人師友之間的書信,如白居易(772—846)《與元九書》(§079)和韓愈(768—824)、柳宗元(773—819)諸古文家所寫的書信。

　　唐人的理論立場似乎也與六朝人恰恰相反。六朝致力於"立";唐代則以"破"爲主導或先導,此時所有關於文學的討論都批評了六朝的文學事件和文學思想。無論是談詩還是論文,均立足于批評六朝文學。隋代和初唐論詩的書信和文章對六朝唯美傳統的批判犀利無比,不僅僅批判詩人專事追求駢比、聲律、華藻的浮靡文風,還給在政治上綱上綫,把他們列爲造成南朝各代短命夭折的罪魁禍首。例如,隋王通對謝靈運、沈約等以"小人"視之,而初唐王勃更將前朝亡國歸因於文風衰靡。然而,他們這種極端的美文誤國論不久就被更爲理性的、破中有立的批判所代替。無論是陳子昂所追復的風雅興寄傳統,還是李白慨歎"大雅久不作",乃至中唐的新樂府創作運動,都從正面强調文學的比興寄託、美刺教化、補察時政功能,同時還肯定美文自身的價值。例如,殷璠《河岳英靈集·集論》序從伶倫造律説起,以宮商節律爲文章之本。他對沈約等人聲律説的否定並不意味著抹滅聲調之美的重要性。至於白居易,其《與元九書》《策林》等既稱詩之感人"莫始乎言,莫切乎聲"云云,便已默認聲律與文辭之美對詩歌補察時政、洩導人情的價值。而其新樂府系列的序言與創作實踐更以採選入樂府配樂可歌爲目標,以求延續采詩觀風的《國風》傳統。這些足可見他的文學論在批判六朝流弊之外進行的新的建樹。

　　至於論文方面,中唐柳冕、韓愈等古文家都以公允的態度重審文道關係,並將學文與個體的修身養氣、學習聖人聯繫起來,讀聖人文章以養聖人之氣,氣盛則言之長短高下皆宜。韓、柳等人論文—道關係的落脚點仍回到"言"的層面,就意味著他們認同文學的價值,把學文與學聖緊密聯繫起來。"氣盛言宜""不平則鳴"等主張已經貫穿著對文辭、聲調的重視,並重組了文的外在形式與内在思想間的互動關係。

6.1 詩人論詩:王通、白居易等破而不立、破中有立的詩史建構

在論詩的文章中,隋王通(584—617)、初唐王勃(650—676)屬於以"破"爲主的一類。王通不僅猛力抨擊浮靡的文風,還力圖把文士打入另類,稱:"謝靈運小人哉!其文傲,君子則謹。沈休文小人哉!其文冶,君子則典。鮑昭、江淹,古之狷者也,其文急以怨。"(§074)王勃《上吏部裴侍郎啓》對六朝文學的批評甚至更加尖銳,他認爲追求唯美是前代亡國的主要原因:"故魏文用之而中國衰,宋武貴之而江東亂。雖沈、謝爭騖,適足兆齊梁之危;徐、庾並馳,不能止周陳之禍。於是識其道者卷舌而不言,明其弊者拂衣而徑逝。"(§076)此即一種"美文誤國"的觀點。

元結《篋中集序》也致力於全盤否定的"破"。該文無情地鞭撻了時人"拘限聲病,喜尚形似"的作品,認爲當時文風已與政教倫理脱離,"喪於雅正",並收集沈千運等人的五言古詩,編成《篋中集》(§077)。殷璠《河岳英靈集》的立場則是"破中有

立",他對音律的使用加以肯定,認爲不能因律廢詩,雖然否定了沈約之説却也稱"但令詞與調合,首末相稱,中間不敗,便是知音"(§078)。白居易的《與元九書》則不僅批判,而且還提出了新的作詩原則,即"文章合爲時而著,歌詩合爲事而作",認爲感事而作詩,是對國風傳統的回歸(§079)。另外,白居易又認爲,詩歌可以氣感動宇宙:"詩者:根情,苗言,華聲,實義。上自賢聖,下至愚騃,微及豚魚,幽及鬼神。群分而氣同,形異而情一,未有聲入而不應,情交而不感者。"(《與元九書》,見§079)在此文中,他還討論了不同歷史時期詩歌的演變,談到了"六義"之式微、消失,爲重振此風教傳統而提出"文章合爲時而著,歌詩合爲事而作"的響亮口號。

§074 王通(584—617)《中説》:文貫乎道;文人之行可見其作

【作者簡介】王通(584—617),字仲淹,門人私謚文中子,绛州龍門(今山西河津)人,隋朝思想家。王通曾西遊長安,獻上太平十二策,但未受重用,遂歸。退居河汾,以講學授徒自給,弟子多人,時稱河汾門下,著作有《禮論》《樂論》《續書》《續詩》《元經》《贊易》,時稱王氏六經,多散佚,唯仿擬《論語》之《中説》(又稱《文中子》)傳世,有宋代阮逸注本。

今言政而不及化,是天下無禮也;言聲而不及雅,是天下無樂也;言文而不及理,是天下無文也。王道從何而興乎?吾所以憂也。(ZS, juan 1, p.4)

子曰:學者博誦云乎哉!必也貫乎道。文者,苟作云乎哉?必也濟[①]乎義。(ZS, juan 2, p.2)

① 助益。

在唐宋兩朝，文道模式支配了有關文學的理論思考，催生出兩種新的文學主張。其一是"文以貫道"，這裏所引的隋代王通即是一例。後來李漢（約806—821）直截了當地説："文者，貫道之器也。"[1] 明確地提出"文以貫道"的主張。但他只是籠統地使用"貫道"一詞來總結唐代古文家肯定文學的文學論，同時的柳宗元（773—819）、韓愈（768—824）等古文運動領袖又用相似的"文以明道"一語對此主張作了詳盡闡發。[2] 到了宋代，周敦頤（1017—1073）用"載道"論對"貫道"論加以駁斥（參看《通書·文辭》），由此產生"貫道"與"載道"這兩大流派之爭。

子謂："文士之行可見：謝靈運小人哉！其文傲，君子則謹。沈休文小人哉！其文冶②，君子則典③。鮑昭、江淹，古之狷者也，其文急以怨。吳筠、孔珪，古之狂者④也，其文怪以怒。謝莊、王融，古之纖人⑤也，其文碎。徐陵、庾信，古之夸人⑥也，其文誕。"或問孝綽兄弟，子曰："鄙人⑦也，其文淫。"或問湘東王兄弟，子曰："貪人也，其文繁。""謝朓，淺人也，其文捷。江總⑧，詭人⑨也，其文虛。皆古之不利人也。"子謂："顔延之、王儉、任昉，有君子之心焉，其文約以則。"（ZS, juan 3, pp.2–3）

② 艷麗。　③ 莊重典雅。　④ 狂者與狷者，典出《論語》，比喻兩種偏執的性格。　⑤ 孱弱的人。　⑥ 言辭誇耀的人。　⑦ 卑下的人。⑧ 江總，南朝陳時人。　⑨ 狡詐、虛僞的人。

西方文論有句話，叫做"風格即人"，即作品的風格和人是有關係的。《文心雕龍·原道篇》説："道沿聖以垂文，聖因文而明道。"聖人之所以能够垂文並明道，是由於他具有體現道（宇宙規律）的理想品德。劉勰在《文心雕龍·才性篇》中，還指出作者的身體條件和秉性會影響作品。但這裏

---

[1] 李漢《昌黎先生集序》，見郭紹虞、王文生編：《中國歷代文論選》第二册，第121—122頁，上海：上海古籍出版社，1980年。

[2] 參看柳宗元《柳河東集》第三十四卷《答韋中立論師道書》，第543頁，上海：上海古籍出版社，2008年；韓愈《答劉正夫書》，馬其昶《韓昌黎文集校注》卷三，第121頁，上海：古典文學出版社，1957年。

有一個脫節,即在《宗經》《徵聖》篇,他對聖人的品德加以強調;在《風骨》《才性》篇中討論作者對作品的影響時,又往往與政治倫理沒有關係。但我們仍可以看出,劉勰在這裏有一個預設的理念,即認為作者的精神風貌與作品是相關的。王通對這二者的關係闡發得更加明確,直接將作品價值的高下與作者的人品劃上了等號,並且從這一標準出發,對文學史上很多著名作者提出了批評。這是很特殊的。因為此前討論風格與作者的關係時,往往是從肯定的角度出發,如曹丕《典論·論文》說"雖在父兄,不能以移子弟";而王通此處正好相反,是通過否定人品來否定作品。道德低劣者,則文必不好。孔子說"有德者必有言",這段話則是從反面來推論,"無德者必無言"。

§ 075 李諤(隋朝)《上書正文體》:競求美文實屬退化誤國

【作者簡介】李諤(生卒年不詳),字士恢,趙郡(今河北趙縣)人。北朝及隋朝官員。初仕北齊,授予中書舍人。入北周,任天官都上士,交好丞相楊堅。隋朝建立,歷任比部、考功侍郎、治書二曹侍御史,受封南和伯,病逝於通州刺史任內。李諤曾因魏晉以來"文筆日繁,其政日亂"的現象上書隋文帝楊堅。

臣聞古先哲王之化民也,必變其視聽,防其嗜欲,塞其邪放之心,示以淳和之路。五教六行,為訓民之本;《詩》《書》《禮》《易》,為道義之門。故能家復孝慈,人知禮讓,正俗調①風,莫大于此。其有上書獻賦,制誄鐫銘,皆以褒德序賢,明勳證理。苟非懲勸,義不徒然。

① 調和。

降及後代,風教漸落。魏之三祖,更尚文詞,忽君人之大道,好雕蟲之小藝。下之從上,有同影響,競騁文華,遂成風俗。江左齊、梁,其弊彌甚,貴賤賢愚,唯矜②吟詠。遂復遺理③存異,尋虛逐微,競一韻之奇,爭一字之巧。連篇累牘,不出月露之形;積案盈箱,唯是風雲之狀。世俗以此相高,朝廷據兹擢士。禄利之路既開,愛尚之情愈篤。于是閭里童昏,貴遊總卯,未窺六甲④,先製五言。至如羲皇、舜、禹之典,伊⑤、傅⑥、周、孔之説,不復關心,何嘗入耳。以傲誕爲清虚,以緣情爲勳績,指儒素⑦爲古拙,用詞賦爲君子。故文筆日繁,其政日亂,良由棄大聖之軌模,構無用以爲用也。損本逐末,流遍華壤,遞相師祖,久而愈扇。

② 自誇、自恃。　③ 捨棄正理。　④ 古時兒童入小學,修以天干地支相配計算時日之方法。　⑤ 伊尹。　⑥ 傅説。　⑦ 儒術,儒家的品格,或泛指儒士。

及大隋受命,聖道聿興,屏黜⑧輕浮,遏止華僞,自非懷經抱質,志道依仁,不得引領縉紳⑨,參廁⑩纓冕。開皇四年,普詔天下,公私文翰,并宜實録。其年九月,泗州刺史司馬幼之文表華豔,付所司治罪。自是公卿大臣,咸知正路,莫不鑽仰墳素⑪,棄絶華綺,擇先王之令典,行大道於兹世。如聞外州遠縣,仍踵⑫敝風,選吏舉人,未遵典則,至有宗黨稱孝,鄉曲歸仁,學必典謨,交不苟合,則擯落私門,不加收齒⑬;其學不稽古⑭,逐俗隨時,作輕薄之篇章,結朋黨而求譽,則選充吏職,舉送天朝。蓋由縣令刺史,未行風教,猶挾私情,不存公道。臣既忝憲司,職當糾察。若聞風即劾,恐掛網⑮者多,請勒諸司,普加搜訪,有如此者,具狀送臺。(QSW, juan 20, pp.4134 - 4135)

⑧ 摒除。　⑨ 音 jìn shēn,插笏板在紳帶之間,指士大夫。　⑩ 參加側列。　⑪ 指經典文籍。　⑫ 追隨。　⑬ 收録、接納。　⑭ 考察古事。　⑮ 觸犯法網。

這段話首先稱讚古代詩書爲明道之文,後面則體現一種文學退化論。其主要的批評對象,是"競一韻之奇,爭一字之巧。連篇累牘,不出月露之形;積案盈箱,唯是風雲之狀"的南朝美文。"文筆日繁,其政日亂",則認爲追求文學對政治有影響。前人有"清談誤國"之論,這裏則指斥創作形式美的作品是誤國的,可謂"美文誤國"論。這一論點,後來宋人王柏(1197—1274)《題碧霞山人王文公集後》有近似之處。

§076　王勃(649—676)《上吏部裴侍郎啓》:對唯美綺靡文風的批判

【作者簡介】王勃(649—676),字子安,絳州龍門(今山西河津)人。唐朝文學家,與楊炯、盧照鄰、駱賓王合稱"初唐四傑"。王勃少聰敏,能文辭,應舉及第,曾任虢州參軍。都督閻伯嶼大宴滕王閣,著《滕王閣序》,驚爲天才。王勃往交趾探望父親,渡海墮水而卒。著有《王子安集》。

夫文章之道,自古稱難。聖人以開物①成務,君子以立言見志。遺雅背訓,孟子不爲;勸百諷一,揚雄所恥。苟非可以甄明大義,矯正末流,俗化資以興衰,國家由其輕重,古人未嘗留心也。自微言既絕,斯文不振。屈宋導澆源②於前,枚馬③張淫風於後。談人主者,以宮室苑囿爲雄;敍名流者,以沈酗驕奢爲達。故魏文用之而中國衰,宋武貴之而江東亂。雖沈、謝④爭騖,適足兆齊梁之危;徐、庾並馳,不能止周陳之禍。於是識其道者卷舌而不言,明其弊者拂衣而徑逝。潛夫⑤昌言之論⑥,作之而有逆於時;周公孔氏之教,存之而不行於代。天下之文,靡不壞矣。國家應千載之期,恢百王之業,天地靜默,陰陽順序。方欲激揚正道,大庇生人,黜非聖之書,除不稽之論。牧童頓顙⑦,思進皇謀;樵夫拭目,願談王道。崇大廈者非一木之材,匡弊俗者非一日之衛,衆持則力盡,眞長則僞銷,自然之數也。

① 解開萬物的道理。　② 浮薄風氣的源頭。　③ 枚乘、司馬相如。
④ 齊梁時人,沈約、謝朓。　⑤ 隱者,東漢王符隱居作《潛夫論》,以潛夫

指代隱士。　⑥ 正當合理的言論。　⑦ 屈膝下拜,以額觸地。

　　君侯受朝廷之寄,掌鎔範⑧之權,至於舞詠澆淳,好尚邪正,宜深以爲念者也。伏見銓擢⑨之次,每以詩賦爲先,誠恐君侯器人於翰墨之間,求材於簡牘之際,果未足以採取英秀,斟酌高賢者也。徒使駿骨長朽,真龍不降,衒才飾智者奔馳於末流,懷真蘊樸者棲遲於下列。(*QTW*, *juan* 180, p.806)

　　⑧ 規範、教化。　⑨ 音 quán zhuó,選拔遣用。

　　王勃此文嚴厲批評唯美傾向的文風,以爲文章之道的根本在於揭萬物之理,言君子之志,故而對屈宋以後文風浮薄乃至綺靡予以強烈的批判,甚至將魏晉以還各朝的衰敗皆歸咎於帝王好尚此文風。

§077　元結(719—772)《篋中集序》:靡靡之音喪於雅正

【作者簡介】元結(719—772),字次山,號漫叟、聱叟、浪士、漫郎,唐代文學家。河南人。天寶十三載進士。安史之亂時,討史思明叛軍有功,後任道州刺史、容管經略使。原有著作多部,均佚失。元結名作有詩《賊退示官吏》及《石魚湖上醉歌》等,另編有《篋中集》。現存的集子有《元次山文集》,今人孫望校點有《元次山集》。

　　元結作《篋中集》,或問曰:"公所集之詩,何以訂之?"對曰:風雅不興,幾及千歲,溺于時者,世無人哉?嗚呼!有名位不顯,年壽不終,獨無知音,不見稱頌,死而已矣,誰云無之!近世作者,更相沿襲,拘限聲病,喜尚形似,且以流易①爲辭,不知喪於雅正,然哉!彼則指詠時物,會諧②絲竹,與歌兒舞女,生汙惑之聲於私室可矣;若令方直之士、大雅君子,聽而誦之,則未見其可矣。(*QTW*, *juan* 381, p.1713)

　　① 流便輕慢。　② 調和,相配。

　　元結首先設問自答稱,風雅正道已近千年未興,其間時人皆因好尚聲律形似之言,令作品風格偏於流便輕慢,只追求歌兒舞女的靡靡之音,由此與雅正之道漸遠。就此而言,元結對音律美文的價值是全面否定的。

§ 078 殷璠《河岳英靈集·集論》:音律乃文章之本

【作者簡介】殷璠,唐詩選家。丹陽(今屬江蘇鎮江)人。天寶年間進士。曾編《河岳英靈集》二卷,選錄唐開元至天寶間常建、李白、王維、高適、岑參、孟浩然、儲光羲、王昌齡等二十四人詩,計二百二十八首,殷璠對每人各有評語。從《集論》可知,殷璠尤其重視音律。另有《丹陽集》一卷,已佚。

昔伶倫造律,蓋爲文章之本也。是以氣因律而生,節假律而明,才得律而清焉。豫①於詞場,不可不知音律焉。如孔聖删詩,非代議所及。自漢、魏至於晉、宋,高唱者千餘人,然觀其樂府,猶時有小失。齊、梁、陳、隋,下品實繁,專爭拘忌,彌損厥道。夫能文者,匪謂四聲盡要流美,八病②咸須避之,縱不拈二,未爲深缺。即"羅衣何飄飄,長裾隨風還"③,雅調仍在,況其他句乎?故詞有剛柔,調有高下,但令詞與調合,首末相稱,中間不敗,便是知音。而沈生④雖怪曹、王"曾無先覺"⑤,隱侯⑥去之更遠。璠今所集,頗異諸家:既閑⑦新聲,復曉古體,文質半取,《風》《騷》兩挾:言氣骨則建安爲儔,論宮商則太康不逮。將來秀士,無致深惑。(WJMFL, p.352)

① 同"與",參與。 ② "四聲八病",齊梁時周顒、沈約等創製的詩歌聲律要求。 ③ 曹植《美女篇》句。 ④ 即沈約。 ⑤ 語出沈約《宋書·謝靈運傳論》。 ⑥ 即沈約,謚號隱侯。 ⑦ 通曉。

殷璠這段話,表現出對音律和文學本身價值的認可。他雖然批評四聲,却也肯定音樂"爲文章之本"。同時他標舉"既閑新聲,復曉古體,文質半取,《風》《騷》兩挾"的文學標準,又表現出一種對文學的肯定。這些都和王通(584—617)的觀點(§074)不同。

§079　白居易(772—846)《與元九書》：文學流衍與道德傳統的動態離合

【作者簡介】白居易(772—846)，字樂天，號香山居士，又號醉吟先生，祖籍山西太原，徙居下邽，生於河南新鄭，官至翰林學士、左贊善大夫，後貶爲江州司馬，曾任杭州刺史、蘇州刺史。白居易與元稹共同倡導新樂府運動，世稱"元白"，又與劉禹錫並稱"劉白"。有《白氏長慶集》傳世，代表詩作有《長恨歌》《琵琶行》等。

夫文尚矣，三才各有文：天之文，三光①首之；地之文，五材首之；人之文，六經首之。就六經言，《詩》又首之。何者？聖人感人心而天下和平。感人心者，莫先乎情，莫始乎言，莫切乎聲，莫深乎義。詩者：根情，苗言，華聲，實義。上自賢聖，下至愚騃②，微及豚魚，幽及鬼神。群分而氣同，形異而情一，未有聲入而不應，情交而不感者。

① 日、月、星。　② 音 yú ái，愚笨癡呆。

聖人知其然，因其言，經之以六義；緣③其聲，緯之以五音。音有韻，義有類。韻協則言順，言順則聲易入；類舉則情見，情見則感易交。於是乎孕大含深，貫微洞密，上下通而一氣泰，憂樂合而百志熙。五帝三皇所以直道而行、垂拱而理者，揭此以爲大柄，決此以爲大寶④也。

③ 順著。　④ 孔穴、關鍵。

這裏提出聖人之文"感人心"之論，和下一節柳冕的觀點有點相似(§082)，但換了一個角度。柳冕側重聖人對天地"精""氣"的感應，而這裏則強調聖人以六經之文"感天下"。"聖人知其然，因其言，經之以六義"，"上自聖賢，下至愚騃"，"未有聲入而不應，情交而不感者"。聖人之文感動天下，"上下通而二氣泰，憂樂合而百志熙"，由此造成"聖人感人心而天下和平"的社會影響。

故聞"元首明，股肱良"之歌⑤，則知虞道昌矣；聞五子洛汭之歌⑥，則知夏政荒矣。言者無罪，聞者足戒，言者、聞者，莫不兩盡其心焉。洎周衰秦興，採詩官廢，上不以詩補察時政，下不以歌洩導人情，乃至於諂成⑦之風動，救失之道缺，於時六義始刓⑧矣。

⑤ 歌見《尚書·虞書》。 ⑥ 夏太康昆弟五人所歌，見《尚書·夏書》。 ⑦ 諂諛逢迎。 ⑧ 音wán，損壞。

白居易在此將上古所傳歌詩的價值功用再次歸於補察時政、洩導人情，並指出隨著政教衰歇，這種教化功用已隨之缺失。

國風變為騷辭，五言始於蘇李。蘇李騷人，皆不遇者，各繫其志，發而為文。故河梁之句，止於傷別，澤畔之吟，歸於怨思，彷徨抑鬱，不暇及他耳。然去《詩》未遠，梗概⑨尚存，故興離別則引雙鳧一雁為喻，諷君子小人則引香草惡鳥為比，雖義類不具⑩，猶得風人之什二三焉，於時六義始缺矣。

⑨ 大體。 ⑩ 完備。

在詩歌風雅教化價值式微的過程中，白居易認為屈原騷辭和文人五言詩尚能延續一部分《詩》六義的比興寄託傳統，以寫君子不遇之志。只不過到晉宋以還，能得其義者已日益衰微。

晉宋已還，得者蓋寡。以康樂⑪之奧博，多溺於山水，以淵明之高古，偏放於田園，江鮑之流，又狹於此，如梁鴻《五噫》之例者，百無一二焉！於時六義寖微⑫矣。

⑪ 謝靈運，襲封康樂公。 ⑫ 逐漸衰微。

陵夷⑬至於梁陳間，率不過嘲風雪、弄花草而已。噫！風雪花草之物，《三百篇》中豈捨之乎？顧所用何如耳。設如"北風其涼"⑭，假風以刺威虐也；"雨雪霏霏"⑮，因雪以愍征役也；"棠棣之華"⑯,感華以諷兄弟也;"采采芣苢"⑰,美草以樂有子也。皆興發於此,而義歸於彼。反是者,可乎哉!然則"餘霞散成綺,澄江淨如練"⑱,"離花先委露,別葉乍辭風"⑲之什,麗則麗矣,吾不知其所諷焉,故僕所謂嘲風雪、弄花草而已,於時六義盡去矣。……自登朝來,年齒漸長,閱事漸多。每與人言,多詢時務。每讀書史,多求理道。始知文章合爲時而著,歌詩合爲事而作。(BJYJJJ, juan 45, pp.2732-2734)

⑬ 衰頹。　⑭《詩經·邶風·北風》句。　⑮《詩經·小雅·采薇》句。　⑯《詩經·小雅·棠棣》句。　⑰《詩經·周南·芣苢》句。　⑱ 謝朓《晚登三山還望京邑》句。　⑲ 鮑照《玩月城西門廨中》句。

這裏的梳理認爲後世文學是對於傳統的一種斷裂,和劉勰《文心雕龍》中的觀點不同。劉勰雖然也對時文有所批評,但是他對文學總的歷史狀況,其基本的態度還是強調各種文體對聖人之文的繼承。

§ 080　白居易《策林六十八》:人文當以美刺教化爲本

臣謹按:《易》曰:"觀乎人文,以化成天下。"《記》曰:"文王以文理。"則文之用大矣哉! 自三代以還,斯文不振,故天以將喪之弊,授我國家。國家以文德應天,以文教牧人,以文行選賢,以文學取士,二百餘年,煥乎文章,故士無賢不肖①,率注意於文矣。然臣聞大成不能無小弊,大美不能無小疵,是以凡今秉筆之徒,率爾而言者有矣,斐然成章者有矣。故歌詠、詩賦、碑碣、讚誄之製,往往有虛美者矣,有媿辭②者矣。若行於時,則誣善惡而惑當代,若傳於後,則混真僞而疑將來。臣伏思之,大非先王文理化成之教也。且古之爲文者,上以紉③王教,繫國風,下以存炯戒④,通諷諭;故懲勸善惡之柄,執於文士褒貶之際焉;補察得失之端,操於詩人美刺之間焉。今褒貶之文無覈實,則懲勸之道缺矣;美刺之詩不稽政⑤,則補察之義廢矣;雖彫章鏤句,將焉用之?

① 無論是賢人或不肖之人。　② 媿,音kuì,同愧。不真實,讓人慚愧的言辭。　③ 縫紉,組織彌縫。　④ 明顯的警戒。　⑤ 考核政事。

這裏也引《周易》語來彪炳"人文"的功用,只不過再次回到道德教化的範疇中,白居易藉此盛讚當朝文德、文教及文行選賢取士,但也由此進一步主張規範爲文,革除虛美造作之風,以正詩歌的美刺傳統。

臣又聞:稂莠秕稗⑥生於穀,反害穀者也;淫辭麗藻生於文,反傷文者也。故農者耘稂莠,簸⑦秕稗,所以養穀也;王者刪淫辭,削麗藻,所以養文也。伏惟陛下詔主文之司,諭養文之旨,俾辭賦合炯戒諷諭者,雖質雖野,採而獎之;碑誄有虛美媿辭者,雖華雖麗,禁而絶之。若然,則爲文者必當尚質抑淫,著誠去僞,小疵小弊,蕩然無遺矣。則何慮乎皇家之文章,不與三代同風者歟?(*BJYJJJ*, *juan* 68, pp.3507-3508)

⑥ 對禾苗有害的雜草。　⑦ 利用簸箕揚去雜物等。

這裏提出一種"本末論",認爲道是本,文學是末。文學的根本在道,所以從道中生出之文方爲文章。這基本上是繼承劉勰《文心雕龍》中《宗經》《徵聖》篇的觀點,只是用了本末這一比喻加以闡發。

§ 081　白居易《故京兆元少尹文集序》:對粹靈之氣的推重

天地間有粹①靈氣焉,萬類皆得之,而人居多。就人中,文人得之又居多。蓋是氣凝爲性,發爲志,散爲文。粹勝靈者,其文沖以恬。靈勝粹者,其文宣②以秀。粹靈均者,其文蔚③温雅淵、疏朗麗則④,檢不扼⑤,達不放⑥,古淡⑦而不鄙,新奇而不怪。

(*BJYJJJ*, juan 68, p.3615)

① 純而精。 ② 鮮明。 ③ 盛大華美。 ④ 麗而有則,文采華麗而適度。 ⑤ 節制而不偏促。 ⑥ 通達而不放縱。 ⑦ 古樸平常。

此序也從氣論的内外生發入手,以爲天地間散布的"粹靈"之氣匯聚於文人之身,凝定爲氣性,發而爲志,外現成文,而所成之文即可體現文人内涵的氣質優劣。白居易還對"粹靈"之氣分佈多少所産生的文風差異做出區分,其中,氣之"粹"相對側重於文之内涵本質,氣之"靈"則近於文之辭采,白氏尤推崇"粹""靈"分佈均勻者。從其描述來看,這種"粹靈均者"之文,正合乎儒家"文質論"中的"彬彬"之旨。

【第 6.1 部分參考書目】

李珍華、傅璇琮著:《河岳英靈集研究》,北京:中華書局,1992 年,第 1—69 頁。

謝思煒著:《唐宋詩學論集》,北京:商務印書館,2003 年,第 170—182 頁。

何詩海著:《論元結在新樂府運動中的地位》,《中國韻文學刊》2002 年第 1 期,第 17—20 頁。

杜曉勤著:《隋唐五代文學研究》,北京:北京出版社,2003 年,第 388—397、994—1050、1115—1220 頁。

宇文所安著:《九世紀初期詩歌與寫作之觀念》,《中國"中世紀"的終結:中唐文學文化論集》,陳引馳、陳磊譯,北京:三聯書店,2006 年,第 87—104 頁。

Waley, Arthur. *The Life and Times of Po Chü-i* (772 - 846 A.D). Chapter 8 "Po Chü-i's Letter on Poetry to Yuan Chen." London: G. Allen & Unwin, 1949.

6.2 古文家論文:韓、柳等人的文道説和文氣説

"破中有立"的觀點突出呈現於中唐古文運動代表人物的

文章之中。柳冕(730—804)、韓愈、柳宗元等古文家所討論的"文"有兩種涵義,當談論"文"的功能及其與道的關係之時,他們所指可以視爲廣義的、包括詩的"文";而當他們談如何作文時,更多是指散體的古文。他們關於"文"的論述通常是在劉勰所建構的道—聖—文框架中展開。劉勰《文心雕龍·原道》提出"道沿聖而垂文,聖因文而明道",把自然地理之文、聖人之文(書寫符號及六經的創造)、後代的文辭文章聯爲一體,建立出一個輝煌龐大的"文"之譜系,從而將文學提高到前所未有的地位(§058)。然而,在《物色》和《神思》篇討論創作過程時,劉勰並沒有將文學創作活動和聖、道聯繫在一起,也沒有將作者自我修養與學習聖人聯繫在一起。這個缺失的環節正是唐宋古文家得以發揮的地方。

在"道—聖—文"的框架之中,柳冕、韓愈、柳宗元集中探討如何通過讀聖賢文章,通過養聖人之氣來創作可與聖人之文相媲美的文章。韓愈《答李翊書》即是一例,他認爲"非三代兩漢之書不敢觀,非聖人之志不敢存"。講完了如何學習聖人之後,韓愈接著便進入對創作的討論,他以水做喻,討論"氣"與"言"的關係:"氣,水也;言,浮物也。水大而物之浮者大小畢浮,氣之與言猶是也。氣盛,則言之短長與聲之高下皆宜。"(§083)這裏所說的"氣"指代的是學習古人之書、聖人之志。進入聖人境界之後,創作靈感自然會來,因此這裏的創作過程可以理解爲也是養氣運氣的過程。此過程是和學習聖人聯繫在一起的,而非劉勰《文心雕龍》之《養氣》篇所說的生理條件。韓愈說的"氣"可追溯到《孟子》所說的"浩然之氣"。"浩然之氣"是身體和思想道德緊密結合的"氣"。西方思想中身體與思想是截然不同的兩個類別,而在中國傳統儒家思想中這兩者是不能分開的。這裏,韓愈將"氣"的思想運用于討論"文"的創作過程,在他看來,"文"的產生是"養氣"的結果,"養氣"到達成熟的地步便自然產生"言""文"。因此"養氣"的過程也是培養"言"的過程,創作的過程既是文學培養的過程,也是道德培養的過程,讓聖人的德行內化,從而在不自覺中流露出"言"。

劉勰稱"聖因文而明道"。而唐宋古文家則相信,通過向聖人學習,他們亦能以其文明道。這一點的顯著例子可見柳宗元《答韋中立論師道書》。柳宗元開篇說"乃知文者以明道","吾子好道而可吾文,或者其於道不遠矣"(§087),隨後又強調,在創作過程中,需以正氣控制爲文的過程,這樣他纔能"羽翼夫道也",也就是使道明於天下也。

在三教合一思想盛行的唐代,儒家所說的"道"實際上融合了天地之道。因此,古文家談論"明道",時常大量採用氣、聲、水等自然意象對此加以說明。這類物象比喻在六朝文論中很少見,但唐代古文家則樂於用自然意象將儒家之道具體化。在他們看來,從道到聖到文的轉變猶如氣、聲、水等自然的感應。其中自然之"氣"的概念使用最爲突出,貫穿了其文論的諸多方面。柳冕認爲:"夫善爲文者,發而爲聲,鼓而爲氣;真則氣雄,精則氣生,使五彩並用,而氣行於其中。"而這種"氣"能夠感召天下:"精與氣,天地感而變化生焉。"(§082)韓愈《答李翊書》則認爲"氣,水也;言,浮物也",因此"氣"則是承接作品之"水"(§083)。

韓愈《送孟東野序》開頭從聲音角度講述自然之文，接著說五經儒家聖人之"鳴"，諸子百家之"鳴"，最後一部分說了唐代數位詩人之"鳴"，如孟東野(751—814)、李翱(772—841)、張籍(約776—約830)等人之"鳴"。這段話最大的特點是強調了上述具體文籍的最終來源是自然，雖然這裏韓愈沒有用"道"一詞，然而和劉勰所說的內容基本類似，即文學是對自然與天的反映(§084)。

韓愈、柳宗元等古文家論文，破中有立，對學習聖人、以文明道、感情自鳴爲文、養氣用氣、文辭聲調使用等方面都作了精闢的闡述，建構出後人所稱的"貫道派"理論。

§082　柳冕(約730—804)《答衢州鄭使君論文書》：善爲文者富於精、氣

【作者簡介】柳冕(約730—804)，字敬叔，蒲州河東(今山西永濟西)人。博學富文辭，長於吏職。貞元初爲太常博士，貞元中，任御史中丞、福州刺史、福建觀察使。主張君子之文，必有其道，爲韓愈、柳宗元古文運動的先驅。柳冕有文集，已佚。《全唐文》輯存其文十四篇。

昔游、夏之文，日月之麗也。然而列於四科①之末，藝成而下也。苟文不足則②，人無取焉。故言而不能文，非君子之儒也；文而不知道③，亦非君子之儒也。逮德下衰，其文漸替，惜乎王公大人之言，而溺於淫麗怪誕之說。非文之罪也，爲文者之過也。

①孔門四科，德行、言語、政事、文學，語出《論語·先進》。　②效法、取則。　③不明大道。

夫善爲文者，發而爲聲，鼓而爲氣；真則氣雄，精則氣生；使

五彩並用,而氣行於其中。故虎豹之文,蔚而騰光,氣也;日月之文,麗而成章,精也。精與氣,天地感而變化生焉。聖人感而仁義生焉,不善爲文者反此④,故變風變雅作矣。六義之不興,教化之不明,此文之弊也。

④ 與此相悖。

噫! 文之無窮,而人之才有限,苟力不足者,彊⑤而爲文則蹶⑥,彊而爲氣則竭,强而成智則拙。故言之彌多,而去之彌遠,遠之便已⑦,道則中廢,又君子所恥也,則不足見君子之道與君子之心。心有所感,文不可已;理有至精,詞不可逮,則不足當君子之褒。敬叔頓首。(*QTW, juan* 527, p.2373)

⑤ 同"强",勉强,迫使自己。　⑥ 音 jué,跌倒,受挫。　⑦ 終止。

柳冕認爲不好的文"非文之罪也,爲文者之過也",對文總體上持一種肯定的態度。後面又説"心有所感,文不可已;理有至精,詞不可逮",意思是君子不但能感受至精,還能用文辭加以表達。這種對作文本身的肯定,實際上開後代古文運動之先聲。

柳冕認爲,文乃天地"精""氣"之外化。聖人能感受天地之"精""氣",所以其文能够"麗而成章"。並且提出"善爲文者,發而爲聲,鼓而爲氣"。這種對"氣"的强調,對後來唐宋古文家重視"養氣"以成就聖人之文應該頗有影響。

§ 083　韓愈(768—824)《答李翊書》:如何寫出聖人之言

【作者簡介】韓愈(768—824),字退之,河南河陽(今河南孟州)人,自稱"郡望昌黎",世稱"韓昌黎"。唐代中期文學家。貞元八年(792),韓愈登進士第,累官監察御史,十九年因論事而被貶陽山令。元和十二年(817),從裴度征淮西,因功升任刑部侍郎,十四年因諫迎佛骨,被貶爲潮州刺史。長慶年間官至吏部侍郎。長慶四年(824)病逝,謚號文,故稱"韓文公"。韓愈爲唐代古文運動的重心人物,"唐宋八大家"之首,與柳宗元並稱"韓柳"。他提出了"文道合一""務去陳言""文從字順"等散文理論。著有《韓昌黎集》。

生所謂立言者是也,生所爲者與所期者,甚似而幾矣。抑不知生之志,蘄①勝於人而取於人耶?將蘄至於古之立言者耶?蘄勝於人而取於人,則固勝於人而可取於人矣;將蘄至於古之立言者,則無望其速成,無誘於勢利,養其根而竢②其實,加其膏而希其光。根之茂者其實遂,膏之沃者其光煜③,仁義之人,其言藹如④也。

① 音 qí,同"祈",祈求。　② 同"俟",等待。　③ 音 yù,光耀明亮。④ 和善美好。

抑又有難者,愈之所爲,不自知其至猶未也。雖然,學之二十餘年矣。始者,非三代兩漢之書不敢觀,非聖人之志不敢存,處若忘⑤,行若遺,儼乎⑥其若思,茫乎其若迷。當其取於心而注於手也,惟陳言之務去,戛戛⑦乎其難哉!其觀於人,不知其非笑之爲非笑也。如是者亦有年,猶不改,然後識古書之正僞,與雖正而不至焉者,昭昭然白黑分矣,而務去之,乃徐有得也。當其取於心而注於手也,汩汩⑧然來矣。其觀於人也,笑之則以爲喜,譽之則以爲憂,以其猶有人之説者存也。如是者亦有年,然後浩乎其沛然⑨矣。吾又懼其雜也,迎而距⑩之,平心而察之,其皆醇也,然後肆⑪焉。雖然,不可以不養也。行之乎仁義之途,游之乎《詩》《書》之源,無迷其途,無絶其源,終吾身而已矣。

⑤ 忘我,忘其所在。　⑥ 嚴肅的樣子。　⑦ 形容不斷推敲,費力的樣子。　⑧ 文思暢通如水流。　⑨ 充實盛大。　⑩ 正面相對。　⑪ 隨心所欲,感覺不到拘束。

韓愈這裏提出一種新的文學論,即文人可以像聖人一樣寫出聖人的美文,並且介紹了他自己的學習過程,"非三代兩漢之書不敢觀,非聖人之志不敢存",由此漸近聖人的思想境界。韓愈認爲自己所作之言亦可稱爲"立言",這可以說是對曹丕文學論的繼承;但和曹丕的純美文學論點不同的是,韓愈認爲要通過學習聖人纔能寫出和聖人之言一樣可以立身傳世之文。這應該也受到了劉勰《徵聖》和《宗經》中類似觀點的影響。

氣,水也;言,浮物也。水大而物之浮者大小畢浮,氣之與言猶是也。氣盛,則言之短長與聲之高下皆宜。雖如是,其敢自謂幾於成乎!雖幾於成,其用於人也奚取焉?雖然,待用於人者,其肖於器耶?用與舍屬諸人。君子則不然,處心有道,行己有方,用則施諸人,舍則傳諸其徒,垂諸文而爲後世法。如是者,其亦足樂乎?其無足樂也?(HCLWJJZ, juan 3, pp.240-242)

《文心雕龍》中,雖然也講聖、道、文的關係,但那主要是立足於提升文的地位,是從總體上來談的。具體到創作,如其《物色》諸篇,則根本不談聖人。古文家談論文學,將自然和文的關係在具體的創作中加以論述,這對前代的文論是一個發展。

這裏的"氣"也不同于曹丕所說的"氣"。韓愈在這裏所說的"氣",可以追溯到孟子的"浩然之氣"。"浩然之氣"即身體與道德的混合,和天地之氣可以融合。這裏的"氣"既指道德修養,又指自然聲律。後者是對駢文的反對。在韓愈看來,"氣盛,則言之短長與聲之高下皆宜",說的即是自然之氣可以產生抑揚頓挫的自然音樂之美,這不同於寫作駢文必須的人爲聲律要求。參看§119袁宏道《文漪堂記》:文心與水機同一。

§084 韓愈《送孟東野序》(全文):不平則鳴

大凡物不得其平則鳴。草木之無聲,風撓①之鳴;水之無聲，風蕩之鳴。其躍也，或激之；其趨②也，或梗③之；其沸也，或炙之。金石之無聲，或擊之鳴。人之於言也亦然，有不得已者而後言。其歌也有思，其哭也有懷，凡出乎口而爲聲者，其皆有弗平者乎！

① 音 náo，攪動。　② 水流湍急。　③ 被阻塞。

樂也者，鬱於中而泄於外者也，擇其善鳴者而假④之鳴。金、石、絲、竹、匏、土、革、木八者，物之善鳴者也。惟天之於時也亦然，擇其善鳴者而假之鳴。是故以鳥鳴春，以雷鳴夏，以蟲鳴秋，以風鳴冬。四時之相推敚，其必有不得其平者乎！其於人也亦然。人聲之精者爲言，文辭之於言，又其精也，尤擇其善鳴者而假之鳴。其在唐、虞，咎陶⑤、禹，其善鳴者也，而假以鳴。夔弗能以文辭鳴，又自假於韶⑥以鳴。夏之時，五子⑦以其歌鳴。伊尹鳴殷，周公鳴周。凡載於《詩》《書》六藝，皆鳴之善者也。周之衰，孔子之徒鳴之，其聲大而遠。《傳》曰：“天將以夫子爲木鐸⑧。”其弗信矣乎！其末也，莊周以其荒唐之辭鳴。楚，大國也，其亡也，以屈原鳴。臧孫辰⑨、孟軻、荀卿，以道鳴者也。楊朱、墨翟、管夷吾、晏嬰、老聃、申不害、韓非、慎到⑩、田駢⑪、鄒衍、尸佼⑫、孫武、張儀、蘇秦之屬，皆以其術鳴。秦之興，李斯鳴之。漢之時，司馬遷、相如、揚雄，最其善鳴者也。其下魏、晉氏，鳴者不及於古，然亦未嘗絕也。就其善鳴者，其聲清以浮，其節數⑬以急，其詞淫以哀，其志弛以肆，其爲言也，亂雜而無章。將天醜其德，莫之顧耶？何爲乎不鳴其善鳴者也？

④ 借用。　⑤ 即皋陶。　⑥ 韶樂，古代雅樂名。　⑦ 夏太康昆弟五人，一說爲太康弟。　⑧ 以木爲舌的大鈴，古代宣佈教令時，巡行振鳴。

此處比喻宣揚教化的典範。 ⑨臧文仲,春秋時魯國人,仕莊公、閔公、文公、僖公四君。 ⑩眘,同"慎"。慎到,戰國時趙國人,習黃老,主張法治,齊宣王時與鄒衍等尊爲上大夫,於稷下講學。 ⑪戰國時齊國人,與慎到齊名,習黃老之學,齊宣王時於稷下講學。 ⑫戰國時晉國人,一説魯或楚人。初入秦爲商鞅門客,參與商鞅變法。後逃亡入蜀。 ⑬繁多。

　　唐之有天下,陳子昂、蘇源明、元結、李白、杜甫、李觀,皆以其所能鳴。其存而在下⑭者,孟郊東野,始以其詩鳴,其高出魏晉,不懈而及於古,其他浸淫乎漢氏矣。從吾遊者,李翺、張籍其尤也。三子者之鳴,信善矣,抑不知天將和其聲而使鳴國家之盛耶? 抑將窮餓其身,思愁其心腸,而使自鳴其不幸耶? 三子者之命,則懸乎天矣。其在上也奚以喜? 其在下也奚以悲? 東野之役於江南也,有若不釋然者,故吾道其命於天者以解之。(*HCLWJJZ*, *juan* 4, pp.329 – 333)

　　⑭在下位。

　　這段近似於董仲舒《春秋繁露·深察名號》中"名號異聲而同本,皆鳴號而達天意者也",即將名號歸於有意識的主體性的天。而韓愈在這裏認爲不同文體均是天之"鳴",認爲"天將和其聲而使鳴國家之盛"。劉勰認爲天地之文和人文之文相聯繫,在於聖人之文。而韓愈《送孟東野序》則認爲"道"不光可以"沿聖以垂文",也可以沿著諸子百家、詩人之文,以及時文而"垂文"。這樣則將文人創作與道的關係提高到與聖人相提並論的地步。

　　《文心雕龍·原道》:"文之爲德也大矣,與天地并生者何哉?"將天文、地文和人文並稱,強調自然和人文的關係。從發展的角度來看,劉勰只是用自然之文與人文比較,談得比較抽象;韓愈則是將特定的文學作品與自然現象相聯繫,強調好的文學作品是自然的產物,並且也符合自然之道。另外韓愈此處還談到個人作品和時代的關係,認爲至文(即最好的作品）能夠體現它所處的時代。同時代的白居易《與元九書》也有同樣的看法。

§ 085　韓愈《答陳生書》：志在古道，亦好言辭

愈之志在古道，又甚好其言辭。（*HCLWJJZ*, juan 3, p.250）

韓愈在此自表其對文所承載之古道的重視，以傳承古道爲本，但同時也承認其對美文辭的喜好。因而其爲文廣受稱讚，也因此令宋儒責其本末倒置，以古文家而非道學家視之。

§ 086　韓愈《題歐陽生哀辭後》：學古道欲兼通其辭

愈之爲古文，豈獨取其句讀①不類於今者邪？思古人而不得見，學古道則欲兼通其辭；通其辭者，本志乎古道者也。（*HCLWJJZ*, juan 5, p.431）

① 文辭語意停頓處，這裏意謂單純的文辭形式。

這裏韓愈再次自白其重文辭，而並非看重文辭外在形式的原因，在於文辭通乎古道。習古文辭，則古人古道可復見。

§ 087　柳宗元（773—819）《答韋中立論師道書》：文以明道說，文學與道德價值的結合

【作者簡介】柳宗元（773—819），字子厚，河東（今山西永濟）人，世稱"柳河東"。參與永貞革新，後失敗，被貶爲永州司馬。因官終柳州刺史，又稱"柳柳州"。唐代文學家，"唐宋八大家"之一，與韓愈並稱爲"韓柳"，同爲唐代古文運動的重心人物。柳宗元一生留存詩文甚豐，議論散文，遊記寫景，寓言小品，俱有特色。著有《柳河東集》。

始吾幼且少，爲文章，以辭爲工。及長，乃知文者以明道，是故不苟爲炳炳烺烺①、務采色、夸聲音而以爲能也。凡我所

陳,皆自謂近道,而不知道之果近乎？遠乎？吾子好道而可②吾文,或者其於道不遠矣。故吾每爲文章,未嘗敢以輕心掉之,懼其剽③而不留④也；未嘗敢以怠心易之,懼其弛而不嚴也；未嘗敢以昏氣出之,懼其昧没⑤而雜也；未嘗敢以矜氣作之,懼其偃蹇⑥而驕也。抑之欲其奧⑦,揚之欲其明,疎之欲其通,廉⑧之欲其節⑨,激而發之欲其清,固而存之欲其重,此吾所以羽翼⑩夫道也。

① 光亮艷麗,形容文章辭采之美。　② 認可,讚賞。　③ 輕薄剽悍。
④ 不長久,没有深意。　⑤ 隱晦模糊。　⑥ 音 yǎnjiǎn,驕橫,傲慢。
⑦ 幽深。　⑧ 削減。　⑨ 節制。　⑩ 輔佐。

柳宗元闡述了韓愈未完全説出的內容,即"文者以明道",文人可以基於真實感情的"氣"創造美文。這樣他的文學著作就能"於道不遠",並使他能够"羽翼夫道也"。在這種對文學的積極態度的指導下,貫道派對六朝文學的批評相當温和。他們雖然抨擊六朝對精緻格律和華美對仗的追求,却根本無意於拋棄文學本身的純文學之價值。

本之《書》以求其質,本之《詩》以求其恒,本之《禮》以求其宜,本之《春秋》以求其斷⑪,本之《易》以求其動。此吾所以取道之原也。參之《穀梁氏》以厲⑫其氣,參之《孟》《荀》以暢其支⑬,參之《莊》《老》以肆⑭其端,參之《國語》以博其趣,參之《離騷》以致其幽,參之《太史公》以著⑮其潔：此吾所以旁推交通而以爲之文也。凡若此者,果是耶？非耶？有取乎？抑其無取乎？吾子幸觀焉,擇焉,有餘⑯以告焉。苟亟來以廣是道,子不有得焉,則我得矣,又何以師云爾哉？取其實而去其名,無招越、蜀吠怪⑰,而爲外廷所笑,則幸矣。宗元復白。(*QTW*, *juan* 575, p.2575)

⑪ 判定對錯。　⑫ 強勁。　⑬ 枝條，組成部分。　⑭ 充實、擴展。⑮ 表明。　⑯ 有餘暇。　⑰ 柳宗元此文中提到招致犬吠的事，此處未選。

可與韓愈學聖人立言之論相比較。韓柳都是講自己學文的經歷。韓愈是"非三代兩漢之書不敢觀，非聖人之志不敢言"，柳宗元則"本于六經"，參照百家，這是一個明顯的不同。韓愈強調"氣盛則言之短長與聲之高下皆宜"，柳宗元則更加注重文體，也就是更加重視作文本身。但他認爲文章（包括美文）可以"羽翼乎道"，即通過文章來闡發道。這就將對古文的肯定提升到了更高的層次。

柳宗元在強調爲文要本於六經時，對每一種經典的特點都加以歸納。這種思路，其實也受到《文心雕龍·宗經》的影響："故文能宗經，體有六義：一則情深而不詭，二則風清而不雜，三則事信而不誕，四則義直而不回，五則體約而不蕪，六則文麗而不淫。"（見§060）

事實上，他們努力要實現的目標正是將文學的藝術形式和高尚的道德價值（"明道"）結合起來。正是爲了實現這一目標，他們發動了著名的古文運動，努力通過新穎的文辭和強有力的音節頓挫來重新創作古文。

6.3　日僧空海論"文"：三教一體的文學觀

§088　空海(774—835)《文鏡秘府論序》：三教一體的文學觀

【作者簡介】空海(774—835)，俗名佐伯直，法號遍照金剛，賜謚弘法大師，日本讚岐國多度郡屏風浦（今日本香川縣善通寺市）人，曾於貞元二十年(804)入唐，在長安青龍寺拜密宗惠果阿闍梨爲師。元和元年(806)攜帶典籍多部回國，創立佛教真言宗、傳法近三十年。著有《三教指歸》《篆隸萬象名義》《性靈集》《文鏡秘府論》。

夫大仙①利物，名教爲基；君子濟時，文章是本也。故能空中塵中，開②本有之字，龜上龍上，演自然之文。至如觀時變於三曜③,察化成於九州,金玉笙簧,爛其文而撫黔首④,郁乎煥乎,燦其章以馭⑤蒼生。然則一爲名始,文則教源,以名教爲宗,則文章爲紀綱之要也。世間出世,誰能遺此乎! 故經説阿毗跋致菩薩⑥,必須先解文章。孔宣有言:"小子何莫學夫《詩》? 詩可以興,可以觀。邇之事父,遠之事君。""人而不爲《周南》《邵南》,其猶正牆面而立也。"是知文章之義,大哉遠哉!

① 佛之敬稱,聲聞、辟支佛、菩薩等亦稱爲仙,佛爲仙中之極尊,故稱大仙。 ② 打開,使顯露出。 ③ 日、月、星。 ④ 安撫平民百姓。 ⑤ 控制,管理。 ⑥ 菩薩修行的階位之一,意爲不退轉,至於必能成佛之位。

在《比較詩學結構》第四章《中國詩學和西方詩學内在的系統性》的末尾,我指出:"佛教教義没有衍生出成熟的佛教文學概念,因而没有構成對'基於過程的'中國批評思維基礎範式的嚴肅挑戰,但它們的確爲中國批評家考察諸如文學的創造和接受問題提供了新的術語、概念和模式。"[1] 也就是説佛教對中國文學批評的影響主要在創作論和解釋論,關於文學本質方面則鮮有論述。但空海此處三教合一的文學論可以説是一個少有的例外。南朝梁代僧祐《胡漢譯經文字音義同異記》讚頌梵書起源和法力的講述,可以和本段對照:

> 夫神理無聲,因言辭以寫意;言辭無跡,緣文字以圖音。故字爲言蹄兔罝,捕兔的網,言爲理筌捕魚的竹器,與上句中"蹄"同指工具、載體,音義合符,不可偏失。是以文字應用,彌倫宇宙,雖跡繫翰墨,而理契乎神。昔造書之主凡有三人:長名曰梵被視爲生主的創造物,其書右行從左至右書寫;次曰佉樓音qū lóu,佛教故事裏創造古文字的仙人名,其書左行從右至左;少者倉頡,其書下行從上至下。梵及佉樓居于天竺,黃史倉頡在於中夏。梵佉取法於淨天,倉頡因華於鳥跡。文畫誠異,傳理則同矣[2]。

---

[1] 蔡宗齊著、劉青海譯:《比較詩學結構》,北京:北京大學出版社,2012年,第103頁。
[2] 僧祐:《出三藏記集》卷第一,北京:中華書局,1995年,第12頁。

这段话首先讲述了佛教对文字的基本理解，即能够表达无声无迹的神理，因此具有"理契乎神"的神秘力量和"弥伦宇宙"的巨大法力。在列举造字之祖时，他是先列举梵和佉楼，他们都是天竺人；然后提到中土的仓颉。他把对文字神秘力量的陈述也放在对儒道的陈述之前。空海"大仙利物""空中尘中，开本有之字"的陈述沿用了僧祐的思路，同时他又用儒家文献中的河图洛书之说来讲述文的伟大起源，还引述了孔子兴观群怨的观点。

　　文以五音不夺⑦，五彩得所立名，章因事理俱明、文义不昧树号。因文诠名，唱名得义，名义已显，以觉未悟。三教⑧於是分镳，五乘⑨於是分辙。於焉释经妙而难入，李篇⑩玄而寡和，桑籍近而争唱。游、夏⑪得闻之日，屈、宋作赋之时，两汉辞宗，三国文伯，体韵心传，音律口授。沈侯、刘善之后，王、皎、崔、元之前，盛谈四声，争吐病犯，黄卷⑫溢箧，缃帙满车。贫而乐道者，望绝访写；童而好学者，取决无由。

　　⑦错乱失序。　⑧儒佛道。　⑨佛教术语，指教化众生将之运载到彼岸的五种法门，不同宗派教义中具体内容有异。　⑩指老子李聃之文。　⑪子游、子夏，孔子弟子，长於文学。　⑫指书籍，古时为防书蠹，用黄蘗等染纸，故称为"黄卷"。

　　这里按照传统的评价批评了齐梁四声八病之说："沈侯、刘善之后，王、皎、崔、元之前，盛谈四声，争吐病犯，黄卷溢箧，缃帙满车。贫而乐道者，望绝访写；童而好学者，取决无由。"可是从下文列举该书的具体内容来看，他下大力气论述的《声谱》《四声论》等，正是他前面批评的对象。可见这篇序言中的观点和该书的内容之间是存在着明显的矛盾的。此外，他的序言中所体现的文学论与原道论一脉相承，但书中没有涉及政教的内容。所以序言的写作或许只是为了满足某种社会期望，并不能反映作者真实的文学论点。

　　贫道幼就表舅，颇学藻丽，长入西秦，粗听余论。虽然，志篤禪默,不屑此事。爰⑬有一多後生,扣閑寂於文囿,撞詞華乎詩圃。音響難默,披卷函杖⑭,即閱諸家格式等,勘彼同異,卷軸雖多,要樞則少,名異義同,繁穢尤甚。余癖難療,即事刀筆,削其重複,存其單號,總有一十五種類:謂《聲譜》《調聲》《八種韻》《四聲論》《十七勢》《十四例》《六義》《十體》《八階》《六志》《二十九種對》《文三十種病累》《十種疾》《論文意》《論對屬》等是也。配卷軸於六合,懸不朽於兩曜,名曰《文鏡秘府論》。庶緇素⑮好事之人,山野文會之士,不尋千里,蛇珠⑯自得;不煩旁搜,雕龍⑰可期。(WJMFL, pp.2 - 16)

⑬ 於是。　⑭ "函長",相距一丈,古代講學者與聽講者坐席之間的距離。此處意謂聽講。　⑮ 指僧俗。　⑯ 靈蛇之珠,比喻華麗的文采。⑰ 雕刻龍紋,指修飾文辭。典出《史記·孟子荀卿列傳》。

如果把整篇文章中與佛教有關的黑體部分去掉,這就是典型的儒家對文學起源和偉大功用的經典敘述。空海加上了佛教對文字的稱讚,由此反映出唐代當時三教合一的思想觀念。

【第 6.2 部分參考書目】

陳坤祥著:《唐人論唐詩研究》,臺北:花木蘭文化出版社,2008 年。
陳幼石著:《韓柳歐蘇古文論》,上海:上海文藝出版社,1983 年。
王運熙、顧易生編:《中國文學批評史(上)》,上海:上海古籍出版社,
　　2002 年。參第三章《唐代古文運動的理論》,第 282—315 頁。
杜曉勤著:《隋唐五代文學研究》,北京:北京出版社,2003 年,第
　　1115—1220 頁。
Bodman, Richard W. *Poetics and Prosody in Early Mediaeval China: A Study and Translation of Kūkai's* 空海 *Bunkyō Hifuron* 文鏡秘府論 N.P.: Quirin Press, 2020.

Hartman, Charles. *Han Yu and the T'ang search for unity.* Princeton:
Princeton University Press, 1986, chapter 4, The Unity of Style,
pp.211 - 276.

Yu, Pauline. "Poems in Their Place: Collections and Canons in Early
Chinese Literature." *Harvard Journal of Asiatic Studies 50*, no. 1
(1990): 163 - 196.

7　宋代文學論

　　宋代文學論的材料主要是書信、序言、語錄中有關"文"的理論闡發，與當時論詩著作的關係不大。宋代是詩話興起的時代，歐陽修《六一詩話》、陳師道《後山詩話》、劉攽《中山詩話》、葉夢得《石林詩話》、姜夔《白石道人詩話》等相繼問世。這些詩話主要談論具體的詩人、詩作和詩句，屬於微觀上的評議。當然其間偶然會有一些理論方面的論述，但涉及的主要是藝術欣賞和文學創作中的具體問題，很少從理論的高度討論文學的起源、本質和功用。《滄浪詩話》的理論性相對較強，但也只涉及詩史和詩歌創作方面的理論議題。

　　宋代文學論，總體遵循唐代文學論的大方向，以對美文的態度爲坐標，沿著破而有立和破而不立兩條不同路綫來展開。後人借用李漢"文以貫道"和周敦頤"文以載道"二語，炮製出"貫道派"和"載道派"的標籤，用於區分遵循這兩條不同路綫的批評家。

　　"文以貫道"和"文以載道"二詞，似乎意思都一樣，例如《漢語大詞典》對"貫道"的解釋就說"猶載道"[1]。這兩種主張

1　《漢語大詞典》，上海：漢語大詞典出版社，1994年，卷十，第132頁。

都特別強調文學與儒家之道的關係，所以都可視爲鍾嶸和蕭統唯美文學論的對立面。就這一點而言，它們確實有相當程度的相似。上文我們提到過，鍾嶸和蕭統在發展其唯美文學論時，嚴格遵照自己確立的文學價值，將古代儒家典籍排除在外，而視文人的創作爲典範。這些價值中最受重視的是描寫的逼眞、聲情的流暢、音律的精緻、想象力的飛翔以及駢儷的工巧。在重新定義文和道時，貫道和載道的倡導者恢復了儒家典籍作爲"文"之核心的地位，正好站在鍾嶸和蕭統的對立面上。

　　不過，如果仔細比較貫道論和載道論二者對文道關係的說法，我們可以察覺到其中細微却是根本性的分歧之所在。在討論文道關係時，許多貫道論者理所當然地將注意力投向了宇宙之道，即便他們強調道要經過一系列儒家先賢方可傳到他們生活的時代。其中，貫道論者主要承中唐古文運動的餘緒，認爲文以道爲本，體現萬物之情，道則以文爲羽翼。他們強調，眞正的"至文"實爲道德修養達到一定境界後自然而然産生的。蘇洵專門取水與風爲喻，譬之君子立言不求有意經營，乃修養自足後不得已而自出。這剛好是對韓愈氣盛言宜等說的延續與擴展。與此同時，貫道論者接受或默認一條源流有序且延及當時的道統脈絡，從堯、舜、湯、文王、孔子、孟子，直至最初提出此說的韓愈。由此將古文運動與儒學道統之復興貫連一體，文與道可謂內外相依。

　　宋代貫道派的主力是以蘇氏父子爲首的古文家，載道派的主力則是宋代不同時期的道學家。載道論者多番強調恢復、重振上古以降所中斷的儒家道統，邵雍、周敦頤等人著眼於家國天下之治，二程等人則相對強調個人涵養的修持提升，但這種道統論的建構基本對文的價值持否定態度。周敦頤提出文以載道的說法，將文學限定爲修飾性的存在，文辭爲藝而與道德內容無涉，充其量只能發揮載道的機械作用。更有甚者，作文所牽動的情感之累和修辭之技，非但不能載道，反而可能存在害道之嫌。如此一來，文與道便分而爲二，所謂的"作文害道""學詩妨事""玩物喪志"等說也就日益加深二者的鴻溝。

　　貫道和載道，一字之差，代表著兩種截然不同，甚至是針鋒相對的立場。在文論史的寬廣語境之中，貫道與載道之爭可以看作先秦以來文質之辯的延伸。在此經久不衰的論辯中，重文者必追隨孔子，強調文與質彼此相通，互爲依賴。而反文者必定吸收墨、法、道家的觀點，將文從質剝離開來，對之定義爲多餘、無用、有害的外表修飾。如果說王充、劉勰將文質一體的觀點提升爲文道論，而唐宋貫道派又運用此文道論來提高古文的地位，那麼宋代載道派則首次將歷史中的反文立場提升爲一種以否定爲主的新文道論。載道論者認爲只有古聖之文纔能與道合爲一體，而後來所有文章，尤其是唯美的作品，都猶如空有外表炫麗的車輿，即使在最理想的情況下可以載道，其自身與道也絕無關係。記住兩種文道論的本質區別，那麼以下選段的析義就迎刃而解了。

7.1　古文家"文以貫道"說：
　　　　道、聖、文、辭的貫通融合

所謂"文以貫道"的說法，實承唐人而來。郭紹虞先生《中國文學批評史》已指出,"貫道"説指的是"文以見道,而道必借文而始顯。文與道鮮有輕重的區分"。所以韓柳等人的文道論持的是文道並重的立場,這一立場既要求文章寫作需充分闡發道的内涵要義,同時也不可輕視爲文的技藝。所以韓愈有言:"愈之所志於古者,不惟其辭之好,好其道焉爾。"

降及宋代,承襲"貫道"立場者主要是歐蘇等古文家群體,他們繼承韓柳的傳統,在其基礎上強調文學的自然性和本質性,以及爲道羽翼的功用。雖然古文運動到宋代仍方興未艾,宋人並未提出比唐人更具原創性的觀點。唯一比較值得注意的是宋人試圖將這種文學理論與"道統"的傳承脈絡對接起來。雖然韓愈自己是"道統"的始作俑者,但他沒把自己列在其中。而從宋初柳開、王禹偁等人開始,將韓愈尊爲儒家道統的最後一位代表已然成爲一種趨勢。韓愈本人既推崇儒家的道也推崇古文,把韓愈加入儒家道統之中,也就成功地提高了古文派的地位,將古文家的文學創作納入道統或聖人之文統之中。

§ 089　趙湘(959—993)《本文》:文雖繁華萬變,其本皆出於道

【作者簡介】趙湘(959—993),字叔靈,衢州西安(今浙江衢州)人。太宗淳化三年(992)進士,任廬江尉。四年卒,年三十三。趙抃之祖,抃貴推恩,追贈司徒。趙湘工於詩文,有《南陽集》傳世。生平事見《南陽集》卷五《釋奠紀》、宋祁《南陽集序》等。

靈乎物者文也,固乎文者本也。本在道而通乎神明,隨發以變,萬物之情盡矣。《詩》曰"本支百世"[1],《禮》謂"行有枝葉"[2],皆固本也。日月星辰之于天,百穀草木之于地,參然紛

然,司蠹③植性④,變以示來,罔有遯者。嗚呼!其亦靈矣,其本亦無邪而存乎道矣。聖人者生乎其間,總文以括二者,故細大⑤幽闐⑥,咸得其分。由是發其要爲仁義、孝悌、禮樂、忠信,俾生民知君臣、父子、夫婦之業,顯顯焉不能混乎禽獸。故在天地間,介介⑦焉示物之變。蓋聖神者,若伏羲之卦,堯、舜之典,大禹之謨⑧,湯之誓命,文武之誥,公旦、公奭之詩,孔子之禮樂,丘明之褒貶,垂燭萬祀⑨,赫⑩莫能滅。非固其本,則湮乎一息焉。一息之湮,本且搖矣,而況枝葉能爲後世之蔭乎?而況能盡萬物之情乎?(*NYJ*, *juan* 6, pp.48 - 49)

① 《詩經·大雅·文王》句。　② 語出《禮記·表記》。　③ 治理萬物。　④ 培養性情。　⑤ 小或大的。　⑥ 隱蔽或明顯的。　⑦ 獨特突出。　⑧ 大禹治國之方,典出《尚書·虞書》。　⑨ 流傳照明萬代。　⑩ 顯盛。

宋初仍沿中唐古文運動餘緒。這段話同樣申明文之繁華萬變,皆賴其本。文之本在於道,道之要義即仁義、孝悌、禮樂、忠信等等古之社會道德標準,以道爲本,文方能示物之變,且流傳萬代。

§090　蘇洵(1009—1066)《仲兄字文甫説》:至文由君子自然而生成

【作者簡介】蘇洵(1009—1066),字明允,號老泉,眉州眉山(今四川眉山)人。北宋文學家,與兒子蘇軾、蘇轍並稱"三蘇",均爲"唐宋八大家"。蘇洵27歲時,才開始發奮讀書,入京考進士落第,後焚燒自己所著文章,多年閉門苦讀。嘉祐元年(1056),攜二子蘇軾、蘇轍赴汴京拜謁歐陽修,得歐陽修的賞識,蘇洵文名大盛,蘇洵長於散文,著有《嘉祐集》及《謚法》四卷。

然而此二物者豈有求乎文哉?無意乎相求,不期而相遭①,

而文生焉。是其爲文也,非水之文也,非風之文也,二物者非能爲文,而不能不爲文也。物之相使②而文出於其間也。故曰:此天下之至文也。今夫玉非不温然美矣,而不得以爲文;刻鏤組繡,非不文矣,而不可與論乎自然。故夫天下之無營③而文生之者,惟水與風而已。昔者君子之處於世,不求有功,不得已而功成,則天下以爲賢;不求有言,不得已而言出,則天下以爲口實④。嗚呼,此不可與他人道之,惟吾兄可也。(JYJJZ, juan 15, pp.412–413)

① 相遇、相逢。　② 互相作用。　③ 建構經營。　④ 談論的依據。

這裏提出一種"至文"説。用天地至文作爲比喻,强調文學是自然的表現。自然而然成文,成就天下之至文,所謂"不求有言,不得已而言出,則天下以爲口實",這是一種文學的標準。唐宋古文家一派談創作,往往强調文學是一種修養的表現,而對立意、佈局、謀篇諸方面不感興趣,這是他們的特點。"至文説"對明清古文家論至文是一個先導。

蘇洵這篇《仲兄字文甫説》則非常明顯地採用了水的意象。他以"水風相動"比喻"天下之至文",强調自然:"故夫天下之無營而文生之者,唯水與風而已。"他認爲"文"是道德修養到達一定境界之後自然而然產生的。

§091　石介(1005—1045)《怪説中》:崇道抑文取向的抬頭

【作者簡介】石介(1005—1045),字守道,一字公操。兗州奉符(今山東泰安)人。北宋文學家,因居徂徠山下,人稱爲徂徠先生。仁宗天聖八年進士,曾任鄆州、南京推官、官鎮南掌書記、嘉州軍事判、太子中允、直集賢院等職,最後通判濮州,未赴而卒。石介作《慶曆聖德詩》支持新政,著有《怪説》、《中國論》、《唐鑒》,有《徂徠集》傳世。

今天下有楊億①之道四十年矣。今人欲反盲天下人目,聾天下人耳,使天下人目盲,不見有楊億之道;使天下人耳聾,不聞有楊億之道。俟楊億道滅,乃發其盲、開其聾,使目惟見周公、孔子、孟軻、揚雄、文中子②、韓吏部③之道,耳惟聞周公、孔子、孟軻、揚雄、文中子、韓吏部之道。周公、孔子、孟軻、揚雄、文中子、韓吏部之道,堯、舜、禹、湯、文、武之道也,三才、九疇④、五常⑤之道也。(SCLJ, pp.74–75)

① 北宋時人,"西昆體"主要作家。 ② 王通,隋時人,曾著《續六經》,有《文中子說》留存。 ③ 韓吏部,即韓愈。 ④ 疇,類。治理天下的九類法則。典出《尚書·洪範》。 ⑤ 仁義禮智信,一說爲五倫。

這裏將儒家聖人之文與文學家之文相比,但批評的對象不再是齊梁,而是宋初的西昆體對辭藻和聲律的追求。石介雖非載道派,却起了承前啓後的作用,是從唐代破而不立的文學論發展到理學家文以載道文學論之間的一個關鍵。

7.2 宋儒"文以載道"說:剔除"辭"的道、聖、文之說

隋唐文學論有王通、王勃等人爲代表的破而不立派,以批判齊梁唯美文章爲宗旨。然而,這派並非文論主流,沒有形成系統的闡述,建構出一種體系。到了宋代,在道學興起的背景之下,經過石介、邵雍(1012—1077)、周敦頤、朱熹、程頤(1033—1107)、王柏等人系統的闡述,對唯美文章的批判漸漸形成爲一種系統的文學論,即所謂載道派文學論。較之唐代對唯美文風的批判,載道派可被稱爲"破之又破"。首先,從廣度上說,這一派所"破"的不止六朝文學,也包括對西昆體、貫道派

的文學論。其次,從深度上説,載道論者已經超越對文風流派的批判,發展到在較高的理論層次上否定美文本質以及整個唯美傳統。

載道派破美文的方法比唐人的更爲豐富多樣,主要有四。一是以史爲切入點,通過講述文的歷史來立論。劉勰《文心雕龍》將道的傳承延伸至秦漢之後的美文傳統,載道派持完全相反的觀點,他們強調道統的斷裂意味著文統的消亡。例如,石介《上蔡副樞書》將文統等同於道統,但並不是要提高"文",而是用上古三代之文來取代美文之文,故言:"兩儀,文之體也;三綱,文之象也;五常,文之質也;九疇,文之數也;道德,文之本也;禮樂,文之飾也;孝悌,文之美也;功業,文之容也;教化,文之明也;刑政,文之綱也;號令,文之聲也。"(§092)顯然,石介是用以禮樂爲中心的"文"之概念來取代後世所稱的文。後來王安石(1021—1086)《上人書》又言:"嘗謂文者,禮教治政云爾。其書諸策而傳之人,大體歸然而已。而曰'言之不文,行之不遠'云者,徒謂辭之不可以已也,非聖人作文之本意也。"(§096)

二是否定情。例如,邵雍通過否定藝術之情來否定藝術之文。之前顏之推已對性情加以批判,但仍承認文學亦有陶冶性靈的正面作用(§063)。邵雍則將"情"和"性"加以對立,將對"情"的批判上升到道德的高度。他認爲"情之溺人也甚于水",即文人往往會"溺於情",因此邵雍提出摒棄個人情感,"以身觀身,以物觀物"(§093)。

三是否定學習聖人與文學創作的關係。韓愈認爲,學習聖人之書,就可以像聖人一樣進行文學創作,而宋代理學家則否定學聖和文學創作的關係，認爲聖人絕不從事以"沉思"和"翰藻"爲宗旨的文學創作。程頤云："聖人亦攄發胸中所蘊，自成文耳，所謂有德者必有言也。"（§097）如此推論，聖人之文與美文創作毫無關係。聖人有德則出口即成文。

四是將美文和道的關係加以切割，通過文、道對立來否定美文。由於文辭和聖人之言沒有關係，因此文辭本身僅僅只是一種修飾而已。如王安石（《上人書》）認爲"且所謂文者，務爲有補於世而已矣；所謂辭者，猶器之有刻鏤繪畫也"（§096）。周敦頤、朱熹、程頤、王柏等人認爲，文學以文辭至上，其中無道可言。雖然朱熹、周敦頤仍然認爲文可載道，然而他們認爲這一功能其實是微不足道的（§094、§102、§103）。與蘇軾等人所讚許的"辭達"大相庭徑，載道派認爲"文辭，藝也"，而"道德，實也"（周敦頤《通書‧文辭第二十八》）故程頤斷定，"作文害道"，又云"爲文亦玩物也"（§097）。

§092　石介《上蔡副樞書》："文"與社會政治道德關係的細化綁定

　　文之時義大矣哉！故《春秋》傳曰："經緯天地曰文。"《易》曰："文明剛健。"《語》①曰："遠人②不服，則脩文德以來之。"三王之政曰："救質莫若文。"堯之德曰："煥乎其有文章。"舜則曰："濬哲③文明。"禹則曰："文命敷於四海。"周則曰："郁郁乎文哉。"漢則曰："與三代同風。"故兩儀，文之體也；三綱，文之象也；五常，文之質也；九疇，文之數也；道德，文之本也；禮樂，文之飾也；孝悌，文之美也；功業，文之容也；教化，文之明也；刑政,文之綱也;號令,文之聲也。聖人,職文者也,君子章④之,庶人由⑤之。具兩儀之體,布三綱之象,全五常之質,叙⑥九疇之數。道德以本之,禮樂以飾之,孝悌以美之,功業以容⑦之,教化以明之,刑政以綱之,號令以聲⑧之。燦然其君臣之道也,昭然其父子之義也,和然其夫婦之順也。尊卑有法,上下有紀,貴賤不亂,内外不瀆⑨,風俗歸厚,人倫既正,而王道成矣。(*SCLJ*, pp.11 - 12)

① 《論語》。 ② 邊遠處人。 ③ 音 jùn zhé,深邃智慧。 ④ 彰示。 ⑤ 跟從。 ⑥ 同"序",依序排列。 ⑦ 修飾,榮耀。 ⑧ 宣佈,傳達。 ⑨ 輕慢,不敬重。

重新定義文道關係時,載道派採取了兩種截然不同的策略。第一種策略是重新確定文爲儒家道德、社會、政治秩序,而將純文學從儒道之文中剝離出來。譬如,石介就雄心勃勃地想要將文的所有主要方面都整合到儒家的道德、社會、政治序列下來。以上這一長串羅列看似全面,却顯然將優美的文辭排除在外,而在自曹丕以來的主要批評著作中,後者一直被當作文的最重要特質。石介對美文的徹底放逐源於載道論指導下對文道關係的重新思考。

另一種策略則恰恰相反,將文定義爲華麗的文辭,認爲它與儒家的道德、社會、政治秩序無涉。這樣的文不可能傳道貫道,充其量也僅有"載道"之功用。基於這種文的新定義,周敦頤提出了"載道"主張(§094)。

與劉勰比較,雖然宋人和劉勰均討論了"文"的歷史淵源,然而劉勰認爲文以明道,追溯文類發展,從而提高文學的地位。然而宋人討論的"文"之歷史淵源著眼於正統與非正統的歷史,其非正統的歷史則被排擠出外,談論這一歷史主要強調傳統的斷裂,宋人須回復這一傳統,而這一傳統是以儒家道德思想爲中心的單一道統。所以此時宋人的批判不同于唐人對具體文風的反對,而是對美文整體上的否定。以後的理學家不一定談論文的歷史發展或文和道的歷史傳承,但是他們有一個觀點是共同的,即聖人之後無文可言。這似乎是借鑒道統斷裂的史觀而發展出來的。

§093　邵雍(1012—1077)《伊川擊壤集序》(全文)：去情累而自得于萬物

【作者簡介】邵雍(1012—1077)，字堯夫，自號安樂先生，謚康節，北宋理學家，其先范陽(即今河北涿州)人，隨父徙衛州共城(今河南輝縣)，居城西北蘇門山，刻苦爲學，師從李之才學河圖、洛書、宓義八卦、六十四卦圖像。仁宗嘉祐時，詔求遺逸，均不赴。著有《皇極經世》《觀物內外篇》《漁樵問對》《伊川擊壤集》。

《擊壤集》，伊川翁自樂之詩也。非唯自樂，又能樂時，與萬物之自得也。

伊川翁曰：子夏謂"詩者，志之所之也。在心爲志，發言爲詩，情動於中而形於言，聲成其文而謂之音"，是知懷其時則謂之志，感其物則謂之情，發其志則謂之言，揚其情則謂之聲，言成章則謂之詩，聲成文則謂之音。然後聞其詩，聽其音，則人之志情可知之矣。且情有七，其要在二，二謂身也、時也。謂身則一身之休感也，謂時則一時之否泰也。一身之休感，則不過貧富貴賤而已；一時之否泰，則在夫興廢治亂者焉。是以仲尼删詩，十去其九；諸侯千有餘國，《風》取十五；西周十有二王，《雅》取其六。蓋垂訓①之道，善惡明著者存焉耳。

近世詩人，窮感則職於怨憝②，榮達則專於淫泆。身之休感發於喜怒；時之否泰出於愛惡，殊不以天下大義而爲言者，故其詩大率溺於情好也。噫！情之溺人也，甚於水。古者謂水能載舟，亦能覆舟，是覆載在水也，不在人也。載則爲利，覆則爲害，是利害在人也，不在水也。不知覆載能使人有利害耶？利害能使水有覆載耶？二者之間必有處③焉。就如人能蹈水，非水能蹈人也。然而有稱善蹈者，未始不爲水之所害也。若外利④而蹈水,則水之情亦由人之情也;若内利⑤而蹈水,則敗壞之患立至於前,又何必分乎人焉水焉,其傷性害命一也。

① 垂示教訓。　② 音yuàn duì,怨恨。　③ 交往、互相影響之處。
④ 外在事物的屬性。　⑤ 按照自我的意志。

這裏很典型地就《禮記・樂記》中對情的理解加以闡發。《禮記・樂記》把情和性對立,開頭講各種哀聲都是欲,而非性。這裏同樣認爲,詩人的情感,乃是因個人的貧富貴賤、不同遭際而生的喜怒哀樂,而不知"以天下大義而爲言",由此得出"情之溺人也甚於水"。這等於完全否定了個人的情感。

性者,道之形體也,性傷則道亦從之矣。心者,性之郛郭⑥也,心傷則性亦從之矣。身者,心之區宇也,身傷則心亦從之矣。物者,身之舟車也,物傷則身亦從之矣。是知以道觀性,以性觀心,以心觀身,以身觀物,治則治矣,然猶未離乎害者也。不若以道觀道,以性觀性,以心觀心,以身觀身,以物觀物,則雖欲相傷,其可得乎!若然,則以家觀家,以國觀國,以天下觀天下,亦從而可知之矣。

⑥ 音fú guō,外城、屏障。

予自壯歲業⑦於儒術,謂人世之樂何嘗有萬之一二,而謂名教之樂固有萬萬⑧焉。況觀物之樂,復有萬萬者焉。雖死生榮辱,轉戰于前,曾未入於胸中,則何異四時風花雪月一過乎眼也?誠爲能以物觀物,而兩不相傷者焉,蓋其間情累都忘去爾。所未忘者獨有詩在焉。然而雖曰未忘,其實亦若忘之矣。何者?謂其所作異乎人之所作也。所作不限聲律,不沿⑨愛惡,不立固必⑩,不希名譽,如鑑⑪之應形,如鐘之應聲。其或經道之餘,因閑觀時,因靜照物,因時起志,因物寓言,因志發詠,因言成詩,因詠成聲,因詩成音,是故哀而未嘗傷,樂而未嘗淫。雖曰吟詠情性,曾何累於性情哉!鐘鼓,樂也;玉帛,禮也。與其嗜鐘鼓玉帛,則斯言也不能無陋矣。必欲廢鐘鼓玉帛,則其如禮樂何?人謂風雅之道行於古而不行於今,殆非通論,牽⑫於一身而爲言者也。吁!獨不念天下爲善者少,而害⑬善者多;造危者衆,而持⑭危者寡。志士在畎畝⑮,則以畎畝言,故其詩名之曰《伊川擊壤集》。時有宋治平丙午中秋日也。(SYJ, pp.179 – 180)

⑦ 獻身從事。　⑧ 數不清。　⑨ 跟隨。　⑩ 一定的規矩。　⑪ 鏡子。　⑫ 牽制。　⑬ 破壞,有損。　⑭ 控制,持守。　⑮ 音 quǎn mǔ,田間。

　　這裏論如何去除"情累"以求清靜,是佛教的觀點。所謂"以道觀道,以性觀性,以心觀心,以身觀身,以物觀物",主張把個人性情完全排除在外,在徹底的寧靜中反映物和家國。提倡"名教之樂",而否定關乎個人"生死榮辱"的喜怒哀樂之情。這裏試圖通過借用佛道的靜觀,完全祛除"情累"的作品,就能够"其或經道之餘,因閑觀時,因靜照物,因時起志,因物寓言,因志發詠,因言成詩,因詠成聲,因詩成音,是故哀而未嘗傷,樂而未嘗淫"。這似乎可以看作是邵雍借用佛道的靜觀說,對作家如何實現《毛詩序》所說的"發乎情,止乎禮義"所作的一種獨特闡釋。

§ 094　周敦頤(1017—1073)《通書·文辭》:文辭爲藝,道德爲實

【作者簡介】周敦頤(1017—1073),原名敦實,字茂叔,謚號元公,道州營道(今湖南道縣)人,因居濂溪,世稱濂溪先生。宋代理學的開山鼻祖。累官通判虔州、知南康軍等。周敦頤提出無極、太極、陰陽、五行等理學學說,爲後世理學建構體系。著有《太極圖說》《通書》,後人整編《周元公集》。

文所以載道也。輪轅飾而人弗庸①,徒飾也;況虛車②乎!

文所以載道,猶車所以載物。故爲車者所必飾其輪轅,爲文者必善其詞説,皆欲人之愛而用之。然我飾之而人不用,則猶爲虛飾而無益於實。況不載物之車,不載道之文,雖美其飾,亦何爲乎!

文辭,藝也;道德,實也。篤其實,而藝者書之,美則愛,愛則傳焉。賢者得以學而至之,是爲教。故曰:"言之無文,行之不遠。"此猶車載物,而輪轅飾也。

然不賢者,雖父兄臨之,師保③勉之,不學也;強④之,不從也。此猶車已飾,而人不用也。

不知務道德而第⑤以文辭爲能者,藝焉而已。噫!弊也久矣!(ZDYJ, pp.35－36)

①使用。　②空車。　③老師。　④強迫。　⑤副詞,僅僅,只是。

周敦頤的這一解釋將"載道"和"貫道"巧妙地區分開。"貫道"之"貫"意思是"溝通並連接"。這樣,"文以貫道"字面上的意思即通過文來貫穿並傳遞道。在這樣的語境中,文肯定不是外在於道的。事實上,當文貫穿道時,它就成了道不可分割的一部分,甚至是道的體現。相反,"載道"之"載"的意思只是"裝載",載物之"虛車"與所載之"實"間自然談不上內在的關聯。因此,"載道"和"貫道"表達的文道關係截然不同。實際上,通過將文比作一輛"虛車",周敦頤強調文是外在於道的,因此文本身是非本質和無意義的。基於這種對文道關係的新思考,載道論者不遺餘力地貶低文學追求。他們有時借用空車、魚筌、抵岸之筏等源於道書和佛經的比喻,強調文學修辭只是一次性的消耗品;有時又將儒家典籍中的文學特徵解釋爲聖人光輝的自然呈現,而非自覺致力於文學創作的結果。有的載道論者甚至更加激烈,毫不掩飾地詆毀文學修辭,例如程頤

竟然説文學修辭是有害道學的輕浮追求,宣稱:"玩物喪志,爲文亦玩物也。"(§097)

§095 司馬光(1019—1086)《答孔文仲司户書》:古之文在其道,今之文在其辭

【作者簡介】司馬光(1019—1086),字君實,號迂叟,陝州夏縣涑水鄉(今山西夏縣)人,世稱涑水先生。北宋政治家、史學家、文學家。仁宗寶元二年(1039)進士,累遷龍圖閣直學士。神宗時,反對王安石變法。司馬光編纂通史《資治通鑑》,元豐七年(1084)書成。哲宗時官至尚書左僕射兼門下侍郎,廢新法。司馬光去世,追贈太師、溫國公,謚號文正。除編著《資治通鑑》,還有《稽古録》《涑水記聞》《溫國文正司馬公文集》等。

光昔也聞諸師友曰:學者貴於行之,而不貴於知之,貴於有用,而不貴於無用。故孔子曰:"弟子入則孝,出則悌,謹而信,泛愛衆,而親仁。行有餘力,則以學文。"子夏曰:"事父母能竭其力,事君能致①其身,與朋友交,言而有信,雖曰未學,吾必謂之學矣。"此德行之所以爲四科首者也。孔子又曰:"誦《詩》三百,授之以政,不達;使于四方,不能專對,雖多亦奚以爲?"夫國有諸侯之事,而能端委束帶②,與賓客言,以排難解紛,循③國家之急,或務農訓兵,以扞城④其民,是亦學之有益於時者也。故言語、政事次之。若夫習其容⑤而未能盡其義,誦其數而未能行其道,雖敏而博,君子所不貴,此文學之所以爲末者也。然則古之所謂文者,乃詩書禮樂之文,升降進退之容,弦歌雅頌之聲,非今之所謂文也。今之所謂文者,古之辭也。

孔子曰:"辭達而已矣。"明其足以通意斯止矣,無事于華藻宏辯也。必也以華藻宏辯爲賢,則屈、宋、唐、景、莊、列、楊、墨、

蘇、張、范、蔡,皆不在七十子之後也。顏子不違如愚,仲弓仁而不佞,夫豈尚辭哉?(SMWGJBNJZ, vol. 4, juan 60, pp.546－547)

① 奉獻。　② 整飭衣冠。　③ 依循。　④ 保衛。　⑤ 儀表,相貌。

這裏是古文家對"辭達"的一種闡述,與辭藻、雄辯等文章藝術是没有關係的。他從孔門四科入手,推舉德行爲首,言語、政事次之,此處"言語"亦非文辭之語,而是政治上的賦詩外交辭令。至於文學,已置於四科之末,並且强調古今習其文,關鍵在於盡其義、得其道。至於文之本身,只是古道外現之辭而已,這種外在之辭,只需通達其意即足矣。

§096　王安石(1021—1086)《上人書》:文必有補於世,辭僅刻鏤繪畫而已

【作者簡介】王安石(1021—1086),字介甫,號半山。撫州臨川(今江西撫州)人。北宋政治家、文學家。慶曆二年(1042)進士及第,熙寧二年(1069),拜參知政事,主持新法。因舊派反對,熙寧七年(1074),罷爲觀文殿大學士、知江寧府、吏部尚書。元豐二年(1079),復拜左僕射、觀文殿大學士,封荆公。元祐元年(1086)卒,贈太傅,謚號文。世稱王文公、王荆公。王安石爲唐宋八大家之一,長於詩文,有《臨川集》傳世。

嘗謂文者,禮教治政云爾。其書諸策而傳之人,大體歸然①而已。而曰"言之不文,行之不遠"云者,徒謂辭之不可以已也,非聖人作文之本意也。自孔子之死久,韓子②作,望聖人於百千年中,卓然也。獨子厚③名與韓並,子厚非韓比也。然其文卒配韓以傳,亦豪傑可畏者也。韓子嘗語人以文矣,曰云云,子厚亦曰云云。疑二子者,徒語人以其辭耳,作文之本意,不如是其已也。孟子曰:"君子欲其自得之也。自得之,則居之安;居之安,則資④之深;資之深,則取諸左右逢其原⑤。"孟子之云爾,非直施於文而已,然亦可託⑥以爲作文之本意。且所謂文者,務爲有

補於世而已矣;所謂辭者,猶器之有刻鏤繪畫也。誠使巧且華,不必適用;誠使適用,亦不必巧且華。要之以適用爲本,以刻鏤繪畫爲之容⑦而已。不適用,非所以爲器也;不爲之容,其亦若是乎否也? 然容亦未可已也,勿先之,其可也。

① 歸於如此。　② 韓愈。　③ 柳宗元。　④ 蓄積。　⑤ 水源。
⑥ 借用,寄託。　⑦ 容貌,修飾。

某學文久,數挾⑧此説以自治。始欲書之策而傳之人,其試於事者,則有待矣。其爲是非邪? 未能自定也。執⑨事⑩正人也,不阿⑪其所好者,書雜文十篇獻左右,願賜之教,使之是非有定焉。(LCXSWJ, juan 77, p.811)

⑧ 夾在腋下,持有,懷藏。　⑨ 拿著,手握。　⑩ 事奉。　⑪ 迎合。

這裏把辭作爲一種雕飾、繪畫,"不必適用",即使使用,也不必太追求華麗,這也是一種文辭觀。"所謂文者,務爲有補於世而已矣",此爲文之本,還是強調文學的政治社會功用。如果離開了政治社會功用,文就會淪爲刻鏤繪畫。

§ 097　程頤(1033—1107)《伊川先生語》:爲文亦如玩物喪志

【作者簡介】程頤(1033—1107),字正叔。河南府洛陽伊川(今河南洛陽伊川縣)人,人稱伊川先生。北宋理學家,程顥之弟,兄弟二人合稱"二程"。歷官汝州團練推官、西京國子監教授。元祐元年(1086)除秘書省校書郎,授崇政殿説書。程頤與其兄程顥受教於周敦頤,創立"洛學"。他的學説以"窮理"爲要,主張"去人欲,存天理"。著作收於《程頤文集》《二程全書》。

問:作文害道否?
曰:害也。凡爲文,不專意則不工,若專意則志局①於此,又安能與天地同其大也?《書》曰"玩物喪志",爲文亦玩物也。呂與叔②有詩云:"學如元凱③方成癖,文似相如④始類俳。獨立孔門無一事,只輸顏氏得心齋。"此詩甚好。古之學者,惟務養情性,其佗則不學。今爲文者,專務章句,悦人耳目。既務悦人,非俳優而何?

　　曰:古學者爲文否?

　　曰:人見六經,便以謂聖人亦作文,不知聖人亦攄發胸中所蘊,自成文耳,所謂"有德者必有言"也。

　　曰:游、夏稱文學,何也?

　　曰:游、夏亦何嘗秉筆學爲詞章也?且如"觀乎天文以察時變,觀乎人文以化成天下",此豈詞章之文也?(ECJ, juan 18, p.239)

　　① 局限。　② 呂大臨,曾學於程頤。　③ 晉代學者杜預,自謂有《左傳》癖。　④ 司馬相如。

　　"《書》曰:'玩物喪志',爲文亦玩物也。"這其實是把對文的追求等同玩物喪志。程頤將今之爲文者皆等同於專務悦人耳目的俳優之徒,已是對文學價值的極大貶低。同時,他也未忘記爲古聖人作文辯解,認爲古聖六經之文皆有德者胸中的自然生發,非有意而爲之。於是今日之詞章之文便日益害道,站在"道"的對立面。

§098　程頤《伊川先生語》:學詩妨事

　　或問:"詩可學否?"曰:"既學時,須是用功,方合詩人格。既用功,甚妨事。古人詩云:'吟成五箇字,用破一生心。'又謂:'可惜一生心,用在五字上。'此言甚當。"先生嘗説:"王子真曾寄藥來,某無以答他,某素不作詩,亦非是禁止不作,但不欲爲此閑言語。且如今言能詩無如杜甫,如云'穿花蛺蝶深深見,點水蜻蜓款款飛',如此閑言語,道出做甚?某所以不常作詩。"
(*ECJ*, juan 18, p.239)

程頤雖認爲作文害道,以其爲玩物喪志,但這些宋儒的文學造詣同樣頗高。對此,程頤解釋,其本人對待學詩作詩,既非刻意用功於此,亦未刻意禁止不作。故而不常作此閑言語,只是隨性偶有抒發而已。

§ 099　吕南公(1047—1086)《與汪秘校論文書》:爲文當以六經爲道統

【作者簡介】吕南公(1047—1086),字次儒,號灌園,建昌南城人(今江西南城)。北宋詩人、文學家。熙寧中,屢試不遇,遂退而築室著書,不復仕進。元祐初,立十科薦士,中書舍人曾肇上疏薦之,旋卒。著有《灌園集》二十卷。

蓋所謂文者,所以序①乎言者也。民之生,非病啞吃,皆有言,而賢者獨能成存於序,此文之所以稱。古之人以爲道在己而言及人,言而非其序,則不足以致道②治人。是故不敢廢文。堯、舜以來,其文可得而見,然其辭致③抑揚上下,與時而變,不襲④一體。蓋言以道爲主,而文以言爲主。當其所值時事不同,則其心氣所到,亦各成其言,以見於所序,要⑤皆不違乎道而已。商之書,其文未嘗似虞、夏,而周之書,其文亦不似商書,此其大概。……

蓋古人之於文,知由道⑥以充其氣,充氣然後而資⑦之言,以了⑧其心,則其序文之體自然盡善,而不在準倣⑨。自周之晚,六經始集,七十子之徒,雖不以誦經爲功,然其尊仰孔子,盛於前世。及孟子、荀卿相望而出,益復尊孔子而小⑩衆家,故秦火⑪既冷,而漢代諸生爲辭,不敢自信其心。……蓋文之爲道,由東京⑫以下,始與經家分兩歧,其弊起於氣不足,以序言之,人恥無所述,因乃瑣屑解詁⑬,過自封殖⑭,且高其言以欺耀後生。曰:"文者虛辭,非吾所取,吾當釋經以明道而已。"疲頓⑮人喜論銷兵,是故相師而成黨。嗟乎!從之者亦不思矣!

夫揚⑯、馬⑰以前文章,何嘗失道之旨哉!今之學士,抑又鼓倡爭言韓、柳,未及知道,不足以與明;不如康成、王肅⑱諸人,稍近議論。噫!又過矣!(GYJ, juan 11, pp.113-114)

① 序列。 ② 獲得大道。 ③ 文辭的意致風格。 ④ 因襲。 ⑤ 要旨。 ⑥ 遵從大道。 ⑦ 蓄積,供給。 ⑧ 了悟,明白。 ⑨ 仿效。 ⑩ 貶低。 ⑪ 指秦始皇焚書事。 ⑫ 指東漢。 ⑬ 解釋訓詁。 ⑭ 壅土自封。 ⑮ 同"疲軟"。 ⑯ 揚雄。 ⑰ 司馬相如。 ⑱ 鄭玄、王肅,東漢末年經學家。

這裏認爲文的功用在於有序傳達人之言,言之有序則成文、致道、治人。至於言本身則以道爲本,所成之文則以言爲主,這在上古至西漢皆循循相因。但在東漢以後,爲文者已脫離六經的道統,乃至妄爲虛辭,捨棄釋經明道之本。

§100　王柏(1197—1274)《題碧霞山人王文公集後》: 文以道爲先、氣爲助

【作者簡介】王柏(1197—1274),字會之,婺州金華(今浙江金華)人。宋理學家、詩文家。王柏少慕諸葛亮爲人,以何基爲師。王柏爲麗澤書院、上蔡書院講席。卒謚文憲。著有《詩疑》《書疑》《魯齋集》等。明朝有後人王迪裒集爲《王文憲公文集》二十卷。

"文以氣爲主",古有是言也。"文以理爲主",近世儒者嘗言之。李漢曰:"文者,貫道之器。"以一句蔽①三百年唐文之宗,

而體用倒置不知也。必如周子②曰:"文者,所以載道也。"而後精確不可易。夫道者,形而上者也;氣者,形而下者也。形而上者不可見,必有形而下者爲之體焉,故氣亦道也。如是之文,始有正氣。氣雖正也,體各不同,體雖多端,而不害其爲正氣,足矣。蓋氣不正,不足以傳遠,學者要當以知道爲先,養氣爲助。道苟明矣,而氣不充,不過失之弱耳;道苟不明,氣雖壯,亦邪氣而已,虛氣而已,否③則客氣④而已,不可謂載道之文也。……(*LZJ*, juan 5, pp.80)

① 概括。 ② 周敦頤,北宋理學家。 ③ 音 pǐ,不好,惡。 ④ 邪氣侵入。

這一段體現了兩派之爭。王柏這裏批判古文派本末倒置,不如周敦頤的載道論精到。認爲古文家所追求的是"形而下"的可見的"氣",而非形而上的無形之"道",前者顯然更加劣等。載道派的道是一種純粹的倫理之道,視文爲載道的工具,沒有本質可言。這裏是一種文學倒退論,揚聖人之文,貶文學家之文。認爲東京以後的文退化,是因爲"氣不正,不足以傳遠"。

王柏所説的氣僅僅只是道德之氣。和蘇轍、呂南公等人比較,蘇轍繼續闡發韓柳關於養氣的觀點,而呂南公則討論道和言的關係。然而"蓋古人之爲文,知由道以充其氣,充氣然後而資之言"(§099),所説的"氣"和曹丕類似,既是道德之氣,也是文章之氣。

§101 朱熹(1130—1200)《詩集傳序》(全文):學《詩》務在考見得失

【作者簡介】朱熹(1130—1200),字元晦,一字仲晦,號晦庵、晦翁、考亭,南宋徽州婺源縣(今江西婺源)人,生於南劍州尤溪(今福建尤溪)。宋代理學之集大成者,尊稱朱子。紹興十八年(1148)中進士,仕於高宗、孝宗、光宗、寧宗四朝,謚文。朱熹學説以"理"爲要,主張"格物致知"。朱熹著作甚多，有《四書章句集注》《詩集傳》《資治通鑑綱目》等，後人集有《朱文公文集》《朱子語類》。

或有問於余曰：詩何爲而作也？

余應之曰：人生而靜，天之性也。感於物而動，性之欲也。夫既有欲矣，則不能無思。既有思矣，則不能無言。既有言矣，則言之所不能盡。而發於諮嗟詠歎之餘者，必有自然之音響節族①，而不能已焉。此詩之所以作也。

曰：然則其所以教者何也？

曰：詩者，人心之感物而形於言之餘也。心之所感有邪正，故言之所形有是非。惟聖人在上，則其所感者無不正，而其言皆足以爲教。其或感之之雜，而所發不能無可擇者，則上之人必思所以自反②，而因有以勸懲之，是亦所以爲教也。昔周盛時，上自郊廟朝廷，而下達於鄉黨閭巷，其言粹然無不出於正者。聖人固已協之聲律，而用之鄉人，用之邦國，以化天下。至於列國之詩，則天子巡守③，亦必陳而觀之，以行黜陟④之典。降自昭、穆⑤而後，寖⑥以陵夷⑦，至於東遷，而遂廢不講矣。孔子生於其時，既不得位，無以行帝王勸懲黜陟之政，於是特舉其籍而討論之，去其重複，正其紛亂；而其善之不足以爲法，惡之不足以爲戒者，則亦刊⑧而去之；以從簡約，示久遠，使夫學者即是而有以考其得失，善者師之，而惡者改焉。是以其政雖不足以行於一時，而其教實被於萬世，是則詩之所以爲教者然也。

曰：然則國風、雅、頌之體，其不同若是，何也？

曰：吾聞之，凡《詩》之所謂風者，多出於里巷歌謠之作。所謂男女相與詠歌，各言其情者也。惟《周南》《召南》親被⑨文王之化以成德，而人皆有以得其性情之正。故其發於言者，樂而不過於淫，哀而不及於傷，是以二篇獨爲風詩之正經。自《邶》而下，則其國之治亂不同，人之賢否亦異。其所感而發者，有邪正是非之不齊。而所謂先王之風者，於此焉變矣。若夫雅、頌之篇，則皆成周之世，朝廷郊廟樂歌之辭，其語和而莊，其義寬而密，其作者往往聖人之徒，固所以爲萬世法程⑩而不可易者也。至於雅之變者，亦皆一時賢人君子閔⑪時病俗之所爲，而聖人取之。其忠厚惻怛⑫之心，陳善閉邪之意，猶非後世能言之士所能及之。此《詩》之爲經，所以人事浹⑬於下，天道備於上，而無一理之不具也。

曰：然則其學之也，當奈何？

曰：本之二《南》以求其端，參之列國以盡其變，正之於《雅》以大其規，和之於《頌》以要⑭其止，此學《詩》之大旨也。於是乎章句以綱之，訓詁以紀之，諷詠以昌⑮之，涵濡以體⑯之。察之情性隱微之間，審之言行樞機之始，則修身及家，平均天下之道，其亦不待他求而得之於此矣。

問者唯唯而退。余時方輯《詩傳》，因悉次是語以冠其篇云。

淳熙四年丁酉冬十月戊子，新安朱熹序（SJZ, pp.1－2）

① 指節奏。　② 自我反思。　③ 巡行視察諸國。　④ 音 chù zhì，升降進退。　⑤ 宗族關係。　⑥ 漸漸。　⑦ 衰頹。　⑧ 刪削修改。　⑨ 親身受教。　⑩ 典範法則。　⑪ 擔心，憂患。　⑫ 音 cè dá，懇切悲傷。　⑬ 通達，融洽。　⑭ 求索。　⑮ 壯大。　⑯ 體察，感受。

此序開頭再次追認《詩大序》發乎性情的詩源說，並在問對中引向詩教的議題。詩之所以教人，正在於勸懲黜陟，引人自誡。後人學詩的目的也在於此，要以先聖之詩考見得失。在此觀念下，朱熹對《詩》風、雅、頌的解讀也再次申發於人倫性情、國政治亂,並以此具體規範後生習其體類的次序。可見朱熹的詩歌觀念具有深厚的性理明道色彩。

§ 102　朱熹《朱子語類》:文、道爲二,道乃文之本

才卿問:"韓文李漢序①頭一句甚好。"曰:"公道好,某看來有病。"陳曰:"'文者,貫道之器。'且如六經是文,其中所道皆是這道理,如何有病?"曰:"不然。這文皆是後道中流出,豈有文反能貫道之理? 文是文,道是道,文只如喫飯時下飯耳。若以文貫道,却是把本爲末,以末爲本,可乎? 其後作文者皆是如此。"因説:"蘇文害正道,甚於老佛,且如《易》所謂'利者義之和',却解爲義無利則不和,故必以利濟義,然後合於人情。若如此,非惟失聖言之本指②,又且陷溺其心。"先生正色曰:"某在當時,必與他辯。"却笑曰:"必被他無禮。"(ZZQS, vol. 18, p.4298)

①　李漢《昌黎先生集序》。　　②　本旨,本來的旨意。

此段否定了所謂"文者,貫道之器"的説法,認爲文與道各爲二物。文只能從道中順勢流出,以道爲源本,若稱以文貫道,則顛倒秩序,乃至本末倒置。

§ 103　朱熹《朱子語類》:道爲根本,文爲枝葉

道者,文之根本;文者,道之枝葉。惟其根本乎道,所以發之於文,皆道也。三代聖賢文章,皆從此心寫出,文便是道。今東坡之言曰:"吾所謂文,必與道俱。"則是文自文而道自道,待作文時,旋去討個道來入放裏面,此是它大病處。只是它每常文字華妙,包籠將去①,到此不覺漏逗②。説出他本根病痛所以

然處,緣他都是因作文,却漸漸説上道理來;不是先理會得道理了,方作文,所以大本都差。(ZZQS, vol.18, p.4314)

① 涵蓋包攬。 ② 有漏洞。

這裏藉"根本—枝葉"的譬喻再次强調文本乎道,聖賢文章皆發自道心,所作之文便等同於道。若如東坡等人那般在作文時專門安置一份文理要旨在其中,便失其所本。

§104 陸九淵(1139—1193)《象山先生全集·語録》:易象生演視野下的"文"

【作者簡介】陸九淵(1139—1193),字子静,號存齋,撫州金谿(今江西金谿)人。南宋哲學家,陸王心學的代表宗師。陸九淵講學於象山書院,世稱"象山先生"、"陸象山"。乾道八年(1172),進士出身,任靖安主簿、國子正。淳熙十三年(1186),主管台州崇道觀,返回故鄉講學。陸九淵主張"心即理""宇宙便是吾心,吾心即是宇宙",影響王守仁,形成"陸王學派"。著有《象山集》三十二卷。

梭山①一日對學者言曰:"文所以明道,辭達足矣。"意有所屬也。先生正色而言曰:"道有變動,故曰爻②;爻有等③,故曰物;物相雜,故曰文;文不當,故吉凶生焉。昔者聖人之作《易》也,幽贊④于神明而生蓍,參天兩地⑤而倚⑥數。觀變于陰陽而立卦,發揮于剛柔而生爻,和順于道德而理于義,窮理盡性以至于命,這方是文。文不到這裏,説甚文?"(LJYJ, p.424)

① 陸九韶,陸九淵四哥。 ② 易卦。 ③ 次序。 ④ 幽微中彰顯。 ⑤ 天爲奇數,地爲偶數。 ⑥ 立定。

陸九淵在此從《周易》卦爻生演的層面來界定何爲"文",只有能反映易象變化規律的纔能稱之爲"文"。此前所謂的"辭達""明道"等標準,皆被否定。

【第七部分參考書目】

余英時著:《宋代理學與政治文化》,南寧:廣西師範大學出版社,2006年,第61—169頁。

余英時著:《朱熹的歷史世界:宋代士大夫政治文化的研究》,北京:生活·讀書·新知三聯書店,2011年,第3—109、400—622頁。

張健著:《知識與抒情》,北京:北京大學出版社,2015年。

陳幼石著:《韓柳歐蘇古文論》,上海:上海文藝出版社,1983年。

傅君勱著:《文與道:道學的衝擊》,孫康宜、宇文所安主編《劍橋中國文學史·上卷1357年之前》,北京:生活·讀書·新知三聯書店,2013年,第528—550頁。

Bol, Peter K. *"This Culture of Ours": Intellectual Transitions in T'ang and Sung China.* Stanford: Stanford University Press, 1992.

Chen, Jian-hua(陳建華). "Zhu Xi's Poetic Hermeneutics and the Polemics of the 'Licentious Poems'." In *Interpretation and Intellectual Change: Chinese Hermeneutics in Historical Perspective*, edited by Ching-I Tu, 133–148. New Brunswick, N.J.; London: Transaction, 2005.

Chen, Yu-shih. *Images and Ideas in Chinese Classical Prose: Studies of Four Masters.* Stanford: Stanford University Press, 1988.

8 明代文學論

　　古代與現代文學批評家往往説"一代有一代之文學",在文學論的演變上,我們也可以看到類似的情況。六朝文學論的主流是對先秦文學論的反動,主要傾向是衝破政教、禮儀、道德的束縛,推崇美文。同樣,唐宋文學論主流是對六朝文學論的反動,又重新強調文學的社會政治功用,但又不是簡單的回歸,而是著重於探究文學創作與學習聖人的關係以及文學與儒家道統的關係。到了明代,文學論關注的重點又產生了變化。雖然明初宋濂(1310—1381)等少數作者依照唐宋傳統強調文道關係,文學論的中心似乎又回到美文創作,但這又不是簡單地回歸到六朝文學論傳統。六朝文學家喜愛在理論層面上論述文學本質,而明人則更多在詩文評的語境中討論什麼是"至文"。

　　不過討論"至文"並非明人之首創。明代之前的一些宋人也論及"至文",視之爲文與萬物、與道最佳結合的呈現。如蘇洵云:"物之相使而文出於其間也。故曰:此天下之至文也"(§090)。然而,如果説宋人心目中的"至文"典範是聖賢之文,明人則開始將注意力從儒家道統移至文學傳統之上,沿著嚴羽(生卒不詳)《滄浪詩話》所勾勒的詩歌史大綱,在盛唐詩中尋找

"至文"。假若前人講"至文"主要旨在倡導一種衡量文學的理論標準,而以前、後七子所代表的明代主流批評家則另闢蹊徑,一改抽象討論"至文"的作法,轉爲舉盛唐詩爲"至文"的典範,並發展出各種各樣模仿唐詩的寫作方法。這些方法覆蓋了文法、詩法、法度、格調等方方面面,爲此而贏得"復古派"之名。這種復古的創作與觀念潮流不止存在於詩歌,也共存於文的領域,所謂"文必秦漢,詩必盛唐"便由此而來。當時即使如唐宋派等爲之進行反撥者,也仍不改習古的主張,只不過師法對象從秦漢古文向下延及唐宋諸家。

到了明代中葉,"復古派"長期統治文壇的弊端盡出,一味機械模仿、壓抑性靈的詩法,終於成爲群起攻之的對象,並使得反對者匯合成"反復古派"之大軍,包括李贄(1527—1602)、徐渭(1521—1593)、公安三袁兄弟、湯顯祖(1550—1616)等人。有趣的是,反復古派也是以"至文"爲最高的典範,但他們所推崇的至文是對復古派的至文的徹底否定。以李贄爲例,他的《童心説》等篇幾乎打破了嚴羽以來以某時某人之文爲至文的文學觀,"不可得而時勢先後論"。反復古派認爲,"至文"不是存在於某個時代,而存在於今時,存在於自我之中,因此不需學習古人,自我情感的自然抒發,便是至文。即使要學古,也應習其理而非習其辭,學古貴達。因此,至文不在於文辭之工巧,而在情感自然真摯,甚至要用平近俚俗之語洗去復古蹈襲之弊。而且至文不僅見於詩文,小説、戲劇等新興的文體也是至文的產生地。

復古派和反復古派文學論競相發展,相互撞擊,在文論史上的意義大概莫大於激發了對"情"的嶄新闡述。和陸機、劉勰等人相似,前後七子所説的"情",指的是經過藝術加工之"情",他們既不討論情産生的歷史背景,也不論情的社會功用,而是認爲情是藝術創作的重要原料。然而,他們討論"情"的切入點又不同于六朝人。劉勰《物色》篇和陸機《文賦》主要描述藝術創作過程中情和物的互動,而明人論述"情"則試圖從情和景物的互動角度來破解"玲瓏透徹"審美境界産生的奥秘。他們從詩句分析入手,同時聯繫詩歌結構,尤其是律詩結構,來加以論述(如謝榛對詩歌每一聯的討論),並將處理好情景關係作爲詩歌創作的最高原則,且用來定義"至文"。

反復古派則强調,至文之情絶非經過藝術加工之"情",而是自我感情的自然流露。他們提倡的抒情方法與六朝批評家和明復古派所主張的截然不同。如公安派主張情感之自然迸發,他們對小説的評價正可見這一點。他們認爲,自然迸發的情感,付諸文字便是"至文"。正因如此,李贄無畏地贊同挑戰儒家聖人的情感,而《牡丹亭》作者湯顯祖則讚揚"情不知所起,一往而深,生者可以死,死可以生"(§115)。這種對自發情感的讚揚在中國文論史上是前所未有的。

8.1　復古派至文説:情景融合境界的營造

復古派按照《滄浪詩話》的經緯思路討論文學史和學詩的方法。如活動於明代中後期的前、後七子,前七子代表人物李夢陽(1473—1530)與何景明(1483—1521),後七子代表人物李攀龍(1514—1570)、王世貞(1526—1590)、謝榛(1495—1575)等。他們強調文法、詩法、法度、格調,即通過學詩、學習古人可創作至文。不過他們的觀點亦因人而異,他們對"法"亦有不同的主張。比如前七子中何景明和李夢陽觀點不一,前後七子觀點亦不同。在論詩方面,高棅(1350—1423)在嚴羽文學史觀的模式上發展,提出了四唐說(§106),而創作方法上則按照嚴羽的觀點,提出通過學習古人來學詩。後來到了謝榛則取徑更為寬泛,主張出入於盛唐十四家之中,依然推崇宗盛唐的學詩方法(§108)。李夢陽亦提出了"詩必盛唐"的說法。

在論文方面,李東陽(1447—1516)當時宣導"文必秦漢",屬於模擬派。而當時亦有人對模擬派加以修正,如唐宋派一流,即唐順之(1507—1560)、茅坤(1512—1601)、歸有光(1507—1571)等人。不過雖然唐順之批評了機械模仿,他仍然承認"古人之法"的存在,仍然需要通過學習類比古人來作文。而茅坤也主張學古,但是學古的內容有所改變,他在《唐宋八大家文鈔總序》中將唐宋八大家的文作為文章上品,在嶄新的框架下重新推崇貫道派的"文",但是從前推崇韓愈、柳宗元等人之文是因為二人文中體現了"道",即思想與藝術的完美結合。而此時茅坤並沒有在文道關係層面上對韓、柳之文進行推崇,他主要是從藝術方面來談論唐宋八大家。焦竑(1540—1620)則認為不應拘於古文,要擴大學文的範圍和類比的參照。

§105 ＊嚴羽(南宋人)《滄浪詩話·詩辨》:以禪論詩

【作者簡介】嚴羽,字儀卿,一字丹丘,號滄浪逋客,世稱嚴滄浪。邵武(今福建邵武)人。南宋詩論家,與同族嚴仁、嚴參齊名,世號"三嚴"。嚴羽論詩主妙悟、崇古仿古,以漢魏晉盛唐爲師。他的《滄浪詩話》影響了明代前後七子、竟陵派、清初王士禎。著有詩集《滄浪集》二卷。

　　禪家者流,乘有小大①,宗有南北②,道有邪正;學者須從最上乘③,具正法眼④,悟第一義⑤。若小乘禪,聲聞⑥辟支果⑦,皆非正也。論詩如論禪,漢、魏、晉與盛唐之詩,則第一義也。大曆以還之詩,則小乘禪也,已落第二義矣。晚唐之詩,則聲聞辟支果也。學漢、魏、晉與盛唐詩者,臨濟⑧下也。學大曆以還之詩者,曹洞⑨下也。大抵禪道惟在妙悟,詩道亦在妙悟。且孟襄陽學力下⑩韓退之遠甚,而其詩獨出退之之上者,一味妙悟而已。惟悟乃爲當行,乃爲本色。然悟有淺深,有分限,有透徹之悟,有但得一知半解之悟。漢魏尚矣,不假悟也。謝靈運至盛唐諸公,透徹之悟也;他雖有悟者,皆非第一義也。吾評之非僭⑪也,辯之非妄也。天下有可廢之人,無可廢之言。詩道如是也。若以爲不然,則是見詩之不廣,參詩之不熟耳。試取漢魏之詩而熟參之,次取晉宋之詩而熟參之,次取南北朝之詩而熟參之,次取沈⑫、宋⑬、王⑭、楊⑮、盧⑯、駱⑰、陳拾遺⑱之詩而熟參之,次取開元、天寶諸家之詩而熟參之,次獨取李杜二公之詩而熟參之,又取大曆十才子之詩而熟參之,又取元和之詩而熟參之,又盡取晚唐諸家之詩而熟參之,又取本朝蘇⑲黃⑳以下諸家之詩而熟參之,其真是非自有不能隱者。儻猶於此而無見焉,則是野狐外道㉑,蒙蔽其真識,不可救藥,終不悟也。(CLSHJS, pp.11 - 12)

　　① 佛教派別,小乘爲早期佛教的主要流派,注重修行、持戒,以求得"自我解脫";後出現"普度衆生"的新教派,稱"大乘"。　② 中國佛教禪宗的兩派。南宗爲六祖慧能所創,主張頓悟;北宗爲神秀所創,主張漸悟。

③ 最高明圓滿的禪法。 ④ 禪宗語,即徹見真理之智慧眼。 ⑤ 根本宗旨,佛教中常指超越言語思維的真諦。 ⑥ 聞諸佛聲教而得道者。 ⑦ 小乘二果之一,通過緣覺自覺自悟而得道。 ⑧ 中國禪宗五家七宗之一,以唐代臨濟義玄爲宗祖。 ⑨ 禪宗五家七宗之一,以洞山良價爲宗祖。 ⑩ 低於。 ⑪ 音"jiàn",虛妄之詞。 ⑫ 沈佺期。 ⑬ 宋之問。 ⑭ 王勃。 ⑮ 楊炯。 ⑯ 盧照鄰。 ⑰ 駱賓王。 ⑱ 陳子昂。 ⑲ 蘇軾。 ⑳ 黃庭堅。 ㉑ 野狐禪,禪宗對外道異端的譏諷語。

《滄浪詩話》的文學史觀實際上是對道學家文統觀念的重大改變,其所説的"文統"首先與"道統"已經沒有任何關係了,其次也不像唐宋文人一樣強調文統之斷裂。嚴羽對文學史的闡述可以理解爲是綜合了劉勰和鍾嶸的文學史觀。劉勰《文心雕龍》的《時序》篇按照時間順序對不同時代的作者和文風加以評價,其中褒貶之意溢於言表,但是並未將作家作品加以等級區分。鍾嶸《詩品》並沒有綜觀所有文學作品,只是談論了五言詩的演變,按照三品之別品評了122人的五言詩,因此《詩品》打開了對詩人和作品做優劣等級評價之先河。不過到了《滄浪詩話》,嚴羽將對具體詩人優劣的評價放入文學史發展過程中,對不同時間的不同作品和詩人加以不同評價。並以禪宗流派術語加以仔細評述,從而確立詩史上的第一義、第二義等:"論詩如論禪,漢、魏、晉與盛唐之詩,則第一義也。大曆以還之詩,則小乘禪也,已落第二義矣;晚唐之詩,則聲聞辟支果也。學漢、魏、晉與盛唐詩者,臨濟下也。學大曆以還之詩者,曹洞下也。"由於使用了禪宗判派的一些術語,《滄浪詩話》可説是開了門户之見的先河。

夫學詩者以識爲主:入門須正,立志須高;以漢、魏、晉、盛唐爲師,不作開元、天寶以下人物。若自退屈㉒,即有下劣詩魔㉓入其肺腑之間;由立志之不高也。行有未至,可加工力㉔;路頭一差,愈騖愈遠;由入門之不正也。故曰,學其上,僅得其中;學其中,斯爲下矣。又曰,見㉕過㉖於師,僅堪傳授;見與師齊,減師半德也。工夫須從上做下,不可從下做上。先須熟讀楚詞,朝夕諷詠㉗以爲之本;及讀古詩十九首,樂府四篇,李陵、蘇武、漢魏五言皆須熟讀,即以李杜二集枕藉㉘觀之,如今人之治經,然後博取盛唐名家,醖釀胸中,久之自然悟入。雖學之不至,亦不失正路。此乃是從頂顙㉙上做來,謂之向上一路,謂之直截根源,謂之頓門㉚,謂之單刀直入也。(*CLSHJS*, p.1)

㉒ 退縮屈從。　㉓ 流入邪途的詩歌作法、風格。　㉔ 工夫和學力。　㉕ 識見。　㉖ 超過。　㉗ 諷誦吟詠。　㉘ 音"zhěn jiè",縱橫雜列。㉙ 音"níng",頭頂。　㉚ 佛教語,頓悟法門。

嚴羽在此以禪宗術語描述學詩法門,提出以"識"爲主,推崇漢、魏、盛唐。又具體交代該讀何種詩、如何讀,以求層次漸進,同時強調頓悟的重要性。

夫詩有別材,非關書也;詩有別趣,非關理也。然非多讀書,多窮理,則不能極其至,所謂不涉理路,不落言筌㉛者,上也。詩者,吟詠情性也。盛唐諸人惟在興趣,羚羊掛角㉜,無跡可求。故其妙處透徹玲瓏,不可湊泊㉝,如空中之音,相中之色,水中之月,鏡中之象,言有盡而意無窮。近代諸公乃作奇特解會,遂以文字爲詩,以才學爲詩,以議論爲詩。夫豈不工,終非古人之詩也。(*CLSHJS*, p.26)

㉛ 語言的跡象。　㉜ 相傳羚羊夜眠時,角掛樹枝,足不著地,無跡可尋,比喻超越蹤跡、無罣礙之意境。　㉝ 拼湊,聚合。

這裏既強調詩歌"吟詠情性"的本質,同時提出影響深遠的"興趣說",並用一系列經典的譬喻揭示詩質所特有的抒情性、含蓄性,"言有盡而意無窮",以此否定時人執於詩歌技巧、知識、說理的錯誤。

§ 106　高棅(1350—1423)《唐詩品彙序》：初、盛、中、晚唐的風格氣象辨分

【作者簡介】高棅(1350—1423),字彥恢,更名廷禮,號漫士,福建長

樂人。高棅與林鴻、陳亮、王恭、鄭定等人合稱"閩中十才子"。永樂初,高棅以布衣薦入爲翰林待詔,後升爲典籍。高棅論詩主唐音,選編《唐詩品彙》將唐詩分爲初、盛、中、晚四期,引申嚴羽之説,崇尚盛唐,影響了前後七子"詩必盛唐"的主張。

觀者苟非窮精闡微①,超神入化,玲瓏透徹之悟,則莫能得其門,而臻其壼奥②矣。今試以數十百篇之詩,隱其姓名,以示學者③,須要識得何者爲初唐,何者爲盛唐,何者爲中唐、爲晚唐,又何者爲王、楊、盧、駱,又何者爲沈、宋,又何者爲陳拾遺,又何爲李、杜,又何爲孟④、爲儲⑤、爲二王⑥、爲高⑦、岑⑧、爲常⑨、劉⑩、韋⑪、柳⑫、爲韓⑬、李⑭、張⑮、王⑯、元⑰、白⑱、郊⑲、島⑳之製。辨盡諸家,剖析毫芒,方是作者。(QMSH, p.2973)

① 窮盡精細及闡發幽微。 ② 音 kǔn ào,宫巷内室,比喻事物的奥秘精微處。 ③ 學詩的人。 ④ 孟浩然。 ⑤ 儲光羲。 ⑥ 王昌齡、王之涣。 ⑦ 高適。 ⑧ 岑參。 ⑨ 常建。 ⑩ 劉長卿。 ⑪ 韋應物。 ⑫ 柳宗元。 ⑬ 韓愈。 ⑭ 李翱。 ⑮ 張籍。 ⑯ 王建。 ⑰ 元稹。 ⑱ 白居易。 ⑲ 孟郊。 ⑳ 賈島。

高棅在此提出一種分辨詩歌鑒賞力的經典方法,將作品隱去姓名,識辨其風格歸屬。這裏首度提出的初、盛、中、晚唐詩分期,既是時間上的劃分,更是風格、氣象的區分。對於作詩者來説,既要尊尚盛唐,也要能辨盡各家風格。

§107 何景明(1483—1521)《藝藪談宗·與空同先生》:意象近同易象

【作者簡介】何景明(1483—1521),字仲默,號大復,信陽(今河南)人。十九歲中進士,授中書舍人。正德初,因宦官劉瑾擅權,何景明罷官。後官復原職。官至陝西提學副使。何景明是明代"文壇四傑"之一,與李夢陽同倡復古,爲明代"前七子"之一。著有《大復集》《雍大記》《大復論》

《四箴雜言》等。

夫意象應曰合,意象乖①曰離,是故乾坤之卦,體天地之撰②,意象盡矣。(*QMSH*, p.2974)

① 相背離。 ② 撰,萬物變化的規律。

天地萬物的變化都包舉在乾坤易象的生演中,何景明在此幾乎把文學的"意象"與"易象"相等同,以見窮形盡相之意。

§ 108 謝榛(1495—1579)《四溟詩話》: 詩乃模寫情景之具

【作者簡介】謝榛(1495—1575),字茂秦,號四溟山人、脫屣山人,山東臨清人。明初詩文家。早歲折節讀書,刻意爲歌詩,後入京師,與李攀龍、王世貞等結詩社,爲"後七子"之一,倡導爲詩摹擬盛唐,主張"選李杜十四家之最者,熟讀之以奪神氣,歌詠之以求聲調,玩味之以裒精華"。後爲李攀龍、王世貞排斥,客遊諸藩王之間,一生未仕。謝榛著有《四溟山人集》《四溟詩話》(即《詩家直說》)。

詩乃模寫情景之具①,情融乎內而深且長,景耀乎外而遠且大。當知神龍變化之妙,小則入乎微罅②,大則騰乎天宇。此惟李杜二老知之。古人論詩,舉其大要,未嘗喋喋③以泄真機④,但恐人小其道爾。詩固有定體,人各有悟性。夫有一字之悟,一篇之悟,或由小以擴乎大,因著以入乎微,雖小大不同,至於渾化則一也。或學力未全,而驟欲大之。若登高臺而摘星,則廓然⑤無著手處。若能用小而大之之法,當如行深洞中,捫⑥壁盡處,豁然見天,則心有所主,而奪盛唐律髓,追建安古調,殊不難矣。(*QMSH*, p.1370)

① 工具。 ② 音 xià,縫隙。 ③ 不停地説。 ④ 玄妙而真正的道理。 ⑤ 遠大空寂。 ⑥ 音 mén,撫、摸。

這裏再次申明詩歌模寫情景的功能,強調情與景的互動結合,從大小各層面形容詩中變化妙處,並且指明詩體之悟有小大,而學詩者當由小而大,循序漸進,便可從盛唐追步建安古調。復古派更多有關情景結合的論述,參《創作論評選》§168-169。

§109 王槚(活躍於明萬曆年間)《詩法指南》:虛實視角下的情景結合

【作者簡介】王槚,字渭陽,號渭上漁人,陝西周至人。明萬曆元年,以禮經魁三秦,祿仕晉庠,晉秩邑侯。《詩法指南》二卷,卷首有題辭和引,卷末有黃中通、焦秀實跋。

詩之義意雖有不一,要其歸,不過情與景而已。情景兼[①]者上也,偏到者次之。情景兼者,如"露從今夜白,月是故鄉明"[②]是也。情到者,如"長擬即見面,反致久無書"[③]是也。景到者,如"日華川上動,風光草際浮"[④]是也。又如"水流心不競,雲在意俱遲"[⑤],景中之情也;"卷簾惟白水,隱几亦青山"[⑥],情中之景也。"感時花濺淚,恨別鳥驚心"[⑦],情景相融而莫分也。"白首多年病,秋天昨夜涼"[⑧],一句情,一句景也。若一聯景,一聯情,亦是。或四句、六句皆景,但情結之,惟情可以全篇。言苟無法[⑨],易如流俗。故曰融情於景物之中,托思於風雲之表者,難之。(QMSH, p.2426)

① 兼有,融合。 ② 杜甫《月夜寄舍弟》中句。 ③ 唐代詩人張蠙《寄友人》中句。 ④ 句出謝朓《和徐都曹出新亭渚詩》。 ⑤ 杜甫《江亭》中句。 ⑥ 杜甫《悶》中句。 ⑦ 句出杜甫《春望》。 ⑧ 語出杜甫《潭州送韋員外牧韶州》。 ⑨ 缺失法度。

這裏從虛實的角度闡述詩的情景結合,並例舉多聯詩句說明情、景互動的不同類型,而其最推崇的模式,當屬融情於景,虛實交映。

【第 8.1 部分參考書目】

陳國球著：《明代復古派唐詩論研究》，北京：北京大學出版社，2007 年。

廖可斌著：《明代文學復古運動研究》，上海：上海古籍出版社，1994 年。

鄭利華著：《王世貞研究》，第 1 版，上海：學林出版社，2002 年。參第四章《復古與求真》，第 166—194 頁。

鄭利華著：《前後七子研究》，第 1 版，上海：上海古籍出版社，2015 年。參第四章《前七子的文學思想》，第 116—189 頁；第九章《後七子的文學思想》，第 440—571 頁。

Tu, Ching-I. "Neo-Confucianism and Literary Criticism in Ming China: the Case of T'ang Shun-chih (1507 – 1560)." *Tamkang Review* 15.1 – 4 (1984 – 1985): 547 – 560.

Wong, Siu-kit. "A Reading of the *Ssu-ming shih-hua*." *Tamkang Review* 2.2 – 3.1 (1971/72).

8.2　反復古派的至文説：真事、真境、真情的直接書寫

　　以李贄、徐渭、公安派袁氏三兄弟爲代表的反復古派一方面鞭撻嚴羽《滄浪詩話》的文學史觀，但是同時又接受了他的頓悟説。徐渭以人學鳥語及鳥學人語作喻，批評了當時復古的風氣（§110）。從前的模仿派認爲天下至文在以前的某個歷史時期，因此只有通過模仿纔可以達到至文。而模仿的時候，有的人認爲應機械模仿，有的人强調模仿古人之心。李贄則全盤否定了模仿派的觀點，其《童心説》（§111）打破了嚴氏的文學史

觀,天下至文不在任何一個歷史時期:"詩何必古選,文何必先秦……不可得而時勢先後論也。"在文學創作上,他認爲"世之真能文者,此其初皆非有意于爲文也"(§111),而是因爲胸中有不吐不快的感情纔可寫文。而且,李贄還強調所謂"至文"不在於文辭技藝之工巧,須深入人心方爲至善之文。所以,李贄打破了嚴氏的"經"與"緯"中關於漸悟的部分。又如湯顯祖也對復古有所批評,他認爲唐人以後之文亦可讀;在創作方法上,則肯定直接抒發的情及其力量(§116)。袁宗道則是對擬古的學詩方法展開了全盤批判(§117),既批評復古的文學史觀又批評復古派學詩的方法,袁宏道有同樣的觀點(§118)。之後的竟陵派則調和了復古和反復古兩大陣營,一方面強調模仿古人精神的藝術模仿,另一方面強調自我感情的流露。在對復古派的批判中,反復古派從文學觀到創作技巧、師法對象、語言風格等都另闢蹊徑,包括學文貴在達、以平易俚俗之語洗脱蹈襲窠臼等觀點,都頗有樹立,但也難免有矯枉過正之嫌。

§110 徐渭(1521—1593)《葉子肅詩序》:無所自得而仿古實爲剽竊

【作者簡介】徐渭(1521—1593),字文清,後改字文長,號青藤、天池,紹興山陰(今浙江紹興)人。明代中期文學家、書畫家、戲曲家。徐渭曾任閩浙總督胡宗憲幕僚。胡宗憲下獄,徐渭自殺不死,後因擊殺繼妻下獄,被囚七年,得張元忭救免。於是游金陵,上邊塞,寄情詩文書畫。晚年貧病潦倒。徐渭多才多藝,書、詩、文、畫俱工,著有《徐文長集》《南詞敘錄》傳世。

人有學爲鳥言者,其音則鳥也,而性則人也。鳥有學爲人言者,其音則人也,而性則鳥也。此可以定人與鳥之衡①哉？今之爲詩者,何以異於是。不出於己之所自得,而徒竊於人之所嘗言,曰某篇是某體,某篇則否,某句似某人,某句則否,此雖極工②逼肖③,而已不免於鳥之爲人言矣。

若吾友子肅之詩則不然,其情坦以直,故語無晦,其情散④以博⑤,故語無拘,其情多喜而少憂,故語雖苦而能遣其情,好高而恥下,故語雖儉而實豐。蓋所謂出於己之所自得,而不竊於人之所嘗言者也。就其所自得,以論其所自鳴,規其微疵⑥而約於至純,此則謂之所獻於子肅者也。若曰某篇不似某體,某句不似某人,是烏知子肅者哉？(XWJ, juan 19, pp.519‒520)

① 衡量,評定。 ② 非常精通。 ③ 很相似。 ④ 散漫沒有約束。
⑤ 廣博。 ⑥ 矯正微小的瑕疵。

這裏借人學鳥言、鳥學人言之喻,批評當時復古詩家崇尚模仿古人的習氣,將其視爲徒剽竊人言而未改本性之舉。相比之下,他主張直抒胸臆無所拘忌,只要發乎內心所得,即使語有瑕疵,也勝過竊於人言者。

§ 111　李贄(1527—1602)《童心説》: 至文出自童心

【作者簡介】李贄(1527—1602),原姓林,名載贄,後改姓李,名贄,號卓吾,別號溫陵居士、百泉居士等,福建晉江人。明代思想家、文學家。嘉靖三十一年舉人,累官國子監博士、雲南姚安知府。後棄官,寄寓黃安、麻城,著書講學。最後被誣下獄,自刎死於獄中。李贄主童心説,重要著作有《藏書》《續藏書》《焚書》《續焚書》。李贄曾點過《水滸傳》《西廂記》《浣紗記》《拜月亭》《琵琶記》等等。

龍洞山農①敘《西廂》末語云:"知者勿謂我尚有童心可也。"夫童心者,真心也。若以童心爲不可,是以真心爲不可也。夫童心者,絕假純真,最初一念之本心也。若失却童心,便失却真心;失却真心,便失却真人。人而非真,全不復有初矣。

① 一説爲李贄別號,一説爲明人顏鈞,號山農,泰州學派代表人物。

童子者,人之初也;童心者,心之初也。夫心之初曷可失也! 然童心胡然而遽②失也? 蓋方其始也,有聞見從耳目而入,而以爲主於其内而童心失。其長也,有道理從聞見而入,而以爲主於其内而童心失。其久也,道理聞見日以益多,則所知所覺日以益廣,於是焉又知美名之可好也,而務欲以揚之而童心失;知不美之名之可醜也,而務欲以掩之而童心失。夫道理聞見,皆自多讀書識義理而來也。古之聖人,曷嘗③不讀書哉! 然縱不讀書,童心固自在也,縱多讀書,亦以護此童心而使之勿失焉耳,非若學者反以多讀書識義理而反障④之也。夫學者既以多讀書識義理障其童心矣,聖人又何用多著書立言以障學人爲耶? 童心既障,於是發而爲言語,則言語不由衷;見而爲政事,則政事無根柢⑤;著而爲文辭,則文辭不能達。非内含於章美也,非篤實生輝光也,欲求一句有德之言,卒不可得。所以者何? 以童心既障,而以從外入者聞見道理爲之心也。

② 遂,就。　③ 同"何嘗"。　④ 遮蔽,使不可見。　⑤ 柢,音 dǐ,即根。

夫既以聞見道理爲心矣,則所言者皆聞見道理之言,非童心自出之言也。言雖工,於我何與? 豈非以假人言假言,而事假事文假文乎? 蓋其人既假,則無所不假矣。由是而以假言與假人言,則假人喜;以假事與假人道,則假人喜;以假文與假人談,則假人喜。無所不假,則無所不喜。滿場是假,矮人何辯⑥也? 然則雖有天下之至文,其湮滅於假人而不盡見於後世者,又豈少哉！何也？天下之至文，未有不出於童心焉者也。苟童心常存，則道理不行，聞見不立，無時不文，無人不文，無一樣創制體格文字而非文者。詩何必古選⁷，文何必先秦。降而爲六朝，變而爲近體；又變而爲傳奇，變而爲院本，爲雜劇，爲《西廂曲》，爲《水滸傳》，爲今之舉子業⑧，皆古今至文，不可得而時勢先後論也。故吾因是而有感於童心者之自文也，更說甚麼《六經》，更說甚麼《語》《孟》乎？

夫《六經》《語》⑨《孟》⑩，非其史官過爲褒崇之詞，則其臣子極爲讚美之語。又不然，則其迂闊門徒，懵懂弟子，記憶師說，有頭無尾，得後遺前，隨其所見，筆之於書。後學不察，便謂出自聖人之口也，決定目⑪之爲經矣，孰知其大半非聖人之言乎？縱⑫出自聖人，要亦有爲而發，不過因病發藥，隨時處方⑬，以救此一等懵懂弟子，迂闊門徒云耳。藥醫假⑭病，方難定執⑮，是豈可遽⑯以爲萬世之至論⑰乎？然則《六經》《語》《孟》，乃道學之口實，假人之淵藪⑱也，斷斷乎⑲其不可以語於童心之言明矣。嗚呼！吾又安得真正大聖人童心未曾失者而與之一言文哉！
(*FSXFS*, *juan* 3, pp.98－99)

⑥ 以觀戲爲喻，矮人無法看到，也無從分辨。 ⑦《文選》。 ⑧ 科舉考試。 ⑨《論語》。 ⑩《孟子》。 ⑪ 看作。 ⑫ 縱然，即使。 ⑬ 針對具體情況開藥方。 ⑭ 憑藉、基於。 ⑮ 斷定。 ⑯ 馬上，遂、就。 ⑰ 正確而不可更改的言論。 ⑱"淵"，深水，魚聚集處；藪，音sǒu，獸聚集處。"淵藪"，比喻聚集的地方。 ⑲ 表示堅決的語氣，絕對，斷然。

整個明代文學批評的方向都受到前後七子的重大影響，特別是前七子中的李夢陽、何景明和後七子中的李攀龍、王世貞、謝榛。他們一直在復古理論的建樹、模仿方法的設計、對詩文經典的確定和時期劃分諸方面相互競爭。他們熱衷於這些極爲具體、實際的問題,沒有發展出令人矚目的新文學論。想要瞭解新鮮的、有創意的文學主張,我們必須轉向另外一些評論家,他們抨擊前後七子的復古實踐,信奉自發創新的觀念。

晚明反傳統的思想家李贄(1527—1602),對復古實踐以及作爲其理論基礎的新儒家文學論進行了最無情和最猛烈的攻擊。他認爲新儒家的文道觀念正是創作"至文"的障礙。新儒家的"道學"不過是對童心的玷污,讓言辭變得虛假而僞善。按照他的觀點,先賢之所以能夠創造"至文",不是因爲他們喋喋不休地談論道和講究文辭,僅僅是因爲他們具有童心並自然而然地脫口而出。李贄相信,如果世人能從道學的桎梏中解脫出來,重返童心,至文就能自發地從胸中湧出,並發之於口。

§112 李贄《雜説》:至文佳作不在工巧,而在深入人心

且吾聞之:追風逐電之足,決不在於牝牡驪黃①之間;聲應氣求之夫,決不在於尋行數墨②之士;風行水上之文,決不在於一字一句之奇。若夫結構之密,偶對之切;依於理道,合乎法度;首尾相應,虛實相生:種種禪病③,皆所以語文,而皆不可以語於天下之至文也。雜劇院本,遊戲之上乘也。《西廂》《拜月》④,何工之有!蓋工莫工於《琵琶》⑤矣。彼高生⑥者,固已殫其力之所能工,而極吾才於既竭。惟作者窮巧極工,不遺餘力,是故語盡而意亦盡,詞竭而味索然亦隨以竭。吾嘗攬《琵琶》而彈之矣:一彈而歎,再彈而怨,三彈而向之怨歎無復存者。此其故何耶?豈其似真非真,所以入人之心者不深耶?蓋雖工巧之極,其氣力限量⑦只可達於皮膚骨血之間,則其感人僅僅如是,何足怪哉!《西廂》《拜月》,乃不如是。意者宇宙之内,本自有如此可喜之人,如化工之於物,其工巧自不可思議爾。

(*FSXFS*, *juan* 3, p.97)

① 音"pìn mǔ lí huáng",比喻事物的表面特質。"牝牡",雌性和雄性的馬;"驪黃",黑色和黃色的馬。 ② 拘泥於一字一句。 ③ 佛教語,指參禪者因未了悟真訣而修禪所引起的疾病,借指文辭之過。 ④《拜月亭》,關漢卿所作雜劇,元施惠本之作傳奇。 ⑤《琵琶記》,元末明初高明作,講述蔡邕與趙五娘的故事。 ⑥ 即高明(約1305—約1371)。 ⑦ 限定,盡頭。

李贄認爲天下之至文決不體現於一字一句、結構偶對等種種工巧技藝層面,而在於感情充盈足够感染人心。因此,《西廂》《拜月》等雜劇,即使文辭不工,也因其感人至深而能有不可思議之影響。

§113　焦竑(1540—1620)《文壇列俎序》:爲文不應僅守一家之説

【作者簡介】焦竑(1540—1620),字弱侯,號漪園、澹園,生於江蘇江寧(今南京),祖籍山東日照,萬曆十七年進士第一,官翰林院修撰,曾任東宫講讀官。焦竑著作甚豐,著有《澹園集》《焦氏筆乘》《焦氏類林》《獻徵録》《國史經籍志》《老子翼》《莊子翼》等。

孔子曰:"夫言豈一端而已。"①言者心之變,而文其精者也。文而一端,則鼓舞不足以盡神,而言將有時而窮。《易》有之:"物相雜曰文。"相雜則錯之綜之,而不窮之用出焉。宋王介甫②守其一家之説,群③天下而宗之,子瞻④譏爲黄茅白葦⑤,彌望如一,斯亦不足貴已。近代李氏⑥倡爲古文,學者靡然從之,不得其意,而第以剽略⑦相高;非是族也,擯爲非文。噫,何其狹也! 譬之富人鼎俎,山貢其奇,海效其錯,四善八珍,三臡⑧七菹⑨,切⑩如繡集,纍⑪如霧雜,而又陸杜隰黍,嘉魴美蚶,魏國之杏,巨壄之菱,衡曲之黄梨,汶垂之蒼栗,三雅百味,疊陳而遞進,乃有

寠人子⑫者,得一味以自多,忘百羞之足御,不亦悲乎。(TYJ, p.781)

① 語出《禮記·祭義》。 ② 即王安石(1021—1086)。 ③ 聚集,會合。 ④ 蘇軾(1037—1101)。 ⑤ 典出蘇軾《答張文潛書》:"惟荒瘠斥鹵之地,彌望皆黃茅白葦,此則王氏之同也。""黃茅白葦",黃色的茅草和白色的蘆葦,比喻單調沒有變化。 ⑥ 指明代復古派主導者之一李夢陽。 ⑦ 剽竊,抄襲。 ⑧ 音 luán,切好的肉塊;三臠,麋、鹿、麇所製。 ⑨ 音 zū,醃菜。"七菹",韭、菁、茆、葵、芹、箈、笋所製。 ⑩ 交織。 ⑪ 音 léi,纏繞,交織。 ⑫ 窮人家的子弟。"寠",音 jù,貧窮。

這裏引《禮記》和《周易》爲據,藉以説明文學圖景體類應富有多樣性,學詩的參照也應轉益多師,並進而批評王安石、蘇軾及當代李夢陽的詩學主張過於單一,甚至狹隘極端,流於剽竊。

§ 114　焦竑《與友人論文》:瞭然於中之言皆天下之至文

竊謂君子之學,凡以致道也。道致矣,而性命之深眇①與事功之曲折,無不瞭然於中者,此豈待索之外②哉。吾取其瞭然者,而抒寫之文從生焉。故性命事功其實也,而文特所以文③之而已。惟文以文之,則意不能無首尾,語不能無呼應,格不能無結搆④者,詞與法也,而不能離實以爲詞與法也。《六經》、四子⑤無論已,即莊、老、申、韓、管、晏之書,豈至如後世之空言哉? 莊、老之於道,申⑥、韓⑦、管⑧、晏⑨之於事功,皆心之所契,身之所履,無絲粟之疑。而其爲言也,如倒囊出物。借書於手,而天下之至文在焉,其實勝也。(TYJ, pp.92 - 93)

① 深邃。"眇",音 yǎo,深遠。 ② 向外索求。 ③ 文飾。 ④ 同"結構"。 ⑤ 指《大學》《中庸》《論語》《孟子》。 ⑥ 申不害,著《申子》,已佚。 ⑦ 韓非子,著有《説難》《五蠹》等。 ⑧ 管仲,後人輯有

《管子》傳世。　⑨ 晏嬰,春秋時齊國人,後人集有《晏子春秋》傳世。

　　李贄的童心說無疑代表了對新儒家文學論的完全否定。晚明另一位評論家焦竑(1540—1620)也強調自發的情感表達,以此來反擊道學對文學創作的有害影響。沒有讓自發的情感表達和教條的"道學"作正面較量,焦竑機智地將"道學"重新定義爲對萬物内在法則的直觀把握,而不僅是單純的新儒家之道。他提出,只需描繪個人對這些法則的内在認知,即可創造出世上的至文。在他看來,令人信服地揭示這些内在法則的不僅僅是儒家典籍,還包括《老子》《莊子》《韓非子》以及其它哲學、政治和歷史著作。因此,這些著作都成爲後世不同類型的至文典範。對焦竑而言,儒家六經不再像劉勰所說的那樣,是各類"文"獨一無二的典範;甚至不再是貫道論者所宣稱的那樣,是古文的唯一範本。儘管焦竑有關"道學"和"至文"的觀念並不像李贄那樣公然對抗傳統,但無疑也等同於對新儒家文學論的背叛。

§ 115　湯顯祖(1550—1616)《牡丹亭記題詞》:對世俗男女之情的肯定

【作者簡介】湯顯祖(1550—1616),字義仍,號海若、若士、清遠道人,江西臨川人,明代戲曲大家。早有才名,萬曆十一年中進士,任南京太常寺博士、禮部主事。萬曆十九年上疏,被貶爲廣東徐聞典史,後調任浙江遂昌知縣,後棄官歸里。湯顯祖以戲曲創作爲最大成就,其戲劇作品《還魂記》《紫釵記》《南柯記》和《邯鄲記》合稱"玉茗堂四夢"或"臨川四夢",其中《還魂記》(即《牡丹亭》)爲代表作。詩文集有《玉茗堂集》《紅泉逸草》《問棘郵草》。

　　天下女子有情寧①有如杜麗娘者乎。夢其人即病,病即彌連②,至手畫形容③傳於世而後死。死三年矣,復能溟莫④中求得其所夢者而生。如麗娘者,乃可謂之有情人耳。情不知所起。一往而深,生者可以死,死可以生。生而不可與死,死而不可復生者,皆非情之至也。夢中之情,何必非真。天下豈少夢中之人耶。必因薦枕⑤而成親,待掛冠⑥而爲密⑦者,皆形骸⑧之論也。

傳杜太守事者,彷彿晉武都守李仲文⑨、廣州守馮孝將兒女事⑩。予稍爲更而演⑪之。至於杜守收考柳生⑫,亦如漢睢陽王收考談生⑬也。

嗟夫,人世之事,非人世所可盡。自非通人,恒以理相格⑭耳。第⑮云理之所必無,安知情之所必有邪。(TXZJ, p.1093)

① 豈,難道。 ② 病重彌留。 ③ "形容",樣貌。杜麗娘親手爲自己繪像。 ④ 廣漠,茫茫無際 ⑤ 自薦枕席。 ⑥ 即解朝服,指辭官。 ⑦ 親近,密切。 ⑧ 無關而表面。 ⑨ 《搜神後記》有載李仲文喪女事。 ⑩ 《搜神後記》載馮孝將兒夢北海徐玄方女事。 ⑪ 變化發揮。 ⑫ 湯顯祖劇作《牡丹亭》中情節。 ⑬ 睢陽王認書生談生爲女婿,事見《搜神記》。 ⑭ 觸碰,推究。 ⑮ 只是,僅僅。

對世俗情感價值的肯定成爲明中晚期文藝思潮的重要力量,湯顯祖在此大力稱讚現世男女之情足以超越生死。這種直接原發的情感,並不在聖人禮法的限定範圍,因此也具有突出的反傳統意義。

§116 湯顯祖《點校虞初志序》：稗官小說遊戲筆墨亦無礙頤養性情

昔李太白不讀非聖之書,國朝李獻吉①亦勸人弗讀唐以後書。語非不高,然未足以繩②曠覽之士也。何者？蓋神丘火穴,無害山川嶽瀆③之大觀；飛墓秀萼,無害豫章竹箭④之美殖；飛鷹立鵠,無害祥麟威鳳之遊棲。然則稗官小說⑤,奚害於經傳子史？遊戲墨花⑥,又奚害於涵養性情耶？東方曼倩以歲星入漢⑦,當其極諫,時雜滑稽；馬季長⑧不拘儒者之節,鼓琴吹笛,設絳紗帳,前授生徒,後列女樂;石曼卿⑨野飲狂呼,巫醫⑩皁隸⑪徒之遊。之⑫三子,曷嘗以調笑損氣節,奢樂墮儒行,任誕妨賢達哉!讀書可礜已。太白故頹然自放,有而不取,此天授,無假人力;若獻吉者,誠陋矣! 虞初一書,羅⑬唐人傳記百十家,中略引⑭梁沈約十數則,以奇僻荒誕,若滅若沒⑮,可喜可愕之事,讀之使人心開神釋,骨飛眉舞。雖雄高不如史漢,簡澹不如世說,而婉縟流麗,洵小說家之珍珠船也。其述飛仙盜賊,則曼倩之滑稽;志佳冶窈窕,則季長之絳紗;一切花妖木魅,牛鬼蛇神,則曼卿之野飲。意有所蕩激,語有所托歸,律⑯之風流之罪人,彼固歉然不辭矣。使呫呫讀古,而不知此味,即日垂衣執笏,陳寶列俎,終是三館畫手⑰,一堂木偶耳,何所討真趣哉! 余暇日特為點校之,以借世之奇儁⑱沈麗⑲者。(*TXZJ*, juan 50, p.1482)

① 明代復古派領袖李夢陽,字獻吉。 ② 規限。 ③ 山河。"瀆",音dú,大河。 ④ "豫章",枕木與樟木;"竹箭",細竹。 ⑤ 細碎之言,野史小說。 ⑥ 硯石上的墨漬花紋,指遊戲輕鬆的文字。 ⑦ 野史傳東方朔爲歲星轉世。 ⑧ 馬融(79—166),東漢學者,注《孝經》《論語》等。 ⑨ 北宋石延年(994—1041),工詩。 ⑩ 古代用祝禱或草藥爲人消災治病的人。 ⑪ 衙門差役。 ⑫ 這。 ⑬ 收羅。 ⑭ 簡略引錄。 ⑮ 似真似假。 ⑯ 約束。 ⑰ 朝堂上的畫匠。唐有弘文、集賢、史館三館,宋合爲崇文苑。 ⑱ 奇儁,傑出。 ⑲ 淵博雅麗。

與焦竑的觀點相似,這裏也對當時復古派所謂的"弗讀唐以後書"做出否定,直言後世稗官小說、遊戲墨花非但不會損害經傳子史,無礙頤養性情,還同樣能够流麗激蕩,使人心開神釋。

§ 117 袁宗道(1560—1600)《論文》:學古貴在學達

【作者簡介】袁宗道(1560—1600),字伯修,號石浦,湖北公安人,明代詩文家。萬曆十四年會試第一,選庶吉士,授編修,官至太子右庶子。袁宗道與弟宏道、中道並稱"公安三袁","公安派"領袖,袁宗道反對復古,主張"自家本色""天趣橫生"。有《白蘇齋集》行世。

口舌代①心者也,文章又代口舌者也。展轉隔礙,雖寫得暢顯,已恐不如口舌矣,況能如心之所存乎? 故孔子論文曰:"辭達而已。"達不達,文不文之辨也。唐、虞、三代之文,無不達者。今人讀古書,不即通曉,輒謂古文奇奧,今人下筆不宜平易。夫時有古今,語言亦有古今。今人所詫②謂奇字奧句③,安知非古之街談巷語耶? ……

或曰:"信如子言,古不必學耶?"余曰:"古文貴達,學達即所謂學古也。學其意不必泥其字句也。"今之圓領方袍,所以學古人之綴葉蔽皮④也;今之五味煎熬,所以學古人之茹毛飲血也。何也? 古人之意期於飽口腹,蔽形體。今人之意亦期於飽口腹,蔽形體,未嘗異也。彼摘古字句入己著作者,是無異綴皮葉於衣袂之中,投毛血於殽核⑤之内也。大抵古人之文,專期於達;而今人之文,專期於不達。以不達學達,是可謂學古者乎? ……

余少時喜讀滄溟⑥、鳳洲⑦二先生集。二集佳處,固不可掩,其持論大謬,迷誤後學,有不容不辨者。滄溟贈王序,謂"視古修詞,寧失諸理"。夫孔子所云辭達者,正達此理耳,無理則所達爲何物乎? 無論《典》《謨》⑧《語》《孟》,即諸子百氏,誰非談理者? 道家則明清淨之理,法家則明賞罰之理,陰陽家則述鬼神之理,墨家則揭儉慈之理,農家則敘耕桑之理,兵家則列奇正變化之理,漢、唐、宋諸名家,如董⑨、賈⑩、韓⑪、柳⑫、歐⑬、蘇⑭、曾⑮、王⑯諸公,及國朝陽明⑰、荊川⑱,皆理充於腹而文隨之。彼何所見,乃强賴古人失理耶? 鳳洲《藝苑巵言》,不可具駁,其贈李序曰:"《六經》固理藪已盡,不復措語矣。"滄溟强賴古人無理,而鳳洲則不許今人有理,何説乎?(BSZLJ, juan 20, pp.283–286)

① 代表。 ② 驚訝。 ③ 含義深,不理解的句子。 ④ 連綴葉子以遮蔽軀膚。 ⑤ 指穀物以外的食品,如蔬菜水果等。 ⑥ 李攀龍,號滄溟,"後七子"之首。 ⑦ 王世貞,號鳳洲,"後七子"之一。 ⑧《尚書》中《堯典》《舜典》《皋陶謨》《大禹謨》等的代稱。 ⑨ 西漢學者董仲舒,著有《春秋繁露》。 ⑩ 賈誼,西漢人,長於作文,著有《過秦論》《論積貯疏》等。 ⑪ 韓愈。 ⑫ 柳宗元。 ⑬ 歐陽修。 ⑭ 蘇軾。 ⑮ 曾鞏。 ⑯ 王安石。 ⑰ 王陽明。 ⑱ 唐順之,明常州府武進人,號荊川,與王慎中、茅坤、歸有光等被稱爲"唐宋派"。

這裏首先指出古今人言語已存在語感上的差異,所以學古不必拘泥於習其言語。古文所貴在於辭達,學古即學達,若泥於字句反而奇奧難曉。因此,當世復古派諸子的學古觀念及其方法皆只是流於表面,而未及其深意。在此基礎上,袁宗道還進一步認爲,所謂的古文修辭及學理,亦未必僅限於儒家六經。先秦諸子及後世百家皆各言物事之理,都值得取法。這種通脱開放的文學觀亦與復古派大異其趣。

§ 118 袁宏道(1568—1610)《雪濤閣集序》:以平近俚俗洗脱蹈襲之弊

【作者簡介】袁宏道(1568—1610),字中郎,號石公。湖北公安人。萬曆二十年進士,歷任吴縣知縣、禮部主事、吏部驗封司主事、稽勳郎中。"公安派"主將,"公安三袁"中成就最高,反對摹擬復古,提出"獨抒性靈,不拘格套"的性靈説,又重視小説戲曲民歌。著有《袁中郎全集》。

近代文人,始爲復古之説以勝之。夫復古是已,然至以剿襲爲復古,句比字擬,務爲牽合①,棄目前之景,摭②腐濫之辭,有才者诎③于法，而不敢自伸其才，无之者，拾一二浮泛之语，帮凑④成诗。智者牵於习，而愚者乐其易，一唱亿和，优人骊子⑤，皆谈雅道。吁，诗至此，抑可羞哉！夫即诗而文之爲弊，盖可知矣。

余与进之⑥游吴以来，每会必以诗文相励，务矫今代蹈袭之风。进之才高识远，信⑦腕信口，皆成律度，其言今人之所不能言，与其所不敢言者。或曰："进之文超逸爽朗，言切而旨远，其爲一代才人无疑。诗穷新极变，物无遁情，然中或有一二语近乎近俚近俳⑧，何也？"

余曰："此进之矫枉之作，以爲不如是⑨，不足矫浮泛之弊，而阔⑩时人之目也。"然在古亦有之，有以平而传者，如"睫在眼前人不见"⑪之类是也；有以俚而传者，如"一百饶一下，打汝九十九"⑫之类是也；有以俳而传者，如"迫窘诘曲几穷哉"⑬之类是也。古今文人，爲诗所困，故逸士辈出，爲脱其粘而释其缚⑭。不然，古之才人，何所不足，何至取一二浅易之语，不能自捨，以取世嗤哉？执是以观，进之诗其爲大家无疑矣。诗凡若干卷，文凡若干卷，编成，进之自题曰《雪涛阁集》，而石公袁子⑮爲之叙。（ *YHDJJJ* , juan 18, pp.710-711）

① 牵强拼合。 ② 音 zhí, 拾取，摘取。 ③ 音 qū, 屈服，受限。 ④ 聚集拼凑。 ⑤ 管车马的仆役。 ⑥《雪涛阁集》的作者江盈科（1553—1605），字进之。 ⑦ 任由。 ⑧ 平淡、俚俗、滑稽。 ⑨ 不这样，不如此做。 ⑩ 扩展，拓宽。 ⑪ 唐杜牧《登池州九峰楼寄张祜》中句。 ⑫ 唐卢仝（tóng）《寄男抱孙》中句。 ⑬ 汉刘徹《柏梁诗》联句。 ⑭ 解开束缚。 ⑮ 袁宏道号石公。

这篇序文矛头直指当时的复古创作思潮，尤其批评该风气引起的蹈襲惡習,令智者才氣受牽制,而天分平平者率易濫制,以至成為一代詩弊。袁氏兄弟力圖矯正蹈襲浮泛之弊,乃至以平近俚俗之語洗脱此風,正為脱除所謂復古的桎梏。

§ 119　袁宏道《文漪堂記》：文心與水機同一

　　夫天下之物,莫文于水,突然而趨,忽然而折,天回雲昏,頃刻不知其幾千里。細則為羅縠,旋則為虎眼,注則為天紳①,立則為嶽玉②。矯③而為龍,噴而為霧,吸而為風,怒而為霆。疾徐舒蹙,奔躍萬狀。故天下之至奇至變者,水也。

　　夫余水國人也。少焉習於水,猶水之也。已而涉洞庭,渡淮海,絕震澤④,放舟嚴灘⑤,探奇五泄⑥,極江海之奇觀,盡大小之變態,而後見天下之水,無非文者。既官京師,閉門搆思,胸中浩浩,若有所觸。前日所見澎湃之勢,淵洞淪漣之象,忽然現前⑦。然後取遷⑧、固⑨、甫⑩、白⑪、愈⑫、修⑬、洵⑭、軾⑮諸公之編而讀之,而水之變怪,無不畢陳于前者。或束而為峽,或迴而為瀾,或鳴而為泉,或放而為海,或狂而為瀑,或匯而為澤。蜿蜒曲折,無之非水。故余所見之文,皆水也。今夫山高低秀冶,非不文也,而高者不能為卑,頑⑯者不能為媚,是為死物。水則不然。故文心與水機,一種而異形者也。（YHDJJJ, juan 17, pp.685–686）

　　① 傾瀉時像從天垂落的帶子。　② 山中的玉。　③ 高舉,上揚。④ 今江蘇太湖。　⑤ 即嚴陵瀨,傳説中東漢嚴光在此隱居垂釣,在今浙江桐廬縣南。　⑥ 山名,山中有五瀑布,故名,在浙江諸暨縣。　⑦ 出現在眼前。　⑧ 司馬遷。　⑨ 班固。　⑩ 杜甫。　⑪ 李白。　⑫ 韓愈。⑬ 歐陽修。　⑭ 蘇洵。　⑮ 蘇軾。　⑯ 堅硬,魯鈍。

这裏將"文心"與"水機"相類比,用意頗深。水可盡天下之至奇至變,文亦當如此。作文行文也應無拘無束,有高低、緩急等變化,博取包容之量,若如當世一味求復古、尊某一體者,所成之作便難免淪爲"死物"。參看§083 韓愈(768—824)《答李翊書》中以水喻文的論述。

【第 8.2 單元參考書目】

左東嶺著:《李贄與晚明文學思想》,第一版,天津:天津人民出版社,1997 年,第三節《童心説與李贄的人生價值觀》,一、童心説内涵與主旨辨析,第 160—166 頁。

郭紹虞著:《照隅室古典文學論集》,第一版,上海:上海古籍出版社,1983 年,《性靈説》,第 447—467 頁。

陳廣宏著:《竟陵派研究》,上海:復旦大學出版社,2006 年,第七章《竟陵派的文學思想》,第 317—415 頁。

Chou Chih-p'ing. *Yüan Hung-tao and the Kung-an School*. Cambridge Studies in Chinese History, Literature, and Institutions. Cambridge [Cambridgeshire]; New York: Cambridge University Press, 1988, Chapter 2 "The literary theories of the three Yuan brothers", pp.27-69.

Rebecca Handler-Spitz. *Symptoms of an Unruly Age: Li Zhi and Cultures of Early Modernity*. Seattle: University of Washington Press, 2017. Chapter 1, Transparent Language: Origin Myths and Early Modern Aspirations of Recovery, pp.19-43.

9　清代初、中期文學論

　　入清以來,明代復古與反復古、模擬與反模擬的論爭慢慢消退了,但是對"至文"的討論仍然在延續。大多數清代批評家仍然在嚴羽《滄浪詩話》以史爲經、以學詩爲緯的框架中討論"至文",試圖在過去的歷史中尋找"至文"的典範。他們有的依然著眼於明人所推崇的歷史時期,努力尋找新的藝術特徵並對"至文"的審美和創作方法加以新的闡發,有的則超越明人"文必秦漢、詩必盛唐"的樊籬,轉向上古《詩經》的風教傳統。在闡發自己對"至文"的見解時,他們都力圖對明代論文論詩的偏頗流弊加以糾正。上述論述主要見於詩文集序言、書信、專論、詩話。

　　無論是明末郝敬重尊"毛序"溫柔敦厚之旨,還是黄宗羲對詩中"一時之性情"與"萬古之性情"的區分,或是清初沈德潛編《古詩源》溯源唐前詩歌格調,並及張惠言、陳廷焯等人以比興寄託來爲詞體昇格,清代初期至中期的詩學詞學論都紛紛越過唐宋,直溯於上古《詩經》的美刺風教傳統。這無疑是對明代以來圍繞復古與反復古詩學風氣的總結與調整。而且,這些並非機械性地回歸到原先比附政治道德的詩學框架,而是將溫柔敦厚的詩教重塑爲兼具道德性與藝術性的雙重標準。

也正是在這一背景下,清代詩學的唯美傾向也較爲突出,且未全然獨以某一朝詩學風氣或某一人的造詣爲尊,而是對唐前古詩乃至唐後各朝詩都有深入的體察,並在論詩過程中融入了清代考據學的方法和觀念。這其中,有關情景關係的論述進入到更深入的層面,不僅量化到近體詩寫作的各聯互動,還結合情與景、虛與實等多種維度,建構起頗具系統性的情景關係理論。這方面尤以葉燮建樹最巨,他將情—景關係拆分出"理""事""情"的三重客觀維度,和"才""膽""識""力"的四重主觀要素,進而具體分析主客體間的多維互動,以作出天下之"至文"。

值得一提的是,貫穿了唐宋的文統、道統論以及古文創作,在清代桐城派手中得到全方位的深化。方苞(1668—1749)、劉大櫆(1698—1780)、姚鼐(1732—1815)三人均從不同方面對唐宋古文貫道派的理論加以繼承和發展。不同於唐宋古文家對養氣、學聖的側重,桐城派在提倡古文過程中不但重申文章的神、理、氣,還先後對具體創作的方法論作出系統化的闡發,涵蓋到篇法結構、字句音節等巨細各面。而且,在闡述文道關係方面,桐城派亦有不少斬獲。劉勰聯繫"文"與"道"是爲了説明文學的起源和文體的發展,與文學作品没有直接關係,唐宋貫道派談論文道主要是從道德倫理方面入手,而姚鼐則把宇宙運作規則與具體文學作品的特徵相互聯繫在一起,則將至文視爲陽剛之美與陰柔之美的完美結合。

在古文的發展脈絡外,清人還爲六朝以後相對沉潛不顯的駢文正名。以往作爲批判對象的駢文被阮元、袁枚等人放入宗經的理論體系。阮元從駢文的聲韻文辭之美入手,將其與《易傳‧文言》相掛鉤,推尊其爲千古文章之祖。同時,袁枚、李兆洛等人則從駢文的結構特點入手,將其比類於天地陰陽自然之"道"。如此一來,由《易傳‧文言》到《文選》乃至清代的駢文新文統得以被體認和重建。

9.1 回歸詩教的至文:陳子龍、黃宗羲、沈德潛、常州詞派

詩學詞學回歸《詩經》的詩教美刺傳統,是清代文學論的一個重要發展。這一回歸可以追溯到明末郝敬(1557—1639)提出"溫柔敦厚"的詩學理論。作爲當時《詩經》學尊毛序派的重要人物,郝敬通過肯定《毛序》的風教傳統,來抵制明末以詩論《詩》的傾向,確立溫柔敦厚爲詩歌創作的圭臬,不僅是一種道德倫理,同時也是最高的藝術原則。明末清初之際,陳子龍(1608—1647)已然反對盛唐詩而肯定古詩和《詩經》傳統(§120)。黃宗羲(1610—1695)則認爲"有一時之性情,有萬古之性情",而"孔子删之以合乎興觀群怨、思無邪之旨,此萬古之性情也"(§122)。黃宗羲尖銳地指出,前後七子所推崇的唐詩只是"一時之性情"的宣洩,只有《詩經》纔是"萬古之性情"的楷模。隨後,沈德潛(1673—1769)編纂《古詩源》,溯源整理唐以前的古詩作品,藉以建立他自己的"格調説"。明人推崇盛唐詩,不重視"格",所以沈德潛則用"格"來糾正這一傳統,從而回

到儒家的詩教傳統(藝術性和政治性合而爲一體)。如他認爲"詩之爲道,可以理性情,善倫物,感鬼神,設教邦國,應對諸侯,用如此其重也"(§124),並且批評詩必盛唐的立場,主張回到詩教傳統:"詩至有唐爲極盛,然詩之盛,非詩之源也。"(§123)然而,沈德潛對詩教傳統的回歸和宋人詩學又不一樣,宋代道學盛行,詩常被宋人視爲學道的工具。但沈氏強調格與調的結合。"格"説的是道德内容,而"調"所指則是藝術風格。"格"與"調"的融合,也就是政治性與藝術性的融合。沈説應該受到了郝敬"温柔敦厚"説的影響。"温柔敦厚"的傳統在常州詞派中也得以發揚光大,張惠言(1761—1802)強調風騷傳統,陳廷焯(1853—1892)以"沉鬱"論詞,況周頤(1859—1926)講究寄託,無不是這一傳統的延續。

§120 陳子龍(1608—1647)《六子詩序》:學詩當體兼《風》《雅》,意主深勁

【作者簡介】陳子龍(1608—1647),字臥子,又字人中、懋中,號軼符、海士、大樽。松江華亭(今上海市松江區)人。明末詩人、詞人,曾入復社,組織幾社。崇禎十年進士,任紹興推官,兵科給事中。明亡後,在江南積極反清,事敗在蘇州被擒,在押往南京途中,投水而死。乾隆朝謚忠裕。陳子龍詩文成就較高,其詩文繼承後七子傳統,有復古傾向,詩作沉雄瑰麗,被譽爲"明詩殿軍",有《陳忠裕全集》等存世。

余幼而好詩,頗有張率限日之僻[①],於今十餘年矣。始未嘗不見其甚易,而後未嘗不見其甚難也。樂府謠誦,調古而旨近[②],似其音節側筆[③]可追。然而太文則弱,太率則俗,太達則膚[④],太堅則訛[⑤],太合則襲[⑥],太離則野[⑦],此一難也。五言古

詩,蘇、李⑧而下,潘、陸⑨而上,意存温厚,辭本婉淡,聲調上口,便欲揣摹。然集彼常談,侈⑩爲新製,宛然成章,實見少味。至於宗六季者,多組已謝之華,法盛唐者,每溢格外之語,此一難也。七言古詩,初唐四家,極爲靡沓⑪,元和⑫而後,亦無足觀。所可法者,少陵⑬之雄健低昂,供奉⑭之輕揚飄舉;李頎⑮之儁逸婉孌。然學甫者近拙,學白者近俗,學頎者近弱。要之體兼《風》《雅》,意主深勁,是爲工耳,此一難也。(CZLWJ, juan 25, pp.372‑373)

① 南朝梁張率,史傳記載他幼時善於作文,指定每日作詩一篇,見《梁書·張率傳》。 ② 聲調古而內容旨意近於今。 ③ 書法指用筆取側勢,相對於執筆取法端正,這裏用來説作詩擬樂府,不以正法入。 ④ 過於通暢則流於浮淺。 ⑤ 過於艱澀則易產生舛誤。 ⑥ 過於依循規範則流於因襲不變。 ⑦ 過於偏離法度則易離俗。 ⑧ 蘇武、李陵。 ⑨ 潘岳、陸機。 ⑩ 擴大、增加。 ⑪ 拖沓重複。 ⑫ 唐憲宗年號。 ⑬ 杜甫,自號少陵野老。 ⑭ 李白,曾供奉翰林,故稱供奉。 ⑮ 李頎(690—751),唐代詩人,擅長七言歌行。

這裏先是從正面逐個分析擬樂府、擬五古七古、追摹盛唐等創作風氣的利弊,尤其突出學唐諸家所易出現的問題,最終順勢指出學詩仍須以《詩經》的風雅傳統爲正法。這種觀念雖看似仍出於復古的路徑,却在斟酌評比之間顯示出更爲包容、客觀的態度,並未偏執一端。

§ 121 陳子龍《白雲草自序》: 詩非僅爲適己

文章之道,既以其才,又以其遇,不其然哉。我嘗與李子言之矣,詩者,非僅以適己,將以施諸遠①也。《詩》三百篇,雖愁喜之言不一,而大約必極於治亂盛衰之際,遠則怨,怨則愛②;近則頌,頌則規③。怨之與頌,其文異也;愛之與規,其情均④也。……今之爲詩者,我惑焉,當其放形山澤之中,意不在遠,適境而止,又曰:我恐以言爲戮也。一旦歷玉階,登清廟,則詳緩其步,坐論公卿,彼柔翰徒滑⑤我神,何益殿最⑥?爲如是,則國家之文,安能燦然與三代比隆,而人主何所採風存褒刺哉!(CZLWJ, juan 26, pp.445－447)

①施於深遠的用處。　②憐憫、同情。　③勸告、糾正。　④相同。　⑤滑過,意爲沒有真正進入。　⑥古代考核軍功,上爲"殿",下爲"最",比喻高低等級。

此處再度淡化了詩的個人化功能定位,强調其更深遠的社會影響,由此標舉《詩三百》的美刺諷喻、風雅正變傳統,並強調其間作品雖情感色彩不一,其内在的政治教化之情却是統一的。以此反觀當代,陳子龍不由對時人作詩境界的分殊不一感到懷疑與不滿。

§122　黄宗羲(1610—1695)《馬雪航詩序》:詩分一時之性情與萬古之性情

【作者簡介】黄宗羲(1610—1695)字太沖,號梨洲、南雷,浙江餘姚人,世稱"梨洲先生"。明遺民、明末清初經學家、史學家、哲學家、詩文家。父黄尊素爲魏忠賢害死於獄中,黄宗羲入京伸冤,以錐擊刺仇人,聲名四傳。及歸,師事晚明儒學家劉宗周,南明弘光年間,受阮大鋮迫害,被捕入獄。弘光朝覆滅,乃逃回浙東。清兵南下,隱居著述講學。康熙十八年,薦博學鴻詞,十九年,薦修《明史》,均拒絕。黄宗羲學問淵博,著作宏富,有《明儒學案》《宋元學案》《明夷待訪録》等。

詩以道性情,夫人而能言之。然自古以來,詩之美者多矣,而知性者何其少也。蓋有一時之性情,有萬古之性情。夫吳歈①越唱,怨女逐臣②,觸景感物,言乎其所不得不言,此一時之性情也;孔子删之,以合乎興、觀、群、怨③、思無邪④之旨,此萬古之性情也。吾人誦法孔子,苟其言詩,亦必當以孔子之性情爲性情,如徒逐逐⑤於怨女逐臣,逮其天機之自露,則一偏一曲,其爲性情亦末矣。故言詩者,不可以不知性。夫性豈易知也,先儒之言性者,大略以鏡爲喻,百色妖露,鏡體澄然,其澄然不動者爲性,此以空寂言性。而吾人應物處事,如此則安,不如此則不安,若是乎有物於中,此安不安之處,乃是性也。鏡是無情之物,不可爲喻。又以人物同出一原⑥,天之生物有參差,則惡亦不可不謂之性,遂以疑物者疑及於人。夫人與萬物並立於天地,亦與萬物各受一性,如薑桂之性辛,稼穡之性甘,鳥之性飛,獸之性走,或寒或熱,或有毒無毒。古今之言性者,未有及於本草者也。故萬物有萬性,類同則性同。人之性則爲不忍,亦猶萬物所賦之專一也。物尚不與物同,而況同人於物乎?

程子言性即理也,差爲近之。然當其澄然在中,滿腔子皆惻隱之心,無有條理可見,感之而爲四端⑦,方可言理。理即率性之爲道也,寧可竟指道爲性乎?晦翁⑧以爲天以陰陽五行化生萬物,而理亦賦⑨焉,亦是兼人物而言。夫使物而率⑩其性,則爲觸⑪爲齕⑫爲蠢爲婪,萬有不齊,亦可謂之道乎?故自性說不明,後之爲詩者,不過一人偶露之性情。彼知性者,則吳、楚之色澤,中原之風骨,燕、趙之悲歌慷慨,盈天地間,皆惻隱之流動也。而況於所自作之詩乎!

秣陵馬雪航介⑬余族⑭象一請序其詩。余讀之,清裁駿發⑮,牘映篇流,不爲雅而爲風,余從象一得其爲人⑯,以心之安不安者定其出處,其得於性情者深矣。如是則宋景濂之五美,又何必拘拘而擬之也。(HZXQJ, vol.10, pp.95-97)

① 吴地的歌。"歈",音 yú。　② 被放逐的臣子。　③ 語出《論語·陽貨》:"子曰:'小子何莫學夫《詩》。《詩》,可以興,可以觀,可以群,可以怨。'"　④ 語出《論語·爲政》:"子曰:'《詩》三百,一言以蔽之,曰思無邪。'"　⑤ 奔忙,專注。　⑥ 根本,起源。　⑦ 仁義禮智,出《孟子·公孫丑上》。　⑧ 即朱熹,號晦庵。　⑨ 給與,散布,意爲萬物稟受了理。　⑩ 跟隨,順從。　⑪ 用犄角抵觸,意指冒犯。　⑫ 音 niè,啃食,侵蝕。　⑬ 通過。　⑭ 我的同族。　⑮ 氣勢高揚風發。　⑯ 知道他的爲人。

　　這裏雖然認同詩歌是用來表現性情的,但却對所表達的性情對象做出層級區分,所謂"一時之性情"與"萬古之性情",其本質便是對文學情感個人化的否定。所謂怨女逐臣、觸景感物等情感,出於一時一地一人,較之已然經典化的《詩經》,其承載情感道德教化的典範性便遠遠不及。

§123　沈德潛(1673—1769)《古詩源序》:學詩當知源流,窮本知變

【作者簡介】沈德潛(1673—1769),字確士,號歸愚,江蘇長洲(今江蘇蘇州)人。清代詩人。乾隆四年得進士,授翰林院編修,歷任侍讀、内閣學士、禮部侍郎,加禮部尚書銜,卒贈太子太師,諡文愨。身後因捲入徐述夔案,遭罷祠奪官。沈德潛爲葉燮門人,論詩主格調。著有《歸愚詩文鈔》。又選有《古詩源》《唐詩別裁》《明詩別裁》《清詩別裁》等。

　　詩至有唐爲極盛,然詩之盛非詩之源也。今夫觀水者至觀海止矣,然由海而溯之,近于海爲九河①,其上爲洚水②,爲孟津③。又其上由積石以至崑崙之源。《記》曰:"祭川者先河後海。"④重其源也。唐以前之詩,崑崙以降之水也。漢京魏氏,去風雅未遠,無異辭⑤矣。即齊梁之綺縟,陳隋之輕豔,風標品格,未必不遜於唐,然緣此遂謂非唐詩所由出,將四海之水非孟津以下所由注,有是理哉? 有明之初,承宋元遺習,自李獻吉以唐詩振,天下靡然從風,前後七子,互相羽翼,彬彬稱盛。然其敝

也,株守⑥太過,冠裳土偶,學者咎之。由守乎唐而不能上窮其源,故分門立户者得從而爲之辭。則唐詩者宋元之上流;而古詩又唐人之發源也。予前與樹滋陳子輯唐詩成帙,窺其盛矣。兹復溯隋陳而上,極乎黄軒,凡《三百篇》、楚騷而外,自郊廟樂章⑦,訖童謡里諺⑧,無不備采,書成,得一十四卷。不敢謂已盡古詩,而古詩之雅者略盡於此,凡爲學詩者導之源也。昔河汾王氏,删漢魏以下詩,繼孔子《三百篇》後,謂之續經⑨。天下後世群起攻之曰僭。夫王氏之僭⑩,以其儗聖人之經,非謂其録删後詩也。使誤用其説,謂漢魏以下學者不當蒐輯,是懲熱羹而吹齏⑪,見人噎而廢食,其亦蔑蔑拘拘⑫之見爾矣。予之成是編也,於古逸⑬存其概,於漢京⑭得其詳,於魏晉獵其華,而亦不廢夫宋齊後之作者。既以編詩,亦以論世,使覽者窮本知變,以漸窺風雅之遺意,猶觀海者由逆河上之以溯崑崙之源,於詩教未必無少助也夫!（GSY, pp.1－2）

① 黄河的支流。　② 古水名。　③ 黄河津渡名。　④ 語出《禮記·學記》。　⑤ 特别的、不同的言辭。　⑥ 拘泥模仿,守成不變。⑦ 古代祭祀天地山川之神和祖先宗廟所用的樂章。如西漢的《郊祀歌》《安世房中歌》。　⑧ 民間鄉里所傳的諺語。　⑨ 指隋末王通(584—617)模擬《六經》作《續六經》。　⑩ 音jiàn,僭越,超越自己的本分行事。⑪ 齏,音jī,切碎的咸菜、醬菜。句意爲因爲被熱羹燙過,吃冷菜也要吹。⑫ 淺薄侷促。　⑬ 古逸詩,多爲先秦兩漢典籍中輯録出的詩。　⑭ 指西漢及東漢詩。"京",兩漢都城長安或洛陽。

這裏借用水流的譬喻指出,唐詩之盛雖勢如江海,然世人若一味推崇其盛,未免遺忘其本源,而詩之本源,則被溯至先秦兩漢以前的《詩三百》、古歌詩謡諺,並兼取魏晉齊梁等,從而有源有流,窮本知變,最終實現儒家詩教傳統與唯美藝術傳統的融合。

§ 124　沈德潛《說詩晬語》：詩之道在於風雅興寄

　　詩之爲道，可以理性情，善倫物①，感鬼神，設教邦國，應對諸侯，用如此其重也。秦、漢以來，樂府代興；六代繼之，流衍靡曼。至有唐而聲律日工，託興②漸失，徒視爲嘲風雪，弄花草，遊歷燕衎③之具，而詩教遠矣。學者但知尊唐而不上窮其源，猶望海者指魚背爲海岸，而不自悟其見之小也。今雖不能竟越④三唐之格，然必優柔漸漬，仰溯《風》《雅》，詩道始尊。

　　事難顯陳⑤，理難言罄⑥，每託物連類以形之；鬱情欲舒，天機隨觸⑦，每借物引懷以抒之；比興互陳，反覆唱歎，而中藏⑧之懽愉慘戚⑨，隱躍欲傳，其言淺，其情深也。倘質直敷陳⑩，絕無蘊蓄，以無情之語而欲動人之情，難矣。王子擊好《晨風》，而慈父感悟⑪；裴安祖講《鹿鳴》，而兄弟同食⑫；周盤誦《汝墳》，而爲親從征⑬。此三詩別有旨也，而觸發乃在君臣、父子、兄弟，唯其可以興也。讀前人詩而但求訓詁，獵得詞章記問之富而已，雖多奚爲？（QSH, pp.523-524）

　　① 改善人倫物理。　② 比興寄託。　③ 音 yàn kàn，宴飲行樂。　④ 越過、超越。　⑤ 鮮明清晰地呈現出。　⑥ 完全闡述。　⑦ 隨機觸發。　⑧ 心中所藏。　⑨ 恐懼愉悅淒慘悲哀。　⑩ 用平白的語言直接陳述。　⑪ 魏文侯子魏擊爲文侯講《詩經·晨風》，文侯感悟而重立太子，見《韓詩外傳》，卷八。　⑫ 裴安祖，北魏時人，讀《詩經·鹿鳴》，興發其中兄弟禮義，此後與諸兄同食，見《魏書》，卷四。　⑬ 周盤，東漢時人，史載其讀《詩經·汝墳》，心生感慨，爲親出仕，見《後漢書·周盤傳》。

　　沈德潛開頭即直陳詩之本義當爲理性情、善倫物，乃至感鬼神、設教邦國、應對諸侯。由小及大，皆在重申儒家詩教的傳統，因此也反襯出六代以後詩風靡漫，比興寄託漸失，詩淪落爲流連光景的藝術品，早已忘記詩教爲本。於是，沈氏例舉《詩經》之作，揭示其言淺意深，對君臣、父子、兄弟之義的興寄之功。

§125 余集(1738—1823)《聊齋志異序》：稗官小説的價值

【作者簡介】余集(1738—1823),字蓉裳,號秋室,浙江仁和(今杭州)人。清代畫家。乾隆三十一年進士,官至侍講學士,充四庫全書纂修,後授翰林院編修,累遷至侍讀學士。有詩、書、畫三絕之譽,尤擅仕女圖,時稱曰"余美人",著《秋室詩鈔》等。

嗟夫！世固有服聲被色,儼然人類;叩其所藏,有鬼蜮①之不足比,而豺虎之難與方者。下堂見蠆②,出門觸蠭③,紛紛沓沓,莫可窮詰。惜無禹鼎鑄④其情狀,鐲鏤⑤決其陰霾,不得已而涉想於杳冥荒怪之域,以爲異類有情,或者尚堪晤對;鬼謀雖遠,庶其警彼貪淫。嗚呼！先生之志荒⑥,而先生之心苦矣！昔者三閭⑦被放,彷徨山澤,經歷陵廟,呵壁問天,神靈怪物,琦瑋僑佹⑧,以洩憤懣,抒寫愁思。釋氏憫衆生之顛倒,借因果爲筏喻⑨,刀山劍樹,牛鬼蛇神⑩,罔非説法,開覺⑪有情⑫。然則是書之恍惚幻妄,光怪陸離,皆其微旨所存,殆以三閭侘傺⑬之思,寓化人解脱之意歟？使第以媲美《齊諧》⑭,希蹤⑮《述異》⑯相詫姹⑰,此井蠡之見,固大戇⑱於作者;亦豈太守公傳刻之深心哉！夫《易》筮⑲載鬼,傳紀⑳降神,妖祥災異,炳于經籍。天地至大,無所不有;小儒視不越几席之外,履不出里巷之中,非以情揣,即以理格,是悆悆㉑者又甚於井蠡之見㉒也。太守公曰："子之説,可以傳先生矣。"遂書以爲序。(LZZY, pp.6-7)

① 鬼怪,陰險害人之物。"蜮",音 yù。 ② 音 chài,蝎子一類的毒蟲,亦被喻作害人之物。 ③ 同"蜂",螫人之物。 ④ 傳説夏禹鑄鼎鑄,上鑄造萬物,使民知善惡。 ⑤ 音 zhuó lòu,寶劍名。 ⑥ 廣大,無邊際。

⑦ 屈原,曾任三閭大夫。　⑧ 音 yù guǐ,怪異神奇。　⑨ 船筏,比喻佛法如筏,助人渡到彼岸。　⑩ 皆爲佛經中常出現的比喻。　⑪ 開悟。　⑫ 有情即謂衆生。　⑬ 音 chà chì,失意彷徨。　⑭ 古書名,志怪之書。《莊子·逍遙遊》:"《齊諧》者,志怪者也",後來志怪之書多用"齊諧"名。　⑮ 達到,比並。　⑯《述異記》,志怪之書。　⑰ 驚訝、贊美。　⑱ 音 lì,違背。　⑲ 根據《易》理卜筮。此指用來卜筮的《易經》卦爻辭(載有)。　⑳ 記載。　㉑ 音 zhān,偏狹不通達。　㉒ 比喻膚淺的見識。

　　志怪小説往往被視爲稗官野史之類,其文學與世教價值皆不被世人看重。余集却將《聊齋誌異》的内容意旨與屈原、釋迦牟尼等人的見聞與抒寫相類比,認爲其同樣寓化人解脱之意。並且,序文還肯定了妖祥災異在古今天地間存在的合理性,若如區區小儒一樣視之爲怪力亂神,未免見識短淺。

§126　張惠言(1761—1802)《詞選序》:詞貴比興寄託

【作者簡介】張惠言(1761—1802)原名一鳴,字皋文,一作皋聞,號茗柯,武進(今江蘇常州)人。清代詞人、散文家、常州詞派之開山祖、陽湖文派的創始人。嘉慶四年進士,改庶吉士,官編修。編有《詞選》《七十家賦鈔》,著有《茗柯文編》《茗柯詞》。

　　詞者,蓋出于唐之詩人,採樂府之音,以製新律,因繫①其詞,故曰"詞"。傳曰:"意內而言外,謂之詞。"②其緣情造端③,興于微言,以相感動,極命④風謠⑤里巷男女哀樂,以道⑥賢人君子幽約怨悱不能自言之情,低徊要眇,以喻其致。蓋《詩》之比興、變風⑦之義,騷人之歌,則近之矣。然以其文小,其聲哀,放者⑧爲之,或跌蕩靡麗,雜以昌狂俳優⑨,然要其至者,莫不惻隱盱⑩愉,感物而發,觸類條鬯⑪,各有所歸,非苟爲雕琢曼辭而已。(CX, pp.6-7)

　　① 連綴。　② 許慎《説文解字》中爲"詞"一字下定義,謂:"詞,意內而言外也。"訓釋經義稱爲傳,故張惠言這裏將解釋字義的《説文解字》引

作"傳"。　③ 因緣於、順著情感而發端。　④ 尤其表現於,窮盡於
⑤ 民間歌曲。　⑥ 得以表達。　⑦ 訓釋《詩經》的學者一般將《國風》中
《邶風》至《豳風》等十三國的詩作稱爲"變風",與"正風"相對,被認爲是
因王道衰而作。　⑧ 放蕩不自持的人。　⑨ 參雜猖狂戲謔的語言。
⑩ "盱",音 xū,張目凝視,這裏表示憂愁。　⑪ 音 chàng,通暢,暢達。

　　張惠言論詞,既將其體溯至唐樂府新律,又主張其要旨爲《詩經》的比
興寄託,故而可借男女哀樂來寄託賢人君子的幽約怨悱之情。如此便用
儒家詩教傳統提升了詞體格調,使其不只是流連光景雕琢曼醲之作。

§127　潘德輿(1785—1839)《誦芬堂詩序》:論詩主性情

【作者簡介】潘德輿(1785—1839),字彥輔,號四農,江蘇山陽(今淮
安)人。清中葉詩文家、文學評論家。道光八年舉人。以知縣分安徽,未
到官卒。詩文精深。著有《養一齋集》《養一齋詞》《養一齋詩話》《李杜詩
話》等。

　　伊古及今,勝衣①童子初入塾受經,無不知詩爲性情之教;
及其能爲詩也,吾惑焉,標綱宗,立壇坫②,爭妍、鬥博③、使氣④
三者而已。三者又迭焉勝負,士日攘臂于其中,未有從事于性
情者。然亦有之,空靈以爲性,而不知其爲仙、佛之邪説;流動
以爲情,而不知其爲聲色之醜行。詩主性情之説愈盛,而詩教
亦愈敝。蓋今之性情,非古之性情也。古之所謂性情者,吾于
周詩得一言焉,曰:"柔惠且直。"美矣哉!⑤此性情之圭臬⑥也。
晚近之詩,于己矜而褊⑦,非柔惠也;于人僞而諛,非直也。夫柔
惠,仁也;直,義也。二者參和而時發,韓子所謂"仁義之人,其
言藹如"者也⑧。自周以來之詩,吾嘗徧衡⑨之,合乎此,則爲詩
人,雖野人婦孺,片章斷句,吾反覆而不厭;不合乎此,則非詩
人,雖晉、唐名家,照耀千古者,吾亦唾棄之不顧。何也? 人之

性情之達于詩者,必知此乃有用而無害,虞廷⑩"言志"⑪、孔門"可以興"⑫之法,實在此。後世論詩者,歧塗百出,積案盈箱,均之無用而有害,則均之可拉雜摧燒之也。余持是論久,疑信者參半。(*YYZJ*, *juan* 18, p.450)

① 兒童稍大,可以穿起成人衣服的年紀。　② 音 tán diàn,集會的場所,比喻立各自的宗派。　③ 爭鬥對峙。　④ 放縱意氣。　⑤《詩經·大雅·崧高》:"申伯之德,柔惠且直。"　⑥ 標準、法度。　⑦ 自夸自恃而偏狹。　⑧ 語出韓愈《答李翊書》。　⑨ 廣泛地衡量,"徧",同"遍"。　⑩ 虞舜的朝廷,指古人心中的聖明之世。　⑪ 語出《尚書·堯典》。　⑫《論語·陽貨》:"《詩》,可以興,可以觀,可以群,可以怨。"。

這裏論詩仍以性情爲本,然而今之性情已非古之性情,不再柔惠仁義,反而偏狹放縱,以詩歌爲聲色爭妍之器,如此便愈喪其本,失古人性情之正。

【第 9.1 部分參考書目】

王宏林著:《沈德潛詩學思想研究》,北京:人民出版社,2010 年。
黄志浩著:《常州詞派研究》,北京:中國社會科學出版社,2008 年。
張健著:《清代詩學研究》,第 1 版,北京:北京大學出版社,1999 年。
　　参第十一章《傳統詩學體系的再修正與總結:沈德潛的詩學》,第 511—570 頁。
Chao, Chia-ying Yeh. "*The Ch'ang-chou School of Tz'u Criticism.*" *Harvard Journal of Asiatic Studies* 35 (1975): 101–132. Also in *Chinese Approaches to Literature from Confucius to Liang Ch'i-ch'ao*, edited by Adele Austin Rickett, 151–188.

9.2　唯美至文説的理論總結:葉燮《原詩》

清代是詩話寫作的鼎盛時期。雖然力主"温柔敦厚"的詩教派勢力很大,但大部分詩話作者仍舊顯示了明顯的唯美傾向,像明代復古派那樣專心探索詩歌藝術。不過,他們不再盲目籠統地推崇盛唐,而是試圖對不同時期的詩歌進行更加深入的分析,並由此找出他們心目中的至文。清初王夫之(1619—1692)就是一個典型的代表。他編有《古詩評選》《唐詩評選》《明詩評選》,雖然並不特別推崇某個時期,但似乎對唐宋之前的古詩較爲注意。王夫之言:"身之所歷,目之所見,是鐵門限。"強調好詩必定直接描寫親身體驗的景物。他最爲推崇觸景生情,揮筆而成之作,並借用佛教唯識學術語"現量"來加以褒揚。王士禎(1634—1711)則步明人的後塵,推崇盛唐詩,但獨尊王維、孟浩然這一派的詩歌,並對其審美境界作出比明人更爲精闢的闡述,被譽爲"神韻說"。除此之外,當時翁方綱(1733—1818)"肌理説"另開一派,沒有依照明復古派的文學史觀框架,而是將清代考據學引入詩論中。

雖然詩話作者沒有刻意探究文學論方面的議題,但他們對情景關係的論述精闢而周全,近乎形成一種唯美的文學本質論。例如,王夫之沿著後七子謝榛的路子對情景關係進行了更加詳盡的闡述。李重華(1682—1755)《貞一齋詩說》(§135)和朱庭珍(1841—1903)《筱園詩話》(§137)則集中討論近體詩各聯中情和景的互動。朱庭珍的"四實四虛之法",就是指在律詩四聯中安排情語和景語的八種不同方法。朱氏對情景關係的描述較爲機械,和王夫之動態地闡述情景關係、並且與宇宙陰陽相聯繫的做法是不一樣的。在清代詩話中,最有理論深度、最有系統性的著作非葉燮《原詩》莫屬。如果説王夫之、王士禎等人通過評點詩句來討論情景關係,葉燮則是通過和現代文論較爲類似的分析性語言來分析情和景在詩歌中如何互動,創造出"至文"。

葉燮在哲學的層次上重構傳統"情"和"景"的概念,將兩者分別拓展爲"才、膽、識、力"四個關鍵内在主觀因素,和"理、事、情"三大外在客觀因素。葉燮"理、事、情"三個概念意思較爲特殊,這裏稍加解釋。按照葉燮的定義,理即事物本身發生的可能性,事即具體現象,情即具體現象千姿百態的外在面貌。葉燮認爲,天下"至文"無不展現出這兩組主、客觀因素的最佳互動。在對杜甫五律名句進行詳細分析之後,他從理論的高度總結了創造"至文"的方法:"要之,作詩者,實寫理、事、情,可以言,言可以解,解即爲俗儒之作。惟不可名言之理,不可施見之事,不可徑達之情,則幽渺以爲理,想象以爲事,惝恍以爲情,方爲理至、事至、情至之語。"因此,詩必須呈現"不可名言之理,不可施見之事,不可徑達之情",方能被稱爲"至文"(§133)。與嚴滄浪論詩的語言相比,很明顯葉燮没有停留在印象式的語言上,而是將理論分析和審美評論二者有機地結合在一起。

§128　吴喬(1611—1695)《圍爐詩話》:詩以情爲主,景爲賓

【作者簡介】吴喬(1611—1695),清初詩人、詩論家。一名殳,字修齡。崑山(今屬江蘇)人。崇禎十一年諸生,尋被斥。清兵入關,以布衣身份遊於公卿。著有《古宫詞》《托物草》《好山詩》《圍爐詩話》《答萬季埜詩問》《西崑發微》。《西崑發微》箋釋李商隱詩,《圍爐詩話》收於《借月山房彙抄》,始行於世。

問曰:"言情敘景若何?"答曰:"詩以道性情,無所謂景也。《三百篇》中之興'關關雎鳩'等,有似乎景,後人因以成煙雲月

露之詞,景遂與情並言,而興義①以微。然唐詩猶自有興,宋詩鮮焉。明之瞎盛唐,景尚不成,何況于興?"

古詩多言情,後世之詩多言景,如《十九首》中之"孟冬寒氣至",建安中之子建《贈丁儀》"初秋涼氣發"者無幾。日盛一日,梁、陳大盛,至唐末而有清空如話之說,絕無關于性情,畫也,非詩也。夫詩以情爲主,景爲賓②。景物無自生,惟情所化。情哀則景哀,情樂則景樂。唐詩能融景入情,寄情于景。如子美之"近淚無乾土,低空有斷雲"③,沈下賢之"梨花寒食夜,深閉翠微宮"④,嚴維之"柳塘春水漫,花塢夕陽遲"⑤,祖詠之"遲日園林好,清明烟火新"⑥,景中哀樂之情宛然,唐人勝場⑦也。弘、嘉⑧人依盛唐皮毛以造句者,本自無意,不能融景;況其敘景,惟欲闊大高遠,于情全不相關,如寒夜以板爲被,赤身而掛鐵甲。(QSHXB, p.478)

① "興"爲貫穿古典詩學史的重要概念,關於其具體意義,後人解釋不一。概括來説,一般指向詩歌的起興,先言他物,引起所詠之物。 ② 客,與主相對,處於次要位置。 ③ 杜甫《別房太尉墓》中句。 ④ 唐人沈亞之(781—832)《夢挽秦弄玉》中句。 ⑤ 唐人嚴維《酬劉員外見寄》中句。 ⑥ 唐人祖詠(699—746),《清明宴司勛劉郎中別業》中句。 ⑦ 擅長的領域。 ⑧ 明代弘治至嘉靖年間,復古派活躍時期。

在吳喬看來,詩歌以情爲主,景爲次,且上古之詩無所謂景,詩在道性情的過程中化出景物,且景的情感色彩由其所承載的情決定。然而,後人却日漸將情、景並言,乃至專務風雲月露,使所作之詩無情無興。至於明代復古諸子,只學盛唐皮毛,而更不識情景相融之理。

§ 129 吳喬《圍爐詩話》:情景中有通融變化

余與友人説詩曰:"古人有通篇言情者,無通篇敘景者,情爲主,景爲賓也。情爲境遇,景則景物也。"又曰:"七律大抵兩聯言情,兩聯敘景,是爲死法。蓋景多則浮泛,情多則虛薄也。然順逆在境,哀樂在心,能寄情于景,融景入情,無施不可,是爲活法。"又曰:"首聯言情,無景則寂寥矣,故次聯言景以暢其情。首聯敘景,則情未有著落,故次聯言情以合乎景,所謂開承①也。此下須轉情而景,景而情,或推開,或深入,或引古,或邀賓,須與次聯不同收,或收第三聯,或收至首聯,看意之所在而收之,又有推開暗結者。輕重虛實,濃淡深淺,一篇中參差用之,偏枯②即不佳。"又曰:"意爲情景之本,只就情景中有通融之變化,則開承轉合不爲死法,意乃得見。"又曰:"子美詩云:'晚節漸于詩律細。'③律爲音律,拗句詩不必學。"(QSHXB, p.480)

① 開端與承接,指詩歌結構。　② 偏於一方面,沒有平衡多種元素。
③ 語出杜甫《遣悶戲呈路十九曹長》。

　　這裏再次強調詩以情爲主,景爲賓,且專門分析七律各聯的情景佈置,並指出其中的死法,點明寄情於景、融景於情的活法。

§ 130　王夫之(1619—1692)《古詩評選》:情景互動生成的過程

【作者簡介】王夫之(1619—1692),字而農,號薑齋,人稱船山先生,湖南衡陽人。崇禎十五年中舉。明末清初思想家、文學家,與顧炎武、黃宗羲並稱"清初三大儒"。明亡,聯合地方義軍抗清,入南明任職,後輾轉遊歷,著書講學,晚年隱居衡陽石船山。著有《周易外傳》《尚書引義》《春秋世論》《讀通鑑論》《宋論》《永曆實錄》《噩夢》《黃書》等書。

　　言情則於往來動止、縹緲有無之中,得靈蠁①而執之有象;取景則於擊目經心、絲分縷合之際,貌固有而言之不欺。而且情不

虛情,情皆可景;景非滯景,景總含情。(CSQS, vol.14, p.736)

① 靈應,指無形的啓示。

這裏將詩歌情與景的生成過程描述得比較完整,情在心緒往來動止中流露,且虛幻無形;景在應目會心間被捕捉到,且形貌具體。情與景之間相互支持,真實之情皆能包容外景,而景只要不冗餘,便也會承載詩情。

§ 131　王夫之《夕堂永日緒論内編》:情與景的不可分離

情景名爲二,而實不可離。神於詩者,妙合無垠①。巧者則有情中景,景中情。景中情者,如"長安一片月"②,自然是孤棲憶遠之情;"影靜千官裏"③,自然是喜達行在之情。情中景尤難曲寫,如"詩成珠玉在揮毫"④,寫出才人翰墨淋漓、自心欣賞之景。凡此類,知者遇之;非然,亦鶻突⑤看過,作等閒語耳。(JZSHJZ, juan 2, p.72)

不能作景語,又何能作情語邪?古人絶唱句多景語,如"高臺多悲風"⑥,"胡蝶飛南園"⑦,"池塘生春草"⑧,"亭皋木葉下"⑨,"芙蓉露下落"⑩,皆是也,而情寓其中矣。以寫景之心理言情,則身心中獨喻之微,輕安拈出。謝太傅於《毛詩》取"訏謨定命,遠猷辰告",以此八字如一串珠,將大臣經營國事之心曲,寫出次第;故與"昔我往矣,楊柳依依;今我來思,雨雪霏霏"⑪,同一達情之妙。(JZSHJZ, juan 2, pp.91-92)

① 情景相合,之間沒有邊際、界限。　② 李白《子夜吴歌・秋歌》中句。　③ 出杜甫《喜達行在所三首》其三。　④ 出杜甫《奉和賈至舍人早朝大明宫》。　⑤ 模糊,隨意。　⑥ 出曹植《雜詩》其一。　⑦ 出西晉文人張協《雜詩》其八。　⑧ 出謝靈運《登池上樓》。　⑨ 出南朝梁柳惲《擣衣詩》。　⑩ 出蕭愨(què)《秋思》。　⑪ 典出《世說新語・文學》。

謝家子弟集會,謝玄認爲《詩經》中"楊柳依依"句最好,謝安以《詩經·蕩之什·抑》中"訏謨定命,遠猷辰告"爲最佳。

這裏再次強調情與景不可分離,二者相合,實則無界限,並舉出各種寫景詩語,揭示其間所蘊之情。而且,王夫之指出,作不出景語也免不了無法作情語,古人絶唱往往藉由景語抒發。

§ 132　王夫之《薑齋詩話》:景以情合,情以景生

興在有意無意之間,此亦不容雕刻。關情者景,自與情相爲珀芥①也。情景雖有在心在物之分,而景生情,情生景,哀樂之觸,榮悴之迎,互藏其宅。天情物理,可哀而可樂,用之無窮,流而不滯;窮且滯者不知爾。"吳楚東南坼,乾坤日夜浮",乍讀之若雄豪,然而適與"親朋無一字,老病有孤舟"②相爲融浹③。(JZSHJZ, juan 1, pp.33－34)

夫景以情合,情以景生,初不相離,唯意所適。截分兩橛④,則情不足興,而景非其景。(JZSHJZ, juan 2, p.76)

① 虎珀拾芥,琥珀摩擦後可以吸引芥草。比喻情景互相感應。② 杜甫《登岳陽樓》中二、三聯。　③ 音 jiá,透徹、浸透。　④ 短木。比喻情與景隔斷爲兩部分。

這裏指出,情的關切點雖在內心,但其觸發物却是外界之景,景雖屬於外物,却足以引人生情,故而詩之景總關情,情則應乎景。如果將二者截斷爲二物,則情感生發便丟失了興起之景,這時的景也不再是含情之景了。

§ 133　葉燮(1627—1703)《原詩》:詩之道皆出乎理、事、情

【作者簡介】葉燮(1627—1703),字星期,號已畦。清初詩論家。原籍浙江嘉興,晚年定居江蘇橫山,世稱橫山先生。康熙九年進士,康熙十

四年任江蘇寶應知縣,因耿直不附上意而落職。由此絕意仕途,專心撰述、設館授徒,直至病卒。著有詩論《原詩》和《己畦詩集》《己畦文集》。

自開闢以來,天地之大,古今之變,萬彙①之賾②,日星河嶽,賦物象形,兵刑禮樂,飲食男女,於以發爲文章,形爲詩賦,其道萬千,余得以三語蔽③之,曰理、曰事、曰情,不出乎此而已。然則詩文一道,豈有定法哉?先揆④乎其理,揆之於理而不謬,則理得。次徵諸事,徵之於事而不悖,則事得。終絜⑤諸情,絜之於情而可通,則情得。三者得而不可易⑥,則自然之法立。故法者當⑦乎理,確⑧乎事,酌⑨乎情,爲三者之平準,而無所自爲法也。……則夫子所云辭達。達者通也,通乎理,通乎事,通乎情之謂。而必泥⑩乎法,則反有所不通矣。辭且不通,法更於何有乎?(QSH, pp.574-576)

① 猶萬物。 ② 音zé,玄妙幽微之理。 ③ 概括。 ④ 音kuí,揆度,度量、省察。 ⑤ 音xié,用繩子圍繞度量圍長,泛指衡量。 ⑥ 更改。 ⑦ 合宜、相稱。 ⑧ 準確,真實。 ⑨ 考量。 ⑩ 音nì,拘泥、不知變通。

在《原詩》中,葉燮對文和宇宙之道之間的互動進行了細緻的分析研究。和蕭統一樣,他並不明確談論道,即使他的注意力集中在作者對宇宙過程的處理上。這一點似乎是葉氏的自覺選擇,其目的大約在劃清自己和新儒家道學之間的界限。確實,在整部《原詩》中,葉氏從未討論任何教化問題,也從未使用任何讓我們聯想起新儒家文道觀的概念和術語。不過,與劉勰和蕭統不同的是,葉氏並沒有爲證實文學的神聖起源而考察宇宙過程。他主要的目標在於探討文學創作的動力,即探究"至文"是怎樣產生于作者與宇宙過程的交往互動的。

曰理、曰事、曰情三語,大而乾坤以之定位,日月以之運行,以至一草一木一飛一走。三者缺一,則不成物。文章者,所以表天地萬物之情狀也；然具是三者，又有總⑪而持之、條而貫之者，曰氣。事、理、情之所爲用，氣爲之用也。譬之一木一草，其能發生者，理也。其既發生，則事也。既發生之後，夭喬⑫滋植，情狀萬千，咸⑬有自得之趣，則情也。苟無氣以行之，能若是乎？又如合抱⑭之木，百尺干霄，纖葉微柯以萬計，同時而發，無有絲毫異同，是氣之爲也。苟斷其根，則氣盡而立萎，此時理、事、情俱無從施矣。吾故曰：三者藉氣而行者也。得是三者，而氣鼓行⑮於其間，絪縕磅礴，隨其自然，所至即爲法，此天地萬象之至文也。（QSH, p.576）

　　曰理、曰事、曰情，此三言者足以窮盡萬有之變態。凡形形色色，音聲狀貌，舉不能越⑯乎此。此舉在物者而爲言，而無一物之或能去此者也。曰才、曰膽、曰識、曰力，此四言者所以窮盡此心之神明。凡形形色色，音聲狀貌，無不待於此而爲之發宣⑰昭著。此舉在我者而爲言，而無一不如此心以出之者也。以在我之四⑱，衡在物之三⑲，合而爲作者之文章。大之經緯天地，細而一動一植，詠嘆謳吟，俱不能離是而爲言者矣。（QSH, p.579）

⑪聚合、繫結。　⑫"夭"，幼小；"喬"，高大。"夭喬"，指草木生長。⑬全部，都。　⑭雙手環抱，形容樹幹粗大。　⑮擊鼓行軍，比喻氣勢磅礴。　⑯超出。　⑰疏通發散於外。　⑱才、膽、識、力。　⑲理、事、情。

　　爲了揭開至文產生的奧秘，葉氏運用了傳統文論中少見的分析方法。他把所有事物的發展分成三個階段：理、事、情。理，決定事物發生的內在原理；事，自然和人世中的實際存在；情，事物外在形式的生動體現。葉氏認爲，理、事、情三階段的依次發展依賴於宇宙的氣。如果氣充滿並鼓蕩著理、事、情，則三者都將得到充分發展。對葉燮來說，正是這一自然、神奇的發展過程產生了天地之"至文"。葉燮認爲，要在文學作品中創造"至文",作者必須在其想象世界中揣摩理、事、情三者的動態關係,他能否成功取決於他如何運用四種内在力量:才、膽、識、力。

> 詩之至處,妙在含蓄無垠,思致微渺,其寄托在可言不可言之間,其指歸在可解不可解之會;言在此而意在彼,泯端倪[20]而離形象,絶議論而窮思維,引人於冥漠恍惚之境,所以爲至也。……要之,作詩者,實寫理、事、情,可以言,言可以解,解即爲俗儒之作。惟不可名言之理,不可施見之事,不可徑達[21]之情,則幽渺以爲理,想象以爲事,惝怳[22]以爲情,方爲理至、事至、情至之語。(*QSH*, pp.584, 587)

[20] 消泯跡象。 [21] 直接抵達、接觸。 [22] 音 chǎng huǎng,恍惚,模糊不清。

如果作者能够有效地運用才、膽、識、力來表現外在的理、事、情,他就能創造出和天地之至文相匹敵的文學"至文"來。實際上,和劉勰一樣,葉氏相信這樣的至文甚至高於天地之至文。如果説劉勰通過重複《易傳》製作的神話支持這一主張,那麽葉氏則基於文學"至文"無與倫比的審美效果來提供理性解釋。

因爲詩中的理、事、情與其説是真實的,倒不如説是虚構的,詩人不可能用指示性的語言將其實際地描述出來。只有聽任其想象力徜徉在朦朧的超驗之域,他纔有望捕捉理、事、情模糊的、無法形容的形態,並創造出能够產生無盡審美愉悦的文學"至文"。簡言之,葉燮從文學創作的角度重新探討文道關係,根據其審美效果證實人文的優越性,他給我們提供了高度原創性的審美文學論。

§ 134 葉燮《己畦集・與友人論文書》:六經乃理、事、情之權輿

> 僕嘗有《原詩》一編,以爲盈天地間,萬有不齊[①]之物、之數,總不出乎理、事、情三者。故聖人之道自格物[②]始,蓋格夫凡物

之無不有理、事、情也。爲文者,亦格之文之爲物而已矣。夫備物者莫大於天地,而天地備於六經。六經者,理、事、情之權輿③也。合而言之,則凡經之一句一義,皆各備此三者,而互相發明;分而言之,則《易》似專言乎理,《書》《春秋》《禮》似專言乎事,《詩》似專言乎情。此經之原本也。而推其流之所至,因《易》之流而爲言,則議論、辨説等作是也;因《書》《春秋》《禮》之流而爲言,則史傳、紀述、典制等作是也;因《詩》之流而爲言,則辭賦、詩歌等作是也。數者條理各不同,分見於經,雖各有專屬,其適④乎道則一也。而理者與道爲體,事與情總貫乎其中,惟明其理,乃能出之而成文。六經之後,其得此意者,則庶乎唐宋以來諸大家之文,爲不悖乎道矣。(JQJ, juan 13, pp.444–445)

① 各不相同。　② 推究、求得事物的道理。"格",推求。　③ 起始、萌生。　④ 切合、歸向。

這裏再度申明,天地萬物皆統攝於理、事、情三種客觀要素,文亦如此。而萬物最巨者當推天地,天地之理則以六經爲備,於是,六經的章句經義,都各自申發最根本的理、事、情,六經對這三種客觀因素的闡發各有專屬,却都合乎道。唐宋大家之文幾乎能像六經那樣呈現天地之道,即萬物的理、事、情。

§ 135　李重華(1682—1755)《貞一齋詩説》: 情、景當循環相生

【作者簡介】李重華(1682—1755),字實君,號玉洲,江蘇吴江人。少有俊才,從張大受游。雍正二年進士,改庶吉士,授編修。充四川鄉武副考官。生平游跡甚廣,登臨憑弔,發而爲詩,頗得江山之助。重華頗長於詩,又以古文名,著有《貞一齋集》《貞一齋詩話》《三經附義》於世。

詩有情有景,且以律詩淺言之: 四句兩聯,必須情景互换,

方不複沓①；更要識景中情，情中景，二者循環相生，即變化不窮。(*QSH*, p.931)

① 堆砌重複。

這裏同樣認爲情、景循環相生而不窮，作詩、評詩皆須識得景中情、情中景，並使二者參差互換而不重複。

§136 闕名《靜居緒言》：詩對個人一生的作用

子桓曰："文章，經國之大業，不朽之盛事。年壽有時而盡，榮樂止①乎其身，二者必至之常期，未若文章之無窮。"②鍾嶸曰："靈祇③待之以致饗，幽微藉之以昭告，動天地，感鬼神，莫近於詩。"④僕謂即未必然，亦及一生作用：窮險絶奇，詩以入之；幽景玄象，詩以出之；塊磊鬱塞，詩以破之；死生契闊，詩以通之；真居仙館，詩以游之；豪情逸思，詩以發之；閒心古貌，詩以狀⑤之；愁悰⑥恨緒，詩以訴之；病緣夢境，詩以達之。(*QSHXB*, p.1651)

① 居住，停留於。　② 語出曹丕《典論·論文》。　③ 音 líng qí，神明。　④ 鍾嶸《詩品序》中語。　⑤ 形狀，給予其具體形狀。　⑥ 音 cóng，心情、思緒。

這裏在前人稱讚文章經國不朽、動天地感鬼神之外，還強調了文學對作對個體的人一生的作用。其間既包括各種見聞處境，也涵括一系列情感狀態。無論正面還是負面的作用，它們都可用詩傳達而出。

§137 朱庭珍(1841—1903)《筱園詩話》：情景虛實不必拘于字句排布之末節

【作者簡介】朱庭珍(1841—1903)，字小園，又作筱園。雲南石屏人。庭珍幼得家傳，光緒十四年舉人，光緒年間，與友人在昆明結爲蓮湖詩社，并任社长，主讲经正精舍，以诗文唱酬。同治四年，二十四岁的朱庭珍开始构写《筱园诗话》，历十三年始成。著有《筱园诗话》《穆清堂诗钞》(内含《论诗绝句五十首》)等。

　　自周氏论诗，有四实四虚之法，后人多拘守其说，谓律诗法度，不外情景虚实。或以情对情，以景对景，虚者对虚，实者对实，法之正也。或以景对情，以情对景，虚者对实，实者对虚，法之变也。于是立种种法，为诗之式。以一虚一实相承，为中二联法。或前虚后实，或前景后情，此为定法。以应虚而实，应实而虚，应景而情，应情而景，或前实后虚，前情后景，及通首言情，通首写景，为变格、变法，不列于定式。援据①唐人诗以证其说，胪列②甚详。予谓以此为初学说法，使知虚实情景之别，则其说甚善，若名家则断不屑拘拘于是。诗中妙谛，周氏未曾梦见，故泥于迹相，仅从字句末节③着力，遂以皮毛为神骨，浅且陋矣。夫律诗千态百变，诚不外情景虚实二端。然在大作手，则一以贯之，无情景虚实之可执也。写景，或情在景中，或情在言外。写情，或情中有景，或景从情生。断未有无情之景，无景之情也。又或不必言情而情更深，不必写景而景毕现，相生相融，化成一片。情即是景，景即是情，如镜花水月，空明掩映，活泼玲珑。其兴象精微之妙，在人神契④，何可执形迹分乎？至虚实尤无一定。实者运之以神，破空飞行，则死者活，而举重若轻，笔笔超灵，自无实之非虚矣。虚者树之以骨，炼气镕滓，则薄者厚，而积虚为浑，笔笔沈着，亦无虚之非实矣。又何庸固执乎？总之诗家妙悟，不应着迹，别有最上乘功用，使情景虚实各得其真可也，使各逞其变可也，使互相为用可也，使失其本意而反从吾意所用,亦可也。此固不在某聯宜實,某聯宜虛,何處寫景,何處言情,虛實情景,各自爲對之常格恒法。亦不在當情而景,當景而情,當虛而實,當實而虛,及全不言情,全不言景,虛實情景,互相易對之新式變法。別有妙法活法,在吾方寸,不可方物。六祖語曰:"人轉法華,勿爲法華所轉。"此中消息,亦如是矣。(QSHXB, pp.2336-2337)

① 援引根據。　② 羅列,列舉。臚,音lú。　③ 末端的枝節,比喻不重要的細節。　④ 神交,無形中契合。

這段詩話先肯定了情景虛實作爲律詩法度的合理性,並且認可種種情與景、虛與實的組合法式。但朱庭珍隨後指出,以上僅能作爲初學説法,若爲名家,斷不可拘泥於此字句末節。因爲律詩程式實則千態百變,情景二者也是相生相融,不可割裂處理。若一味營造佈置,便落入下乘。只有掌握詩家妙悟之境,方能不著痕跡,使情景虛實各得其所,相得益彰。

【第9.2部分參考書目】

郭紹虞著:《中國文學批評史》,第1版,北京:中華書局,1961年,第30章"葉燮與沈德潛",第430—447頁。

蔣寅著:《原詩箋注》(增訂本),上海:上海古籍出版社,2023年。

蕭馳著:《聖道與詩心:中國思想與抒情傳統》,臺北:聯經出版事業公司,2012年。

蔡宗齊著:《明清以情爲主的創作論——以華兹華斯和艾略特情感論之爭爲借鑒》,《文藝研究》2024年第1期,第17—31頁。

Owen, Stephen, ed. *Readings in Chinese Literary Thought*. Chapter 10 & 11. Cambridge: Harvard University Press, 1992.

Pohl, Karl-Heinz. "Ye Xie's 'On the Origin of Poetry' (*Yuan Shi*): A Poetic of the Early Qing." T'oung Pao 78.1-3 (1992): 1-32.

Sun, Cecile. *Pearl from the Dragon's Mouth: Evocation of Scene and Feeling in*

Chinese Poetry. Ann Arbor: Michigan Center for Chinese Studies, 1995.

Wong, Siu-kit. "*Ch'ing* and *Ching* in the Critical Writings of Wang Fu-chih." In *Chinese Approaches to Literature from Confucius to Liang Ch'i-ch'ao*, edited by Adele Austin Rickett, 121 – 150. Princeton: Princeton University Press, 1978.

9.3 桐城派至文説：宇宙之道與文章結構和審美原則

桐城派論文,最廣爲人知的是該派創始人方苞提出的"義法"説。方苞自稱"學行繼程朱之後,文章介韓歐之間",其最有名的爲"義法"之論。"義"即文章内容,"法"即創作方法,因此"義法"指的便是文章的内容與方法結合。與唐宋古文家比較,唐宋古文家主要討論如何學聖人書以養氣,主要討論道德修養、養氣等,認爲言可貫道,並未談及具體的創作方法。而桐城派論文的重點則不在於自我的道德修養、養氣、學聖等,而在於對"法"的闡發。

方苞、劉大櫆、姚鼐三位桐城派大師對"法"的理解又大爲不同。方苞的理解相對較爲機械,他強調"篇法",對文章的結構、材料的取捨、繁簡的掌握、古文的語言等方面均做了實在明確的討論(§139—141)。劉大櫆則是將唐宋古文家"氣"的理論與文學作品的方方面面聯繫起來(§142)。唐宋八大家説的"氣"是從作者自我修養的角度出發,而劉大櫆講的則是文章内在的"氣",談論作者如何掌握運用文章内在的"氣"去創造至文。換言之,劉大櫆將"氣"看做是文章中文字與審美境界之間的關係,這和前人談論"氣"大爲不同。曹丕最早談論"氣",認爲"氣"是作品的個人風格;唐宋古文家則以孟子"浩然之氣"爲圭臬,認爲"氣"體現了作者道德身心的培養與文學作品的關係。劉大櫆則以氣論文章的本質,認爲"氣"貫穿了文章的不同層次。第一層次是字句的使用,第二層次是音節,通過朗誦字句便可揣摩文章內在之"氣"。換言之,作爲抽象表意工具的文字,通過朗誦產生節奏,就可表達文章之"氣"。同時,劉大櫆又提出"神"的概念,認爲"行文之道,神爲主,氣輔之",在氣的運作中有"神"。"神"即藝術上不可言說的美感,是最高的層次,其次較爲具體的層次便是"氣",再其次較具體的即"音節",隨後最爲具體的即"字句"。劉大櫆由此建立了多個層次的文章框架,從最具體到最抽象,從最機械的表意層次到藝術意境的感受層次,並且將每一層次都解釋清楚了。

姚鼐有關"至文"的討論,也是從文章與最高宇宙原則關係的角度展開的。在《復魯絜非書》中(§143),他將文分成陽剛、陰柔二類,認爲有的文章以"陰"爲主,有的以"陽"爲主。由於"陰陽"與"氣"有關,"氣"又和"道"有關,姚鼐就巧妙地將"道""氣""文"三者都落實到具體文章風格之中。雖然姚鼐也談論文道關係,然而他是從文學作品出發。通過分析文學作品,他認爲不同的文學作品有兩種不同的美感,這兩種不同的美感之中又有不同的種類。而他認爲這些不同是陰陽二氣不同的搭配所造成的。只有聖人文章可以做到陽剛爲主,陰柔爲輔,兩者達到最佳平衡。

§ 138　魏禧(1624—1681)《論世堂文集敘》：六經以氣承傳

【作者簡介】魏禧(1624—1681)，字冰叔，一字叔子，號裕齋，人稱勺庭先生。江西寧都人。明遺民、清初散文家，與侯方域、汪琬合稱"國初三家"，與兄魏祥、弟魏禮以文章名世，世稱"寧都三魏"。三魏兄弟與彭士望、林時益、李騰蛟、邱維屏、彭任、曾燦等合稱"易堂九子"。明亡後，魏禧隱居翠微峰，後出遊江南，入浙中，以文會友。魏禧主經世致用，積理、練識。著有《魏叔子文集》《左傳經世》《兵謀》《兵法》《兵跡》等。

地縣①於天中，萬物畢載，然上下無所附②，終古而不墜，所以舉之者氣也。人之能載萬物者莫如文章。天之文，地之理，聖人之道，非文章不傳；然而無以舉之，則文之散滅也已久。故聖人不作，六經之文絕，然其氣未嘗絕也。聖人之氣，如天之四時，分之而為十有二月，又分之而為二十有四氣。得其一氣，則莫不可以生物。六經以下為周諸子，為秦漢，為唐宋大家之文。苟非甚背於道，則其氣莫不載之以傳。《書》《詩》《易》《禮》《春秋》之氣，得其一皆足以自名。而世之言氣，則惟以浩瀚蓬勃，出而不窮，動而不止者當之，於是而蘇軾氏乃以氣特聞。子瞻之自言曰："吾文如萬斛泉源③，不擇地皆可出，在平地一日千里無難；及其與山石曲折，隨物賦形而不自知也。行乎其所當行，止乎其所不得不止。"④而乃以氣特聞。(*WSZWJWB, juan* 8, p.245)

①同"懸"。　②攀援，依附。　③泉水源頭豐富不竭，比喻文思如泉湧。"斛"，音 hú，量器名。　④語出蘇軾《自評文》。

魏禧指出，天文地理與聖人之道皆依託文章而傳，並由"氣"承舉。這裏的氣既通於六經文章之氣，亦可分而為宇宙四時的自然之氣。文章順乎道，則其文氣可得以傳承延續，並各自以其氣盛而聞名。

§ 139　方苞(1668—1749)《古文約選序》：古文義法最精者

【作者簡介】方苞(1668—1749)，字靈皋，又字鳳九，號望溪，安徽桐城人。康熙三十八年舉人，四十五年考中進士，因母親生病而歸家，未預殿試。五十年，因戴名世《南山集》案被牽連入獄。赦出後入旗籍，得康熙賞識，入值南書房，六十一年任武英殿總裁。雍正時重歸漢籍，累官翰林院侍講學士、內閣學士兼禮部侍郎。乾隆時期，再命入南書房，任禮部右侍郎、經史館總裁等職。乾隆七年，辭官歸里。十四年病逝。方苞爲學以程、朱爲宗，寫古文尤重"義法"。方苞與姚鼐、劉大櫆合稱"桐城三祖"。著有《望溪先生集》。

太史公《自序》，年十歲，誦古文，周以前書皆是也。自魏、晉以後，藻繪之文興，至唐韓氏起八代之衰①，然後學者以先秦、盛漢辨理論事，質②而不蕪③者爲古文。蓋六經及孔子、孟子之書之支流餘肆④也。……蓋古文所從來遠矣，六經、《語》、《孟》其根源也。得其枝流，而義法最精者，莫如《左傳》《史記》，然各自成書，具有首尾，不可以分剗⑤。其次《公羊》《穀梁傳》《國語》《國策》⑥，雖有篇法可求，而皆通紀數百年之言與事，學者必覽其全而後可取精焉。惟兩漢書疏及唐宋八家之文，篇各一事，可擇其尤⑦。而所取必至約，然後義法之精可見。故於韓⑧取者十二，於歐⑨十一，餘六家⑩或二十三十而取一焉。兩漢書疏，則百之二三耳。學者能切究於此，而以求《左》《史》《公》《穀》《語》《策》之義法，則觸類而通，用爲制舉⑪之文，敷陳⑫論策，綽有餘裕矣。雖然，此其末也。先儒謂韓子因文以見道，而其自稱，則曰："學古道，故欲兼通其辭。"群士果能因是以求六經、《語》、《孟》之旨，而得其所歸，躬蹈仁義，自勉於忠孝，則立德立功以仰答我皇上愛育人材之至意者，皆始基於此。是則余

爲是編，以助流政教之本志也夫！（FBJ, juan 4, pp.612–613）

① 蘇軾《潮州韓文公廟碑》："文起八代之衰，而道濟天下之溺。" ② 平直質樸。 ③ 蕪雜。 ④ 再生的枝條。"肄"，音 yì。 ⑤ 分割，斷裂。"剮"，音 duō。 ⑥ 即《戰國策》。 ⑦ 突出的，優異的。 ⑧ 韓愈。 ⑨ 歐陽修。 ⑩ 唐宋八大家中其餘六家，即柳宗元、蘇洵、蘇軾、蘇轍、曾鞏、王安石。 ⑪ 取士的考試科目。 ⑫ 展開陳述。

這段主要說了方苞編古文選時所推崇的古文樣板以及選擇的準則。他認爲《左傳》《史記》"義法最精"，然而二者都"具有首尾，不可以分剮"，即有較爲縝密的首尾圓合的結構。排在其次的是《公羊傳》《穀梁傳》《國語》《國策》，通紀數百年之事，需遍覽方可取精。因此方苞選擇標準是"所取必至約，然後義法之精可見"，即方苞選擇的是體現"義法之精"的文章。另外，這裏方苞還認爲學習古文可以幫助人們考試："學者能切究於此，而以求《左》《史》《公》《谷》《語》《策》之義法，則觸類而通，用爲制舉之文，敷陳論策，綽有餘裕矣。"因此方苞也談到了學習古文與寫作時文的關係。

§ 140　方苞《古文約選凡例》：編錄選目的取捨標準

一：《三傳》①《國語》《國策》《史記》爲古文正宗，然皆自成一體，學者必熟復全書，而後能辨其門徑，入其窔奧②。故是編所錄，惟漢人散文及唐宋八家專集，俾③承學治古文者，先得其津梁，然後可溯流窮源，盡諸家之精蘊耳。

①《春秋》三傳，《左傳》《公羊傳》《穀梁傳》。 ② 音 yǎo yào，深奧的境界。 ③ 音 bì，使，給。

一：周末④諸子，精深閎博，漢、唐、宋文家皆取精焉。但其著書，主於指事類情⑤，汪洋自恣，不可繩以篇法。其篇法完具者，間亦有之，而體製亦別，故概弗採錄。覽者當自得之。

④ 周代末年，即東周末，春秋戰國時期。 ⑤ 闡述事情的道理，比譬情狀。

一：在昔議論⑥者，皆謂古文之衰，自東漢始，非也。西漢惟武帝以前之文，生氣奮動，倜儻排宕，不可方物，而法度自具。昭、宣⑦以後，則漸覺繁重滯澀，惟劉子政⑧傑出不群，然亦繩趨尺步，盛漢之風，邈無存矣。是編自武帝以後至蜀漢，所錄僅三之一，然尚有以事宜講問，過而存之者。

⑥譏刺、議論。　⑦漢昭帝、漢宣帝，指西漢中期。　⑧劉向（前77—前6），西漢學者。

一：韓退之云："漢朝人無不能爲文。"今觀其書疏吏牘，類皆雅飭⑨可誦。茲所錄僅五十餘篇，蓋以辨古文氣體，必至嚴乃不雜也。既得門徑，必縱橫百家而後能成一家之言。退之自言"貪多務得，細大不捐"⑩是也。

⑨文辭典雅整飭。　⑩小的大的都不願意捨棄，比喻缺乏判斷、選擇，出韓愈《進學解》。

一：古文氣體，所貴清澄無滓。澄清之極，自然而發其光精，則《左傳》《史記》之瑰麗濃鬱是也。始學而求古求典，必流爲明七子⑪之僞體，故於《客難》⑫《解嘲》⑬《答賓戲》⑭《典引》⑮之類，皆不錄。雖相如《封禪書》亦姑置焉。蓋相如天骨超俊，不從人間來，恐學者無從窺尋，而妄摹其字句，則徒敝精神於塞淺⑯耳。

⑪指明復古派前後七子。　⑫東方朔《答客難》。　⑬揚雄《解嘲》。　⑭班固作。　⑮班固作。　⑯鄙陋、偪促、淺薄。

一：子長《世表》《年表》《月表序》⑰，義法精深變化。退之、子厚讀經子⑱，永叔史志論⑲，其源並出於此。孟堅⑳《藝文志·七略序》，淳實淵懿，子固序群書目錄㉑，介甫序《詩》《書》《周禮》義㉒，其源並出於此，概弗編輯，以《史記》《漢書》，治古文者必觀其全也。獨錄《史記·自序》,以其文雖載家傳後,而別爲一篇,非《史記》本文耳。

⑰ 司馬遷《史記》中《三代世表》《十二諸侯年表》《秦楚之際月表》,各表皆有序。 ⑱ 韓愈、柳宗元讀經書、子書後所作,如韓愈《讀儀禮》、柳宗元《辯列子》。 ⑲ 歐陽修所編著史書如《新唐書》中《藝文志》等文。⑳ 班固。 ㉑ 指曾鞏所作《戰國策目錄序》等文。 ㉒ 王安石《詩義序》《周禮義序》等。

一:退之、永叔、介甫,俱以誌銘擅長。但序事之文,義法備於《左》《史》。退之變《左》《史》之格調,而陰㉓用其義法;永叔摹《史記》之格調,而曲得其風神;介甫變退之之壁壘,而陰用其步伐。學者果能探《左》《史》之精蘊,則於三家誌銘,無事規橅㉔,而自與之並矣。故於退之諸誌,奇崛高古清深者皆不錄,錄馬少監、柳柳州㉕二誌,皆變調,頗膚近。蓋誌銘宜實徵事迹,或事迹無可徵,乃叙述久故交親。而出之以感慨,馬誌是也;或別生議論,可興可觀,柳誌是也。於永叔獨錄其叙述親故者,於介甫獨錄其別生議論者,各三數篇,其體製皆師㉖退之,俾學者知所從入也。

㉓ 暗自。 ㉔ 同"規模",法度。 ㉕ 韓愈所作《殿中少監馬君墓誌》《柳子厚墓志銘》。 ㉖ 學習。

一:退之自言所學,在"辨古書之真僞,與雖正而不至焉者"㉗,蓋黑之不分,則所見爲白者,非真白也。子厚文筆古雋㉘,而義法多疵;歐、蘇、曾、王亦間有不合,故略指其瑕,俾瑜者不爲揜㉙耳。

㉗ 韓愈《答李翊書》中句。 ㉘ 古奧雋永。 ㉙ 音 yǎn,遮蔽、掩蓋。

一:《易》《詩》《書》《春秋》及四書,一字不可增減,文之極則也。降而《左傳》、《史記》、韓文,雖長篇,句字可薙芟㉚者甚少。其餘諸家,雖舉世傳誦之文,義枝辭宂者,或不免矣。未便削去,姑鈎劃於旁,俾觀者別擇焉。(*FBJ*, *juan* 4, pp.613-616)

㉚ 音 tì shān,剔除。

　　方苞認爲《左傳》《史記》是義法最精的模範文章,但學習古文不用直接學習先秦之文,以防淪落至前後七子之機械模仿的境界:"始學而求古求典,必流爲明七子之僞體。"在這裏他舉出了自己取舍文章的範圍。首先,他不收周末諸子的文章,因爲"其著書主於指事類情,汪洋自恣,不可繩以篇法",即不可以"篇法"的概念來解釋這類文章,如《莊子》一類的文章每段一個故事,沒有篇法結構。其次,漢代文章不收西漢武帝之後的,因武帝之前的文"不可方物,而法度自具"。不過如司馬相如、揚雄等人古文也不選,因這些文章寫得精妙,藝術性極高,不可用以範文:"蓋相如天骨超俊,不從人間來,恐學者無從窺尋,而妄摹其字句,則徒敝精神於蹇淺耳。"然後,方苞提出自己所推崇的司馬遷之文法,認爲韓愈、柳宗元、歐陽修、王安石等人所寫的不同文體均受到《左傳》《史記》的影響。最後,方苞認爲"《易》《詩》《書》《春秋》及四書,一字不可增減,文之極則也。降而《左傳》、《史記》、韓文,雖長篇,句字可薙芟者甚少"。他認爲文章需要簡潔易懂,古文"不可入語錄中語、魏晉南北朝藻麗俳語、漢賦中板重字法、詩歌中雋語、《南北史》佻巧語"(沈廷芳《書方望溪先生傳後》)。方苞從而提出"雅潔"的作文規範,認爲古文不用偏字雜字,文筆簡單清新易懂最好。

§ 141　方苞《又書貨殖傳後》:"義法説"對内容與條理的重視
　　《春秋》之制義法,自太史公發之,而後之深於文者亦具焉。義即《易》之所謂"言有物"也,法即《易》之所謂"言有序"也。義以爲經而法緯之,然後爲成體之文。是篇兩舉天下地域之凡①,而詳略異焉。其前獨舉地物,是衣食之源,古帝王所因而利道②之者也；後乃備舉山川境壤之支湊③，以及人民謠俗、性質、作業④，則以漢興，海內爲一，而商賈無所不通，非此不足以徵⑤萬貨之情，審則宜類⑥，而施政教也。兩舉庶民經業之凡，而中別之。前所稱農田樹畜，乃本富也；後所稱販鬻⑦儈⑧貸⑨，則末富也。上能富國者，太公⑩之教誨，管仲之整齊是也；下能富家者，朱公⑪、子贛⑫、白圭⑬是也。計然⑭則雜用富家之術以施於國，故別言之，而不得儕⑮於太公、管仲也。然自白圭以上，皆各有方略，故以能試所長許之。猗頓⑯以下，則商賈之事耳，故別言之，而不得儕於朱公、子贛、白圭也。是篇大義與《平準》⑰相表裏，而前後措注⑱，又各有所當如此。是之謂"言有序"，所以至賾⑲而不可惡⑳也。夫紀事之文，成體者莫如《左氏》，及其後則昌黎韓子，然其義法，皆顯然可尋。惟太史公《禮》《樂》《封禪》三書，及《貨殖》《儒林傳》，則於其言之亂雜而無章者寓焉。豈所謂定、哀之際多微辭者㉑邪？（*FWXQJ*, p.29）

① 概要。　② 因勢利導。　③ 不同事物的聚合。　④ 作業，謂生產活動。　⑤ 求取，證驗。　⑥ 詳究法度，分別不同情況。　⑦ 音 fàn yù，販賣。　⑧ 音 jiù。　⑨ 租賃借貸。　⑩ 姜太公呂尚。　⑪ 陶朱公，范蠡的別號。　⑫ 孔子的學生子貢。　⑬ 戰國時周人。此三人皆以經商致富。　⑭ 春秋末人，博學，善於計算，提出富國之策，范蠡曾師事之。　⑮ 與之並列。　⑯ 戰國時富商。　⑰《史記·平準書》。　⑱ 安排佈置。　⑲ 音 zé，深奧幽微。　⑳ 錯亂不通。　㉑《春秋公羊傳》："定、哀多微辭。"謂孔子修《春秋》，於魯定公、魯哀公執政時期多以微辭，即委婉不直言的説法批評之。

方苞論文的特點在於結合具體作品分析來提出自己的理解，這一段便是明顯的例子。方苞首先借用《繫辭傳》解釋自己"義法"的概念："義即《易》之所謂'言有物'也，法即《易》之所謂'言有序'"也。"説的是有明確內容的言以及有條理的言,因此"義爲經而法緯之,然後爲成體之文"。隨後方苞分析司馬遷《貨殖傳》的結構來解釋自己的觀點。他指出《貨殖傳》首先說山川地理,然後說各種各樣商業活動,庶民活動,各類人的活動,最後加以總結。這段是方苞文本細讀的範例,通過具體分析來討論爲何司馬遷的這篇文章極有"義法"。除此之外,方苞也分析過韓愈的古文作品來解釋自己的"義法"思想。

§142 劉大櫆(1698—1779)《論文偶記》:神主氣輔,以統字句音節

【作者簡介】劉大櫆(1698—1779),字才甫,又字耕南,號海峰,安徽桐城人。清中期古文家、詩人。雍正年間屢登副榜,未中舉。乾隆十五年特舉經學,又未被錄取。六十歲後爲黟縣教諭,數年後告歸,居樅陽江濱不再出。劉大櫆繼方苞之後成爲桐城派中堅,他強調神氣、音節、字句。著有《海峰集》。

行文之道,神爲主,氣輔之。曹子桓①、蘇子由②論文,以氣爲主,是矣。然氣隨神轉,神渾則氣灝③,神遠則氣逸,神偉則氣高,神變則氣奇,神深則氣靜,故神爲氣之主。至專以理爲主者,則猶未盡其妙也。蓋人不窮理讀書,則出詞鄙倍④空疏。人無經濟⑤,則言雖累牘,不適於用。故義理、書卷、經濟者,行文之實,若行文自另是一事。譬如大匠操斤,無土木材料,縱有成風盡堊⑥手段,何處設施?然即土木材料,而不善設施者甚多,終不可爲大匠。故文人者,大匠也;義理、書卷、經濟者,匠人之材料也。(LWOJ, p.3)

① 曹丕。 ② 蘇轍。 ③ 盛大。 ④ 淺陋違背道理。"倍"同"悖"。 ⑤ 經世濟民。 ⑥ 用《莊子·徐無鬼》中匠人運斤成風,除去郢人鼻上白灰的典故,比喻技藝高超。"堊",音è,白灰。

這段中,劉大櫆在曹丕、唐宋貫道派等人論"氣"的基礎上,提出了"神"的概念,將"神"放到更高的層次,因此"行文之道,神爲主,氣輔之",氣是由神決定的。但是劉大櫆並沒有用言語解釋"神",神應是無法以言語解釋的創作要素。

方苞討論"義法",而劉大櫆在這裏討論的是"義理",故意避開了"法"一字,但其討論的"神氣、音節",依然還是屬於"法"的範圍。而劉大櫆在這段中所説的"神",可以理解爲是"無法之法",超乎"法"之法。劉大櫆關注的是如何"行文",而非文章的内容,即"義理、書卷、經濟"一類,他認爲"義理、書卷、經濟者,行文之實,若行文自另是一事",雖未言及"法"字,但實質上討論的却是"法"的具體内容。

古人文字最不可攀處,只是文法高妙。

神者,文家之寶。文章最要氣盛;然無神以主之,則氣無所坿,蕩乎不知其所歸也。神者氣之主,氣者神之用。神只是氣之精處。古人文章可告人者惟法耳。然不得其神而徒守其法,則死法而已。要在自家於讀時微會之。李翰云:"文章如千軍萬馬;風恬⑦雨霽⑧,寂無人聲。"⑨此語最形容得氣好。論氣不論勢,文法總不備。(*LWOJ*, p.4)

⑦ 安靜。　⑧ 放晴。　⑨ 李德裕《文章論》引其從兄李翰語。

這裏可以很明顯地看出劉大櫆所説的"神"是活法,跟法相比是無法解釋的,是超乎語言的神妙的藝術原則,因此"然不得其神而徒守其法,則死法而已"。隨後劉大櫆引用李翰之語討論了文章的動態之"勢",認爲"論氣不論勢,文法總不備"。

文章最要節奏;譬之管絃繁奏中,必有希聲窈渺⑩處。

神氣者,文之最精處也;音節者,文之稍粗處也;字句者,文之最粗處也。然論文而至於字句,則文之能事盡矣。蓋音節者,神氣之迹也;字句者,音節之矩⑪也。神氣不可見,於音節見

之;音節無可準,以字句準之。(*LWOJ*, pp.5-6)

⑩ 音 yǎo miǎo,美好深刻。　⑪ 準則、規矩。

這段中劉大櫆在更爲具體的層次上討論了文章的"氣",談論了"神氣""音節""字句"三者的關係。超乎言語無法解釋的"神"可以通過"氣"表達,而文章之"氣"則又是通過"音節"體現的,通過閱讀文章的音節可以看到"神氣之跡",因此"神氣者,文之最精處也;音節者,文之稍粗處也;字句者,文之最粗處也"。

音節高則神氣必高,音節下則神氣必下,故音節爲神氣之跡。一句之中,或多一字,或少一字;一字之中,或用平聲,或用仄聲;同一平字仄字,或用陰平、陽平、上聲、去聲、入聲,則音節迥異,故字句爲音節之矩。積字成句,積句成章,積章成篇,合而讀之,音節見矣;歌而詠之,神氣出矣。(*LWOJ*, p.6)

這段中劉大櫆討論的依然是具體層面的問題,從音節談到篇章。字數多少,平仄之別,在平仄之中亦可細分,通過音節變換,可以"積字成句,積句成章,積章成篇",然後通過詠唱可以看到文章間的"神氣",即"合而讀之,音節見矣;歌而詠之,神氣出矣"。劉大櫆通過具體邏輯性的有層次的分析,討論了字句、音節與神氣的關係。

近人論文,不知有所謂音節者;至語以字句,則必笑以爲末事⑫。此論似高實謬。作文若字句安頓不妙,豈復有文字乎?但所謂字句、音節,須從古人文字中實實⑬講貫過始得,非如世俗所云也。

⑫ 不重要的細節。　⑬ 實實在在,確切地。

文貴奇,所謂"珍愛者必非常物"。然有奇在字句者,有奇在意思者,有奇在筆者,有奇在邱壑者,有奇在氣者,有奇在神者。字句之奇,不足爲奇;氣奇則眞奇矣;神奇則古來亦不多見。次第雖如此,然字句亦不可不奇,自是文家能事。揚子《太玄》《法言》，昌黎甚好之，故昌黎文奇。

奇氣最難識；大約忽起忽落，其來無端，其去無跡。讀古人文，於起滅、轉接之間，覺有不可測識，便是奇氣。奇，正與平相對。氣雖盛大，一片行去，不可謂奇。奇者，於一氣行走之中，時時提起。

文貴變。《易》曰："虎變文炳，豹變文蔚。"又曰："物相雜，故曰文。"故文者，變之謂也。一集之中篇篇變，一篇之中段段變，一段之中句句變，神變，氣變，境變，音節變，字句變，惟昌黎能之。（LWOJ, pp.6-8）

這裏可以看出，劉大櫆較爲强調文章中的變化。字句的變化、音節的變化便造成了神氣的變化。前人談論"氣"均較爲抽象，而劉大櫆則通過字句、音節將"氣"的討論落到實處，從而便利了學古文的人，通過學習文章的字句、音節便可學習"神氣"，從而揣摩古人精神。

理不可以直指也，故即物以明理；情不可以顯出也，故即事以寓情。即物以明理，《莊子》之文也；即事以寓情，《史記》之文也。

凡行文多寡短長，抑揚高下，無一定之律，而有一定之妙，可以意會，而不可以言傳。學者求神氣而得之於音節，求音節而得之於字句，則思過半矣。其要只在讀古人文字時，便設以此身代古人説話，一吞一吐，皆由彼而不由我。爛熟後，我之神氣即古人之神氣，古人之音節都在我喉吻間，合我喉吻者，便是與古人神氣音節相似處，久之自然鏗鏘發金石聲。（LWOJ, p.12）

這兩段講了學者以音節察文章之"神氣"，而通過"字句"則可知"音節"，將"字句"連成章節便可以知"神氣"："學者求神氣而得之於音節，求音節而得之於字句，則思過半矣。"讀古人文字之時，劉大櫆强調"便設以此身代古人説話",這反映出科舉時代"代聖人立言"觀念的影響,科舉考試時往往要求考生對聖人或經書上一句或一段話加以闡發。劉大櫆認爲讀古文時,通過朗讀,通過音節的變換,進入古人的神氣,因此"我之神氣即古人之神氣,古人之音節都在我喉吻間,合我喉吻者,便是與古人神氣音節相似處,久之自然鏗鏘發金石聲"。

§143　姚鼐(1731—1815)《復魯絜非書》:陰陽剛柔視閾下的文類美感分野

【作者簡介】姚鼐(1731—1815),字姬傳,一字夢谷,室名惜抱軒,世稱惜抱先生,安徽桐城人。清代散文家,乾隆二十八年中進士,選庶吉士,歷任山東、湖南鄉試考官,會試同考官,至刑部郎中,四庫全書館充纂修官,三十九年,借病辭官。歸里後,以授徒爲生,先後主持安徽敬敷書院、南京鍾山書院、揚州梅花書院,凡四十年。姚鼐主張"義理、考據、辭章"三者不可偏廢,爲桐城派之集大成者。著有《惜抱軒詩文集》,編有《古文辭類纂》等。

　　鼐聞天地之道,陰陽剛柔而已。文者,天地之精英,而陰陽剛柔之發①也。惟聖人之言,統二氣之會而弗偏②,然而《易》《詩》《書》《論語》所載,亦間有可以剛柔分矣。……其得於陽與剛之美者,則其文如霆,如電,如長風之出谷,如崇山峻崖,如決大川,如奔騏驥。……其得於陰與柔之美者,則其文如升初日,如清風,如雲,如霞,如煙,如幽林曲澗,如淪③,如漾,如珠玉之輝,如鴻鵠之鳴而入廖廓。……觀其文,諷其音,則爲文者之性情形狀,舉以殊焉。且夫陰陽剛柔,其本二端,造物者糅④而氣有多寡進絀⑤,則品次億萬,以至於不可窮,萬物生焉。故曰:一陰一陽之爲道。夫文之多變,亦若是已。糅而偏勝⑥可也,偏勝之極,一有一絶無,與夫剛不足爲剛、柔不足爲柔者,皆不可

以言文。(*XBXSWJ*, *juan* 6, pp.93 – 94)

① 表現,表達。　② 没有偏倚。　③ 水面上的波紋。　④ 參雜、混合。　⑤ 進退。　⑥ 一方超過另一方。

　　桐城派談論文道關係時,從文出發,這裏姚鼐用道來解釋文的種類和藝術風格。文道關係已經被談論了幾千年,《文心雕龍》雖談論了"原道",但是分析具體作品的藝術風格時没有與"道"相聯繫,而唐宋古文家談論"明道",說的是如何學習聖人掌握"道",在學道過程中自然而然兼顧文辭,將"學道"與文學創作掛鉤。這裏姚鼐將道看做是具體文學美感分類標準,天下文章風格衆多,千姿百態,然而均不出陰陽之道的不同搭配,因此"夫陰陽剛柔,其本二端,造物者糅而氣有多寡進絀",所以文的變化和萬物變化一樣也是因道的變化,即陰陽變化造成的:"夫文之多變,亦若是已"。所以姚鼐在這裏以陰陽來描繪文章的這兩類藝術境界。而恰好這兩種境界在西方美學中也可找到對應物,西方美學中的兩種境界爲"sublime"與"beauty"。前者爲崇高壯美之概念,而後者爲寧靜平和之美,姚鼐在這裏討論的陽剛、陰柔之美與西方美學的兩種概念不謀而合。這篇文章從美學高度總結了明清二代對至文的追求,並且將至文歸類爲陽剛、陰柔兩大類,聖人之文則兼顧了陰陽二者:"惟聖人之言,統二氣之會而弗偏"。剛柔二者也可以某一者爲主,但是不可"偏勝之極,一有一絶無"。正如陰陽交互影響,一類成分也可以超過另一類,但絶不可能"一有一絶無"。如戲劇中往往有"comic relief",在緊張的情節中加入紓緩緊張情緒的喜劇元素。因此在姚鼐看來,文章須剛柔相濟,這樣纔能達到"至文"。

§144　姚鼐《海愚詩鈔序》:剛柔相濟方爲至文

　　吾嘗以謂文章之原,本乎天地。天地之道,陰陽剛柔而已。苟有得乎陰陽剛柔之精,皆可以爲文章之美。陰陽剛柔,並行而不容偏廢,有其一端而絶亡其一,剛者至於僨①強②而拂戾③,柔者至於頹廢而闇幽④,則必無與於文者矣。然古君子稱爲文章之至,雖兼具二者之用,亦不能無所偏優于其間。其故何哉？天地之道,協合以爲體,而時發奇出以爲用者,理固然也。其在天地之用也,尚陽而下陰⑤,伸剛而絀柔⑥,故人得之亦然。文之雄偉而勁直者,必貴於溫深而徐婉。溫深徐婉之才,不易得也。然其尤難得者,必在乎天下之雄才也。夫古今爲詩人者多矣,爲詩而善者亦多矣,而卓然足稱爲雄才者,千餘年中,數人焉耳。甚矣,其得之難也。(*XBXSWJ*, *juan* 4, p.48)

① 音 fèn。　② 緊張奮發而强勢。　③ 違逆而暴烈。　④ 缺乏力量。　⑤ 崇尚陽而貶低陰。　⑥ 揚剛而抑柔。

　　桐城派以維護程朱理學正統和模擬唐宋古文而著稱,姚鼐是該派著名的領袖人物。作爲服膺理學的學者和作家,他積極宣導義理、考據和詞章的統一。儘管如此,建立自己的文學理論時,他能够不囿于自己的理學信仰,將文學的起源和本質與宇宙之道(而不是載道派之道)相聯繫。姚氏將文追溯到道,想要實現的却是和劉勰、蕭統及葉燮完全不同的目標。如果説劉勰和蕭統的目的在於證明文的神聖起源,葉燮意在揭示文學創造的動力,那麼姚鼐則致力於建立以道爲基礎的兩大審美類型。在"天地之道,陰陽剛柔而已"的範圍内,姚鼐認爲脱胎于道的文的所有形式,無論是古老的儒家典籍還是後代的純文學作品,都具有陽剛之美和陰柔之美。唐代以來,審美經驗的分類愈來愈瑣碎繁雜,姚氏以簡代繁,劃分出陽剛美和陰柔美兩大類型,有效地解决了美感分類的問題。文的表現和特質繽紛多采,但都可以納入這兩個寬泛的審美類型。將兩大分類建立於道的基礎上,姚鼐由此樹立了一套新的美學判斷的重要法則。因爲"一陰一陽之爲道",他推論好的文學作品必然包含著這兩方面的因素。他認爲,如果一部文學作品中剛柔的相互作用幾乎和道中陰陽的互動一樣神奇,那麼該作品就是"通乎神明"的至文。和葉燮不一樣,姚鼐主要從文學接受的角度來探討文道關係。儘管如此,他的文學審美觀和葉燮的一樣,總體上是原創而又縝密的。葉燮和姚鼐從文學創作和接受兩個相對的角度重新思考文道關係,他們的文學論看來很好地補充了對方的不足。

§ 145　章學誠(1738—1801)《與朱少白論文》：義理、名數、辭章皆不可偏廢

【作者簡介】章學誠(1738—1801)，字實齋，號少岩，浙江會稽(今浙江紹興)人，清代史學家、思想家。章學誠早年屢試不第，至乾隆四十三年方中進士，官國子監典籍。曾主講定武、蓮池、文正等書院，並爲南北方志館，主修《和州志》《永清縣誌》《亳州志》《湖北通志》等多部地方志。章學誠倡六經皆史、道不離器之論。撰寫了《文史通義》《校讎通義》《史籍考》等論著，乾隆五十九年返回故里。嘉慶五年，雙目失明。次年病卒。著有《章氏遺書》。

　　道混沌而難分，故須義理以析之。道恍惚而難憑①，故須名數②以質③之。道隱晦而難宣，故須文辭以達之。三者不可有偏廢也。義理必須探索名數，必須考訂，文辭必須閑習④。皆學也，皆求道之資，而非可執一端謂盡道也。(ZXCYS, juan 29, pp.335 – 336)

　　① 難以依託。　② 名稱數字。　③ 使之具體化。　④ 熟練學習。

　　隨著乾嘉時期考證學的興起，翁方綱(1733—1818)、焦循(1763—1820)把載道的支持者作爲批評對象。他們認爲，受文、道對立這種錯誤觀念的束縛，宋代載道派嚴重忽略了文學的審美特徵，把詩文作品變成了其哲學語錄的拼湊。爲了改變這種對文辭的忽略，翁方綱和焦循宣導將哲學思考融入到詩文中去。對其他評論家來說，這種對文的重新定義又走向了另一個極端。爲了矯正對宋代載道論的過激反應，章學誠倡議將義理、名數和文辭合而爲一。

§ 146　章學誠《文史通義》：文、才、道的一以貫之

　　子貢曰："夫子之文章，可得而聞也。夫子之言性與天道，不可得而聞也。"①蓋夫子所言，無非性與天道，而未嘗表而著②之曰，此性此天道也。故不曰性與天道，不可得聞；而曰言性與

天道,不可得聞也。所言無非性與天道,而不明著此性與天道者,恐人舍器而求道也。夏禮能言,殷禮能言,皆曰"無徵不信"。③則夫子所言,必取徵於事物,而非徒託空言,以爲明道也。曾子真積力久,則曰:"一以貫之。"④子貢多學而識,則曰:"一以貫之。"⑤非真積力久,與多學而識,則固無所據爲一之貫也。訓詁⑥名物,將以求古聖之迹也,而侈⑦記誦者,如貨殖之市矣。撰述文辭,欲以闡古聖之心也,而溺光采⑧者,如玩好之弄矣。異端曲學,道其所道,而德其所德,固不足爲斯道之得失也。記誦之學,文辭之才,不能不以斯道爲宗主,而市且弄者之紛紛忘所自也。宋儒起而爭之,以謂是皆溺於器而不知道也。夫溺於器而不知道者,亦即器而示之以道,斯可矣。而其弊也,則欲使人舍器而言道。夫子教人博學於文,而宋儒則曰:"玩物而喪志。"曾子教人辭遠鄙倍,而宋儒則曰:"工文則害道。"⑨夫宋儒之言,豈非末流良藥石哉?然藥石所以攻臟腑⑩之疾耳。宋儒之意,似見疾在臟腑,遂欲并⑪臟腑而去之。將求性天,乃薄⑫記誦而厭辭章,何以異乎?然其析理之精,踐履之篤⑬,漢唐之儒,未之聞也。(*WSTYJZ*, pp.139-140)

① 出《論語·公冶長》。　② 顯示而直接表現出。　③《論語·八佾》:"子曰:'夏禮,吾能言之,杞不足徵也;殷禮,吾能言之,宋不足徵也。文獻不足故也,足則吾能徵之矣。'"　④《論語·里仁》:"子曰:'參乎!吾道一以貫之。'曾子曰:'唯。'"　⑤《論語·衛靈公》:"子曰:'賜也,女以予爲多學而識之者與?'對曰:'然,非與?'曰:'非也,予一以貫之。'"　⑥ 解釋文義。　⑦ 過分追求。　⑧ 沉溺於辭藻。　⑨《二程遺書》中載宋儒程顥語:"問:'作文害道者否?'曰:'害也。凡爲文,不專意則不工,若專意則志局於此,又安能與天地同其大也?書曰'玩物喪志',爲文亦玩物

也。"可做參考。 ⑩ 五臟六腑，人體內部的器官。 ⑪ 連同。 ⑫ 貶低。 ⑬ 實踐的篤定。

　　章學誠在此既不贊成佞於記誦訓詁名物，也未完全同意宋儒斥博學於文爲害道，他倡議將義理、名數和文辭合而爲一，這種文道觀主張言有徵於事物而忌空言，主張積學多識但不執於記誦，而是以此考求聖人之跡，將文、才、道一以貫之。對於宋儒多加貶損的文辭之學，他也提出不可溺於器，只要撰述文辭能闡明古聖之心即可。

【第9.3部分　參考書目】

姚永樸著：《文學研究法》，長春：時代文藝出版社，2019年。

張少康，劉三富著：《中國文學理論批評發展史》（第四編明清時期），第1版，北京：北京大學出版社，1995年，第二十八章《桐城派的文論和章學誠、阮元的文學觀》，第442—469頁。

何天杰著：《桐城文派：文章法的總結與超越》，第1版，廣州：廣州文化出版社，1989年，第四章《"叛逆者"的開拓之功——劉大櫆》，第57—73頁。

許福吉著：《義法與經世方苞及其文學研究》，第1版，上海：學林出版社，2001年。參第四節《方苞古文義法説闡述》，第57—80頁；第六節《方苞文章審美觀析論述》，第129—162頁。

山口久和著：《章學誠の知識論：考證學批判を中心として》，東京：創文社，1998年。

王達敏著：《姚鼐與乾嘉學派》，北京：學苑出版社，2007年。

Phelan, Timothy S. "Yao Nai's Classes of *Ku-wen* Prose A Translation of the Introduction." In *Parerga 3: Two Studies in Chinese Literary Criticism*, 37–65. Seattle: Institute for Comparative and Foreign Area Studies, University of Washington, 1976.

Wang, John C. Y. "Liu Ta-k'uei on Literature." In *Chinese Literary*

Criticism of the Ch'ing Period (1644–1911), edited by John C. Y. Wang, 97–126. Hong Kong: University of Hong Kong Press, 1993.

9.4 駢文家至文説：宇宙之道與駢體至尊的地位

　　自從中唐古文運動興起以降，駢文一直是被批判攻擊的對象，是屬於弱勢的文章流派。雖然駢文寫作從未停止，唐宋時期還發展出獨特的體式和風格，但在文論的領域却没有人大膽地站出來爲駢文鳴冤叫屈，講述它存在的價值和意義，更莫説要打擂臺，與古文爭高低。但到了清代，阮元(1764—1849)、袁枚(1716—1798)等文壇領袖開始爲駢文的復興大聲疾呼，紛紛撰寫專文和駢文集序，大講特講駢文無上榮光的淵源。爲此，他們從劉勰《文心雕龍》找到了兩個極佳的策略，一是以《文心雕龍·宗經》模式，重構駢文的譜系，一直溯源到孔聖編撰的《易傳·文言》(阮元《文言説》，§148)，從而破擊所有對駢文思想内容的攻擊。二是模仿《文心雕龍·儷辭》的作法，將駢文結構原則與天地自然現象(袁枚《胡稚威駢體文序》，§150)、宇宙最高原則的"道"掛鈎(李兆洛［1769—1841］《駢體文鈔序》，§151)，從而徹底推翻駢文矯揉造作的觀點，爲駢文的藝術形式正名。

§147　阮元(1764—1849)《文韻説》：建構駢文的音韻宫羽傳統

　　【作者簡介】阮元(1764—1849)，字伯元，號芸台，江蘇儀徵人。清朝官員、經學家、訓詁學家。乾隆五十四年進士，先後於禮部、兵部、户部任职,又曾出任提督山东、浙江学政,浙江、江西、河南巡抚及湖广总督、两广总督、云贵总督等职。晚年官拜大学士,加官至太傅。卒后获赐谥号"文达"。阮元提倡朴学,曾罗致学者编书,创学海堂于广州,主编《经籍纂诂》,校刻《十三经注疏》。阮元著述丰富,著有《揅经室集》《十三经注疏校勘记》等。

福问曰:"《文心雕龙》云:'今之常言,有文有笔。以为无韵者笔也;有韵者文也。'①据此,则梁时恒言,有韵者乃可谓之文,而昭明《文选》所选之文,不押韵脚者甚多,何也?"

曰:"梁时恒言所谓韵者,固指押脚韵,亦兼谓章句中之音韵,即古人所言之宫羽,今人所言之平仄也。"

福曰:"唐人四六之平仄,似非所论于梁以前。"

曰:"此不然。八代不押韵之文,其中奇偶相生,顿挫抑扬,咏歎声情,皆有合乎音韵宫羽者;《诗》《骚》而后,莫不皆然。而沈约矜为创获,故于《谢灵运传论》曰:'夫五色相宣②,八音协畅,由乎元黄律吕③,各适物宜。欲使宫羽相变,低昂舛④节;若前有浮声,则后须切响⑤;一简之内,音韵尽殊;两句之中,轻重悉异。妙达此旨,始可言文。'又曰:'自灵均以来,此祕未覩。至于高言妙句,音韵天成,皆暗于理合,匪由思至。'⑥又沈约《答陆厥书》云:'韵与不韵,复有精粗,轮扁⑦不能言之,老夫亦不尽辨。'休文此说,乃指各文章句之内有音韵宫羽而言,非谓句末之押脚韵也。(原注:即如"雌霓连蜷"霓字必读仄声是也。)是以声韵流变,而成四六,亦祇论章句中之平仄,不复有押脚韵也。四六乃有韵文之极致,不得谓之为无韵之文也。昭明所选不押韵脚之文,本皆奇偶相生有声音者,所谓韵也。休文所矜为创获者,谓汉、魏之音韵,乃暗合于无心;休文之音韵,乃多出于意匠也。豈知漢、魏以來之音韻,溯其本原,亦久出于經哉?

① 出《文心雕龍·總術篇》。 ② 昭明,彰顯。 ③"元黃"即"玄黃",指不同顏色;"律呂",指不同音調、聲音。 ④ 交互,交錯。 ⑤ 關於"浮聲切響",一種解釋是,"浮聲"指平生,"切響"指上、去、入三聲。"浮聲切響"指詩歌音律上的平仄相間。 ⑥ 出沈約《宋書·謝靈運傳論》。 ⑦《莊子》寓言中善於造車的人。

孔子自名其言《易》者曰'文',此千古文章之祖。《文言》固有韻矣,而亦有平仄聲音焉。即如'濕燥龍虎覿'上下八句,何等聲音,無論'龍虎'二句,不可顛倒,若改爲'龍虎燥濕覿',即無聲音矣。無論'其德''其明''其序''其吉凶'四句不可錯亂,若倒'不知退'于'不知亡''不知喪'之後,即無聲音矣。此豈聖人天成暗合,全不由于思至哉?由此推之,知自古聖賢屬文時,亦皆有意匠矣。然則此法肇開于孔子,而文人沿之,休文謂'靈均以來,此祕未覿',正所謂文人相輕者矣。

不特《文言》也;《文言》之後,以時代相次,則及于卜子夏⑧之《詩大序》。序曰:'情發于聲,聲成文,謂之音。'又曰:'主文而譎諫。'又曰:'長言之不足,則嗟嘆之。'鄭康成曰:'聲謂宫、商、角、徵、羽也。聲成文者,宫商上下相應。主⑨文,主與樂之宫商相應也。'此子夏直指《詩》之聲音而謂之文也,不指翰藻也。然則孔子《文言》之義益明矣。蓋孔子《文言》《繫辭》,亦皆奇偶相生,有聲音嗟嘆以成文者也。聲音即韻也。《詩·關雎》,鳩、洲、逑押脚有韻,而女字不韻;得、服、側押脚有韻,而哉字不韻,此正子夏所謂'聲成文'之宫羽也⑩。此豈詩人暗于韻合,匪由思至哉?(原注:王懷祖先生云:"三百篇用韻,有字字相對極密,非後人所有者,如有瀰有鷟、濟盈雉鳴,不求,濡其、軌牡⑪;鳳凰梧桐,鳴矣生矣,于彼于彼,高岡朝陽;華華雍雍,萋萋喈喈⑫,無一字不相韻。"此豈詩人天成暗合,全無意匠于其間哉? 此即子夏所謂"聲成文"之顯然可見者。)子夏此序,《文選》選之,亦因其中有抑揚詠歎之聲音,且多偶句也。(原注:鄉人、邦國偶一;風、教偶二;爲志、爲詩偶三;手之、足之偶四;治世、亂世、亡國偶五;天地、鬼神偶六;聲教、人倫、教化、風俗偶七八;化下、刺上偶九;言之、聞之偶十;禮義、政教偶十一;國異、家殊偶十二;傷人倫、哀刑政偶十三;發乎情、止乎禮義偶十四;謂之風、謂之雅偶十五;繫之周、繫之召偶十六;正始、王化偶十七;哀窈窕、思賢才偶十八。其偶之長者,如周公、召公,即比也。後世四書文之比,基于此。⑬)

⑧子夏,孔子的學生,姓卜名商,字子夏。 ⑨注重。 ⑩此説可參《關雎》原文理解。 ⑪指《詩經·匏有苦葉》篇用韻。 ⑫指《詩經·卷阿》篇。 ⑬此段是在説《詩大序》中的偶句,可與原序對讀。

綜而論之,凡文者,在聲爲宮商⑭,在色爲翰藻⑮。即如孔子《文言》⑯雲龍風虎一節,乃千古宮商翰藻奇偶之祖;非一朝一夕之故一節,乃千古嗟嘆成文之祖。子夏《詩序》情文聲音一節,乃千古聲韻性情排偶之祖。吾固曰:韻者即聲音也,聲音即文也。(原注:韻字不見于《説文》,而王復齋《楚公鐘》篆文內實有韵字,從昔從勻,許氏所未收之古文也。)然則今人所便單行之文,極其奧折⑰奔放者,乃古之筆,非古之文也。沈約之説,或可橫⑱指爲八代之衰體,孔子、子夏之文體,豈亦衰乎?

是故唐人四六之音韻,雖愚者能效之;上溯齊梁,中材已有所限;若漢魏以上,至于孔、卜,此非上哲不能擬也。"

乙酉三月,閱兵香山,阻風舟中,筆以訓福。(*YJSXJ*, pp.126–128)

⑭ 宮商徵角羽,指音調。 ⑮ 詞彙文采。 ⑯《周易》中"十翼"的一篇。 ⑰ 古奧曲折。 ⑱ 徑直、不講理地。

這篇論說以設爲問答的形式,層層解釋阮元對所謂"文韻"的理解。他提出"韻"並不限於齊梁時講求的平仄聲律,而應該包舉所有具有抑揚頓挫語感,句式奇偶變化的文字,這種"文韻"只需滿足廣義上的聲情標準。他還一一援引謝靈運、沈約等前人判斷,指出各文章句皆有其内在音韻宮羽,對美文之韻的追求不能拘泥於句尾的押韻。在這種視野下,他將文章有韻的傳統上溯至《周易·文言傳》,以爲孔子《文言》已有平仄聲音,並且此後的《詩大序》也强調聲之宮商嗟歎以成文,成文關鍵在於聲音,而非辭藻。於是,阮元推《文言》爲宮商翰藻奇偶之祖,以《詩大序》爲千古性情排偶之祖,最終爲駢文及其聲韻傳統正名清源。

§ 148　阮元《文言說》:聲韻的審美、實用價值爲駢文立本正名

古人無筆硯紙墨之便,往往鑄金刻石,始傳久遠;其著之簡策者,亦有漆書刀削之勞;非如今人下筆千言,言事甚易也。許氏《說文》:"直言曰言,論難①曰語。"《左傳》曰:"言之無文,行之不遠。"此何也? 古人以簡策②傳事者少,以口舌傳事者多,以目治事者少,以口耳治事者多,故同爲一言,轉相告語,必有愆誤。是必寡其詞,協③其音,以文其言,使人易於記誦,無能增改,且無方言俗語雜於其間,始能達意,始能行遠。此孔子於《易》所以著《文言》之篇也。古人歌、詩、箴、銘、諺語,凡有韻之文,皆此道也。《爾雅·釋訓》,主於訓蒙④,"子子孫孫"以下,用韻者三十二條,亦此道也。孔子於《乾》《坤》之言,自名曰

"文",此千古文章之祖也。爲文章者,不務協音以成韻,修詞以達遠⑤,使人易誦易記,而惟以單行之語,縱橫恣肆,動輒千言萬字,不知此乃古人所謂"直言之言,論難之語",非言之有文者也,非孔子之所謂"文"也。《文言》數百字,幾於句句用韻,孔子於此發明乾坤之蘊⑥,詮釋四德⑦之名,幾費修詞之意,冀達意外之言。……不但多用韻,抑且多用偶。……"直內方外"⑧,偶也。"通理居體"⑨,偶也。凡偶,皆文也。於物兩色相偶⑩而交錯之,乃得名曰"文"。文,即象其形也。然則千古之文,莫大於孔子之言《易》。孔子以用韻比偶之法,錯綜其言,而自名曰"文"。何後人之必欲反孔子之道,而自命曰"文",且尊之曰古也?(*YJSQJ*, vol.3, *juan* 2, p.362)

① 辯駁爭論。　② 竹簡書策。　③ 使和諧。　④ 啓蒙教導剛入學的幼童。　⑤ 抵達、流通到更遠的地方。　⑥ 天地的奧妙。　⑦《周易·乾》:"君子行此四德者,故曰元、亨、利、貞。"　⑧《周易·坤》:"君子敬以直內,義以方外。"　⑨《周易·坤》:"君子黃中通理,正位居體。"　⑩ 相配。

這裏從上古語言的溝通傳播切入,指出在無紙墨簡策之便下,言的流傳很大程度上須依託傳聲達意,於是言之聲需協,辭須凝練準確,這便是有韻之文產生的最初緣由。以此類推,古人歌、詩、箴、銘、諺語,富有聲韻辭采,皆沿襲此道。阮元因此推孔子《文言》爲千古文章之祖,以其協音成韻、修詞達遠,不僅具有藝術價值,還具有易誦易記的實用價值,故而爲推崇駢文立本。相較之下,單行散句的散文便既不具備以上的實用性,也未與《周易·文言傳》的韻文學傳統相聯,故而同時失去"古"的屬性而淪爲不正之體。

§ 149　阮元《書梁昭明太子文選序後》:對《文言》——《文選》——清代駢文新文統的建構

昭明所選,名之曰"文",蓋必文而後選也,非文則不選也。

經也,子也,史也,皆不可專名之爲文也,故《昭明文選序》後三段特明其不選之故。必沈思翰藻,始名之爲文,始以入選也。或曰:昭明必以沈思翰藻爲文,於古有徵①乎?曰:事當求其始。凡以言語著之簡策,不必以文爲本者,皆經也,子也,史也。言必有文,專名之曰文者,自孔子《易·文言》始。傳曰:"言之無文,行之不遠。"故古人言貴有文。孔子《文言》實爲萬世文章之祖。此篇奇偶相生,音韻相和,如青白②之成文,如咸韶③之合節④,非清言質說者比也,非振筆縱書者比也,非佶屈澀語者比也。是故昭明以爲經也,子也,史也,非可專名之爲文也;專名爲文,必沈思翰藻而後可也。(YJSQJ, vol.3, juan 2, p.363)

① 證明。 ② 黑色與白色。 ③ 堯樂《大咸》與舜樂《大韶》的並稱,指古雅之樂。 ④ 合乎節律。

阮元亦不遺餘力地謀求提高駢體文的地位,但他採取的策略和制訂的目標與袁枚和李兆洛有所不同。袁、李二人以駢、散體類比附道之陰陽、偶奇之數,從而論定駢體文與古文實無伯仲之分。阮氏則試圖用重新定義文、聖人之文的手法,來恢復駢儷之文昔日獨霸文壇的地位。阮元首先高調地肯定蕭統將"文"定義爲"沈思""翰藻",並把經、史、子排除在《文選》之外的作法。唐宋以來,蕭氏對"文"的這種唯美主義觀點,猶如老鼠過街,飽受鞭撻圍剿,如此明目張膽地爲它徹底翻案,阮元大概是第一個。

接下來,阮元還有"偷梁換柱"之舉,石破驚天之語。他把聖人明道之文由六經一舉統攝於《易·文言》,又稱後者爲"萬世文章之祖"。這樣一來,劉勰所建立的、唐宋以來貫道派和載道派一直信奉的"原道——徵聖——宗經"的龐大"文統"譜系全被廢棄,取而代之的是由駢儷的《文言》到《文選》再到清代駢體文復興的新"文統"。阮氏建立這一新文統,無疑是要爲駢體文的復辟廓清道路。然而,把《文言》以外的儒家經典、非駢體的文體統統排除在"文"的傳統之外,顯然不符合文章或說泛文學發展的事實。如此偏激的論點難以得到廣泛的認同,所以最終沒有成爲一種有持久影響力的文學論。

§150 袁枚(1716—1797)《胡稚威駢體文序》:奇偶之理與駢散文之分

【作者簡介】袁枚(1716—1797),字子才,號簡齋,號隨園主。浙江錢塘(今浙江杭州)人。清朝詩人、散文家、文學批評家。乾隆四年進士,授翰林院庶吉士,先後任溧水、江浦、沭陽、江寧縣令。後辭官,隱居於江寧小倉山隨園,廣收女弟子。袁枚主"性靈説",與趙翼、蔣士銓合稱三家,又與紀昀齊名,時稱"南袁北紀"。著作有《小倉山房文集》、《隨園詩話》、《隨園詩話補遺》、《子不語》、《續子不語》等。

文之駢,即數之偶也,而獨不近取諸身乎?頭,奇數也;而眉目,而手足,則偶矣。而獨不遠取諸物乎?草木,奇數也;而由櫱①而瓣萼②,則偶矣。山峙而雙峰,水分而交流,禽飛而並翼,星綴而連珠,此豈人爲之哉?

① 音 niè,草木萌生的新芽。　② 花瓣花萼。

古聖人以文明道,而不諱修詞。駢體者,修詞之尤工者也。六經濫觴,漢、魏延其緒,六朝暢其流。論者先散行後駢體,似亦尊乾卑坤之義。然散行可蹈空,而駢文必徵典,駢文廢,則悦學者少,爲文者多,文乃日敝。(XCSFSWJ, juan 11, p.1398)

清代評論家更樂於不動聲色地挑戰唐宋新儒家的文學論,爲傳播和實現自己的文學理念拓展空間。譬如,袁枚(1716—1798)、阮元(1764—1849)、李兆洛(1769—1841)等人就對貫道論者所持的聖人之文即古文的觀念持有異議。他們認爲駢文也是聖人之文的固有部分,由此試圖恢復長期受新儒家壓制的駢文傳統。

袁枚《胡稚威駢體文序》指出,所有自然現象,近取諸身或遠取諸物,無不奇偶相錯,互映生輝。此奇偶之數呈現于人文,就是文章之散、駢兩體。所以，駢文與貫道派所推崇的散體古文絕無尊卑之分，兩者同源于自然，"豈人爲之哉！"無庸置疑，袁氏的觀點是從劉勰有關駢體文的論述中推演出來的。《文心雕龍·麗辭》云："造化賦形，支體必雙；神理爲用，事不孤立。"而袁氏將駢體文與人體和草木山川之偶數相類比。《文心雕龍·原道》云："道沿聖以垂文，聖因文而明道。"而袁氏比劉勰更進一步，不僅將駢體文與"造化賦形"相等同，而且試圖把它與聖人明道之文相提並論。

§ 151 李兆洛(1769—1841)《駢體文鈔序》：駢文與天地陰陽之道相通

【作者簡介】李兆洛(1769—1841)，字申耆，晚號養一老人，江蘇陽湖(今江蘇武進)人。清代學者、文學家，精輿地、音韻之學，是陽湖派代表作家。嘉慶十年進士，任鳳台知縣，以父憂去職，不復出。後主講江陰書院達二十年而卒。著作有《養一齋集》《歷代地理志韻編今釋》《皇朝一統輿圖》《歷代地理沿革圖》《皇朝輿地韻編》，編有《駢體文鈔》等。

天地之道，陰陽而已。奇偶也，方圓也，皆是也。陰陽相並俱生，故奇偶不能相離，方圓必相爲用。道奇而物偶，氣奇而形偶，神①奇而識②偶。孔子曰："道有變動，故曰爻③；爻有等，故曰物；物相離，故曰文。"④又曰："分陰分陽，迭用柔剛，故《易》六位⑤而成章，相雜而迭用。"文章之用，其盡於此乎！六經之文，班班⑥具存，自秦迄隋，其體遞變，而文無異名。自唐以來，始有古文之目，而目六朝之文爲駢儷。而爲其學者，亦自以爲與古文殊。(*PTWC*, p.19)

① 萬物的創造者，本源。　② 事物各自的內在。　③《周易》中表示卦的符號，有陽爻、陰爻，其交錯變化組成不同的卦象，因而"爻"可泛指變化。　④ 出《周易·繫辭下》。　⑤《易經》中每一卦裏六爻的位置。　⑥ 昭明顯著。

比起袁枚,李兆洛《駢體文鈔序》則更加直截了當地把駢體文與天地之道掛鈎。李氏認爲駢文儷對在這裏與天地陰陽相生之道相通,並直接以《周易》卦爻的組合迭變,推論到文章之用,由此暗批唐以後興起的古文創作風氣淵源淺薄。

【第 9.4 部分參考書目】

張健著:《清代詩學研究》,第 1 版,北京:北京大學出版社,1999 年。
  參第十六章《古典與近代之間:袁枚的性靈説》,第 726—781 頁。
曹虹著:《清代駢文學上的自然論》,《蘇州大學學報》2021 年第 4 期,第 132—140 頁。
曹虹著:《陽湖文派研究》,北京:中華書局,1996 年。
吕雙偉著:《清代駢文研究》,上海:上海古籍出版社,2018 年。
Hegel, Robert G. "Sui-T'ang yen-I and the Aesthetics of the Seventeenth-Century Su-chou Elite." In *Chinese Narrative: Critical and Theoretical Essays*, edited by Andrew Plaks, 124–159. Princeton: Princeton University Press, 1977.
Porter, Deborah. "Setting the Tone: Aesthetic Implications of Linguistic Patterns in the Opening Section of *Shui-hu chuan*." *Chinese Literature: Essays, Articles, Reviews* 14 (1992): 51–75.

10　晚清文學論

　　進入晚清以後,文學論的發展出現了重大轉向。文學的政教功用又再次成爲文學論的核心議題。從明代到清代中期,文學的本質,即何爲至文,一直是文論家最爲關心、爭論不休的議題。一方面,前後七子奉嚴羽所標榜的盛唐"玲瓏透徹"之詩爲"至文",提出"詩必盛唐,文必秦漢"這類復古的至文説,認爲只有通過模仿古人纔能寫出至文。另一方面,以徐渭、李贄爲代表的反復古派則認爲至文源於自我的心靈,或稱之爲"童心",或稱之爲"一往"之情,傾訴出來,付諸語言,便是至文。在復古和反復古派有關"至文"的論辯中,文學政教作用的議題被束之高閣了。雖然清初黃宗羲、沈德潛等人重新提倡"温柔敦厚"之詩教,但帶有明顯唯美傾向的至文追求仍代表了文壇的主流。

　　進入晚清後,龔自珍對文學政教傳統發起强烈的抨擊,多番譴責此傳統詩教對個人情感抒發的壓抑,主張情感出乎本性,無法被除滅。天地宇宙山川萬物也非聖人所造,而是作爲獨具個性的"我"的自造。這種對自我情感與價值的推崇正與晚清時代變革的洪流相匯聚,成爲除舊佈新的先聲。

　　自從鴉片戰爭以後,國運急轉直下,内憂外患接踵而來,將中華民族推到災難深淵的邊緣。對民族生存的焦慮猶如無法撥開的愁雲，籠罩在每一位有血氣、憂國憂民的文人心頭。在這種充滿悲情的語境之下，往昔唯美至文的追求自然要退出文壇的中心，而文學的政教功用自然又再次成爲文學論的中心議題。然而，這並不是簡單的歷史輪迴。其間用於探究文學政教功用的理論框架不斷被革新，先是龔自珍（1792—1841）等人基於儒家今文派經世致用思想的情感論，接著是梁啓超（1873—1929）等人引入的西方進化論，還有魯迅（1881—1936）所崇尚的拜倫的唯意志革命論，令人應接不暇。在強調文學對政治和社會的積極作用這點上，這些銳意革新的批評家無疑繼承了歷代儒家文學論的立場。但龔自珍之後的大部分批評家所追求的"政"和"教"，與儒家所說的政教是截然不同的。在他們心目中，"政"是民主開明的政治社會，而"教"是開發民智，爲此政治社會培養合格的公民。

這些新的"政教"觀的出現，不僅僅帶來了評價作品內容的新標準，而且還顛覆了延續了幾千年的文類觀。詩歌歷來在文壇中佔有最高的地位，散文次之，而戲劇和小說常被視爲難登大雅之堂、僅有消閒遊戲價值的文類。然而，由於傳統詩歌難以助力現代社會的建設，所以要麼被梁啓超等改良派批評家所遺忘，要麼被魯迅視爲阻礙中國政治社會進步、必須借西方魔羅詩力來擊破的畔腳石。相反，較之其他文類，小說更爲適合用來灌輸現代科學知識、政治理念、倫理價值，故被梁啓超等人提高到至高無上的地位，甚至被稱爲改造中國社會的關鍵之關鍵。時人不僅強調小說在文體特色、思想內容、讀者接受等層面高出其它文體的優越性,還以西方小說創作風潮爲例,指出小說當具有明確的社會關懷,並大力倡導積極創作關乎群治改良的新小説。

10.1 龔自珍、魯迅論詩：促進政治改革和造就革命者之神器

晚清文人論詩十分標舉個人化的抒情。這方面尤以龔自珍最爲突出。他曾多番在書序題跋和專論中批評傳統詩學的政教倫理觀念對個人情感的壓抑。這類文學傳統產出的作品和塑造的人格就如《病梅館記》中的病梅一般,盲目追求病態化的審美,令自身的天然本性被剪滅、剝奪。與之相呼應的是,龔自珍對個人的情感價值做出了極大肯定,認爲其出乎本性,不可磨滅,且將"自我"置於宇宙天地間。"我理造文字言語,我氣造天地,我天地又造人",這種對終極自我的抒寫對古代以聖人爲尊、以道德倫理爲尚的詩學傳統提出強有力的挑戰。這種對舊傳統的批判與挑戰同樣存在於章炳麟、魯迅等人的論述中。章炳麟《革命軍序》已敏鋭感知到世風突變下舊的溫柔敦厚詩教觀必須被破除,纔能順應時變。魯迅更是直接呼喚極具破壞力的摩羅詩力,來促成除舊與革新。

§ 152　龔自珍 (1792—1841)《書湯海秋詩集後》：詩與人爲一

【作者簡介】龔自珍(1792—1841),字璱人,號定盦,浙江仁和(今杭

州)人。清代詩人、文學家。嘉慶二十三年舉人,曾任内閣中書和禮部主事。龔自珍主張改革,四十八歲辭官南歸,途中創制己亥雜詩,卒於江蘇丹陽。他主張"更法""改圖",著有《定盦文集》,今人輯爲《龔自珍全集》。

  人以詩名,詩尤以人名。……皆詩與人爲一,人外無詩,詩外無人,其面目也完。益陽湯鵬,海秋其字①,有詩三千餘篇,芟②而存之二千餘篇,評者無慮數十家,最後屬龔鞏祚③一言,鞏祚亦一言而已,曰:完。

  何以謂之完也? 海秋心迹盡在是,所欲言者在是,所不欲言而卒不能不言在是,所不欲言而竟不言,於所不言求其言亦在是。要不肯捪揸④他人之言以爲己言,任舉一篇,無論識與不識,曰:此湯益陽之詩。(GZZQJ, p.241)

  ① 湯鵬(1801—1844),字海秋,清道光年間文學家,湖南益陽人,與同時期龔自珍、魏源、張際亮被譽爲"京中四子"。 ② 音 shān,剗除。 ③ 即龔自珍本人。 ④ 音 xián zhuó,摘取,放置。

  這裏龔自珍論述了他的文學理念,尤其是詩歌理念,就是"人外無詩,詩外無人"。湯鵬能夠實現這一理想,是因爲他没有遵從數百年來按儒家道德倫理在詩歌中摒除個人情感的表現。這一傳統從漢代《詩大序》開始,後來被宋、明詩教派熱烈追捧。相反,湯鵬在他的詩作中,自覺或不自覺地放任了對其個人情感和思想的表現,並且能夠語自己出。考慮到他所處的 19 世紀早期這一歷史背景,龔自珍這裏無畏地支持文學表現個人情感,毫無疑問是對桐城古文派和程朱理學正統的蔑視。

§153 龔自珍《病梅館記》:對壓抑個人情感的文學傳統的批評

  江寧之龍蟠①,蘇州之鄧尉②,杭州之西谿③,皆產梅。或曰:梅以曲爲美,直則無姿;以欹④爲美,正則無景;梅以疏爲美,密則無態。固也。此文人畫士,心知其意,未可明詔大號⑤,以繩天下之梅也;又不可以使天下之民,斫⑥直⑦,删密,鋤正,以殀梅、病梅⑧爲業以求錢也。梅之欹、之疏、之曲,又非蠢蠢求錢之民,能以其智力爲也。

有以文人畫士孤癖之隱⑨,明告鬻梅者,斫其正,養其旁條,删其密,殀⑩其稚枝,鋤其直,遏⑪其生氣,以求重價;而江、浙之梅皆病。文人畫士之禍之烈至此哉!予購三百盆,皆病者,無一完者,既泣之三日,乃誓療之、縱之、順之,毀其盆,悉埋於地,解其棕⑫縛⑬;以五年爲期,必復之全之⑭。予本非文人畫士,甘受詬厲,闢⑮病梅之館以貯之。嗚呼!安得使予多暇日,又多閒田,以廣貯江寧、杭州、蘇州之病梅,窮予生之光陰以療梅也哉?(GZZQJ, pp.186–187)

① 今江蘇南京清涼山下。 ② 山名,今江蘇蘇州西南。 ③ 地名,位於杭州城西。 ④ 音 yī,傾斜不正。 ⑤ 明白說出,大聲呼告。 ⑥ 音 zhuó。 ⑦ 用刀砍削筆直的樹幹使其彎曲。 ⑧ 被摧折的梅樹。 ⑨ 特殊的嗜好。 ⑩ 摧折,使其彎曲。 ⑪ 音 è,遏制。 ⑫ 音 zōng,同"棕"。 ⑬ 棕繩的束縛。 ⑭ 使其恢復,保全之。 ⑮ 音 pì,開墾。

這裏龔自珍對當時主流的文學和文學傳統的挑戰比前文更加顯而易見。文中特別喜好病梅的文人畫家即代表程朱理學的正統,正是他們對詩文中表現個人的情感加以非難。龔自珍想要拯救的病梅,所比喻的則是所有爲主流政治和文學正統所壓抑的情感和思想。他希望爲病梅樹尋一容身之處,表明他向壓抑個人情感和思想的文學政治傳統宣戰的決心。

§ 154　龔自珍《宥情》:對個人化感情的肯定

如今閒居時,如是鞫①已,則不知此方聖人所訶②歟?西方聖人所訶歟?甲、乙、丙、丁、戊五氏者,孰黨我③歟?孰詬④我歟?

姑自宥⑤也,以待夫覆鞫⑥之者。作《宥情》。(GZZQJ, p.90)

① 音 jū,窮究。　② 音 hē,大聲呵斥。　③ 與我爲友。　④ 辱罵。
⑤ 寬容、饒恕。　⑥ 重新審問。

　　龔自珍所説的宥情,是他對感情完全肯定的一種理解。他把感情看作是人性本源的一部分,不僅否定了乙所代表的新儒家對情感的完全否定,而且也否定了丙、丁、戊對情感的負面看法。不過這裏龔自珍沒有明確宣稱他自己對情感的支持。

§ 155　龔自珍《長短言自序》：情出乎人性而不可除滅

　　情之爲物也,亦嘗有意乎鋤①之矣;鋤之不能,而反宥之;宥之不已,而反尊之。……是非欲尊情者耶？且惟其尊之,是以爲《宥情》之書一通;且惟其宥之,是以十五年鋤之而卒不克②。(GZZQJ, p.232)

① 鋤削,剷除。　② 不能製勝,謂無法戰勝情。

　　這裏再次申明個人情感不可泯滅、剷除,作爲人性本身的一部分,情感非但不能如鋤草一樣抹滅,還需予以肯定、尊重,這纔是合乎情理的舉措。

§ 156　龔自珍《壬癸之際胎觀第一》：對作爲終極現實的"我"的推崇

　　天地,人所造,衆人自造,非聖人所造。聖人也者,與衆人對立,與衆人爲無盡。衆人之宰,非道非極,自名曰我。我光造日月,我力造山川,我變造毛羽肖翹①,我理造文字言語,我氣造天地,我天地又造人,我分別造倫紀②。衆人也者,馴化而群生③,無獨始者④。(GZZQJ, pp.12－13)

① 指獸類、飛禽及微小的生物。　② 人倫綱紀。　③ 兩人成雙配對

而繁育出衆人。 ④ 没有單獨孕育生命的。

將這裏的宇宙觀與現存的宇宙觀區別開來的,是作爲終極現實的"我"。衆所周知,道家之"道"、儒家之"道"以及新儒家的"理"都代表著終極現實,屬於自然和人的個體屬性泯滅於其中。與此相反,作爲終極現實的"我"則是對每一個自我的完全實現。這裏"我"這個詞是被特別挑選出來的,以強調終極現實與每一個個體個性之間的直接、同源關係。基於此種與終極現實之間直接、無中介的聯繫,龔自珍強調,"衆人"能夠宣稱他自己——而非聖人——就是造物者。他的這種觀點無疑受到魏晉玄學家如嵇康、阮籍一派"越名教而任自然"思想的影響,而其思想的近源則是李贄的個性論。

§ 157　章炳麟(1869—1936)《革命軍序》: 變更世風需突破蘊藉溫厚之詩教傳統

【作者簡介】章炳麟(1869—1936),原名學乘,字枚叔,改名爲絳,號太炎,浙江餘杭(今杭州)人。清末民初民主革命家、思想家、學者,研究範圍涉及小學、歷史、哲學、政治等等。章炳麟參加維新運動,流亡日本,旋反國。因發表革命言論,被捕入獄。出獄後至日本,參加同盟會,主編同盟會機關報《民報》,與改革派論戰。辛亥革命後回國,任孫中山總統府樞密顧問。晚年在蘇州設章氏國學講習會。作品編入《章太炎全集》。

今者,風俗臭味少變更①矣。然其痛心疾首,懇懇必以逐滿②爲職志③者,慮不數人。數人者,文墨議論,又往往務爲蘊籍,不欲以跳踉④搏躍⑤言之。雖余亦不免是也。嗟乎!世皆闇⑥昧⑦而不知話言。主文諷切,勿爲動容。不震以雷霆之聲,其能化者幾何!(ZTYZLXJ, p.193)

① 稍微有所改變。　② 追求極致。　③ 責任與宗旨。　④ 音 liáng。　⑤ 指慷慨激昂,跳躍有力。　⑥ 音 yín。　⑦ 愚昧。

章炳麟在此指出世風雖有所轉變,但時人仍極爲需要突破傳統溫柔敦厚等教化,務求具有震撼力的雷霆之聲,來帶動革命的勢頭,砸碎舊傳統的思想禁錮。

§158 魯迅(1881—1936)《摩羅詩力説》:對撒旦式破壞力英雄的呼喚

【作者簡介】魯迅(1881—1936),原名周樹人,字豫山、豫亭,後改字豫才,筆名魯迅,浙江紹興人,中國近現代作家,新文化運動主將,中國現代文學的奠基人物。魯迅的主要作品包括雜文、散文、散文詩、舊體詩、短中篇小説、文學和社會評論、學術著作,並有大量外國文學翻譯作品。辛亥革命後,曾任南京臨時政府和北京政府教育部員、僉事等職,兼在北京大學、北京女子師範大學等校授課。又曾任廈門大學任中文系主任、中山大學任教務主任。1936年病逝於上海。

嗟夫,古民之心聲手澤①,非不莊嚴,非不崇大,然呼吸不通于今,則取以供覽古之人,使摩挲②詠嘆而外,更何物及其子孫?否亦僅自語其前此光榮,即以形③邇來④之寂寞,反不如新起之邦,縱文化未昌,而大有望于方來之足致敬也。(*LXQJ*, vol.1, p.57)

① 指先人所留下來的文字、説話。 ② 揉搓,意爲玩味摸索。
③ 顯示出。 ④ 最近、近來。

這裏魯迅所説的"新起之邦"即歐洲諸國,"新聲"即摩羅派之詩作。根據他的解釋,"摩羅"這個概念借自天竺,意思是"天魔",歐洲人所謂"撒旦",早先被用來稱呼拜倫。可見魯迅所謂"摩羅派",指的是以拜倫爲首的歐洲浪漫派詩人群體,他們都顯示出對瘋狂甚至毀滅的喜好。魯迅説拜倫是這群人的宗主,而以匈牙利的摩迦爲殿軍。他之所以將這些人歸爲一類,其標準在於:"立意在反抗,指歸在動作,而爲世所不甚愉悦者悉入"。

大都不爲順世和樂之音,動吭一呼,聞者興起,爭天⑤拒俗,而精神復

深感後世人心,綿延至於無已。(*LXQJ*, vol.1, p.59)

⑤ 與天爭鬥。

這裏魯迅讚美摩羅派詩歌的反抗精神。

惟自知良懦無可爲,乃獨圖脱屣塵埃⑥,惝恍古國⑦,任人群墮于蟲獸,而己身以隱逸終。思士⑧如是,社會善之,咸謂之高蹈⑨之人,而自云我蟲獸我蟲獸也。其不然者,乃立言辭,欲致人⑩同歸于樸古,老子之輩,蓋其梟雄。老子書五千語,要在不攖⑪人心;以不攖人心故,則必先自致槁木之心,立無爲之治;以無爲之爲化社會,而世即于太平。(*LXQJ*, vol.1, pp.60-61)

⑥ 謂除去塵世滯累,遠離塵埃。　⑦ 在古人的世界徙倚徘徊。
⑧ 多愁善感之士。　⑨ 高尚脱俗。　⑩ 使人。　⑪ 觸犯、擾亂。

這裏魯迅斷言,只有"使歸於禽蟲卉木原生物,復由漸即於無情",道家的太平理想纔有可能實現。不幸的是,人生在世,無人不爲生存而競爭,未來亦然。進化的過程也許會放慢或者暫停,但生物不可能倒退到原始狀態。因此,追求道家的太平理想,如"祈逆飛而歸弦,爲理勢所無有"。

蓋詩人者,攖人心者也。凡人之心,無不有詩,如詩人作詩,詩不爲詩人獨有,凡一讀其詩,心即會解者,即無不自有詩人之詩。無之何以能解？惟有而未能言⑫,詩人爲之語,則握撥一彈⑬,心弦立應,其聲澈於靈府⑭,令有情皆舉其首⑮,如睹曉日,益爲之美偉强力高尚發揚,而汙濁之平和,以之將破。平和之破,人道蒸⑯也。雖然,上極天帝,下至輿臺⑰,則不能不因此變其前時之生活;協力而夭閼⑱之,思永保其故態,殆亦人情已。故態永存,是曰古國。惟詩究不可滅盡,則又設範⑲以囚之。如中國之詩,舜云言志⑳;而後賢立説,乃云持㉑人性情。三百之旨,無邪所蔽㉒。夫既言志矣,何持之云？强以無邪,即非人志。

許自繇[23]於鞭策羈縻[24]之下,殆此事乎? 然厥後文章,乃果輾轉不逾此界。其頌祝主人,悅媚豪右之作,可無俟言[25]。即或心應蟲鳥,情感林泉,發爲韻語,亦多拘於無形之囹圄,不能舒兩間之真美;否則悲慨世事,感懷前賢,可有可無之作,聊行於世。倘其囁嚅[26]之中,偶涉眷愛,而儒服之士,即交口非之[27]。況言之至反常俗者乎?惟靈均[28]將逝,腦海波起,通於汨羅,返顧高丘,哀其無女,則抽寫[29]哀怨,鬱[30]爲奇文。茫洋在前,顧忌皆去,懟世俗之渾濁,頌己身之修能,懷疑自遂古之初,直至百物之瑣末[31],放言無憚,爲前人所不敢言。然中亦多芳菲淒惻之音,而反抗挑戰,則終其篇未能見,感動後世,爲力非強。……(*LXQJ*, vol.1, pp.61–62)

⑫ 有詩人之心而未能言詩人之語。 ⑬ 揉弦、撥弦,謂詩人發唱。 ⑭ 指內心。 ⑮ 擡起頭。 ⑯ 熱氣上升,指強健興盛。 ⑰ 古代十等人中的兩種低微等級。輿爲第六等,臺爲第十等,用來泛指地位低下的人。 ⑱ 音 yāo è,夭亡。 ⑲ 規範。 ⑳《尚書·堯典》:"詩言志,歌永言,聲依永,律和聲。" ㉑ 握住,持守。 ㉒《文心雕龍·明詩》:"詩者,持也,持人情性;三百之蔽,義歸'無邪',持之爲訓,有符焉爾。" ㉓ "自繇"即自由,"繇",音 yóu,通"由"。 ㉔ 音 jī mí,拘禁束縛。 ㉕ 無待於言,不用再說。 ㉖ 音 niè rú,想說又不敢直說,吞吐之狀。 ㉗ 衆口齊聲批評。 ㉘ 屈原。 ㉙ 紬繹抒寫。 ㉚ 繁多,隆盛。 ㉛ 瑣碎細微之事。

對魯迅來說,只有詩人當得起天才的名號。他能鼓動讀者內心深處的情感,并由此導向自我解放和社會革命的英雄舉動。這樣的詩人擁有偉大的改造能力,因爲他不但能喚起人們深藏內心的情感,而且還能說出這些苦於表達者的心聲。

迨有裴倫[32],乃超脫古範,直抒所信,其文章無不函[33]剛健抗拒破壞挑戰之聲。平和之人,能無懼乎? 於是謂之撒但。
(*LXQJ*, vol.1, p.67)

㉜ 即拜倫(1788—1824),英國浪漫主義詩人。　㉝ 包含,容納。

這裏魯迅希望中國詩人能够效法拜倫,變成"瘋狂"的詩人。他認爲,拜倫之所以被譴責是"瘋狂"甚或"撒旦",正在於離經叛道。叛道之人,無論他所背離的是基督教教義還是中國傳統社會的倫理道德,都將面臨"人群共棄,艱於置身"的後果,"非強怒善戰豁達能思之士,不任受也"。在魯迅看來,"撒旦"(他可能是墮落的天使,也可能是人類的叛徒)的此種特質,正是中國人在爲自我解放和民族救亡而鬥爭時需要發展的本質屬性。這樣,他就將用來非議拜倫的"撒旦"一詞變成了一個讚語,用來讚美那些敢於挑戰絕對權威、否認社會風俗和公衆輿論,並且爲所有人的個性解放而鬥爭的人。

§ 159　王國維(1877—1927)《人間詞話》:造境與寫境

【作者簡介】王國維(1877—1927),初名國楨,字靜安,又字伯隅,晚號觀堂。浙江海寧人。在文學、美學、史學、哲學、金石學、甲骨文、考古學等領域成就卓著,爲"甲骨四堂"之一。王國維曾赴日本留學,旋回國,任教蘇州師範學堂,辛亥革命後再到日本,1916年回國,任上海《學術叢編》編輯,繼續甲骨文及古史研究。1923年,任溥儀南書房行走。1925年被聘爲清華國學研究院導師。1927年6月2日,自沉於頤和園昆明湖。王國維的著述甚多,有《海寧王靜安先生遺書》《紅樓夢評論》《宋元戲曲考》《人間詞話》《觀堂集林》《古史新證》《曲錄》《殷周制度論》《流沙墜簡》等。

有造境①,有寫境②,此理想與寫實二派之所由分。然二者頗難分別,因大詩人所造之境必合乎自然,所寫之境亦必鄰於理想故也。(*WGWQJ*, vol.1, p.461)

詩人對宇宙人生,須入乎其内,又須出乎其外。入乎其内,故能寫之。出乎其外,故能觀之。入乎其內,故有生氣。出乎其外,故有高致③。美成④能入而不能出,白石⑤以降,于此二事皆未夢見。(WGWQJ, vol.1, p.478)

①作者主觀創造出的境界。　②描摹現實而呈現出的境界。③高尚的情致。　④周邦彥,北宋末詞人,字美成。　⑤姜夔,南宋詞人,號白石道人。

所謂"造境"與"寫境",各自側重於主觀內在感受和客觀外在景象,王國維認爲"大詩人所造之境必合乎自然,所寫之境必鄰於理想",流露出情景合一,情境內外相通的觀念,因而主張詩人之於宇宙人生,既要深入其內細細體味,又要超脫其外有所觀照,這種入乎其內、出乎其外,也正是古典詩詞評論所推重的境界。

§160　王國維《文學小言》：文學遊戲事業説

文學者,游戲的事業也。人之勢力用於生存競争而有餘,於是發而爲游戲。婉孌①之兒,有父母以衣食之,以卵翼②之,無所謂争存之事也,其勢力無所發洩,於是作種種之游戲。迨争存之事亟③,而游戲之道息矣。唯精神上之勢力獨優而又不必以生事爲急者,然後終身得保其游戲之性質。而成人以後,又不能以小兒之游戲爲滿足,於是對其自己之情感及所觀察之事物而摹寫之,詠歎之,以發洩所儲蓄之勢力。故民族文化之發達,非達一定之程度,則不能有文學。而個人之汲汲於争存者,決無文學家之資格也。……

文學中有二原質焉,曰景,曰情。前者以描寫自然及人生之事實爲主,後者則吾人對此種事實之精神的態度也。故前者客觀的,後者主觀的也；前者知識的,後者感情的也。自一方面

言之,則必吾人之胸中洞然④無物,而後其觀物也深,而其體物
也切。即客觀的知識,實與主觀的感情爲反比例。自他方面言
之,則激烈之感情,亦得爲直觀之對象、文學之材料,而觀物與
其描寫之也,亦有無限之快樂伴之。要之,文學者,不外知識與
感情交代之結果而已,苟無銳敏之知識與深邃之感情者,不足
與於文學之事。此其所以但爲天才游戲之事業,而不能以他道
勸者也。(WGWQJ, vol.14, pp.92 – 93)

① 年少。　② 庇護。　③ 急迫,迫切。　④ 明亮虛空。

這裏提出一種與西方文學起源論相呼應的"遊戲説",認爲文學創作的動機原發於人類年少無拘時的勢力發洩,在成年以後,文學則繼續存在於無生存之憂的精神遊戲者之間。且成年之人會對其遊戲創作的對象與表達方式做出更高要求,以此逐漸促進一國一族文學的發展。對於文學的組成要素,這裏主要關注景和情二者,並解析二者在主客觀性、內外在性、知識性與情感性的關聯與差異,而所謂文學的形成,正是情、景之間知識與感情交互的結果,二者缺一不可。

10.2　梁啓超等人論小説:開發民智、促進社會進步之神功

　　小説的文體價值早在明代晚期袁于令等人的評點題詞中已逐漸得到肯定。袁于令稱讚《西遊記》寓真於幻,既含三教五行之理,又兼辭采精妙,已在思想與藝術這兩個層面提升了當時一批出色小説的地位。至清晚期,隨著社會改良呼聲的響起,小説的社會功用被前移到文學批評最顯眼的位置。就文體價值而言,狄葆賢等人認爲小説比其它文體更能處理好繁簡、

古今、雅俗、虛實等問題。從新民改良而言，梁啓超等人更致力於標榜小說多社會、政治、風俗、道德的改良之功，指出其風格的淺易、內容的趣味性並及摹寫情狀的感染力，在當時都具有無可匹敵的優勢，足以成爲改良群治的最佳文體，並爲此同時展開一系列創作實踐。吳沃堯等人也直接在創辦小說報刊中申明藉小說助德育的目的。這種推崇還將本土小說與西方小說創作風潮聯繫起來，倡導創作新小說。雖然這場小說的昇格活動仍以政治功用而非文體藝術價值爲本位，但它也著實藉此風潮推進了近世小說的發展。（文學論中小說開發民智，促進社會進步等內容，與理解論中晚清人的讀小說法可互相參照，見《理解論評選》§ 164—165、§ 167—168。）

§ 161　＊袁于令（1592—1674）《西遊記題辭》：小說的寓真於幻與文章之妙

【作者簡介】袁于令（1592—1674），本名晉，明季改名于令，字昭令，另字韞玉，號吉衣道人等，吳縣（今江蘇蘇州）人。明末清初戲曲家、小說家。明末貢生。清兵入關後，任工部虞衡司主事、本司員外郎、荊州知府等職。順治十年罷官，流寓江寧、會稽。著作有《西樓記》《金鎖記》《鷫鸘裘》《珍珠衫》《雙鶯傳》《隋史遺文》等。

　　文不幻不文，幻不極不幻。是知天下極幻之事，乃極真之事；極幻之理，乃極真之理。故言真不如言幻，言佛不如言魔。魔非他，即我也。我化爲佛，未佛皆魔。魔與佛力齊而位逼，絲髮之微，關頭①匪細。摧挫之極，心性不驚。此《西遊》之所以作也。說者以爲寓五行生剋②之理，玄門修煉之道。余謂三教已括於一部，能讀是書者于其變化橫生之處引而伸之，何境不通？

何道不洽？而必問玄機於玉匱③，探禪蘊於龍藏④，乃始有得于心也哉？至於文章之妙，《西遊》《水滸》實並馳中原。今日雕空鑿影⑤，畫脂鏤冰，嘔心瀝血，斷數莖髭⑥而不得驚人隻字者，何如此書駕虛游刃，洋洋灑灑數百萬言，而不複一境，不離本宗，日見聞之，厭飫⑦不起，日誦讀之，穎悟自開也！故閑居之士，不可一日無此書。（XYJ，p.1）

① 關卡，事情的重要階段。 ② 音 kè，同"克"。 ③ 玉匣，匱，音 dú，指道教經典。 ④ 龍宮的經藏，指佛家經典。 ⑤ 於虛空中雕刻開鑿，比喻無中生有。 ⑥ 捻斷鬍鬚，比喻勞神耗思。 ⑦ 音 yàn yù，吃飽後滿足的狀態。

這段題詞分別從思想性與文學性兩個層面肯定了《西遊記》小說的價值，一方面稱讚其寓真於幻，統括三教五行之理，另一方面欣賞其文章之妙，以爲日日誦讀可令人穎悟自開，世人不可無此書。這段評價已說明早在明晚期，小說的社會地位已得到明顯提升。

§162 狄葆賢（1873—1941）《論文學上小說之位置》：小說的改良群治功能與文體自足性

【作者簡介】狄葆賢（1873—1941），字楚青，號平子，別號平等閣主人，江蘇溧陽（今屬江蘇常州市）人。早年中舉人，赴日本留學。歸國到滬，光緒三十年，在上海創辦《時報》，宣揚保皇立憲。後又辦《民報》和有正書局等。狄葆賢愛好詩詞書畫，著有《平等閣筆記》《平等閣詩話》等。

小說爲文學之最上乘，亦有說乎？曰：彼具二種德、四種力，足以支配人道左右群治者，時賢既言之矣。至以文學之眼觀察之，則其妙諦猶不止此。凡文章，常有兩種對待之性質，苟得其一而善用之，則皆可以成佳文。何謂對待之性質？一曰，簡與繁對待；二曰，古與今對待；三曰，蓄與洩對待；四曰，雅與俗對待；五曰，實與虛對待。而兩者往往不可得兼。於前五端，既用其一，則不可兼用其餘四，於後五端亦然。而所謂良小說者，即稟後五端之菁英以鳴於文壇者也。故取天下古今種種文體而中分之，小説佔其位置之一半，自餘諸種，僅合佔其位置之一半。偉哉小説！（WQWXCC, juan 1, p.28）

　　這裏開頭即推舉小説爲文學最上乘之文體，足以改良群治，並指出出色的小説更能同時處理好繁簡、古今、蓄洩、雅俗、虛實這五端問題，爲其它衆文體所不及。

§163　梁啓超（1873—1929）《論小説與群治之關係》：作爲改良群治最佳文體的小説

【作者簡介】梁啓超（1873—1929），字卓如，號任公，又號飲冰室主人，廣州府新會（今廣東江門市）人。思想家、政治家、教育家、文學家，戊戌變法（百日維新）領袖、近代維新派人物。光緒十五年舉人，師從康有爲，維新前與康有發動"公車上書"，又任《時務報》總編、長沙時務學堂總教習。變法失敗後，流亡日本，創辦《清議報》，在《飲冰室詩話》中推廣"詩界革命"，且在海外推動君主立憲。辛亥革命後擔任北洋政府司法總長，反對袁世凱稱帝、張勳復辟，並加入段祺瑞政府任財政總長。晚年爲清華國學研究院導師。著作合編爲《飲冰室合集》。

　　欲新一國之民，不可不先新一國之小説。故欲新道德必新小説；欲新宗教必新小説；欲新政治必新小説；欲新風俗必新小説；欲新學藝必新小説；乃至欲新人心，欲新人格，必新小説。何以故？小説有不可思議之力支配人道故。

　　吾今且發一問：人類之普通性，何以嗜他書不如其嗜小説？答者必曰：以其淺而易解故，以其樂而多趣故。是固然。雖然，未足以盡其情也。文之淺而易解者，不必小説，尋常婦孺之函札①,官樣之文牘,亦非有艱深難讀者存也,顧誰則嗜之? 不寧惟是,彼高才贍學之士,能讀墳典索邱②,能注蟲魚草木,彼其視淵古之文與平易之文,應無所擇,而何以獨嗜小説? 是第一説有所未盡也。小説之以賞心樂事爲目的者固多,然此等顧不甚爲世所重,其最受歡迎者,則必其可驚、可愕、可悲、可感,讀之而生出無量噩夢,抹出無量眼淚者也。夫使以欲樂故而嗜此也。而何爲偏取此反比例之物而自苦也? 是第二説有所未盡也。吾冥思之,窮鞫③之,殆有兩因:凡人之性,常非能以現境界而自滿足者也;而此蠢蠢軀殼,其所能觸、能受之境界,又頑狹短局而至有限也;故常欲於其直接以觸以受之外,而間接有所觸有所受,所謂身外之身、世界外之世界也。此等識想,不獨利根衆生有之,即鈍根衆生亦有焉。而導其根器,使日趨於鈍,日趨於利者,其力量無大於小説。小説者,常導人游於他境界,而變換其常觸常受之空氣者也。此其一。人之恒情,於其所懷抱之想象,所翻閲之境界,往往有行之不知,習矣不察者。無論爲哀、爲樂、爲怨、爲怒、爲戀、爲駭、爲憂、爲慚,常若知其然而不知其所以然;欲摹寫其情狀,而心不能自喻,口不能自宣,筆不能自傳。有人焉,和盤托出,澈底而發露之,則拍案叫絶曰:善哉善哉! 如是如是! 所謂"夫子言之,於我心有戚戚焉"④。感人之深,莫此爲甚。此其二。此二者,實文章之真諦,筆舌之能事。

① 書信。　②《左傳·昭公十二年》:"王曰:'是良史也,子善視之。是能讀《三墳》《五典》《八索》《九丘》。'"。　③ 窮究。　④ 語出《孟子·梁惠王上》。

梁啓超將小説地位提升至關乎新民、改良政治宗教風俗道德等層面,既出於其文體風格淺而易解,内容樂而多趣,更因爲在他看來,小説足以引導世人突破現實世界的框條束縛,在精神層面實現新的理想境界之遨遊,而且小說摹寫情狀感人至深,足以移人。就此而言,他認爲小說是當時改良群治的最佳文體。小說的文體地位也由此得到飛躍。

在具體的表述上,我們很難不注意到梁啓超對《大學》的模仿,如風格之簡練、因果推理之連續性,尤其是那種席捲一切的精密的論述方式——從思想到行動、從個人到社會。通過模仿《大學》,梁啓超試圖表明,小說之於當前的民族革命任務,正如過去"格物致知"之於所有新儒家的社會道德復興大業。他認爲我們應當依靠小說,而非儒家典籍,作爲民族復興的主要手段,因爲小說能對個人思想和行動的方式以及社會發展其價值、理想和習慣的方式打上更深刻的烙印。

苟能批⑤此窾⑥、導此竅⑦,則無論爲何等之文,皆足以移人。而諸文之中能極其妙而神其技者,莫小說若。故曰:小說爲文學之最上乘也。由前之説,則理想派小説尚焉。由後之説,則寫實派小説尚焉。小説種目雖多,未有能出此兩派範圍外者也。(*WQWXCC*, *juan* 1, pp.14‐16)

⑤ 刺入,導入。　⑥ 音 kuǎn,空隙,比喻法則,通道。　⑦ 音 qiào,孔穴,比喻關鍵、要點。

這裏梁啓超對小説改造個人心靈和社會的能力進行了分析。在具體的分析中,他向各種佛教宗派借用了心理學的和宇宙觀的洞察力,並且採用了四個佛教術語——熏(熏陶,在習慣中培養)、浸(浸潤,沉入)、刺(刺激,喚起某種感覺)、提(從自身出發,化身其中),以對小説影響個人心靈和改造社會的方式加以具體描述(參《理解論評選》§ 168)。

……

人之讀一小説也,不知不覺之間,而眼識爲之迷漾,而腦筋爲之搖颺,而神經爲之營注⑧;今日變一二焉,明日變一二焉;刹那刹那,相斷相續;久之而此小説之境界,遂入其靈臺⑨而據之,成爲一特別之原質之種子。

有此種子故,他日又更有所觸所受者,旦旦⑩而熏之,種子愈盛,而又以之熏他人。故此種子遂可以徧⑪世界。

⑧ 沉浸專注。　⑨ 指心靈,進入其内心。　⑩ 每日。　⑪ 徧佈。

這裏梁啓超對小説如何影響個人心靈進行了生動的描述,這個過程就是他所謂的"熏"。由此他不僅展示了在小説閲讀過程中的心理影響,而且揭示出此種影響是如何逐日累積,最終實現對個人心靈的改造的。梁啓超通過進一步分析指出,這一"特别原質之種子"對外在世界産生一種反向改造。這正解釋了小説是如何通過對個人心靈的改造來影響整個社會。正是由於此具有新原質之種子産生出新的風貌,並且改變了現有種子的形態,對個人心靈的改造才能反過來影響其他人,導向改變世界的新思想和行動。

……

四曰提……凡讀小説者,必常若自化其身焉。入於書中,而爲其書之主人翁。……文字移人,至此而極。然則吾書中主人翁而華盛頓,則讀者將化身爲華盛頓,主人翁而拿破崙,則讀者將化身爲拿破崙,主人翁而釋迦、孔子,則讀者將化身爲釋迦、孔子。(*WQWXCC, juan* 1, pp.16 - 17)

這裏梁啓超使用術語"提",描述了讀者是如何在閲讀過程中化身爲小説人物的。梁啓超認爲,讀者的"化身"並非一個轉瞬即逝的美學體驗,其間發生了個人品性的恒久轉變。這種轉變如同一新原質的種子,將導致外部世界的變化。

§ 164　梁啓超《譯印政治小説序》:小説獨出於經史諸體的群治價值

六經不能教,當以小説教之;正史不能入,當以小説入之;語録不能諭①,當以小説諭之;律例②不能治,當以小説治之。

(*WQWXCC*, *juan* 1, p.13)

① 告知,使其明白,理解。　② 律度法例。

這裏梁啓超提出,應當將小說變成道德教育的工具。他指出,以此種高尚目的爲出發點,小說將較其它形式的創作產生更好的道德和社會影響。也正因爲小說在道德教育和轉型方面具有如此奇跡般的影響力,梁啓超認爲應當"增七略而爲八,蔚四部而爲五",謂在傳統的目錄分類中獨立小說類,予小說應有的地位。當然,對梁啓超來説,擁有如此榮耀之小説,並非傳統的《水滸傳》《紅樓夢》,而是他所謂的"政治小説",是以西方18、19世紀小説爲典範的。並且他將美、英、德、法、澳、意、日諸國在社會和政治方面的迅速發展歸功於政治小説,宣稱"小説爲國民之魂"。

§165　吴沃堯(1866—1910)《月月小説序》:以小説助德育

【作者簡介】吴沃堯(1866—1910),原名寶震,字小允,號繭人,後改趼人,廣東南海(今屬廣東佛山)人,因居佛山鎮,自稱我佛山人。吴沃堯曾任《月月小説》主筆,寫了大量的小説,如《電術奇談》《九命奇冤》《二十年目睹之怪現狀》等,名聲大噪,其中《二十年目睹之怪現狀》爲近代"譴責小説"的代表作品。

善教育者,德育與智育本相輔,不善教育者,德育與智育轉相妨。此無他,譎①與正之別而已。吾既持此小説以分教員之一席,則不敢不慎審以出之。歷史小説而外,如社會小説,家庭小説,及科學、冒險等,或奇言之,或正言之,務使導之以入於道德範圍之内。即豔情小説一種,亦必軌於正道乃入選焉。庶幾借小説之趣味之感情,爲德育之一助云爾。嗚呼,吾有涯之生已過半矣!負此歲月,負此精神,不能爲社會盡一分之義務,徒播弄此墨床②筆架爲嬉笑怒駡之文章,以供談笑之資料,毋亦攢鬚眉③而一慟也夫!(*WQWXCC*, *juan* 2, p.154)

① 音 jué，奇異、怪異。　② 磨墨後放置未乾墨錠的小案架。　③ 鬍鬚和眉毛，比喻成年男子。

這篇序言直接以德育、智育作爲編刊小說的宗旨，無論何種題材的小說，皆須合乎道德教育的標準。

§166　王鍾麒(1880—1913)《中國歷代小説史論》：古今小説創作的社會動因

【作者簡介】王鍾麒(1880—1913)，字毓仁，又作郁仁，號無生，別署天僇、天僇生、益厓、三函，齋名述庵、一塵不染。祖籍安徽歙縣(今屬安徽黄山市)，自幼隨父遷寓揚州南門粉妝巷，遂爲江都(今揚州)人。清代小説家，小説評論家，從事報刊工作，先後爲《神州日報》《民呼報》《天鐸報》主筆。宣統二年由柳亞子介紹加入南社。王鍾麒於詩、文、小説、戲曲皆能，小説有《孤臣碧血記》《姊妹花》《玉環外史》《軒亭復活記》《鄭成功》等，劇本有《血淚痕傳奇》等，另有《述庵秘録》《太平天國革命史》《中日戰爭》《三國史略》《晉初史略》《世界史》《世界地理》《本國地理》《三國志選注》等。

嗚呼！觀吾以上所言，則中國數千年來小説界之沿革，略盡於是矣。吾謂吾國之作小説者，皆賢人君子，窮而在下，有所不能言、不敢言、而又不忍不言者，則姑①婉篤②詭譎③以言之。即其言以求其意之所在，然後知古先哲人之所以作小説者，蓋有三因：一曰：憤政治之壓制。……二曰：痛社會之混濁。……三曰：哀婚姻之不自由。……嗚呼！吾國有翟鏗士④、托而斯太⑤其人出現，欲以新小説爲國民倡者乎？不可不自撰小説，不可不擇事實之能適合於社會情狀者爲之，不可不擇體裁之能適宜於國民之腦性⑥者爲之。天僇生⑦生平無他長，惟少知文學，苟幸而一日不死者，必殫精極思，著爲小説，借手以救國民，爲

小説界中馬前卒。世有知我者,其或恕我狂也。(WQWXCC, juan 1, pp.35-37)

① 姑且,暫且。　② 曲折委婉。　③ 奇異多變。　④ 今譯狄更斯,英國維多利亞時期作家。　⑤ 即今譯托爾斯泰,俄國小説家。　⑥ 意識、性格。　⑦ 作者自稱。王鍾麒,別號天僇生。

這裏將中國小説創作傳統與西方近現代小説風潮聯繫起來,提出古小説創作的三種社會性動因:政治壓制、社會混濁、婚姻不自由,這些動機亦與西方狄更斯、托爾斯泰等人創作小説的背景、意圖相通,故而王氏呼籲時人亦當積極創作新小説,從而改良國民與群治,他本人也以此爲己任。

§167　陶祐曾(1886—1927)《論小説之勢力及其影響》:小説誠文學界最上乘文體

【作者簡介】陶祐曾(1886—1927),字蘭蓀,號薾林,別署報癖、陶報癖、陶安化、崇冷廬主等,湖南安化(今屬湖南益陽市)人。庚子之時,在家鄉創體育研究會,並任會長,認同維新思想。陶祐曾曾留學日本,受梁啓超的影響。歸國後從事文學,曾在《月月小説》《小説林》《著作林》《遊戲世界》等刊物上發表小説和評論。宣統元年,參與編輯漢口《揚子江小説報》。辛亥革命後,進入報界,爲長沙《黃漢湘報》編輯撰述。民國元年,任湖南報界聯合會幹事。生平著述見郭延禮《近代小説家和小説理論家陶祐曾》一文。

小説!小説!誠文學界中之占最上乘者也。其感人也易,其入人也深,其化人也神,其及①人也廣。是以列強進化,多賴稗官,大陸競爭,亦由説部②,然則小説界之要點與趣意,可略覘一班矣。西哲有恒言曰:小説者,實學術進步之導火綫也,社會文明之發光綫也,個人衛生之新空氣也,國家發達之大基礎也。舉凡宙合之事理,有爲人群所未悉者,莊言③以示之,不如微言④

以告之;微言以告之,不如婉言以明之;婉言以明之,不如妙譬以喻之;妙譬以喻之,不如幻境以悦之：而自來小説大家,皆具此能力者也。盡彼小説之義務,振彼小説之精神。必使芸芸之人群,胥⑤含有一種黏液小説之大原質⑥,乃得以膺小説界無形之幸福。於文學黑暗之時代,放一綫之光明。(WQWXCC, juan 1, pp.39－40)

① 觸及,影響到。　② 指古代小説、筆記、説唱、戲曲等敘事文學。
③ 莊重嚴肅的言辭。　④ 隱晦婉轉的言辭。　⑤ 音 xū,全,都。　⑥ 基本要素。

這裏以情緒頗爲激揚的文字主張小説爲文學界最上乘之文體,並且同樣盛讚其感人易、入人深、移風化俗效果醒目。這些社會功用論的話語,此前實曾用以稱讚詩歌,至此則被附加在小説文體上。在陶氏看來,宇宙萬物事理的傳達和接受,通過小説營造的虛實情境,無疑能産生最大作用。小説因此被視爲傳統與現代交替間,文學黑暗時代下的一綫光明。

【第 10 部分參考書目】

劉誠著,陳伯海,蔣哲倫編：《中國詩學史　清代卷》,第 1 版,廈門：鷺江出版社,2002 年。參第六章《新舊交替之際的詩學》,第 243—256 頁;第七章《中國古典詩學的終結》,第 293—303、313—336 頁。

王元化著：《清園論學集》,第 1 版,上海：上海古籍出版社,1994 年。參《龔自珍思想筆談》,第 254—263 頁。

童慶炳著：《中國現代文學理論價值觀的演變》,第 1 版,北京：北京大學出版社,2005 年。參第一章《梁啓超：求"真"與向"美"的矛盾與調適》,"二　前期政治參與期：重塑真、善的内容",第 18—26 頁。

Cai, Zong-qi. "The Rethinking of Emotion: The Transformation of

Traditional Chinese Literary Criticism in the Late Qing Era," *Monumenta Serica* 45 (1997): 63 – 110.

Huters, Theodore. " A New Way of Writing: the Possibilities for Literature in Late Qing China, 1895 – 1908." *Modern China*, 14.3 (1988): 243 – 276.

Von Kowallis, Jon Eugene. *The Lyrical Lu Xun: A Study of His Classical-Style Verse*. Honolulu: University of Hawaii Press, 1996.

文學論評選
選錄典籍書目

BJYJJ	［唐］白居易撰，朱金城箋校：《白居易集箋校》，上海：上海古籍出版社，2020年。
BSZLJ	［明］袁宗道：《白蘇齋類集》，上海：上海古籍出版社，1989年。
CLSHJS	［宋］嚴羽著，郭紹虞校釋：《滄浪詩話校釋》，北京：人民文學出版社，1983年。
CQFLYZ	［漢］董仲舒，［清］蘇輿義證：《春秋繁露義證》，北京：中華書局，1992年。
CQZZZY	［晉］杜預注，［唐］孔穎達正義：《春秋左傳正義》，《十三經注疏》，北京：中華書局，1980年。
CSQS	［清］王夫之：《船山全書》，長沙：岳麓書社，1988年。
CSXWC	陳世驤：《陳世驤文存》，臺北：志文出版社，1972。
CX	［清］張惠言：《詞選》，北京：中華書局影印四庫備要本，1957年。
CZLWJ	［明］陳子龍：《陳忠裕公全集》，收入《陳子龍文集》，上海：華東師範大學出版社，1988年。
ECJ	［宋］程顥、程頤：《二程集》，北京：中華書局，1981年。
FBJ	［清］方苞：《方苞集》，上海：上海古籍出版社，2009年。

續表

FSXFS	［清］李贄：《焚書、續焚書》，北京：中華書局，1975年。
FYYS	［漢］揚雄撰，汪榮寶疏：《法言義疏》，北京：中華書局，1987年。
GDCJJDJ	李零：《郭店楚簡校讀記》，北京：中國人民大學出版社，2007年。
GDWXYJa	南京大學古典文獻研究所編：《古典文獻研究：1988》，南京：南京大學出版社，1989年。
GDWXYJb	南京大學古典文獻研究所編：《古典文獻研究：1991—1992》，南京：南京大學出版社，1994年。
GSY	［清］沈德潛：《古詩源》，北京：中華書局，1963年。
GYJ	［宋］吕南公：《灌園集》，《文淵閣四庫全書》第1123冊，上海：上海古籍出版社，1987年。
GYJJ	徐元誥：《國語集解》，北京：中華書局，2002年。
GZZQJ	［清］龔自珍：《龔自珍全集》，上海：上海古籍出版社，1999年。
HFZXJZ	［戰國］韓非子著，陳奇猷校注：《韓非子新校注》，上海：上海古籍出版社，2000年。
HNHLJJ	［漢］劉安撰，劉文典集解：《淮南鴻烈集解》，北京：中華書局，1989年。
HS	［漢］班固撰，［唐］顏師古注：《漢書》，北京：中華書局，1962年。
HSYWZZSHB	［漢］班固撰，陳國慶編：《漢書藝文志注釋彙編》，北京：中華書局，1983年。
HCLWJJZ	［唐］韓愈著，馬其昶校注，馬茂元整理：《韓昌黎文集校注》，上海：上海古籍出版社，2021年。
HZXQJ	［清］黃宗羲：《黃宗羲全集》，杭州：浙江古籍出版社，2005年增訂版。

續　表

JQJ	［清］葉燮：《己畦集》，《清代詩文集彙編》第104册，上海：上海古籍出版社，2010年。
JLZSZJZ	［南朝梁］蕭繹撰，陳志平、熊清元疏證校注：《金樓子疏證校注》，上海：上海古籍出版社，2014年。
JYJJZ	［宋］蘇洵，曾棗莊、金成禮箋注：《嘉祐集箋注》，上海：上海古籍出版社，1993年。
JZSHJZ	［清］王夫之著，戴鴻森箋注：《薑齋詩話箋注》，北京：人民文學出版社，1981年。
LCXSWJ	［宋］王安石：《臨川先生文集》，上海：中華書局上海編輯所，1959年。
LHJS	［漢］王充著，黄暉校：《論衡校釋》，北京，中華書局，1990年。
LJYJ	［宋］陸九淵：《陸九淵集》，北京：中華書局，1980年。
LJZY	［漢］鄭玄注，［唐］孔穎達正義：《禮記正義》，《十三經注疏》，北京：中華書局，1980年。
LWOJ	［清］劉大櫆：《論文偶記》，香港：商務印書館，1963年。
LXQJ	魯迅：《魯迅全集》第一卷，北京：人民文學出版社，1973年。
LYYZ	楊伯峻：《論語譯注》，北京：中華書局，1980年。
LZJ	［宋］王柏：《魯齋集》，北京：中華書局，1985年。
LZYZ	辛戰軍：《老子譯注》，北京：中華書局，2008年。
LZZY	［清］蒲松齡撰，張友鶴輯校：《聊齋志異》，上海：上海古籍出版社，1986年。
MSZY	［漢］毛亨傳，［漢］鄭玄箋，［唐］孔穎達正義：《毛詩正義》，《十三經注疏》，北京：中華書局，1980年。
MZJG	［清］孫詒讓：《墨子閒詁》，北京：中華書局，1954年。

續　表

NYJ	［宋］趙湘：《南陽集》,北京：中華書局,1993年。
PTWC	李兆洛選輯：《駢體文鈔》,鄭州：中州古籍出版社,1990年。
QMSH	周維德編：《全明詩話》,濟南：齊魯書社,2005年。
QSH	丁福保輯：《清詩話》,上海：上海古籍出版社,1978年。
QSHXB	郭紹虞：《清詩話續編》,上海：上海古籍出版社,1983年。
QSW	《全隋文》,《全上古三代秦漢三國六朝文》,北京：中華書局,1958年。
QTW	［清］董誥等編：《全唐文》,上海：上海古籍出版社,1990年。
SCLJ	［宋］石介：《石徂徠集》,北京：中華書局,1985年。
SJ	［漢］司馬遷撰,［宋］裴駰集解,［唐］司馬貞索引,［唐］張守節正義：《史記》,北京：中華書局,1959年。
SJS	嚴萬里校：《商君書》,北京：中華書局,1954年。
SJZ	［宋］朱熹：《詩集傳》,北京：中華書局,1958年。
SMWGJBNJZ	［宋］司馬光撰,李之亮箋注：《司馬溫公集編年箋注》,成都：巴蜀書社,2009年。
SPZ	［南朝］鍾嶸著,郭紹虞注：《詩品注》,北京：人民文學出版社,1961年。
SSZY	［漢］孔安國撰,［唐］孔穎達正義：《尚書正義》,《十三經注疏》,北京：中華書局,1980年。
SWJZZ	［漢］許慎撰,［清］段玉裁注,許惟賢整理：《說文解字注》,南京：鳳凰出版社,2015年。
SYJ	［宋］邵雍：《邵雍集》,北京：中華書局,2010年。
SYJZ	［漢］劉向撰,向宗魯校證：《說苑校證》,北京：中華書局,1987年。

續　表

TXZJ	［明］湯顯祖：《湯顯祖集》，上海：上海古籍出版社，1973年。
TYJ	［明］焦竑著，李劍雄校釋：《澹園集》，北京：中華書局，1999年。
WGWQJ	王國維：《王國維全集》，杭州，廣州：浙江教育出版社，廣東教育出版社，2009年。
WJMFL	［日］弘法大師撰，王利器校注：《文鏡秘府論》，北京：中國社會科學出版社，1983年。
WJNBCWLX	郁沅、張明高編：《魏晉南北朝文論選》，北京：人民文學出版社，1996年。
WQWXCC	阿英編：《晚清文學叢鈔·小說戲曲研究卷》，北京：中華書局，1962年。
WSTYJZ	［清］章學誠撰，葉瑛校注：《文史通義校注》，北京：中華書局，1985年。
WX	［梁］蕭統編，［唐］李善注：《文選》，上海：上海古籍出版社，1992年。
WXDLZ	［南朝］劉勰著，范文瀾注：《文心雕龍注》，北京：人民文學出版社，1958年。
WSZWJWB	［清］魏禧：《魏叔子文集外編》，《清代詩文集彙編》第92冊，上海：上海古籍出版社，2010年。
WYDQJ	聞一多：《聞一多全集》，北京：三聯書店，1982年。
XBXSWJ	［清］姚鼐：《惜抱軒詩文集》，上海：上海古籍出版社，1992年。
XCSFSWJ	［清］袁枚：《小倉山房詩文集》，上海：上海古籍出版社，1988年。
XWJ	［明］徐渭：《徐渭集》，北京：中華書局，1983年。
XYJ	［明］吳承恩：《西遊記》，上海：上海古籍出版社，1994年。

續表

XZJJ	〔清〕王先謙:《荀子集解》,北京:中華書局,1988 年。
YHDJJJ	〔明〕袁宏道撰,錢伯城箋校:《袁宏道集箋校》,上海:上海古籍出版社,2008 年。
YJSQJ	〔清〕阮元:《揅經室全集》,臺灣:商務印書館影印四部叢刊初編本,1965 年。
YJSXJ	〔清〕阮元:《揅經室續集》,北京:中華書局,1985 年。
YSJXJJ	〔南朝〕顏之推撰,王利器集解:《顏氏家訓集解》,北京:中華書局,1993 年。
YXJJZ	〔漢〕揚雄著,張震澤校注:《揚雄集校注》,上海:上海古籍出版社,1993 年。
YYZJ	〔清〕潘德輿:《養一齋集》,《清代詩文集彙編》第 548 冊,上海:上海古籍出版社影印清道光二十九年(1849)刻本,2010 年。
ZDYJ	〔宋〕周敦頤著、陳克明點校:《周敦頤集》,北京:中華書局,1990 年。
ZS	〔唐〕王通:《中說》,臺北:中華書局影印明世德堂四部備要聚珍倣宋版,1979 年。
ZTYZLXJ	章炳麟:《章太炎政論選集》,北京:中華書局,1977 年。
ZXCYS	〔清〕章學誠:《章學誠遺書》,北京:文物出版社影印吳興嘉業堂劉承幹刻本,1985 年。
ZYZY	〔晉〕王弼注,〔唐〕孔穎達正義:《周易正義》,《十三經注疏》,北京:中華書局,1980 年。
ZZJZJY	陳鼓應:《莊子今注今譯》,北京:中華書局,1983 年。
ZZQS	〔宋〕朱熹:《朱子全書》,上海:上海古籍出版社,2002 年。